U0839478

纪念中国人民抗日战争暨世界反法西斯战争胜利70周年

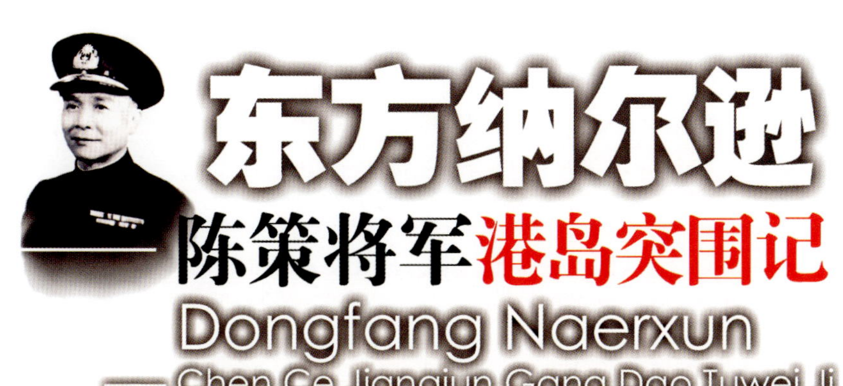

东方纳尔逊

陈策将军港岛突围记

Dongfang Naerxun

——Chen Ce Jiangjun Gang Dao Tuwei Ji

李凯军 著

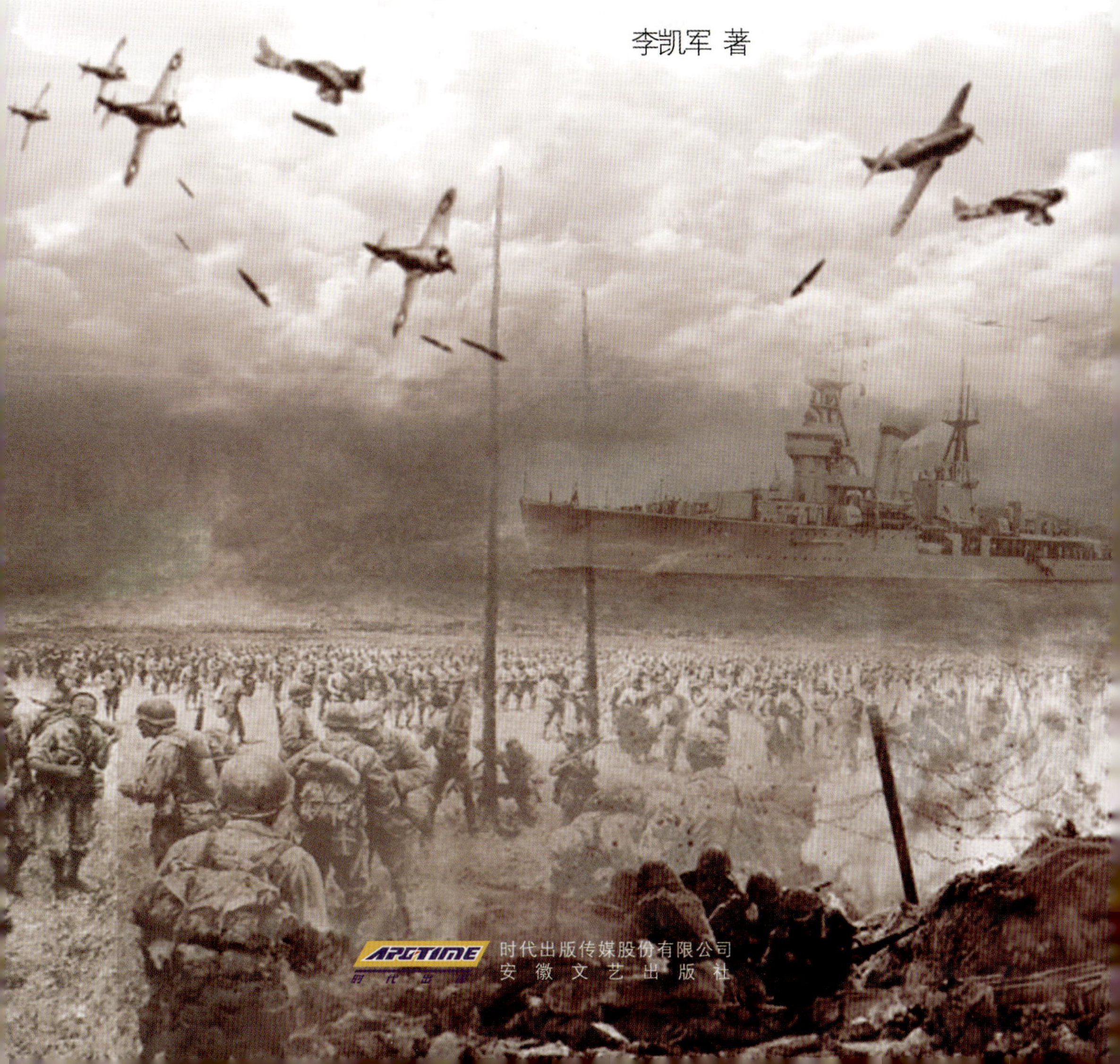

APGTIME 时代出版
时代出版传媒股份有限公司
安 徽 文 艺 出 版 社

图书在版编目(CIP)数据

东方纳尔逊:陈策将军港岛突围记/ 李凯军著. —合肥:安徽文艺出版社,2015.9

ISBN 978-7-5396-5377-8

Ⅰ. ①东… Ⅱ. ①李… Ⅲ. ①纪实文学-中国-当代 Ⅳ. ①I25

中国版本图书馆 CIP 数据核字(2015)第 173734 号

出 版 人:朱寒冬

责任编辑:岑 杰　　装帧设计:丁 明 徐 睿

出版发行:时代出版传媒股份有限公司 www.press-mart.com

安徽文艺出版社 www.awpub.com

地 址:合肥市翡翠路 1118 号 邮政编码:230071

营 销 部:(0551)63533889

印 制:安徽新华印刷股份有限公司 (0551)65859551

开本:710×1010 1/16 印张:21.75 字数:350 千字

版次:2015 年 9 月第 1 版 2015 年 9 月第 1 次印刷

定价:45.00 元

题　记

霍雷肖·纳尔逊（1758 年 9 月 29 日—1805 年 10 月 21 日），英国 18 世纪末及 19 世纪初的著名海军将领及军事家。曾任地中海舰队总司令，授皇家海军中将衔。纳尔逊一生参加了无数次海战，并在战斗中先后失去右眼和右臂。1805 年，纳尔逊在特拉法尔加战役中，率队击溃了法国和西班牙组成的联合舰队，自己则在这次战役中中弹阵亡。

霍雷肖·纳尔逊被誉为“英国皇家海军之魂”。

东方纳尔逊

陈策将军港岛突围记

目录

前 言

读完李凯军先生写的《“东方纳尔逊”——陈策将军港岛突围记》。掩卷沉思，想到许多题外话，不吐不快，于是乎记了下来，既是自己的阅读体会，也算是和作者、读者的交流。

香港抗战是二战中世界进步力量同德意日法西斯较量的一个战略支撑点，也是整个中华民族抗日战争不可或缺的重要组成部分。中国的抗战，以往无论著书立说还是拍摄电影电视，着眼点和选题大都放在中国内地，尤以正面战场和敌后游击战为主，真正写香港抗战的还不多见。《“东方纳尔逊”——陈策将军港岛突围记》在一个宏大的背景下，通过“陈策突围”这么一个很小很小的口子，把同样艰苦卓绝、同样精彩纷呈、同样荡气回肠的香港抗战，管中窥豹似的呈现给广大读者，确实是做了一件拾遗补阙的工作，很有意义。

二战结束 70 年了，战争带给人类的痛苦记忆，并没有随着时间的消逝而渐行渐远。相反，面对日本军国主义幽灵在那个狭小岛国的复活，爱好和平的人们，尤其是饱受其害的亚洲各国人民，已经瞪大了警惕的双眼。从挑起钓鱼岛争端到参拜靖国神社，从否定南京大屠杀到拒不承认“慰安妇”等战争罪行，从疯狂扩军备战到解禁“集体自卫权”，从南洋拜鬼四处煽风点火到充当围堵中国的急先锋……当今执政的安倍政府正在引导日本向右拐，并一步一步滑向危险的深渊。

其实，无论承认与否，罪恶就摆在那里，不是几个军国主义余孽想抹就能抹去的。南京 30 万亡灵的鲜血和白骨能抹去吗？成千上万“慰安妇”的血泪能抹去吗？东京大审判能抹去吗？被吊到正义绞索上的那些战争贩子能抹去吗？安倍之流企图挑战人类良知的底线，企图破坏二战后的国际政治秩序，企图篡改二战的成果，注定不会得逞。

《“东方纳尔逊”——陈策将军港岛突围记》从一个独特的角度，揭露了二战中日本侵略者侵占香港的滔天罪行，他们杀人放火、掠夺资源、实行殖民统治，比海盗有过之而无不及，一颗璀璨的东方之珠被日本鬼子变成了人间地狱。

牢记历史，捍卫真相，警钟长鸣，这是这本书更深层次的意义之所在。

历朝历代，“文官死谏，武官死战”都是官场的正能量，都是值得弘扬光大的积极的传统价值观念。本书的主人公——独腿将军陈策，就是抗日战争中“武官死战”的典型。在他身上，鲜明地体现了在国家和民族的危难时刻，中国军人挺身而出的仁义智勇。

说陈策将军死战，首先提到的就是他虎门御敌。拖着一条半残的腿，陈策将军在将近一年的时间里，宵衣旰食，运筹帷幄，打退了日本海军的多次进攻。要知道，二战中，日本海军力量仅次于美国，位居世界第二。但就是这个凶悍骄横的“世界第二海军强国”，硬是在虎门折戟沉沙，败在陈策将军手下。陈策不死战，能有这个结果吗？

1940 年，日本军国主义磨刀霍霍，香港已是风雨欲来风满楼。恰恰在这个时候，陈策被政府任命为驻香港军事代表，统管与军事有关的一切事务。临危受命的陈策，没有丝毫犹豫、胆怯和推诿，而是以一个斗士的姿态慷慨赴任。明知山有虎，偏向虎山行。没有一种死战报国的精神，何来这样的历史担当和家国情怀？

战争爆发，手无一兵一将的陈策，没有消极地坐山观虎斗，更没有离职后撇明哲保身（尽管他完全可以这样做），而是组织“联合办事处”“协助团”，帮助港英当局维护社会秩序，打击“第五纵队”。最后关头，更是要求英军为“协助团”发放武器弹药，准备直接开上战场，和日寇决一死战。虽然因为英国政府的殖民主义思维，导致他的意图最终未能实现，但这样的决心和斗志，又是何等的气吞山河、壮怀激烈！

抵抗失败，港督和英军总司令决定投降。在他们看来，打不过就投降，算不上丢人现眼。可在陈策眼里，这却是军人的奇耻大辱。拒绝投降，率队突围，这就是陈策的抉择。东西方不同的文化，孕育了不同的价值观。历史转折紧要关头的一次东西方文化大碰撞，碰出一个硬汉陈策，碰出了一段抗战史上的传奇。宁折不弯，宁死不屈，这个瘦弱的中国海军中将再一次把“死战”精神发挥到了极致！

突围路上，险象环生。陈策作为突围部队的最高指挥官，沉着应对，屡屡化险为夷。尤其是在海上突然遭遇日军驱逐舰时，他用五艘缺兵少将、吨位又小的鱼雷快艇和三颗鱼雷，在大鹏湾上演了一出“海上空城计”，真真假假、虚虚实实，生生将日本军舰吓得溜之大吉，充分展现了陈策将军过人的胆略和高超的指挥艺术。如不是抱定必死的信念，陈策岂能从容对敌、死地重生？

……

死战不是个人逞强斗狠，更不是莽撞蛮干，它不仅是一种行为，更是一种境界。死战不是求死，而是求生，以个体之死求国家之生、民族之生，因此死战是大仁大义、大智大勇，是一个军人忠诚、勇敢、智慧在战争中的演绎，以及经过战火淬炼而形成的精神内核。

毫无疑问，陈策将军的这些品质已经融入中华民族的魂魄，凝聚成万世永继的民族文化，值得后人景仰膜拜、学习继承和发扬光大。

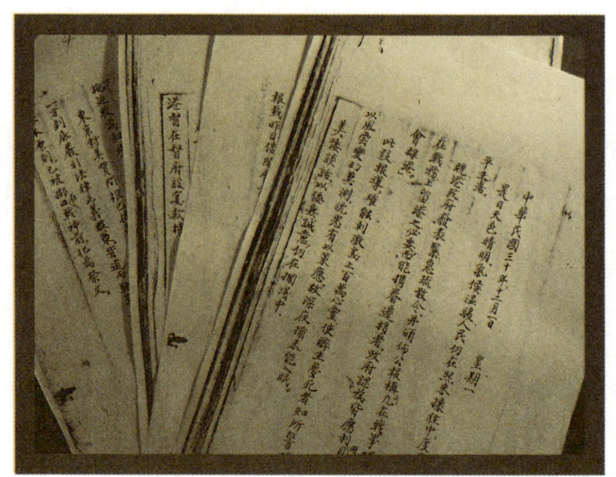

陈策将军日记（部分，复印件）

手稿

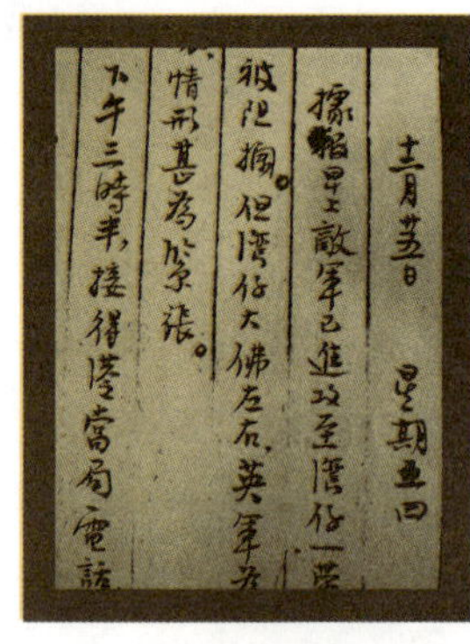

十二月廿五日　星期四

探報早上敵軍已進攻至灣仔一帶

被阻擋。但灣仔大佛左右，英軍為

情形甚為緊張。

下午三時半，接得港當局電話

手稿

1941 年 12 月 25 日突围当天陈策将军的日记（部分，复印件）

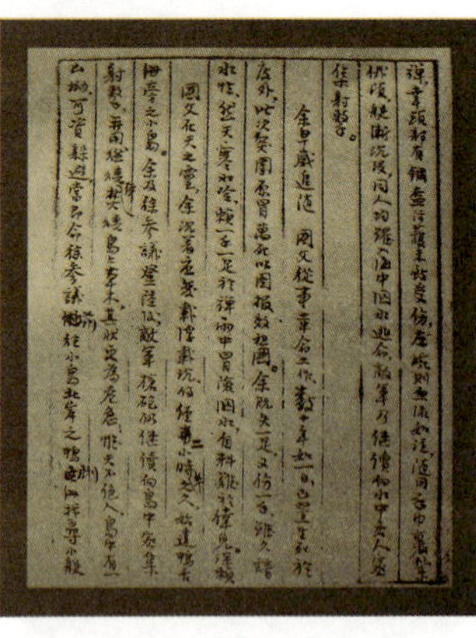

手稿

有人说纪实文学好写，理由是有现成的素材。但纪实文学要想写得好看，不容易。因为受真人真事的束缚，艺术创作的空间有限，属于“戴着镣铐”跳舞一类，很考作者的功底。

读完这本书，我觉得作者在以下几个方面确实是下足了功夫的：

一是实地采访。为了写这本书，作者不辞辛劳，从香港皇后大道到湾仔港，从大鹏湾到南澳，从石桥头村到王母墟，从大林坑到樟树铺，从佛祖坳到镇隆、到惠州，沿着陈策将军当年的突围路线走了一圈。不仅如此，作者又专门飞到海南，瞻仰了陈策将军位于文昌沙港村的祖居。这一趟下来，除了大大增强感性认识外，还采访了一些当事人的后代，如陈策将军之子陈安国先生、陈策将军卫士杨全的儿子杨汝中先生、为艾莉森夫妇带路的陈彦彝先生、陈策将军的侄孙女婿孙明等，收集到大量的第一手资料，获益不浅。

二是占有资料。创作纪实文学作品，没有资料，或者资料匮乏，无异于“巧妇难为无米之炊”，再大的腕儿，再高的写手，也难以胜任。从书中看，作者阅读了海量的资料，历史时空纵横捭阖，故事人物信手拈来。如果单纯地就事论事，一次时间不过三四天的突围行动，要敷衍成一篇20万字的长篇，很难。作者巧妙地把事件放在日军侵港的大背景下，以事件为“纲”，有机地铺成开许许多多的“目”，纲举目张，充分调动起了上至蒋介石、毛泽东、周恩来、丘吉尔和明仁天皇等政治巨头，下至港督杨慕琦，英军总司令马尔特比，国民党军统头目郑介民，第七战区司令长官余汉谋，中共方面的廖承志、张云逸等军政要员，以及梁少芝、徐亨、杨全、李裁法、严星魁等基层人物为叙事服务。读起来既饱满又生动，丝毫没有枯燥、单薄和注水之感。

三是认真做戏。我这里说的“戏”主要是指戏剧化。书也好，剧也好，都要有矛盾，有冲突，有情节，有人物，这样才好看。读《“东方纳尔逊”——陈策将军港岛突围记》，常常让人感觉到战争类纪实文学很强烈的画面感和戏剧张力，以此看出作者本人长期军事生活积累和影视剧创作磨炼的功底。史书上干巴巴的一句话，在作家戏剧家的手里，能变成一场很精彩的戏，这就是历史课本和文学作品不同的地方。我没有细数，在这本书里涉及有名有姓的人物，估计不下二三十人，所涉及的历史事件也不在少数，要把这些人物和事件串联起来，讲得有声有色、有头有尾，让人读得津津有味，实属不易。“大事不虚，小事不拘”，原本是对重大题材影视剧创作提出的一个要求，其实也很适合纪实文学的写作。

要说这本书的不足之处，也许是囿于资料，一些人物和事件在展开的过程中出现了“断头”。如陈策将军的夫人梁少芝女士逃离香港一段，前半部分写得很出彩，也很有个性，但赴澳门之后，就没了音信，等再出现时，就已经到重庆了。如果把中间一段稍加补充，故事就会更加完整，更加有说服力。

瑕不掩瑜。我还是要衷心感谢作者为我们创作了这样一部好作品，让我们更加近距离地了解到这段历史，感受先辈流血牺牲的艰难和今天和平的来之不易。

葛东升

2014 年 9 月 6 日

（葛东升，中将，历任第二炮兵参谋长、副司令员、军事科学院副院长、中国共产党第十五届中央候补委员、第十一届全国政协常委。）

自　序

2008 年岁末，圣诞的钟声还在耳边回响，一个名叫艾莉森（Alison）的英国妇女和她的丈夫蒂姆（Tim）背着简单的行装，行走在中国广东南澳的乡间小路上。

眼下虽然早已进入冬季，但是，南中国热辣辣的太阳依然炙烤着大地。

走得有些冒汗了，夫妇俩找了个阴凉处稍事休息。艾莉森一边喝水，一边问正在看地图的丈夫：

“咱们没走错路吧？”

蒂姆这时已经脱掉了厚厚的冲锋衣，只穿了件短袖 T 恤。他拿出指南针，辨别着方向：

“没错，前面那座山就是大林坑，去惠州的必经之路。走吧。”蒂姆背起背囊，催促着妻子。两人又上路了。

说起艾莉森和蒂姆的这次中国之行，完全是因为一个偶然的机缘。

艾莉森的父亲、蒂姆的岳父麦克埃文爵士曾经长期在港英政府工作，前些年去世了。在整理老人的遗物时，夫妻俩从父亲的日记中，读到一个近似传奇的故事：

20 世纪 30 年代，父亲被派驻中国香港。二战中，轴心国之一的日本政府挑起了太平洋战争，并突然袭击香港。经过 18 天的顽强抵抗，香港守军从九龙一直打到港岛，最终战败。英国总督宣布投降。

作为一名大英帝国的公职人员，艾莉森的父亲麦克埃文爵士不愿成为敌人的俘虏。于是，他和其他 60 多名有着同样想法的同僚、战友一起，在 1941 年圣诞节那天，跟着一名中国独脚将军，踏上了艰苦卓绝的突围之路。在这名中国将军的指挥下，他们智闯封锁线、搏命大鹏湾、历险鸭粦洲、夜潜王母墟、勇攀大林坑……四天三宿，昼夜兼程，终于在当年的 12 月 28 日，胜利抵达中国军队的防区——广东惠州。父亲在日记里，详细记录了突围小分队所经历的每一个生死瞬间，也记下了他对那位中国将军的崇敬、感激之情。

半个多世纪过去了，日记的纸张已经发黄。但是，透过历史的烟云，突围小分队惊心动魄的经历，以及一个个栩栩如生的面孔，甚至连同他们的笑容和声音，都活灵活现地呈现在蒂姆夫妇眼前，一切就像是昨天刚刚发生。

父亲在日记里还透露了一个心愿：如有机会，还想回香港看看，重走当年的突围之路……遗憾的是，历史没有再给老人这个机会。

艾莉森被父亲的故事感动了。在丈夫、BBC 退休记者蒂姆的帮助下，她从档案馆找到了 60 年前的港粤地图，标出了父亲所走过的突围路线。经过几年的精心策划和准备，他们收拾好行装，来到了香港。在突围小分队胜利突围的第 67 个纪念日——2008 年 12 月 25 日，带着圣诞老人的祝福，沿着突围小分队当年的行进路线，从湾仔港出发，越过大鹏湾，踏上了南澳这片陌生的土地，徒步向惠州进发。

光听名字，大林坑像是个洼地。其实，大林坑是座山，虽然海拔不高，但林木茂密、道路崎岖、地形复杂，有些地方坡度很陡，攀爬起来十分吃力。

尽管蒂姆带着地图和指南针，可在迷宫似的大山里，他们还是迷路了。转了个把钟头，始终没找着地图上标明的那条山间小路。彷徨之间，艾莉森发现了一排蜂箱。既然有蜂箱，养蜂人就不会走远。果然，蒂姆夫妇等了约莫 10 分钟，一个戴着草帽的中年汉子出现了。他们像看见救星一样迎上前去……

生硬的汉语，发音怪异的英文单词，加上丰富的手势和肢体语言，两个英国人和一个中国人经过艰难的沟通，终于弄明白了对方所表达的意思。养蜂人告诉蒂姆，自己叫陈彦彛，愿意给他们带路。

得知眼前这个中年人姓陈，蒂姆夫妇高兴得差点欢呼起来！原来，当年带领他们父亲突围的中国将军也姓陈，叫陈策。

7 天后，蒂姆和艾莉森成功抵达惠州。

大林坑的山间小路

为蒂姆和艾莉森带路的陈彦粦（右），左为陈策将军的儿子陈安国先生。二人在香港皇后大道陈策将军原办公楼前合影

第一章　风雨飘摇

（一）

老香港人都记得 1941 年的初秋，本该早已变得凉爽的天气，却被从维多利亚港湾刮来的海风裹缠得湿润而闷热。经验告诉人们，暑热迟迟不退，预示着一场暴风雨即将来临。

9 月 10 日，一个普通的星期三。这天天色刚刚擦黑，位于闹市区的香港娱乐戏院早已灯火辉煌。几个头缠白帕、留着大胡子的印度警卫全副武装，用犀利的眼光审视着熙来攘往的人群。恭候在门口的门童，脸上挂着职业的微笑，谦卑地向每一位宾客鞠躬致意。

“福特”“奥斯汀”“宾利”等各色名牌轿车鱼贯而至，从车上下来的达官贵人、富商巨贾、精英名流，个个西装革履，气宇轩昂。随行的夫人小姐，则打扮得珠光宝气，花枝招展。

一看这阵势，明眼人都知道今天的娱乐戏院有重要社交活动。

这时，一辆港督府的黑色“劳斯莱斯”停在了戏院大门口。旋即从车上下来一位年届六旬、身体微胖的绅士，虽然脸色看上去有些灰暗，稀疏的头发却被梳理得整整齐齐，他就是英国政府派驻香港的现任总督罗富国。因为身体难以适应香港潮湿的气候，罗富国大部分时间都住在内地。直到最近任期将满，他的辞职申请才得到批准。

今晚，罗富国将履行自己总督任内的最后一项职责：举行例行晚宴，欢迎下午刚刚从皇后码头登岸履新的第 21 任港督杨慕琦爵士。

晚上 7 点半，宴会准时开始。主宾席正中坐着罗富国，右侧是杨慕琦，左侧坐着一位个子矮小、左腿残疾、一身白色海军礼服、肩佩中将军衔的中国将军。

这样的场合，来了这样一位中国将军，而且被安排在主宾席就座，不能不引起众人的关注和猜测。

“总督身边的那个中国海军中将是谁？”

“瞧，还是个残废，左腿没了。他怎么坐在主宾席上？”

几乎所有来宾的目光都集中在这位中国将军身上，人们交头接耳，相互打听着与此人身份有关的各种信息。

中华民国政府驻香港军事代表陈策将军

罗富国似乎看透了大家的心思，站起身来，并扶起身边的独腿将军：

“我十分荣幸地向各位介绍，我身边的陈策将军，是重庆政府去年派到香港的军事代表。他代表重庆方面，已经在香港开展了卓有成效的工作。”说着，罗富国把杨慕琦也请了起来：

“今后，陈策将军将和新任香港总督杨慕琦先生一起，扛起保卫香港、建设香港的重任。”

罗富国话音刚落，台下响起一片热烈的掌声。这时，一位脖子上挂着照相机的记者突然站起身来，大声喊道：

“陈策将军我认识，他前些年当过虎门要塞司令，和日本人打过仗，他那条左腿就是被日本飞机给炸断的！”

掌声再次响起。

陈策朝大家鞠躬致谢，两道犀利的目光扫视着座无虚席的宴会厅：“承蒙各位抬爱，陈策将不辱使命，为香港的安全和繁荣克服险难，竭尽所能！”

陈策致辞本来安排在议程的第三项，现在只好提前了。罗富国用夸张的表情看了看杨慕琦，耸耸肩，做了个无奈的手势。不过，让陈策在今天这样的场合正式亮个相，也是中英双方的刻意安排。

这时，有人打断陈策的演讲，问道：

“香港眼下又不打仗，政府派你这个军事代表来做什么？”

陈策盯了对方一眼：

“香港眼下不打仗，你能保证永远都不打仗吗？深圳河对岸驻扎了近 10 万人的日本军队，他们是来做什么的？我想总不会是来旅游的吧？”

笑声四起，夹杂着稀稀落落的掌声。陈策做了个安静的手势，继续说道：

“至于我这个军事代表是做什么的，我可以开诚布公地告诉在座的每一个朋友，就是陪日本崽玩呀，日本崽做什么我就做什么，日本崽不做什么我也就不做什么！”陈策是海南文昌人，家乡话称日本鬼子为日本崽，意思都差不多。

陈策的机智和幽默再一次征服了听众，大家发出会意的笑声。因为当时英国政府还幻想通过出卖中国的利益，换取日本不进攻香港。所以，陈策的讲话很关键，虽然有点绕，但人人都能听得懂，既表明了中国政府的立场，又给英国人留足了面子。

不愧是职业军人。陈策在香港公众面前的首次演讲开门见山，直奔主题，没有客套，没有一句多余的废话。在结束演说前，陈策特意接过刚才那位记者的话题，又多讲了几句：

“我要纠正一下刚才那位记者先生说的话，我当过虎门要塞司令不假，和日本崽打过仗也不假。但是，我这条腿不是日本飞机炸断的，是因为患了腿疾让香港的法国医生给锯断的。说这话什么意思呢？我是要告诉大家，日本崽扔炸弹的技术实在太差，想炸断我的腿，门儿都没有！”

一阵轰笑过后是一阵更加热烈的掌声！

其实，陈策这番话的本意，还是想为到会的各位敲敲警钟。不管日本人的炸弹扔得准不准，总还是扔下来了，而且真正地扔到中国的国土上了。香港大敌当前，千万要居安思危，不可有丝毫的侥幸和麻痹。可是，晚宴喜庆的气氛冲淡了人们对当前形势的忧虑，大家都把陈策讲的当笑话听了。

回到九龙太子道 331 号寓所，已是凌晨 1 点。

客厅里的灯光还亮着。陈策走进去，妻子梁少芝倚在沙发上早已睡着了。他脱下外套盖在妻子身上，径直上楼去了阳台。

这栋独立的日式三层小楼，是陈策在香港的家。虽然面积不大，但是设计得十分精巧，非常实用。

陈策点着一支烟，惬意地吸了一口，缓缓吐出的烟圈儿很快融入夜色中。

睡得晚，起得早，这是陈策多年军旅生涯养成的习惯。一阵海风吹来，隐隐可以听见不远处海浪拍打防波堤发出的声响。大海、港湾、风浪，除了没有连片的椰林，这里太像家乡沙港村了……

陈策将军位于海南文昌沙港村的祖居

陈策将军祖屋，“同登寿域”的匾额为孙中山先生所题

1894 年深秋，海南文昌县沙港村一座用珊瑚石垒成的房子里，诞生了一个男婴。一辈子靠海吃海的父亲给孩子取名陈策，又名陈明唐。陈策 1 周岁时，家里人给他做“兑岁”，按照乡间风俗，在草席上随意摆放着书、剪子、算盘、小刀、镜子、鸡蛋、糯米粿等各类物品让陈策抓，卜算孩子的前程。祖上传下来的说法，抓到算盘会经商，抓到书中科举，抓到糯米粿好吃懒做不成器。结果陈策把那把小刀高高举起，嘴里还咿里哇啦地喊着叫着，天啊，这可是当兵扛枪的命。这让希望儿子将来读书做官、光宗耀祖的父亲很是不快。

命中注定，陈策长大后果然走上了从军之路。

1909 年，15 岁的陈策考入广东水师工业学堂（后改为广东海军学校），从此和海军结缘，并一直在炮火中摸爬滚打，颠沛流离。

1912 年，陈策加入同盟会，这是他一生中最重要的政治抉择。从此，他追随孙中山先生矢志不渝，积极参加推翻腐朽清政府、建立中华民国的斗争。从担任孙中山广州大元帅府参议开始，逐步升任第二次护法战争第二路军副司令、广东江海防舰队司令、广州国民政府海军局顾问、广东海军司令、南京政府第四舰队司令、国民党军委会军令处处长兼海军校阅委员会副主任、虎门要塞司令。直到 1938 年因腿疾辞去军职，被中央任命为军事参议院中将参事。两年后，以军事代表的身份派驻香港。

二十多年来，陈策没有离开过大海，没有离开过海军。在中国近代史一系列重大历史事件中，都能看到他的身影，都留有他的功绩。特别是 1922 年 6 月 16 日，陈炯明指挥叛军攻打广州越秀山的总统府。危急时刻，陈策派人将突围出来的孙中山先生接到“宝璧”舰，后又转移到“永丰”舰，并侍卫左右 55 天，被孙中山视作股肱之臣，倍加信任。

同僚中都称陈策为“策叔”，这个名号就是孙中山先生带头叫响的，表现了两人之间生死与共的战友之谊、手足之情。而陈策的字“筹硕”，则是国民党元老胡汉民亲自所取。筹硕者，“盖筹硕画”之意也，褒扬陈策足智多谋，英勇善战……

烟头烧到了手指，陈策猛地一惊，这才把思绪从往事拉回到现实当中。刚才的宴会上，海量的陈策没敢多喝。他要借这样的机会，和香港方方面面的头面人物多一点交流，多认识一些人，为今后的工作打下基础。

坐在阳台的竹椅上，望着九龙和港岛的万家灯火，陈策深感责任重大。自从接替吴铁成，被任命为“中华民国”特派驻香港军事代表和国民党港澳总支部副主任委员后，他就没睡过一个安稳觉。

多事之秋，陈策临危受命。深圳河对岸，日军大兵压境，摩拳擦掌，虎视眈眈，战争一触即发。可偏偏有人执拗地认为日本不敢得罪英国和美国，所以不会轻易进犯香港，对日渐逼近的危险视而不见，该吃吃，该玩玩，该乐乐，一片歌舞升平。

陈策太了解日军了，那可是真正的虎狼之师，一群吃肉喝血的凶虎恶狼！

（二）

陈策的担心绝不是杞人忧天。在日本军国主义的全球战略中，香港是他们迟早要吃掉的一个“棋子”。

从 1931 年的“九一八”事变到 1937 年的“七七”事变，日本侵略军的铁蹄践踏着中国的半壁河山。但是，占领中国，远不是日本战略规划的全部。东京大本营的野心，是要在世界范围内，同英美等老牌殖民主义宗主国一决高下，重新划分全球资源这块大蛋糕。为此，日本激进的皇道派军人团体，甚至不惜铤而走险，以“尊皇讨奸”的名义发动政变，借以推动军部独裁，加速国家机器法西斯化的步伐。

1936 年 2 月 26 日凌晨，激进的皇道派官兵兵分几路，突然袭击首相和大臣们的官邸，杀害了内大臣斋藤实、教育总监渡边锭太郎和大藏大臣高桥是清，重伤天皇侍从长铃木贯太郎。这次兵变虽然被镇压下去了，但是，平叛后组成的政府内阁，愈加唯军部马首是瞻。日本军国主义的战车从此加足马力，驶上了侵略扩张的快车道。

不光军部，整个日本民族都在军国主义的鼓噪下，像打了鸡血，日益变得狂热、膨胀和疯狂。他们笃信“优秀的大和民族将征服全世界”！天皇的光芒将随着那面膏药旗照耀天涯海角！

曾经一个时期，日本内阁在“北进”和“南进”的战略抉择中，有点摇摆不定。陆军大臣东条英机是坚定的“南进”派，他主张趁德意两国横扫欧洲和东非之际，大胆南进，在西太平洋与英法决战，夺取原本属于他们的殖民地和战略资源。外相松冈洋右则坚决支持“北进”，攻打苏联，先占领西伯利亚，然后配合西线的德军，夹击赤色俄国。老奸巨猾的松冈洋右之所以不同意“南进”，并非不想把英法赶出日本的势力范围，独霸东亚、东南亚，而是有着更深一层的顾虑，不想日本因为“南进”而招惹美国这个强大对手。松冈洋右心里明镜似的，日本要是和美国干仗，绝对是自寻死路。

最终，“南进”的主张占了上风。

1936年6月，日本参谋本部总长、闲院宫载仁亲王，向天皇裕仁呈上了两份奏折：《帝国国防方针》和《帝国军队用兵纲领》。正是在这两份文件中，日本首次提出以英国为假想敌，并把香港、新加坡等英属殖民地，确定为重要打击目标。鉴于英国正逐步加强香港和新加坡等地的防务，《帝国军队用兵纲领》第五条特意写道：

在以英国为敌国作战时，应遵循下列要领：

作战初期的目的在于击败东亚的敌人，摧毁其活动的根据地，并歼灭由其本国驶来的敌舰队主力。

陆海军作战的要领应相机制定之。

天皇裕仁并没有对这两份纲领性的文件表示异议，这让军部的那帮战争狂人兴奋不已。3年后，1939年8月，参谋本部经过精心策划，制作了25000/1的《香港附近防御设施图》。

紧接着，1939 年年底，日本大本营批准了 1940 年度的对华作战计划。其中专门规定了《中国派遣军在香港方面的作战要领》：

1.在战争开始之后，应立即以空军摧毁香港附近的空军部队，并努力歼灭敌人停泊的舰艇。

2.第 21 军一部应主要从陆地正面攻占香港。

日军攻占香港的另一个考虑，就是要继滇缅公路之后，彻底切断外界通往中国内地的交通运输大动脉，抑制中国军民的抵抗，逼迫重庆政府力竭而降。

20 世纪 40 年代的香港，堪称中国抗日战争的后勤保障基地和转运站。不仅海外民间援华的各种物资、捐款，就连各国政府支援中国抗战的武器弹药、医疗器械、巨额款项等，也都是通过香港这条地下运输线源源不断输往内地。

当时，国民政府相关部门，如军政部、交通部、信托局、贸易局等，都在香港设有秘密地下机构，专门负责对外采购抗战所需各类军用物资，并将其运往国内。香港启德机场每天都有飞往重庆的航班，而且起降密集，其中不乏各种大型运输机。除了空中，海上也没闲着。尽管日军舰艇早已封锁了中国沿岸的港口和大部分海面，但是，数不清的舢板和帆船仍然在香港和内地之间，钩织起一张四通八达的走私网，蚂蚁搬家似的，把九龙仓库里堆积如山的军用品，神不知鬼不觉地送往内地各地。

这一切，自然让日本大本营如鲠在喉，急欲除之而后快。

自明治维新以来，日本的扩张野心一直没有消停。在他们秘密制定的战略规划里，一旦确定“南进”，香港、新加坡作为集结兵力的战略区域，就成为进攻和控制东印度群岛的枢纽。因此，针对香港的情报活动，从来就没有停止过。用心之良苦，甚至连皇太子都曾赤膊上阵充当间谍。

1921 年 3 月 11 日，香港总督司徒拔爵士在总督府举行盛宴，欢迎来港访问的日本皇太子裕仁。酒过三巡，裕仁突然提出，要参观位于黄泥涌山峡的维多利亚水库。在座的人都很纳闷：这座水库既非名胜又非古迹，皇太子究竟想看什么呢？不知出于什么考虑，总督稀里糊涂地竟答应了裕仁这个显得奇怪，甚至有些荒唐的要求。

第二天，在闲院宫载仁亲王和及川古志郎的陪同下，裕仁兴致勃勃地登上黄泥涌山峡。波光粼粼的水库像一面镜子，倒映着蓝蓝的天、白白的云。皇太子似乎被眼前的美景所陶醉，他俯瞰着周围的地势和通道，饶有兴味地询问水库的抽水设备和防御措施。末了，裕仁漫不经心地踢了踢脚下的石子，随口问道："水库储满水，可供应全岛用几天？"毫无戒备之心的港方人员热心地回答："两天！"裕仁不动声色地"哦"了一声，这声"哦"的全部含义就是：一旦开战，只要控制了这个水库，香港最多能坚持两天。

参观完水库，裕仁又提出一个不合常理的要求：不乘车，徒步下山！尽管当时人们都觉得有些奇怪，但谁也不清楚皇太子心里到底是怎么想的。直到20年后，进攻香港的日本炮兵首发炮弹就击中了维多利亚水库的防御工事，这个谜团才被解开。原来，徒步下山只是个幌子，皇太子是要用自己的双脚，亲自测量水库到山下的距离。毫无疑问，这些珍贵的数据在需要的时候，很快变成了日军炮兵的射击参数。

香港作为"南进"的桥头堡，在裕仁到访之后，日本知名的间谍机构，如影响极大的"菊机关"和"竹机关"，纷纷在香港设立了联络处。无孔不入的日谍以商业活动为掩护，除刺探军政情报外，还办报纸、建通讯社，为日后的军事占领制造舆论。当时的《香港日报》《南华日报》《天演日报》等，背后都闪动着日本特务鬼魅般的身影。

为实现既定战略目标，日本军阀的战刀终于挥向了香港。

1940年7月3日，日本大本营召开首脑会议，进一步确定了"南进"的战略方针。首期作战目标，就是攻占英国殖民统治下的中国香港、新加坡和马来半岛，建立所谓的“大东亚共荣圈”。

7 月 15 日，经裕仁天皇亲自批准，大本营陆军部下达动员令，派遣驻东北地区的重炮部队到华南。不久，北岛骥子雄司令官率第一炮兵队从日本出发，在毗邻港九的宝安登陆并加紧训练。

7 月下旬，日本参谋本部又将包括重型轰炸机在内的空军部队从中国东北及华中调到华南地区。

7 月 27 日，日本大本营政府联络会议制定了《适应世界形势演变的时局处理纲要》。其中有专门针对香港的条款：

第三条：对法属印度支那及香港按照下述方针行事：

（甲）对法属印度支那，其待彻底切断援蒋行为，迅速使之承认担负我军之补给，允许军队通过及使用机场等项，并获得帝国所需资源而努力，根据情况，可行使武力。

（乙）对香港须结合彻底切断滇缅之援蒋路线，首先为铲除其敌对性，强力推进各项工作。

1938 年 10 月 21 日，日军攻占中国华南重镇广州后，兵锋直指香港。这座由英国殖民者经营了近百年的“东方之珠”，完全暴露在侵略者的刺刀前。日军虽然没有立即越过深圳河，但却在深圳河以北驻扎重兵，由以第 23 军 18、38、104 师团为主力的地面攻击军团，在空军飞行团和遣外舰队的配合下，随时可以发起攻击。同时，部署在广州以南的重炮部队，几百门大炮也都瞄准了这座繁华的不夜城。

香港已经能够感受到战争的脚步在渐渐逼近……

（三）

日军陈兵深圳河北岸，就像一把刺刀顶在我们的后背上。此时此刻，新任港督杨慕琦就是这样的感觉。上任的第二天一早，他就在总督府给驻港英军总司令马尔特比少将打了个电话，约他单独见面，好好聊聊。

利用等人的这段空闲，杨慕琦给自己煮了一壶咖啡。这是他的一个习惯和嗜好，不论走到哪里，只要条件许可，总是自己动手煮制咖啡。咖啡煮好了，杨慕琦倒满一小杯，然后端起来轻轻啜了一口，火候正好，味道不错。不久前刚过完55岁生日的杨慕琦，头发已经有些花白，因为常年坚持体育锻炼，身材保持得很好，显得精明干练。

1886年6月3日，杨慕琦出生于英属印度，他的父亲威廉·麦克沃思·杨慕琦爵士，曾担任过旁遮普副总督。到了该上学的年龄，杨慕琦被送回英格兰接受教育。他先后入读伊顿公学和剑桥大学英皇学院。毕业以后，1909年到英属锡兰，成为一名公务员。第一次世界大战爆发后，杨慕琦弃文从军。

大战结束后，杨慕琦重新回到锡兰的殖民地政府，1923年获任首席助理辅政司。1928年，他被调到西非的塞拉利昂殖民地政府，出任辅政司。1930年至1933年间，又被派到巴勒斯坦托管地担任政府首席秘书。1933年8月起，正式出任巴巴多斯总督兼三军总司令。在巴巴多斯任上5年，杨慕琦大胆改革，除弊兴利的施政风格为他赢得了口碑，受到英国政府的赞许。1938年7月，杨慕琦离开巴巴多斯，出任坦噶尼喀地区总督兼三军总司令，直到1941年6月奉调香港。

赴任之前，杨慕琦已经对香港的历史和现状，以及自己面临的局面和将要担负起的责任，进行了认真的梳理和研究。他非常清楚，自己接手的是一个人人避之唯恐不及的烂摊子，100年来英国的第21任香港总督，面临着前所未有的困难局面。

作为参加过第一次世界大战的老兵，杨慕琦清醒地意识到，主政香港，当务之急是防务。日寇攻占香港只是时间问题，挡不住日军的进攻，其他事情，什么民生啦、治安啦、市政建设啦、发展经济啦，都是扯淡。但是，一想到这点，杨慕琦就觉得头疼脑涨，因为在英国政府战略全局中，香港属于“鸡肋”，弃之可惜，守之无益。

1941年的整个上半年，德国轰炸机在伦敦的天空投下无数颗重磅炸弹，这座昔日繁华的世界大都会，早已成了一片废墟。这天清晨，英国首相丘吉尔走出地下掩体，毫不顾忌四周不时响起的爆炸声和横飞的弹片，在断壁残垣间漫无目的地转悠。他需要在新鲜的空气中，梳理自己纷乱的思绪。

昨天晚上，他先后收到港督罗富国爵士和英军驻港陆军总司令贾乃锡少将的两份电报，两份电报都是谈香港防务，但观点却大相径庭。

罗富国虽然看到了日军进犯的危险，也采取了一些相应的防卫措施，如构筑阵地工事、征召英侨入伍、挖防空洞等等。但是，他认为凭香港的力量，无法抵御日军强大的攻击军团。因此，与其打不赢招致日军的报复性屠杀，不如撤走香港的全部驻军，借以保全香港人的生命财产。

对罗富国的“撤守论”，贾乃锡少将坚决反对。相反，他认为香港目前不是要撤军，而是需要更多的军队。因此，他正式致电伦敦，请求增援。

撤军？不战而退，大英帝国颜面何在？

增援？不久前，30万英国军队从敦刻尔克仓皇撤回本岛，扔掉了大部分重武器。堂堂帝国陆军，丢人现眼的，只剩下500门野战炮、200辆坦克。步兵连队中平均每四个人才有一杆枪。有人无枪，拿什么增援？

思虑良久，丘吉尔给派驻香港的两位军政主官发出一封模棱两可的电报：

所提建议皆错。如日本对我开战，则无希望守住或增援香港。在那里增加我方损失，极属不智。不仅不应增兵，反而应将驻军减少到象征性的程度。那里发生的一切纠纷，都必须留待战后和平会议解决。我方应避免在难以坚守的阵地上消耗实力。日本若对英帝国宣战，谅必酝酿已久，因而无论香港守军是二营还是六营，都不会影响其决策。我宁愿那里的守军少一些，但任何撤离行为都必然引人注目，招致危险。

尽管首相并没有正面回答撤军或者增援，但相信无论罗富国还是贾乃锡，都读懂了丘吉尔的弦外之音。

两个月后，马尔特比陆军少将接替贾乃锡，出任驻港英军总司令。在陪同马尔特比视察香港防务的过程中，已经离职的贾乃锡仍然坚持自己的观点，他对自己的继任者强调：只要再增加两个营的守军，香港至少能坚守130天。

同贾乃锡的乐观相反，一路上马尔特比都表现得心事重重，少言寡语。看得出来，新的总司令对香港的防卫力量表现出一丝谨慎的担忧。马尔特比参加过第一次世界大战，有着丰富的战争经验，他曾在驻印度英军中服役30年。长年戎马生涯的历练，养成了马尔特比务实、低调的处世风格，再加上他那一头银灰色的头发、极富亲和力的笑容，完全就是一个典型的英国绅士。

又过了两个月，新总督杨慕琦走马上任。

罗富国和贾乃锡走了，把一个烫手的“山芋”留给了杨慕琦和马尔特比。

秘书打来电话，马尔特比将军到了。

“请他进来。”杨慕琦话音未落，马尔特比已经推门走进他的办公室。杨慕琦做了个“请”的手势，并给客人斟满一杯刚煮好的咖啡。

“总督阁下，我想您约我来绝不仅仅是为了品尝咖啡吧？”马尔特比哪怕坐着，腰板也挺得笔直。

“当然，我想听听将军对香港的防务有些什么想法和建议。”

马尔特比打开自己带来的一个文件夹：“我们的前任虽然对香港的防卫做了一些准备和加强，但和需要相比，差距仍然很大。”

“能说得具体点吗？”

“当然。”马尔特比显然是有备而来，他把自己实地勘察和所掌握的第一手材料，毫无保留地告诉了杨慕琦——

香港的基本防卫力量如下：

香港步兵旅，旅长瓦利斯准将。下辖两个英军营和两个印度营，并配属有

40 辆坦克。

皇家炮兵团，团长玛古·劳德准将。下辖第 8、第 12 两个重炮营，第 5 高射炮营，第 965 独立炮兵连和香港新加坡炮兵队。

香港义勇军团，军团长为劳兹上校。成员多为中国人，骨干则是参加过第一次世界大战的西方各国寓居香港人士。下辖 7 个机枪连、4 个炮兵连、1 个高射炮连，以及工兵、辎重、航空、通信、救护、警卫等部队，共 1720 人。

海军约 870 人，有小型炮艇 4 艘、鱼雷艇 8 艘、武装巡逻艇 15 艘。

空军约 100 人，有鱼雷轰炸机 3 架、水陆两用飞机 2 架。

加起来，香港守军有 1 万多人。

听着听着，杨慕琦渐渐皱紧了眉头。显然，用这点兵力去和日军 10 万精锐相拼，无疑是以卵击石。

见总督面色凝重，马尔特比又补充说道："据我了解到的最新情况，贾乃锡将军回国后，四处呼吁向香港增兵。也许首相这次听进了他的建议，准备向香港增派两个营的加拿大军队。"

杨慕琦点了点头："这倒是个鼓舞人心的消息。不过，在没见到这支援军登陆香港之前，还只能算是一张支票。"

斟酌片刻，杨慕琦又问道："将军，一旦爆发战争，我说的是一旦，您认为香港能坚持多久？"

马尔特比想了想："如果那两个营的加拿大援军能按时到达，贾乃锡说至少能坚守 130 天。"

"我问的是您的看法。"杨慕琦强调说。

马尔特比叹了口气："我希望战争不要发生。如果发生的话，我不如贾乃锡将军那么有信心，最乐观的估计，能守 30 天吧。"

"30 天。"杨慕琦起身，自言自语地在屋子里踱步。

"国内要是能再多给我们增加一点兵力就好了，哪怕再多两个营，我就能多守个十天半个月。”

杨慕琦摇摇头：“多守个十来天又能怎么样？香港还是得沦陷，我们还是摆脱不了战死，或者被俘的命运。”

“可惜，香港不是帝国的防御重点。”马尔特比小声嘀咕了一句。

他这句话算是说到了点子上。

丘吉尔坚定地认为，站在英国国家战略安全的立场，印度是英国在远东的第一防卫重点。印度被誉为“大英帝国的奶牛”，这片广袤而富庶的殖民地，是英国重要的后勤保障基地。失去印度这头肥壮的“奶牛”，意味着大英帝国不是被饿死，就是会患上严重的营养不良。

其次，英国更关注新加坡的生死存亡。之所以会这样，是因为新加坡一直是英国苦心经营的战略支撑点。长期以来，英国都是借助新加坡这个重要舞台，在南洋开展政治经济和文化活动，以显示大英帝国在远东的存在。

至于香港，虽然也很重要，但是因为背靠大陆，易攻难守，丘吉尔因此不愿投入太多的兵力和物力。在他看来，死守香港不但不划算，而且得不偿失。战略性地放弃香港，倒是一个不错的选项。

“难道我们就没有其他办法了吗？”杨慕琦不甘心坐以待毙，他实在不愿意设想自己被日军俘虏的场景，那不仅是个人的不幸，更是大英帝国的耻辱。

马尔特比缓缓地说道：“办法倒是有一个，就怕时间来不及了。”

杨慕琦的眼里一下有了光彩：“快说给我听听。”

“找找陈策，那个中国政府派驻香港的军事代表，通过他跟重庆方面交涉一下，一旦日军发动进攻，让中国军队迅速驰援，在背后捅日本人一刀，香港之危立马就能解除！”

杨慕琦刚一拍大腿：“好主意！”眼神随即又变得暗淡下来。他知道，英国政府基于两方面的考虑，绝对不允许中国军队，别说中国军队了，就连华人拥有武器的现象都不能出现在香港。

首先，因为100年前的那场鸦片战争和一纸《南京条约》，给中华民族留下了一道太深的伤痕，香港由此变得格外敏感。大英帝国最担心中国政府借着抗日战争，再把香港夺回去。

其次，英国不想因为中国军队介入香港的防务，引起日本的不满和报复。

张伯伦任首相期间，英国政府一度对日本侵华战争采取名为中立、实则放纵的绥靖政策，并在1939年和1940年，先后与日本签订了《初步协定》和《英日关于封闭滇缅公路的协定》，严格禁止世界各地的援华物资，通过英属殖民地运往中国，其中也包括香港。这种不惜以危害中国抗战来谋求与日本妥协的卑劣行为，理所当然地受到全世界正义力量的谴责。

虽然张伯伦下台了，换了对日本更加强硬的丘吉尔。但是，“没有永远的朋友，也没有永远的敌人，只有永远的利益”这个国际政治法则并没有失灵，还在起作用。杨慕琦有点吃不准，如果自己邀请中国军队协防香港，会不会招致国内的严厉批评？会不会损害大英帝国的长远利益？

杨慕琦说出自己的顾虑，马尔特比劝导他说：“我们请求中国军队增援，只是一个单纯的军事行动，和政治无关。况且这样做，对大英帝国的利益并没有丝毫的损害。”

杨慕琦也好，马尔特比也好，他们这时都还不知道，就在这年1月，英国政府派台尼斯少将到重庆，担任驻华大使馆武官。除了武官这个公开职务，台尼斯还负有一项秘密使命：一旦英日开战，英中双方将加强军事合作。其中就包括如果香港遭到日军进攻，中国军队应向广东及日军后方发动攻击，以减轻香港守军的压力，共同保卫香港。

听完马尔特比的建议，杨慕琦点了点头。说实在话，此时他也想不出更好的办法了。杨慕琦上任后，只在欢迎宴会上见过陈策一面，对这位身材矮小、身体残疾的中国海军中将，他并没有什么深刻的印象。不过，既然都在香港，就是拴在一根绳子上的两只蚂蚱，战火一开，谁都跑不了。同病相怜也好，盟友道义也罢，互相帮帮忙总不是什么坏事。中国有句老话：天无绝人之路，就去见一见那个独腿将军吧，说不定真还会有意外的惊喜。

（四）

陈策吃完早点，穿好外套，准备出门。他的办公地点在香港皇后大道亚细亚行二楼，对外称“华记行”，国民党港澳总支部“荣记行”也在附近，便于陈策两头跑，处理日常公务。“华记行”和“荣记行”表面看都是做买卖的商号，实际上却是重庆中枢设在香港的重要机关。

位于香港皇后大道的“华记行”旧址门面

位于香港皇后大道的“华记行”旧址大楼

位于香港皇后大道的“荣记行”旧址上盖起了高楼

汽车已经停在门外，副官杨全进来帮陈策把公文包提到了车上。20 岁出头的杨全，身材敦实健硕，目光如炬，一看就是练武之人。他原先跟着陈策父亲做贴身警卫，后来陈父见儿子一直在枪林弹雨中奔波，便把忠诚厚道的杨全送到陈策身边做了副官，主要职责就是保护陈策的安全。

杨全打小习武，拳脚刀枪，一身好武艺，自从跟了陈策，就成了陈策得力的左膀右臂。当年陈炯明的叛军攻打总统府，孙中山先生危在旦夕，这让待在“宝璧”舰上的陈策急得跳脚。关键时刻，杨全自告奋勇，带了几个人化装成叛军上岸接应。

孙中山被迫撤离越秀楼后，扮作一个江湖郎中，在秘书的陪同下刚走到珠江边的天字码头，就被杨全带人给扣下了。孙中山等人大惊失色，以为落到了叛军手里。情急之下，杨全也没有工夫多做解释，他朝手下使了个眼色，硬是将孙大总统“劫持”到了“宝璧”舰上。真相大白，孙中山对陈策赞不绝口。

因为杨全的忠勇机智，一场危机顿时消弭于无形。

跟往常一样，妻子梁少芝把拐杖递给了行将离家的丈夫。这时，电话丁零零响了起来。陈策拿起听筒，另一头传来一个熟悉的声音：

“策叔吗？你先别去华记行了，我马上过来拜访你。”

陈策大喜过望：“哎呀，杰夫兄啊，你什么时候到的香港？也不打个招呼！”

“行了，见了面咱们再细聊。”

放下电话，陈策赶紧嘱咐妻子：“少芝，杰夫一会儿要来，你把上回罗总督送给我的咖啡拿出来，好久没见面了，让杰夫尝尝我的手艺。”

陈策嘴里的杰夫兄，正是时任国民党军事委员会军令部第二厅副厅长，负责掌控军事情报的大总管郑介民。

郑介民和陈策是同乡，海南文昌县文教镇水村人，离陈策的老家沙港村不过百十里地。他比陈策小 3 岁，1897 年 9 月生人。

郑介民虽然出道比陈策晚，但升迁却比他这位兄长快，关键是人生要紧处的那两步他都赶在点子上了。

1924 年 8 月，郑介民报考黄埔军校第二期，被步科录取，从此在蒋校长的领导和关照下，成为日后炙手可热的黄埔系的一员干将。比起其他黄埔系学员来，郑介民还有一个优势：他率先在军校发起组织“孙文主义学会”，并凭着自己的聪明才智，四处收集情报，和共产党对着干，为蒋校长立了一大功。随后他考入黄埔军官学校，组织“孙文主义学会”，从而进入蒋校长的法眼。这成为郑介民仕途起步的两块“金敲门砖”。

1931 年 11 月，得知蒋介石准备成立“复兴社”，郑介民积极请求参加。后来他被选为“复兴社”干事会干事并兼任特务处副处长，处长则是大名鼎鼎的特务头子戴笠。自此，郑介民奠定了自己在军统内部仅次于戴笠的二号位置。

蒋介石的“十三太保”中，有个郑庭炳，也就是郑介民。这样的背景和人脉关系，令只知道冲锋陷阵的陈策自叹弗如。

1937 年“七七”事变后，郑介民任参谋本部第二厅三处处长，主管对日作战的情报工作。第二年升任现职。1939 年 9 月，郑介民带职到陆军大学将官班第一期受训，学习期间著有《谍报勤务》和《军事情报学》等书，毕业后不久即兼任中苏情报合作所副所长。

眼下，陈策是海军中将，郑介民是陆军少将。郑介民虽然军衔上少了一颗星，但位居中枢，直接参与国家军政大事决策。而陈策呢，先前的参议院参事只是个虚职，即便当了驻港军事代表，也并非什么好差事，只是个出力卖命的角色。坦荡耿直的陈策对这些东西并不在意，在他眼里，郑介民就是一个小同乡，一个小兄弟，他热情款待郑介民，是要尽地主之谊。还有，郑介民在国民党内是公认的“军事谋略家”、著名的“国际形势分析家”。下一步该如何应对香港这个乱局，陈策还真想从这个小老弟那里打探一下高层的动静，讨点主意。

9 点 30 分，郑介民如约而至，随行的还有一个瘦瘦的年轻人。

陈策把煮好的咖啡交给妻子，从厨房出来和郑介民握手寒暄。郑介民拉过那个年轻人：

“来，认识认识，这就是大名鼎鼎的独腿将军陈策，在虎门和日本鬼子打了一年，日本人一听到陈策的名字头皮就发麻。快叫策叔。”

“策叔好。”初次见面，年轻人有些拘谨。

“这位后生是？”陈策见来人面生，没敢贸然称呼。郑介民拍了拍年轻人的肩膀：

“小李，李裁法，我们香港站的工作人员，这次派他做我的临时秘书。”

“听李先生的口音，府上像是上海人？”陈策这个老江湖，听音辨人在圈子里是出了名的，一辨一个准。

“回策叔，我生在上海，祖籍台湾。”李裁法恭敬地回答。

陈策一伸手："快，请入座。"

梁少芝手持一把咖啡壶进来，依次为客人把杯子斟满。

郑介民赶紧起身："哎哟，我的好嫂子，你真是折煞介民了。"说着，就要去夺梁少芝手里的咖啡壶。

梁少芝一侧身："客气什么，你是远道而来的贵客，嫂子给你斟杯咖啡，这可是主人的分内之事。"

陈策也拦住郑介民："你嫂子说得对，都是自家人，别客气。"

郑介民这才又落座。

李裁法见上峰对陈策夫人如此谦恭，也赶紧起身礼让，没承想不留神碰翻了满杯滚烫的咖啡。褐色的汁液冒着热气，直接浇在他的右手背上，顿时起了几个发亮的水泡。年轻人涨红着脸，连声道歉。

郑介民打着圆场，直说"没事没事"。

梁少芝瞪了他一眼："什么叫没事，感染了就麻烦了。来，嫂子帮你上点金疮药，包扎一下。"

李裁法看看郑介民。郑介民挥挥手："还愣着干什么？去吧！"

李裁法跟着梁少芝去了另一间屋子，陈策才得空和郑介民切入正题：

"杰夫兄，你是无事不登三宝殿，说说吧，你这次来香港做什么？中枢对香港今后的时局有什么看法？"

郑介民搓了搓虚胖而红润的脸庞，往沙发上一靠：

"不瞒你策叔，我这次来香港，就是要详细了解香港英军的防务状况，以供中枢决策参考。"

陈策灵机一动，前两天港督杨慕琦才找过他，请他转达重庆高层，一旦爆发战事，希望中国军队在侧后打击日军，协助守军保卫香港。他觉得郑介民这个时候来香港真是天赐良机，正好可以谈谈这个问题。

更为巧合的是，郑介民这次赴港正和中国军队参与保卫香港有关。

日军陈兵深圳河，英国政府认定日本进犯香港只是时间问题。于是，原驻华武官、现英国驻华军事代表团团长台尼斯奉命同中方接洽，请求国民党政府在必要时派兵救援香港。蒋介石呢，也很想保住这条国际运输线，双方一拍即合。在这样的背景下，派郑介民前往香港进行联络。

郑介民是何等精明之人，他认定日军很快就会发动进攻，因此对执行这次任务怕得要命，借口生病赖在医院里迟迟不出来，同时向蒋介石建议，不要派兵去香港，香港根本守不住。戴笠见他不肯临危受命，大发雷霆，扬言就算日军占领了香港，也要派飞机把他空投下去。郑介民的老婆柯漱芳是个泼妇，大骂戴笠居心不良，要让自己的老公去送死。

后来，郑介民考虑这是最高当局的旨意，又是战争时期，如果抗旨不遵，会给政敌落下把柄，所以还是硬着头皮来了。到香港后，郑介民住进了军统香港站本部，也在九龙太子道，离陈策的居所不太远。第二天起了床，就急着来拜望陈策。之所以急，有两个原因：一是抓紧时间了解情况好回重庆复命；二是办完正事赶紧走人，以免夜长梦多身陷战火。

郑介民顾不上喝咖啡，眼巴巴地望着陈策。

陈策先向郑介民介绍了香港守军的兵力和武器装备，然后指着墙上的五万分之一的军用地图，详细讲解港英当局构筑的军事防线和兵力部署。

位于九龙的醉酒湾防线是香港最重要的防御体系。

醉酒湾防线西起新界葵涌醉酒湾（即现在的葵芳），经金山、城门水塘、毕架山、狮子山、大老山，直至最东边的西贡牛尾海，全长约18公里。防线充分利用九龙半岛北部多个山峰，作为天然屏障。

英军在香港构筑的防御阵地之一

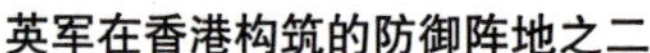

英军在香港构筑的防御阵地之二

英军在香港构筑的防御阵地之三

从1936年至1938年，英国人花了近2年的时间，建成了这条被誉为“东方马奇诺”的醉酒湾防线。说是防线，并不是一条线性的防御带，而是由地堡、机枪阵地及战壕等军事设施构成的一个有宽度、有纵深的防御体系。碉堡之间有暗壕相连，便于守军机动，也可有效减少伤亡。交通壕上覆盖着1米到1.5米厚的混凝土，能够承受日军野炮的轰击。

最有创意的是，这里的每条交通壕都有一个名字，因为驻守的士兵以英军为主，所以交通壕全部用伦敦的街道命名。设在城门碉堡总指挥部的入口处，平整的水泥壁上也刻着一个响亮的名称，那是伦敦一家著名的五星级酒店。

醉酒湾防线是香港连接大陆的咽喉锁钥之地，战略地位十分重要。向北可以抵御日军的进攻，扼守敌人南下的通路；向南是香港的第一道防线，也是维多利亚港湾防御体系的缓冲带。这条防线一旦失守，等于向日本人敞开了进入香港的北大门。

醉酒湾防线的构筑，在指导思想上注入了当时法国为防范德国入侵，沿边境建造的马奇诺防线的理念。英军当时估计，依托醉酒湾防线，至少可以抵抗日军半年。

醉酒湾防线被称为外防线。还有一条内防线，以香港岛上的黄泥涌峡、湾仔、太平山、摩星岭炮台为核心组成。

除此之外，港英当局还在港岛布局了不同层次的防御体系：

维多利亚港的东西入口，修建了多座重炮炮台；

港岛沿岸有 70 多座机枪碉堡，组成可以相互支援的交叉火力点；

维多利亚港湾北岸满布铁丝网，上环及青衣的出海口也拉上了铁链，一旦需要随时可以封港，只留青洲琉璜海峡供船只出入；

港岛的主要山头都构筑了碉堡及掩体。渣甸山上的两座机枪堡，在日后的作战中，曾给日军造成重大伤亡；

同时，港岛还划分了多个防空区域，挖掘了60个防空洞。在西湾（现为柴湾）、黄泥涌峡、南朗山、龙虎山及瀑布湾等地，都筑有高射炮阵地。

靠在沙发上的郑介民半眯着眼，像睡着了一样。其实，陈策介绍香港防务时说的每一句话，甚至每一处细节，都没逃过他那两只灵敏的耳朵。他很佩服陈策这个老大哥，真不愧是总理培养出来的干才，上任才多长时间呀，就把香港的防务情况摸得一清二楚。

他哪里知道，陈策就任军事代表后，为了弄清楚英军的整个防御部署，除了听取下面汇报，看一些情报资料外，还拄着一个拐，花了半个多月时间，把能去的地方、能看到的设施，都跑了一遍，看了一遍。不光自己人，就连英国人都被这个年近五旬的独腿将军的工作精神所感动，许多平日里警卫森严的军事设施，全都无条件地向陈策开放。陈策曾跟属下开玩笑，说自己的这条瘸腿，就是一张特别通行证。

有对全局的清醒认识和把握，有大量的第一手材料，再加上自己独立的思考和分析，陈策介绍的情况既翔实，又有很强的说服力。郑介民原来还想再跑几个地方，现在看来没必要了，自己需要的东西陈策这里都有。

不知什么时候，李裁法也出来了，右手缠着纱布，坐在一旁静静地听。

“对面的日军有什么动向？”郑介民又问。

讲得口干舌燥的陈策喝了口咖啡：“敌人在港九一带部署了几个师团，七八万人，来者不善呀！”

“依你之见，他们会进攻香港吗？”郑介民问道，这也是他最为关心的一个问题。郑介民曾经坚信日本绝不会冒着与英美翻脸的风险进攻香港。所以，当一些党国大员纷纷向内地转移家眷和财产时，他却把自己的积蓄全都存到了香港的银行里。

“杰夫，这我正要问你呢，你这个军事谋略家对当前局势怎么看，有什么高见呀？”陈策笑吟吟地看着自己的小老乡。他这才注意到，几年不见，郑介民明显地发福了。

郑介民一反从前“香港打不起来”的论调，来了个 180 度的大转弯：

“我看日军迟早都会动手。香港这个弹丸之地，缺乏战略纵深，更没有迂回空间，摆不了太多的兵力。战火一开，估计用不了一个月就会被日军占领。”

“那你看我们应该怎么办才好？”陈策不动声色地问道。

郑介民凑近陈策耳边：“委员长不是说过吗，‘未到牺牲的最后关头决不轻言牺牲’。依我看三十六计走为上，特别是你跟别人不一样，先不说少一条腿，你是党国的重臣呀，要早做打算。”

听了郑介民这番推心置腹的话，陈策有些感动。不论自己是否认同郑介民的观点，但起码郑介民表现出了足够的真诚。作为一个心狠手辣的大特务，关键时刻能掏心窝子，实属难得。

梁少芝给大家添新煮好的咖啡，笑着问郑介民：“月秋侄女还好吧？”

郑介民的女儿郑月秋原先一直寄养在陈策家里。日本占领南京后，郑介民随国民政府撤到重庆，就把女儿从香港送回了文昌老家。

“好着呢，都长大成人了，总说有机会一定要来香港看策叔和你。”

喝着咖啡，陈策问道：“味道怎么样？和你的手艺比如何？”郑介民当年在马来西亚开过咖啡店，有一手炒咖啡的绝活。

郑介民点点头："不错不错，甜度适中，稍微炒过火了些，苦味有点重。但是咖啡是上好的进口货。"

陈策有些得意："这是已经卸任的罗富国总督送给我的。新来的总督叫杨慕琦，巧的是他也爱自己炒咖啡，上回我去总督府，品尝了一下他的手艺，水平跟你不相上下。怎么样，你要是还不走，我介绍你们认识认识，以炒咖啡会友，一定很有趣。"

郑介民抱抱拳："谢谢策叔美意，杰夫公务在身，实在不敢耽搁。下次，下次有时间，一定去会会这位新港督。"

谁也没想到，郑介民还没走，日本飞机的炸弹就扔进了启德机场……

第二章　黑色星期一

（一）

1941 年 12 月 1 日晚，广东大亚湾海域。晴朗夜空闪烁的星光，像一只只掠过天幕的流萤。突然，随着空中阵阵发动机的轰鸣声，一架大开着航灯的飞机鬼魅似的出现在南中国海的上空。一支隐藏在渔船上的国军机动防空部队，发现了这架由台湾飞往广州的日本飞机。于是，伪装成桅杆的高射炮立即开火，飞机中弹燃烧。最后，这架编号为“363”的美制道格拉斯 DC−3 型双引擎民航客机，在迫降过程中坠毁在惠阳平山圩狮朝洞高地北侧山腰。

“363”号客机的突然失踪，顿时让日本大本营炸了窝，连夜急电驻扎华南的第 23 军和第 7 飞行团，火速前往相关地域搜索，不惜一切代价，将飞机残骸运回或炸毁。一架失事的飞机何以让日军高层如此紧张慌乱?

原来，“363”号名为客机，实为军部掌控的军用专机。此次飞机上共搭载了 18 名乘客，其中两个人的身份最为特殊。一个是参谋本部机要参谋课课长杉板共之少佐，还有一个是南云舰队的密码参谋官前田良平少佐。前者随身携带着日本发动太平洋战争的“敕使密件”，那是大本营制定的对美英荷开战的绝密军事决策、各项作战指令和实施细则，甚至包括了预定在 12 月 8 日开战这样的敏感信息。这份敕使密件，今天下午 4 点才在御前会议上由天皇亲自批准，距飞机被击落还不到 6 个小时。而后者的公文包里，则装着南云舰队的全部通讯密码。

南云舰队，以舰队指挥官南云忠一海军中将的名字为代号。这支特遣舰队由6艘航空母舰、2艘战列舰、3艘巡洋舰和9艘驱逐舰组成，是执行大本营向美英荷开战计划的一个“杀手锏”。舰队11月26日从千岛群岛出发，已在北太平洋上隐蔽航行了整整6天。此刻，完全处于无线电静默状态的南云舰队，正劈波斩浪，诡秘地驶向美国太平洋舰队位于夏威夷的基地珍珠港……

敕使密件中，还包括进攻香港的命令，内容是这样的：

大陆命第572号

命　令

一、帝国决定对美国、英国、荷兰开战。

二、中国派遣军总司令官应协同海军，以第23军司令官指挥的第38师团为骨干部队攻占香港。

开始作战应在确认南方军在马来登陆或空袭之后。

攻占香港后，应确保该地附近实行军事管制。

三、中国派遣军总司令官从今天起可执行下列事项：

（一）在开始作战前，如受到敌人正式先发制人的攻击时，可随时进行反击。

（二）如敌机对我军事行动进行反复侦察时，可予以击落。

昭和十六年（1941年）十二月一日

奉旨传谕　参谋总长　杉山元

致中国派遣军总司令官　畑俊六

难怪日本大本营的官员急得几乎发疯，无论敕使密件，还是南云舰队的通讯密码，这些事关日本国生死存亡的重要文件一旦落入中国军队手里，后果可想而知。

半个世纪前那个夜晚，中国高炮部队的精彩伏击，差点改变二战的历史。

遗憾的是，中国军队的动作稍稍慢了半拍，等军统特务带着搜索分队抵达飞机坠毁现场时，那里已成焦土。一天前，日本的两架轰炸机对这里进行了狂轰滥炸，还扔了几颗燃烧弹。除了几具面目全非的尸体，中国方面一无所获。

南云舰队侥幸躲过一劫。日本大本营制订的“南进”作战计划得以有条不紊地贯彻执行。

与此同时，港九一带的日军开始行动了。

1941 年 11 月 5 日，御前会议正式批准了两个月前帝国陆军呈报的“南方作战”计划。其要点如下：

一、作战目的：摧毁英、美在东亚的主要根据地，占领必要的领域，同时攻占并确保荷属东印度，以确立自足自卫的态势，并利用此等战果，迫使中国屈服。

二、作战范围：同时进攻香港、英属马来、英属婆罗洲以及菲律宾、爪哇等地区，并迅速占领之，然后再占领荷属东印度。

三、作战时间及兵力：攻占香港，需二三十天，由中国派遣军所辖第 23 军，以约 1 个师团为基干的兵力承担；攻占菲律宾，约需 45 天，以 2 个师团、1 个飞行集团为基干的一个军的兵力承担；攻占英属马来，约需 100 天，以约 5 个师团、2 个飞行集团组成的一个军的兵力承担；攻占荷属东印度，以约 3 个师团、1 个飞行集团为基干的 1 个军的兵力承担。

次日，1941 年 11 月 6 日，参谋总长杉山元大将秉承天皇旨意，向中国派遣军总司令官畑俊六下达了准备攻占香港的命令：

大陆命第 557 号

命　令

一、中国派遣军总司令官应与海军协同作战，以第 23 军司令官指挥的第 38 师团为基干部队，准备攻占香港。

二、有关细节由参谋总长指示。

昭和十六年（1941 年）十一月六日

参谋本部点名第 38 师团担任攻打香港的主力，并非一时的心血来潮或者随口一说。日军第 38 师团于 1939 年 8 月在日本名古屋编练成军；同年 10 月被派往中国，在广州黄埔港登陆，先后编入第 21 军、第 23 军战斗序列，一直在华南一带执行作战任务。第 38 师团的官兵熟悉华南的地形和风土人情，也比较适应那里炎热多雨的气候。他们曾参加过中山攻略战、良口会战、东江作战和封锁中英边界等大小战斗 390 多次，可谓身经百战。

中国派遣军第 23 军司令官酒井隆中将，在广州官邸召见第 38 师团长佐野忠义，当面向他宣读了参谋总部下达的作战命令。

54 岁的酒井隆是个中国通，更是个狂热的军国主义分子。20 世纪 20 年代末任日本驻济南公使馆武官，直接参与制造了 1928 年的“济南惨案”，导致 7000 多名中国军民伤亡。1940 年 6 月，酒井隆一度奉调回日本，任留守近卫师团师团长。一年半后重返中国，担任驻广州的第 23 军司令官。酒井隆嗜血成性，曾用刺刀挑开中国少女的腹部，用死者的血喂养他的狼狗。抗战胜利后，1946 年 8 月 27 日，杀人狂魔酒井隆被南京军事法庭判处死刑；9 月 30 日执行枪决。这都是后话了。

日军第 23 军司令官酒井隆中将（中坐者）正在指挥进攻香港作战

返回驻地的第二天，师团长佐野忠义中将立即召开团队长会议，正式传达进攻香港的作战计划。现年 42 岁的佐野忠义是日本静冈县人。这年 6 月 20 日，刚从野战炮兵学校校长调任第 38 师团长，屁股还没坐热，就被推到了攻打香港的最前线。

分配完各单位的作战任务后，佐野忠义又特别强调了战场纪律和开战后的攻击顺序，包括一些作战细节。其实都是参谋总长衫山元大将的指示：

诸位，我重申以下三点。一、关于攻击时间，一定是在马来方面的作战开始之后，请务必牢记。届时听从师团司令部的命令，不可擅自提前或者推后发起进攻。二、我们的行动要尽量隐蔽，进入集结地域后，各级军官要对下属严加管束，防止因为言行不慎暴露作战意图。三、战斗打响后，我们师团的攻击目标依次是：首先占领大帽山东西一线，然后突破城门蓄水池的敌军阵地，继而攻占九龙半岛，最后抢渡维多利亚海湾，从北岸登陆港岛，逐步扩大战果扫清残敌。

第 38 师团下辖 228、229、230 三个步兵联队，一个山炮联队、一个工兵联队和一个辎重联队，装备有 40 门山炮、5 辆轻型装甲车和 40 台运输车，加上机关、医院等单位，总兵力 1 万余人。很显然，单靠第 38 师团攻打香港，兵力略显不足。为确保在规定的时间内打败英军，拿下香港，第 23 军组织了飞行队和重炮队，同时，还与日本第二遣华舰队密切联络，开战后从空中、地面和海上为第 38 师团提供强大的火力支援。

为杜绝后顾之忧，酒井隆还命令第 51、第 104 师团和荒木支队在华南担任警戒任务，阻击中国军队增援香港。

日军以军事演习为由，夜行昼伏，打算在人们的眼皮子底下，悄然将一个师团的兵力和各种重武器输送到集结地域。但是，不论怎么掩饰，多少都会露出一些马脚。深圳九龙一带人心惶惶，“日本要进攻香港”的流言满天飞。这对日军隐蔽接敌，达成战役突然性的初衷非常不利。

这天，日军负责辎重运输的北岛支队长，在县城的一家酒楼宴请宝安县县长夫妇，北岛斟满酒，诚恳地对县长说：

“皇军将远征中国大西南，部队有一些调动，以及提前储备粮草和其他军需物资，都是例行军务。市面上谣传皇军要攻打香港，纯属无稽之谈，真是让我们为难。希望县长阁下在适当的场合，向老百姓讲明事实真相，不要轻信谣言，以免扰乱人心，影响民众的日常生活。”

伪县长哪敢说半个“不”字，连忙满口答应。

第三天，宝安所有的机关学校、乡镇集市，都贴出了县政府的布告，宣称日本政府和英帝国是朋友，皇军绝不会进攻香港，奉劝全体乡民不要轻信谣言，安居乐业，同享大东亚共荣。

接着，日军又施放出一系列欺骗性的烟幕：

所有向边界地区运送武器弹药的汽车，都在车厢尾部装上少量的粮食及日用品，装扮成军需补给车；

难以伪装的大炮、坦克等重型武器，白天隐藏在英军观察不到的村落、山沟及民房里，晚上借着夜色掩护，灭灯上路；

边界地区的所有商店和娱乐场所，无论发生什么情况都不准关门，必须照常营业；

日军警备队如期举行运动会，还发函邀请英方派人观摩；

深圳南侧的金牌岭，是英方密切监视的一个重点，日军特意派随军慰安妇10余人，公开慰问驻扎在山上的英方警备部队；

……

表面上看，社会秩序、老百姓的生活一切正常。暗地里，第38师团按照预定计划，已于1941年11月底以前，全部进入攻击阵地。

（二）

马尔特比将军望穿秋水。

香港人盼星星盼月亮。

1941 年 11 月 16 日上午，英国大型运输船“阿华提号”满载着 1973 名加拿大士兵，在“罗伯特亲王号”和“达奈号”两艘巡洋舰的护卫下，经过 20 个昼夜的航行，从温哥华出发抵达香港。

3 天前，陈策就从港督府得知了援兵即将到达的消息。一上班就带着副官徐亨到了维多利亚港。这时，港口内外早已挤满了前来欢迎和看热闹的人。港督杨慕琦身着一套笔挺的深色西装，驻港英军总司令马尔特比将军则穿着胸前别满勋章的军礼服，两人容光焕发，正愉快地交谈。看见陈策，立即迎上前来，同他握手拥抱寒暄。

“陈将军，我们的老朋友贾乃锡将军真是言而有信，他亲口答应过我回去后一定想办法给香港搬救兵，哈哈，这不，援军马上就要到了！”向来稳重的马尔特比脸上一扫前些日子的愁云，笑得褶子都舒展开了。

杨慕琦表现得比马尔特比克制些：“这下日本人想进攻香港，更得掂量掂量了。”但是，从总督眉宇间露出抑制不住的喜气，陈策看得出来，他的高兴程度丝毫不亚于马尔特比。

“呜——”随着一声高昂的汽笛，“阿华提号”缓缓驶进港湾。

军乐队奏响热烈的迎宾曲，人们挥动着五颜六色的小旗，欢声雷动。船上的加拿大官兵列队行礼，向欢迎的人群致意。

陈策向身边的徐亨小声说了一句：“这些士兵很年轻啊！”

“嗯，嗯。”徐亨伸着脖子只顾看仪仗队表演，心不在焉地应了两声，并没有体会到陈策是话中有话。

增援香港的加拿大军队，由一个旅司令部和“温尼伯掷弹兵团”“加拿大皇家来复枪团”2 个正规营组成。旅长罗森准将曾参加过第一次世界大战，并荣获十字勋章。在担任这支援军的司令官之前，他是一名上校军事教官。除此之外，该部队的其他人，绝大多数都没有作战经验，也没有经过严格的训练。

陈策以一个老兵的眼光，一眼就看出这支临时组建的援军缺乏战斗力，因此，才对徐亨发出了“这些士兵很年轻”的感叹。

战斗力不强是一个方面，还有个问题，由于“阿华提号”装不下援军配备的200多辆大卡车和水陆坦克等重型武器装备，所以一旦进入实战，部队的机动能力和火力都受到很大影响。这些车辆和武器，一直拖到12月4日才在加拿大装上美国货轮“道琼斯号”驶向香港。倒霉的是，船刚到马尼拉，太平洋战争就爆发了，眼看着近在咫尺的香港却被战火阻隔，渐行渐远……

不管怎么说，加拿大援军的到来，让一些本来就不希望、不愿意打仗，甚至不愿意正视战争危险日益临近的香港市民、守军官兵，以及达官贵人们更加有了底气。一时间，“港九边境那边只有5000日军，根本不敢开战”“日军不善夜战”“日军缺乏重型武器，难以攻克酒醉湾防线”“日本飞行员都是近视眼，不能进行俯冲轰炸”等各种稀奇古怪的论调不绝于耳，盲目乐观的情绪在空气中蔓延、发酵，吹起了一个硕大无比的虚假的和平泡沫。

有人幻想和平，也有人积极备战。英国人素以做事认真、刻板而闻名。早在罗富国的“撤军论”被帝国政府否定后，从1938年广州沦陷起，香港的战备工作就没有停止过。

为了应对战时繁杂的各种事务，港督未雨绸缪，先行扩大了香港政府各部门的职权，而扩大的这部分职权，都和军事、战争有关。比如：中国事务秘书兼情报组主任；财政秘书兼贮备主任；警务处长兼陆上交通主管及保安总主任；陆军司令兼防卫主管。就连御用大律师和港大副校长，也分别兼任了撤退主管和检查主任。

香港防空力量历来薄弱，只驻扎着一个由苏利云上校指挥的英国皇家空军中队。“英国皇家空军中队”，听起来很唬人，其实只装备了3架老式的鱼雷轰炸机和2架水陆两用飞机。于是，政府下令新组建了防空部队，建立了警报点，挖掘了大量的防空洞。

英国驻港海军司令哥连臣准将指挥着 1 艘驱逐舰、8 艘鱼雷快艇、4 艘炮艇和一些武装巡逻艇。为加强海防军力，港府又在港岛沿岸的赤柱、春坎角、白沙湾、大浪湾等处修建了 29 座炮台，炮口直指未来可能的日军舰船航线和各登陆口岸。

总之，1941 年岁末的那段时间，生活在香港的人神经几乎快绷断了，人人屏声静气，等待着靴子落地的那一刻！

皇后大道亚细亚二楼代表处办公室，陈策点着一支烟，站在窗前，看着外面街道上熙来攘往的行人，思考着下一步的工作计划。这时，徐亨急匆匆推门走了进来，把一张卷着的告示摆在陈策的办公桌上：

“策叔，你看，这是我们的眼线今天上午从深圳那边的一个集市上，揭下来带给我的。”

陈策快速浏览了一下告示的大致内容：

谨告各位乡邻：大日本皇军近来征粮调兵，只为转战西南战场所需，并非存有攻打香港的企图。望本辖区内农渔工商、贩夫走卒各色人等，切勿轻信谣言，扰乱社会民心。大家理应各守职责，本分工作，安心从业，以免落入不轨分子之险恶圈套里。落款是宝安县政府。

陈策轻蔑地“哼”了一声：“日本崽的脑子真是让椰虫给蛀了，为掩人耳目竟出如此下策，岂不是此地无银三百两嘛！从反面去读这张告示，日本崽明明白白在告诉我们，他们马上就要动手了！”

徐亨点点头：“策叔说的是，我们怎么办？”

“义勇军那边你联系了吗，有什么新情况？”陈策让徐亨这几天多跑跑香港义勇军那头，帮着做一些宣传动员工作，守卫香港，多一个人就多一分力量。

徐亨告诉陈策，大敌当前，不少外籍港人和当地华人同仇敌忾，踊跃报名参加义勇军，协助英军守卫香港。休斯军团已经招募了 2000 多人，其中有

1000多名葡萄牙后裔，剩下的大都是华人。休斯军团是属于香港义勇军的一支队伍，以第一任军团长、英国人休斯的名字命名。

"'囚军'的问题呢？"陈策又问道。1938年日军攻占广州，一些中国军队被迫退入香港。英政府为了示好日本，表明自己并不支持中国抗日的立场，下令港英当局将这些中国军人缴械后，关押在九龙马头涌一处旧军营。这批华军共有五六百人，香港人称之为"囚军"。当下正值用人之际，这些"囚军"不仅身强力壮，而且受过正规训练，又有战争经验，只要给他们每人一杆枪，五六百人就是五六百只下山的猛虎。为此，陈策曾多次向港英政府呼吁，把囚军组织起来，编入义勇军，准备参加战斗。但是，不论罗富国还是杨慕琦，在这个问题上总是瞻前顾后，吞吞吐吐，迟迟不表态。最近事态紧张，港督的口气总算有些松动，陈策就派徐亨一直盯着这件事。

"'囚军'的事有眉目了，港督府的中国事务秘书正在办。最迟明天，'囚军'全部编入义勇军，单独成立一个建制。"

"很好，杨慕琦总督这样做，无论对香港，还是对那些'囚军'，都是件功德无量的好事。"陈策脸上总算露出一点笑容。

国军变囚军，囚军变义勇军，变来变去，还是扛枪打仗！

作为带有志愿者性质的一支本土武装力量，香港义勇军的历史可谓悠久。

1853年10月，为争夺巴尔干半岛的控制权，土耳其、法国、英国、撒丁王国先后向俄国宣战，克里米亚战争爆发。不久，驻港英国皇家海军奉命离港，远赴欧洲参战。

驻港海军前脚刚走，活跃在大鹏湾、伶仃洋一带的海盗后脚就来，对香港周边水域安全造成了严重的威胁。1854年5月，香港政府征召本地志愿者组织义勇军，协助当局维护治安，对付海盗山贼，巩固香港防务。

首批义勇军一共招募了99名欧籍港人加入，这是香港义勇军的肇始。

此后百十年间，义勇军的名号时有改变，也曾被称作皇家香港防卫军、皇家香港军团等，但作为一支本土武装力量，一直活跃在香港这块土地上。其成分除了外籍港人外，以华人居多。1970 年，皇家香港义勇军防卫军解散，在原来的基础上成立了皇家香港军团（义勇军）。1995 年 9 月 3 日午夜零点，在香港历史上存在了 140 年的皇家香港军团（义勇军）正式撤销。

香港义勇军（模型）配合英军抵抗日军进攻

义勇军尽管勇气可嘉，但毕竟只是一支“业余”军队，不论武器装备还是训练水平，和武装到牙齿的日军比起来，根本就不在一个档次。真要打起来，别指望能独当一面，充其量只能是起到一些协防的作用。

陈策对此心知肚明。真要想守住香港，别说义勇军不行，就连现有的守军再加上新来的那两个加拿大营也不行，唯一的希望，就是中国的援军。他曾当面把杨慕琦请求中国军队增援香港的要求告诉郑介民，请他转达最高当局，郑介民满口答应，后来回过一个电话，说已经把报告呈上去了，让陈策等消息，可至今没有动静。陈策为这事急得寝食不安，可脸上依然是平静如水，看不出内心的丝毫变化。

（三）

这天是周末，副官徐亨带着女友余婕拎着一包冠生园刚出炉的点心，从港岛来到九龙陈策的寓所，看望恩师和师母。

陈策年轻时是个体育迷，尤爱打网球、游泳、健身。左腿没了后，网球打不成了，但游泳和健身一直没停。此时，他正在后花园里练习哑铃操。

夫人梁少芝带着客人来到后花园：

“筹硕，看谁来啦？”

徐亨和余婕齐声问候：“义父好！”

“哟，徐亨和余婕来啦！走，咱们屋里坐。”陈策放下哑铃，擦了擦头上的汗，拄着拐杖站起身来。

徐亨和余婕对视了一眼，脸上浮起了红晕，欲言又止。

陈策嗔怪地拍了一下徐亨的头：“你个徐亨，什么时候也学会扭捏了，有话快说！”

梁少芝笑盈盈地看着两个年轻人：“好事，跟你义父说吧。”

徐亨挺直了腰，1 米 9 出头的个子愈加显得挺拔：

“义父，我和余婕准备结婚，想请您做我们的主婚人。”

说完，看了余婕一眼。余婕羞红了脸，笑着点头。

“结婚？现在？”陈策有点蒙，怕自己听错了。

“对呀，就是现在。”徐亨和余婕坚定地回答。

“两个孩子老大不小的了！也该成家了。”梁少芝笑得合不拢嘴。

陈策这才反应过来：“喜事呀，结，干吗不结！哈哈，徐亨要结婚啦！”

他用胳肢窝夹紧拐杖，左手拉着余婕，右臂搂着徐亨，嘿嘿地笑个不停，比自己结婚都还高兴。

“我就担心眼下这兵荒马乱的，冲了孩子们的喜气。”梁少芝说。

陈策一摆手：“不怕，日本崽不是还没打进来吗？少芝，这事由你做姆妈的来操持，给孩子们备一份厚礼。”

徐亨连忙说：“义父，不用了，我们就想简单一点，在教堂里举行婚礼，然后请亲近的人吃个便饭。”

陈策的脸一沉：“嗯？那怎么行，我陈策的义子结婚，绝不能马虎，就是要办得风风光光。这不光是为了你们的脸面，也是要让大家看看，稳定人心，消除一些人的恐惧心理。老话讲‘乱世出英雄’，你们这叫‘乱世结良缘’，这婚结得有气魄，有意义，哈哈哈！”

听了义父这番话，徐亨和余婕也不好再推辞，只是说教堂那边的事他们自己安排，其他的就由义父义母做主。陈策知道徐亨是基督徒，便爽快地答应了。

几个人回到客厅坐下，陈策喝了口茶，又对两个年轻人说：

“要是按照我们老家文昌的习俗，这结婚可讲究了。提亲、订婚、行聘、结婚，一样不能少。先要媒婆牵线搭桥，将女方的八字给男方，叫‘出年庚’；男方家再请算命先生合命，看二人有无冲克，如果命合，便将庚帖在米缸里放置三天，其间没有不祥之兆，才送槟榔或送乾坤帖订婚；女方出嫁前三天，男方还要送一些糕点、礼金，称之为送‘来发’，女方家人要用丝线绞去姑娘脸上的汗毛，整理眉发，叫‘开场’；花轿到了男方，则由‘全福太太’牵新娘入中堂拜天地拜高堂夫妻对拜，然后入洞房。直到这时，整个结婚的程序才算完成，一般都要个一年半载。”

“结个婚这么复杂呀？”余婕惊奇地瞪大了双眼。

“别听他说，我们结婚的时候，没合过八字，没坐过花轿，你义父也没给我送过什么聘礼。”梁少芝揶揄道。

陈策笑了笑："我说的这些都是旧礼数和套路，你们听了长点见识。现在时兴自由恋爱，新式结婚，谁还搞得这么烦琐。"

徐亨拉着余婕站起来给陈策和梁少芝鞠了一躬："谢谢义父义母！"

说起陈策和徐亨的渊源，那话头可就扯远了……

徐亨的祖籍在广东省花县荷塘村，1912 年出生于广州，父亲徐甘澍、母亲黄玉英都是妇产科医生，在广州开了一家保生西医院，家境很殷实。

陈策第一次见到徐亨是 1935 年。23 岁的徐亨人高马大，一表人才，是当时中国出了名的体坛名将，报纸上的新闻人物。徐亨曾代表中国参加了 1934 年第十届远东运动会，除了获得 100 米自由泳冠军外，他所参加的集体项目足球和排球，也分别获得金牌和银牌，被誉为"全能明星""体坛巨人"。同样热衷于运动的陈策很快喜欢上了这个阳光、健壮的小伙子。他不但认徐亨做了义子，还推荐徐亨进入海军学校学习，后又安排他到上海暨南大学深造。大学毕业后，陈策把徐亨留在身边，当了自己的中校副官。徐亨呢，也非常敬重自己的义父，军界闻名遐迩的独腿将军。陈策看好徐亨，他要亲手栽培这个好学上进的年轻人。

一晃眼，徐亨已经 29 岁了。人们都说成家立业，先成家后立业。早已立业的徐亨，也该成家了。

几个人正聊得高兴，书房里那部直通重庆的保密电话响了。陈策进了书房关上房门，拿起话筒："我是陈策。"

话筒那边传来一个他期盼已久的好消息。

重庆方面授权副参谋总长白崇禧将军制订了《粤汉铁路南段作战计划》，承诺在香港遭到攻击时，出兵救援。不过，由于紧邻香港的第六战区兵力薄弱，《粤汉铁路南段作战计划》中做了这样的预案：一旦香港战局发展需要，中国军队将从第九战区抽调十二个师，从湖南直插粤北，和香港守军一南一北，形成合围夹击之势，彻底粉碎日军攻占香港的战略企图。

而准备用于香港方面作战的部队，目前都在长沙、衡阳一线集结，其中包括著名的铁军第 4 军，以及第 60 军、第 66 军、独 9 旅等部。

白崇禧号称“小诸葛”，是中国顶尖的军事家，他自然不会不考虑到战场上的情况瞬息万变，因此特意叮嘱陈策，中国战场目前面临着巨大的压力，用兵的地方太多。这个协防香港的牵制作战计划，仅仅是纸上谈兵。到时候打不打？怎么打？打多久？投入多少兵力？现在谁也说不准，一切都要根据战局的变化才能定。请陈策一定要如实向香港当局说明这一点，希望港方立足自保，不要对中国的军事援助抱太大的希望。

如果陈策是白崇禧，他也会这么说。

接完电话，陈策回到客厅，客厅里只剩下徐亨一个人。梁少芝知道丈夫出来后肯定要和徐亨谈论公务，早已把余婕拉到卧室里说女人间的体己话去了。

陈策把电话的相关内容告诉了徐亨，徐亨很是兴奋。

“你联系一下港督府，我明天上午 10 点去见杨慕琦，记住，10 点。”

“是！”

第二天，陈策准时来到杨慕琦那间宽大的办公室。

杨慕琦起身同他热情拥抱：

“陈将军，你那么急着见我，一定有什么重要的事情。我希望你能像圣诞老人一样，给我带来意外的惊喜！”杨慕琦这么一说，陈策才想起可不是嘛，再过十来天，就是圣诞节了。

陈策以军人的简洁明了，把中国军队的援港计划正式通知了杨慕琦。杨慕琦听了，因惊喜而瞪得溜圆的眼睛放射着光芒，连声道谢，非要留陈策吃饭。他知道陈策跟自己一样也有煮咖啡的嗜好，特意把刚从英国带来的一套高档咖啡器具送给了陈策。

抚摸着精致的咖啡壶，陈策没忘了把白崇禧关于“不要对中国的军事援助抱太大的希望”这番话转告给了杨慕琦。杨慕琦一听，刚刚放下的心又立马悬了起来。可一转念，眼前这个独腿将军倒也没有敷衍自己，中国军队确实是泥菩萨过河——自身难保，能有这样一个承诺，已经算是很仗义，很给面子了。

杨慕琦苦笑着点了点头：“我明白贵国政府所面临的难处。不管怎么说，我还是要感谢中国政府的一片好意，感谢陈将军为保卫香港所做的努力。”

陈策提醒港督：“白长官希望香港方面加强侦察和警戒，及早通报日军的作战动向，为中国军队机动创造条件。”

杨慕琦忙不叠地应承着：“这是我们的分内之事，理当尽力！”

再早之前，陈策曾经和杨慕琦私下商讨过让中国军队提前进驻香港，参与香港守卫的问题。从坚守香港的大局考虑，杨慕琦何尝不明白这是一盘好棋？可是让中国军队进香港，这触动了大英帝国的利益底线，借他十个胆也不敢呀！杨慕琦借口请示伦敦，再也没有了下文。

此时，看到港督焦虑无奈的样子，陈策觉得既可怜，又可气：英国佬真是作茧自缚！当初要是听了我的建议，不要多了，中国进来一个师，再加上香港本身的兵力，就足以抗击日寇的进攻。现在可好，日本军队已从陆海两面把香港围得铁桶一般，想进都进不来了。

两天后，在太子道附近一所教堂里，徐亨和余婕举行了婚礼。那天，陈策夫妇是主婚人，陈策的二女儿陈琼芳当伴娘。不少在香港的高官要员，富商巨贾都前来祝贺。这场隆重的婚礼，为临战前晦暗、压抑的香港抹上了一笔喜庆的亮色！

（四）

海拔3776米的富士山堆起了厚厚的积雪。

太平洋寒冷的季风没能阻止潜行于波峰浪谷间的日本南云舰队。

东京时间1941年12月8日凌晨3时19分，在极其秘密的状态下历经13天的艰苦航行，日本海军南云舰队的6艘航空母舰、2艘战列舰、3艘巡洋舰和9艘驱逐舰，搭载着414架战机，在南云忠一司令官的指挥下，突然向美军太平洋舰队基地珍珠港发起攻击。睡梦中的美军仓促应战，损失惨重。8艘战列舰中4艘被击沉，1艘搁浅，其余遭受重创；6艘巡洋舰和3艘驱逐舰被击伤，188架飞机被击毁，3000多名官兵非死即伤。日本方面只损失了29架飞机和55名飞行员，以及6艘袖珍潜艇。

3分钟后，3时22分，日本空中指挥官渊田美津雄海军中佐兴奋地以预定的“虎！虎！虎！”的密码，向大本营报告偷袭成功，大获全胜。

5分钟后，3时24分，美军太平洋舰队助理作战参谋文森特·默菲海军中校发出告急电报：“敌人空袭珍珠港，这不是演习！”

21分钟后，3时40分，日本大本营参谋总长杉山元大将踌躇满志地签发了第一份电报，收报人是中国派遣军总司令官畑俊六大将：

参电第684号　12月8日3时40分发

花开。花开。

参谋总长

电文仅有的四个字“花开、花开”，以暗语告知对方，南云舰队偷袭珍珠港取得圆满成功，马来登陆作战已付诸实施。

紧接着，他又签发了第二份电报，发给第23军司令官酒井隆中将，以及在华各军司令部：

参电第685号　12月8日3时40分发

E方面正式作战业已开始。

参谋总长

依然是使用暗语，通报从台湾出征的南方军，已经开始在英属马来登陆作战的消息。按照12月2日大本营下达的C作战（香港作战）计划，第23军第38师团应在南方军确已在马来方向发起攻击后，立即攻占香港。

3时51分，酒井隆司令官看到了军参谋处火速抄送的上述电报。他立即下达了进攻香港的命令：

波集参电第500号　12月8日4时发出

“鹰”命令发布。

军司令官

前一天，38师团司令官佐野忠义中将已从虎门赶到深圳，他先是拜访了23军第一炮兵队司令官北岛骥一中将，磋商开战后步炮协同的问题。紧接着，他又亲临沙塘布师团先遣支队驻地，召集支队长伊东少将和各部队长开会，检查备战情况。有些老兵一见到师团长，立刻露出兴奋的神情，他们知道，辛辛苦苦备战了两年，马上就要打仗了。

忙了一天，直到凌晨1点多佐野忠义才上床休息。刚睡下两个多小时，他就被值班参谋细川叫醒了：

“报告将军，‘鹰’命令已发布！”

佐野忠义翻身下床，看了看摊在桌子上的作战地图，于4点20分下达了进攻香港的命令：

伊东支队立即从深圳以东，突破中英边界的英军阵地，进占油甘头、白沙桥山、大帽山、小帽山一线，侦察敌情和地形，为师团主力扩大进攻做准备。

驻扎在虎门、布吉等地的师团主力部队，向深圳急进。

忙完这一切，佐野忠义推开窗户，东方的天已经蒙蒙亮了。

太平洋战争爆发了！

香港遭遇百年一战！

日本偷袭珍珠港的消息，随着无线电波传遍全世界。

12 月 8 日凌晨 4 点，跟往常一样，陈策准时起床并打开收音机，收听时事广播。华盛顿的“美国之音”和重庆的“中央广播电台”都播报了日本向美英荷开战的消息。

4 点半左右，电话铃骤响，在代表处值班的蔡仲疆参谋转来重庆参谋总部的情况通报，日寇已在新加坡北、暹罗湾之南登陆，檀香山等地被炸。

陈策眉头紧蹙，以军人的敏感告诉他，太平洋战争已经爆发，日军即将进攻香港。他脑子在飞快地运转，当即采取了紧急应对措施。

他先叫醒妻子：“少芝，快，带上孩子，收拾一下东西，半个小时后我们离开这里！”

睡眼惺忪的梁少芝一头雾水：“你说什么？我们要去哪里？”

情急之下，陈策来不及过多解释：“日本崽马上要进攻九龙了，我们先暂时撤到港岛的徐亨家里去。”

好在跟着陈策在战火中奔波久了，梁少芝已习惯了这种漂泊不定的军旅生活。她没再多问，赶紧翻身起床，去叫睡在其他房间的几个孩子。梁少芝是陈策的第三任妻子，眼下除了双胞胎儿子陈安邦、陈安国外，还有老六陈琼花、老七陈琼莲、老八陈琼萍三个女儿，以及梁少芝的母亲跟他们住在一起。

趁妻子招呼孩子、收拾行李这段时间，陈策又一一通知被他带到香港工作的族叔陈涤和弟弟陈籍，让他们也赶快转移。

接着，他以国府军事代表的身份，给一些重要的党国官员，如陈济棠、陈铭枢、蔡廷锴、施肇基、许崇智、李福林、张惠长等人打电话，让他们各自想办法搬到安全的地方。接电话的其他人都没说啥，唯独陈济棠提出一个问题，让陈策抓紧向重庆申请飞机，接他们离开香港这个是非之地。

办完这几件事，陈策才带着家人和简单的行李，乘车朝港岛疾驰而去。一路上他没说一句话，头靠在椅枕上闭目养神。其实，陈策脑子一刻也没闲着，走马灯似的变换着一个老熟人的面孔：陈济棠。陈策心想：陈伯南不愧是个老江湖，平日里闭门读书、深居简出，一副东篱采菊、不问世事的样子，其实是心明眼亮，对局势看得很透。这只老狐狸早就认为香港守不住，要不然也不会提出让重庆派飞机的要求。

历史上被称作“南天王”的陈济棠和陈策有很深的交往，他们从盟友到死对头，分分合合掐了一二十年。陈济棠字伯南，比陈策大 4 岁，1890 年 2 月 12 日生于广东东兴马路镇，那是个客家人的聚居区。陈济棠 17 岁时考入广州陆军小学，秘密加入了同盟会。辛亥革命后，在护法战争及讨伐陈炯明的斗争中，陈济棠和陈策忠实追随孙中山先生，共同为实现三民主义的理想征战讨伐。当时的人们把他们视作孙先生的股肱之臣，称为“二陈”。

孙中山去世后，陈济棠这个当年的机枪连小排长，凭着战功和机遇，逐渐成长为粤军的高级将领。1929 年初他取代李济深，出任第八路军总指挥，主政广东。治理广东 8 年期间，陈济棠关注民生、发展经济，积极兴教育、办实业、修公路，颇得民心。他所做的这一切，都得到了海军第四舰队司令陈策的大力支持和积极配合。

随着地位的不断高升，陈济棠自恃羽翼丰满，野心开始膨胀。为了达到独霸广东的目的，他不惜与孙中山的儿子孙科翻脸。而陈策则把孙科视为孙中山先生遗嘱的忠实继承人、执行者，而孙夫人宋庆龄又是他的文昌老乡。几方面的因素加在一起，陈策理所当然地成为“太子党”的中坚。于是，俩人斗鸡似的你啄我一口，我咬你一嘴，弄得鲜血淋漓，貌似铁板一块的“二陈”分裂了。陈济棠玩弄手腕，剥夺了陈策的军权，收编了他的舰队，让陈策彻底变成了一个光杆司令，从此二人水火不容。中国有句古训叫“福祸相倚”，那段时间陈策的日子虽然不太好过，但陈济棠的好日子也快过到头了。

1936年6月，陈济棠联络李宗仁、白崇禧，以抗日为名，发动了反蒋的“两广事变”。而蒋介石则挥舞着“攘外必先安内”的大旗，决心借此机会终结两广的半独立局面。陈济棠整陈策还行，但在和蒋介石斗法时却被对手完爆。他的空军被老蒋重金收买，他的队伍被老蒋分化，蒋介石收拾他，同他收拾陈策时的手法如出一辙，想必他的感受也是和陈策相似。

1936年7月14日，陈济棠的大将余汉谋投靠蒋介石，在大庾宣誓就任南京政府任命的第四路军总司令和广东绥靖主任发表通电，敦促陈济棠于24小时内离开广东。陈济棠众叛亲离，大势已去，只得含泪发表告同胞书，正式宣布下野，随即前往香港。至此，纷扰了50多天的“两广事变”宣告结束，同时也破灭了陈济棠想取代蒋介石当“中国王”的梦想。

真是冤家路窄。陈济棠前脚到香港闭门思过做寓公，后脚陈策就因虎门海战中腿疾复发到了香港做手术。不久，又被中枢委任为驻香港军事代表。

陈策不是那种鸡肠狗肚的小人。往事已经翻篇，再闹就没意思了。况且大敌当前，“兄弟阋于墙，外御其侮”的道理大家都懂。因为陈济棠年长职务高，虽然赋闲了，还挂了个国民党的中常委和政府的农林部长，所以陈策上任后不计前嫌，主动登门看望陈济棠。陈济棠没想到陈策会来看他，很感动，也借此下个台阶，一口一个“策叔”地叫着，亲切得很，当什么事都没发生过。

“二陈”相逢一笑泯恩仇……

一架接一架的日本飞机怪叫着，从头顶掠过。

陈策看了看表，不过30多分钟，“奥斯汀”就从九龙跑到了港岛。他安顿好家眷，马上赶到皇后大道亚细亚二楼的“华记行”，徐亨、杨全等一干人已经等候在那里。陈策坐下还没来得及喘口气，就听见启德机场方向传来一连串剧烈的爆炸声。

陈策起身一瘸一拐地冲到窗户旁边，望着空中呼啸盘旋的日本轰炸机，大声喊着："日本崽终于动手了，好啊，好事呀！"

众人莫名其妙地看着他，有些不知所措。陈策冷静下来，察觉到了怪异的气氛和大家紧张的样子，也为自己刚才的失态感到好笑，便自我解嘲似的提出一个问题："你们一定很奇怪，我为什么会喊'好'，对吧？"

徐亨点点头："我们还以为您急昏了头呢！"

陈策叹了口气："从局部讲，香港遭到日本崽的进攻，老百姓要受罪，房屋财产要受损失，这肯定是大家都不愿看到的，是件坏事。"

"但是，"陈策提高了嗓音，"你们再往深里想想，日本崽偷袭珍珠港，攻打马来和香港，谁最不高兴呀？"

"肯定是鬼佬啦。"有人小声答道。不管是美国人还是英国人，广东人管西洋人，都叫鬼佬。

"对，鬼佬最不高兴。珍珠港是美国人的，马来和香港是英国的殖民地，日本崽抢他们的地盘，等于是四面树敌。这好比打架，以前是我们中国自己单独和日本打，现在美国和英国也加入进来了，帮着我们一起打。三家打一家，你们说谁打得赢？所以从全局看，这是件好事！"

听了陈策这番话，大家不得不佩服，姜还是老的辣，还是策叔眼光独到，看得远、看得准。

第二天的日记中，陈策写下这样一段话：

我国今日亦继美、英而分别向日、德、意宣战。……然倭寇经我国4年半之抗战，已精疲力竭，今更掀动太平洋大战，不自度德量力，竟与英美作战，其终必溃灭，实不待龟卜。

（五）

就在陈策凌晨4点打开收音机的那一刻，“鹰”命令也摆在了23军飞行队队长土生秀治大佐的面前。土生原为关东军第45飞行队的队长，3天前刚刚抵达广州就任新职。

此时，夜幕尚未开启，跑道灯鬼火一样发出幽幽的光。30多架轻型轰炸机整齐地停放在天河机场上，黑影憧憧。

土生吹响了紧急集合哨。不到2分钟，飞行队的全体人员已在停机坪列队完毕。虽然是南方，但冬季凌晨的风还是颇有些寒意。土生开始传达作战命令，语气间透露出抑制不住的兴奋：

第一，我帝国为自存、自卫，已对中、美、英、荷宣战。

第二，军飞行队决定立即出动，空袭香港启德机场，副目标为海港停泊舰艇。

第三，轻轰炸机队立即全队出动，轰炸启德机场。

第四，战斗机队也立即全队出动，掩护轻轰炸机队。

第五，其余人员继续执行原来任务。

命令很短，不到3分钟就念完了。土生意犹未尽，又带头喊了一嗓子：“为天皇陛下而战！”

“为天皇陛下而战！”飞行员齐声呼应。

嗷嗷的嗥叫声淹没在空旷的夜色里。地面人员褪去盖在飞机上的篷布，机械师忙着给飞机加油。飞行员检查着装，带上飞行图，每个人还不忘围好腰巾，系上千针带，然后迅速登机，拉上机舱盖。

所谓“千针带”，是二战时期日本妇女送给前线官兵的一种护身符。那些狂热的女性，手拿一块布守候在街头，请1000个过往行人每人缝上一针，直到缝满1000针为止，然后送给前线的士兵。士兵确信，只要戴上这种护身符，自己就拥有了全体国民的支持，上了战场可避刀枪，性命无虞！

7点20分，30架“九八式”轻型轰炸机在17架战斗机的护卫下，挂满炸弹后依次滑向跑道，鱼贯升空，并借着黎明前的昏暗，爬升至灰蒙蒙的云层里，很快不见了踪影。只留下巨大的轰鸣声，回响在晨曦初露的天际……

机群掠过珠江口，从断裂的云层望下去，可以清晰地看见从陆地伸向大海的九龙半岛。维多利亚海湾像一条细细的、蓝色的线，把九龙半岛和香港岛一分为二，南北相望。

7点50分，顺利抵达目标区域。轰炸机编队从4200米的高空，猛地俯冲下去。钻出云层，启德机场在蓝天的映衬下，甚至可以看清草坪边上的排水沟。土生队长数了数，机场上一共停放着14架飞机，戒备松懈，就像一群任人宰割的绵羊，等待着挨那致命的一刀。土生咧着嘴露出狰狞的笑容。

这时，天已经亮了。很多早起的香港市民有意无意间看见了天上这些密密麻麻的飞机，以为那是英国的军机前来增援香港，甚至有人朝着飞机挥动手臂以表示欢迎。直到一连串的炸弹在启德机场炸响，都还有人认为是在搞演习。不过，这怪不得老百姓。当时的香港舆论，虽然对来自日军的威胁有一定的关注，但对战争的爆发大都抱着侥幸、乐观的态度。

就在昨天，驻港英军司令官马尔特比少将还在振振有词地斥责“有一两万日军已到达宝安与深圳之间，准备进攻香港”的情报是流言。他说：

“本人认为，有一两万日军到达边境的情报是夸张的。日军从其广州周围的防御出发，深恐遭受攻击，因而故意制造这种流言。”

著名时事评论家，后来担任过新中国外交部部长的乔冠华也认为：“日美矛盾虽然很重，但公开打起来还不到时候，日美谈判还不会马上破裂。”

周末，加上临近圣诞，繁荣喧嚣的香港霓虹闪烁，大街小巷都散发着东方不夜城充满欲望的气息。军营正常放假，市民悠闲地逛街购物，各色茶楼酒吧、歌场舞厅、商店影院人满为患，嘈杂鼎沸。主要街道两边的店铺门前，性急的店主已经摆好了圣诞树，橱窗上装饰着雪花和戴着红帽子的圣诞老人。琳琅满目的商品，五花八门的促销广告，灯红酒绿，醉生梦死，哪有半点大战前的紧张？

战争在一派歌舞升平中突然降临。土生率领的轰炸机队，每架飞机携带着300公斤的炸弹。霎时间，一颗颗炸弹像死神派出的使者，狞笑着从高空落向地面，随着浓烟火光腾空而起，启德机场、维多利亚港湾，以及附近的街道，接二连三地传来震耳欲聋的爆炸声。

日军飞机轰炸香港

日军轰炸后，港岛半山区成一片废墟

一阵令人窒息的狂轰滥炸之后，不但“英国皇家空军中队”的 5 架飞机中弹起火，全军覆没，而且包括泛美航空公司“香港快航号”在内的 7 架民航客机也都变成了熊熊燃烧的大火球。

停泊在维多利亚港湾的几艘英国舰艇同样难逃被炸沉没的命运。

日本飞机大轰炸，拉开了日军进攻香港的序幕。

香港历史永远记住了 1941 年 12 月 8 日，这个黑色星期一。

第三章　九龙失守

（一）

接到师团攻打九龙的命令后，228 联队连续十几个小时的急行军，从虎门直插深圳，于 12 月 8 日晚进入新界英军占领区集结。

次日，担负左翼攻击作战的 228 联队进占草山和小湾山，准备进攻城门水塘 225 高地上的英军主阵地城门堡。联队长土井大佐命令第 10 中队担任联队的尖兵。受领任务后，中队长若林东一中尉率领本队士兵借着夜幕的掩护，悄然接近城门水塘北岸，潜伏在灌木丛中，抵近侦察英军阵地。

今日城门水塘

日军当年就是沿着水塘对面的小路偷袭城门堡要塞

城门堡是醉酒湾防线的一个核心支撑点，由五座碉堡和一条连接各个碉堡的混凝土坑道组成，部署了一个苏格兰步兵连和一个英军的炮兵观测站。这个苏格兰步兵连的编制是120人，可是连长琼斯上尉固执地认为日军不善夜战，所以将两个排放在左翼阵地，只留下一个排加上连指挥所50多人防守城门堡。

由于城门堡不言而喻的重要性，旅长瓦利斯准将命令琼斯上尉，每晚都要派人到城门河谷巡逻三次，严防日军偷袭，不得有误。

这天晚上，轮到副连长汤逊带队巡逻。他领着9名苏格兰士兵，全副武装沿着城门河谷和堤坝走了一圈，没有发现任何异常。这一趟下来少说也要两个多钟头，其间还得爬几个坡，人人都是一身汗。于是，收队前他们找了个背风处，坐下来休息。烟瘾大的人早就憋不住了，点着香烟猛地吸上几口，不知谁被呛得“吭吭咔咔”地咳嗽起来。汤逊低声呵斥道：

“小声点儿，弄不好日本人就在山坡下呢！”

山下就是城门水塘，离他们休息的地方，直线距离不过三五十米。浓黑的夜幕笼罩了一切，什么也看不见，黑黝黝的，偶尔传来几声虫鸣。

“不是说日本人不敢晚上作战吗？他们这会儿恐怕正搂着女人睡觉呢。”那个被烟呛着的士兵为自己辩解着，引来一阵“哧哧”地窃笑。

“废什么话，收队！”汤逊下令。士兵们懒懒地站起来，伸伸懒腰，打着哈欠，向不远处的碉堡走去……

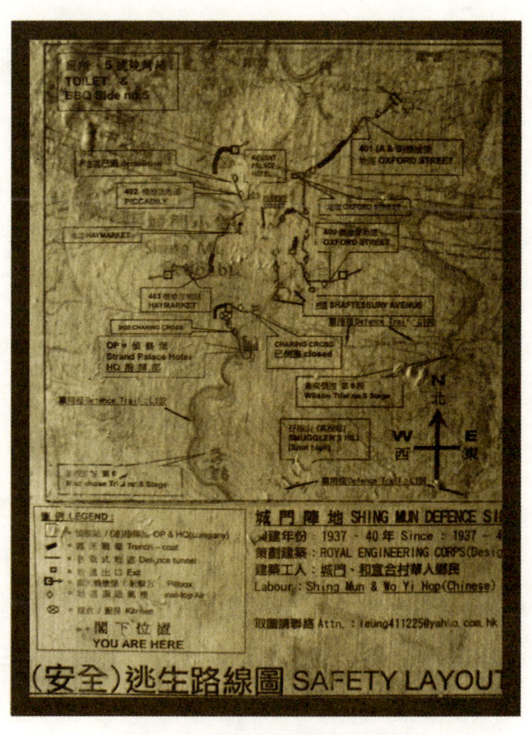

英军绘制的城门堡阵地构筑图

英军巡逻队的身影、脚步声，他们休息时点着的烟头、说笑声，连同撒尿的声音，都被趴在城门水塘北侧一片荒草丛中的若林东一看得、听得真真切切。看来英国人的守卫很松懈，丝毫没有意识到近在咫尺的危险。

若林东一突然冒出一个大胆的想法。他回头做了个“撤退”的手势，带着自己的队伍沿着原路，悄悄撤了回去。

在临时搭建的指挥所里，土井联队长和西山大队长神色严峻，正认真倾听若林东一的建议：

“联队长阁下，大队长阁下，”若林朝两位长官鞠了个躬，侃侃而谈，“我们应该趁英国人还没有防备，立即发起突然袭击，占领城门水塘南侧的 225 高地，摧毁城门堡。这样就能以最小的代价，把敌人的醉酒湾防线撕开一个缺口！”

“这倒是个好主意！”西山赞赏地点点头，他急切地希望自己能拿下突破醉酒湾防线的首功。

土井大佐停止了踱步，缓缓地说：“你们想过没有，按照师团的部署，225 高地属于右翼部队的攻击目标。我们如果擅自发动夜袭，打乱了全军、全师团的作战计划，那是要遭受军法处置的！”

若林东一挺直了腰板，颔首低头：“为了天皇陛下，属下愿独断行动，并为此承担全部责任！”

西山大队长站出来表示支持若林东一：“如果若林中队独断行动，我作为大队长，绝不会袖手旁观，将率领另外两个中队参加战斗！”

土井联队长也是个很有经验的指挥官，他知道战场上像这样的机会，可遇而不可求。一旦错失战机，再想夺取 225 高地，不知要多死多少人。临机决断，是一个军事指挥员最可贵的素质。经过反复思考，土井大佐断然决定：由西山大队长率第 9、第 10 两个中队，夜袭 225 高地，攻占城门堡！

出击时间定在晚上 10 点 30 分。

借着天上的星光，城门堡的英军哨兵发现不远处有几条闪动的身影。喝问口令无人应答，碉堡的射孔里立即喷出一条条火舌，“哒哒哒”，清脆的枪声打破了夜空的宁静。子弹打在岩石上，火花四溅。

来者正是若林东一带领的突击小分队。他们爬上陡峭的崖壁后，不顾英军猛烈的火力，立刻展开战斗队形，向城门堡的 5 座碉堡发动猛攻。战前，闻之英军嘲笑日军不善夜战，佐野忠一中将不但没有生气，反而非常感谢对手指出了自己的弱点。于是，他要求所属部队都要有针对性地开展夜战训练，行进、攻坚、防御、格斗，凡是步兵作战需要的战术技能，样样不落。这会儿，训练有素的日本士兵巧妙地利用夜色和各种地形地貌，灵活地翻滚跳跃，躲避着英军射来的枪弹，很快接近并跳入连接碉堡的坑道。

这些都是预先布置好的战术，一旦进入坑道，就进入了英军射击的死角。士兵马上沿坑道走向，分头用手榴弹或者炸药包炸毁 5 个角堡。随着一阵阵“轰隆隆”的爆炸声，所有碉堡的机关枪都哑火了，苏格兰连伤亡惨重。

琼斯连长带着剩余的士兵退守炮兵观测所，若林东一紧追不舍，把他们全部堵在这间不足十平方米的水泥建筑里。双方对射，子弹“啾啾”地叫着，在人们耳畔飞来飞去。突然，一枚日军使用的地瓜手榴弹从射孔飞进了观测所，掉在地上“刺刺”地冒着火花，一名士兵眼明手快，摘下钢盔扣在手榴弹上。几秒钟后手榴弹爆炸了，钢盔飞到半空，地面留下一块钢盔大小的爆痕，好在没有造成人员伤亡。

这块钢盔大小的爆痕至今犹存

时间在僵持中一分一秒地过去了。要么战胜敌人，要么被敌人打死，若林东一须臾间必须在两者间做出选择。他沿着坑道接近了观测所，然后突然朝里面开枪扫射，接着奋不顾身地冲了进去，大喊着“缴枪不杀”。

包括琼斯连长在内的 27 名英军官兵，成了日军突击小分队的俘虏。若林东一看了看手腕上的夜光表，时针指向 10 日凌晨零点 30 分，离发起攻击的时间只有三个钟头。

若林东一意犹未尽，他又摘下刺刀，在编号为“401”的英军坑道的水泥墙面上，刻下了“若林队占领”五个字。这大概是小鬼子的一个情结，谁打下的地盘就刻上谁的名字，不知这是一种什么心态和文化，窃喜？表功？狂妄？或许兼而有之。可是，别人的地方，不是说刻上你的名字就属于你了，打劫勒索、强取豪夺，那是要遭报应的。

1937 年 12 月 13 日凌晨（很巧，也是凌晨），日本第 16 师团大野联队一个名叫四方藤造的少尉，率先攻进了南京中山门，很是得意。他从靴子里扯出一面日章旗插到中山门上；然后，又用白油漆在门上写了一句话：

“昭和 12 年（37 年）12 月 13 日午前 3 时 10 分大野部队占领。”

写完了，扬扬得意的四方藤造上尉准备离开。没想到，他刚走几步就踩上了地雷，“轰隆”一声响，那排字也就成了这个军国主义分子的“祭文”。

比起四方藤造来，若林东一的下场也好不到哪儿去。因偷袭城门水塘 225 高地一战成名，若林东一被视为日军攻略港九的头号大功臣，受到嘉奖。后来，他又随队征战太平洋东南部的瓜达尔卡纳岛，被美军的卡宾枪射成了筛子。至今，若林东一的遗像还挂在东京的靖国神社里。

弹痕累累的坑道入口

密密麻麻的弹孔让人想起战斗的激烈

供奉于日本靖国神社的若林东一

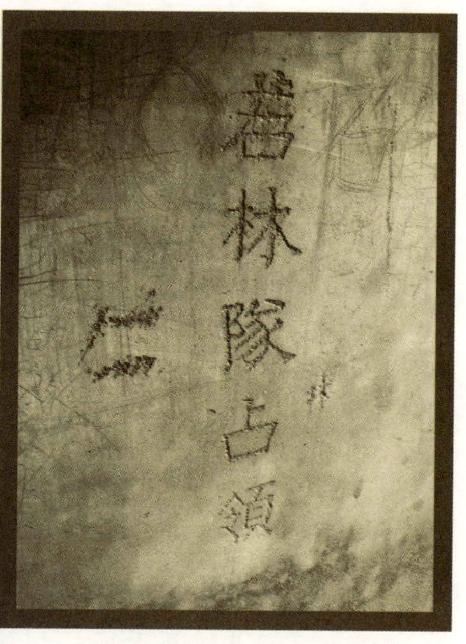

攻击得手后，若林东一在坑道壁上刻下自己的名字

2 点 30 分，西山大队占领了 255 高地的城门堡和相邻的 341 高地。一直以为日军不会夜战的英军，尝到了遭受夜袭的苦头。

攻占 225 高地城门堡的捷报传到了师团和军指挥部，非但没有受到表彰和奖励，反而引起一场轩然大波。

酒井隆认为城门堡是英军的防御重点，必然是重兵把守，严阵以待。为了避免把一场攻坚战打成消耗战，相持不下。他计划等炮兵部队上来后，用一周的时间构筑阵地，开设前进观察所，测定射击诸元，做好步炮协同方案。然后突击分队提前进入攻击地域，待炮兵实施火力覆盖后，再发动进攻，一举攻克这个战略要点。现在可好，一个小小的中队长，竟敢越权抗命，擅自行动，不但打乱了全军的作战部署，还提前暴露了部队的主攻方向。难怪酒井隆一听到这个消息，气得青筋直蹦，破口大骂，当即给佐野师团长打电话：

“立即撤退部队，把负责人交军法会议严加惩处！”

佐野师团长接到电话，脸色“唰”地变得惨白。他连发两道命令，严令土井联队长立即将攻占城门水塘南岸的西山大队撤回；甚至威胁说，再不撤退，立即派飞机轰炸！

此刻的土井联队长，已经把城门堡变成了自己的前进指挥所。他接听完佐野的电话，并没有下达后撤的命令，相反，下令第二大队继续向东南方的303高地进攻，扩大战果。见土井联队迟迟撤不下来，佐野急了，天一亮，就派参谋长阿部大佐赶到城门堡会见土井，了解战况。

听了土井的汇报，又审讯了几个俘虏，阿部确信英军对日军的偷袭确实没有防备，而且醉酒湾防线的守卫力量极其薄弱，终于认可并同意了土井联队的攻击行动。他随即将战斗进展情况和自己的看法一并报告了佐野师团长。阿部大佐后来在回忆录中写道：

土井部队长说：“敌人的配备尚未完成，利用此一良机最为重要。联队希望今夜即行扩大此一战果。”我也认为既已占领大的要害阵地，今后连敌阵中最高点金山也可一举拿下来。至此，无须再用攻城重炮轰击了。我认为此时正应发挥步兵的本领攻下敌阵，于是立即返回，报告师团长。我认为，从城门水塘后撤是错误的，反而应催促右翼部队发起进攻。师团长终于表示同意，立即向军部报告。

这一来，弄得第23军军长酒井隆中将也没了脾气！

事后，若林东一中尉夜袭225高地的独断行为，获得中国派遣军总司令官畑俊六大将的通电嘉奖。东京大本营为他颁发了军人最高荣誉勋章。

（二）

久经沙场的陈策面对日军的突然袭击，没有自乱阵脚。作为政府派出的军事代表，战端既开，更凸显了他肩头的责任。

当日军战机轰炸启德机场的时候，他已经做了两件分内之事。

首先，电邀还在香港的郑介民，共同面见英军总司令马尔特比将军，就英方的作战计划和中英双方的军事合作，进行紧急磋商。

郑介民前些日子登门拜访过陈策后就没走，一直滞留军统香港站忙其他公务。陈策虽然十分清楚郑介民的行踪，但并没有再主动联系过他。他主要是考虑到郑介民的工作性质特殊，尽管是老乡也要避嫌，不宜太密。眼下局势已经明朗，和驻港英军商议共同抗敌，郑介民是重庆方面在香港的最高军事官员，拉上他最合适不过了，同时也便于郑介民当面了解英方的态度。

告别了马尔特比，他和郑介民立即赶往“荣记行”总支部，通知中央各单位驻港负责人前来开会，商量应对之策。趁徐亨打电话发通知的间隙，陈策又和郑介民商定，由郑介民和英军代表一起，马上飞往重庆向中央报告香港的情况。二人互道珍重后，郑介民离去。

当天上午，中央驻港各机关代表联席会议在“荣记行”举行，大家公推陈策为主席。陈策当仁不让，他向众人说明当前面临的局势后说：

“香港的危机是暂时的，我们要有信心。马尔特比将军向我保证过，驻港英军至少能抵抗 30 天。到那个时候，我国的援军必能到达，日本崽腹背受敌，港九之危局马上就会得到改善！”

接着，在陈策的倡议下，组织起一个“中国各机关驻港临时联合办事处”的机构，由陈策出任主任委员主持工作。办事处下设军警组、秘书组、交通组、总务组、情报组，并指定了各组负责人。陈策的盟弟、原广东空军司令官张惠长任军警组组长；徐亨任秘书组组长；陈策胞弟陈籍任总务组组长；军统香港站站长王新衡任情报组组长。陈策明确了办事处的主要任务，就是组织、整合香港民众和社会各界的力量，维护社会治安，协助英军作战。

大敌当前，港英当局对这件事表现出异乎寻常的热情和前所未有的支持力度。他们派出四位代表，麦都高代表港督，博差代表军部，米耶代表警司，那夫代表华民司，每天和联合办事处进行会晤，相互交换情报，处理各种事务。

当晚 8 点，港督杨慕琦在广播电台发表公开演讲，也谈到当局的信心，并表示在这个关键的时刻，要和中国共进退：

本督今晚欲慰告诸君，战事虽已蔓延世界各处，而本港人士须紧急加入服务，但余之所以欲慰告诸君，以本督能向诸君保证，吾人能坚强应付敌人，对于战事结果毫不加以疑问。

……

诸君尽知吾人友邦中国多年来继续担任抵抗侵略者之光荣任务，吾人今日与中国人民及蒋委员长并肩作战，彼此互为同志。吾人有伟大协约国，吾人当好自为之。彼等之抗战乃吾人之抗战，彼此一致前进。此战争或需时甚久，且甚为艰巨，本督请诸君努力，加以协助。在此次敌机空袭中，本港已表现极佳之勇气精神，民团已加入大军准备作战。本督得与诸君共处，深觉荣幸。

但是，后面战局的发展，不但完全出乎港督的预料，也完全出乎了陈策的预料……

（三）

当时，英军在九龙半岛的醉酒湾防线部署了 3 个营：英国皇家苏格兰步兵团第 2 营负责防守西段；印度的旁遮普营及拉吉普营，负责中段和东段。和缺乏纵深、正面宽达 18 公里的防线比较起来，3 个营的兵力明显不足。

指挥整个九龙半岛防务的是英军大陆旅旅长瓦利斯准将，他乐观地预计，采用节节退守、消耗的战法，至少可以坚守半个月以上。

12 月 9 日清晨，瓦利斯将军获悉了城门堡及附近高地遭日军偷袭失守的消息，不由得心中一惊。虽说他对醉酒湾防线的牢固程度早就心生疑虑，但这么快就被日军突破，还是感到有些突然。

瓦利斯当即下令由苏格兰营担任主攻，旁遮普营作为预备队，在旅属炮兵和港岛重炮火力的支援下，反攻城门堡。但他的决定，却遭到了营长怀特中校的抵制。理由是：光天化日之下去夺取敌人重兵守卫的城门堡，无疑是让那些优秀的苏格兰士兵白白送死，他不能执行这道鲁莽蛮干的命令。

战场抗命，在任何一个国家的军队都是杀头之罪。可是很奇怪，瓦利斯旅长居然默认和容忍了怀特中校的荒唐言行，放弃了反攻城门堡的计划。第二天晚上 9 点，瓦利斯下令苏格兰营退守金山。

金山是九龙半岛的制高点，坐落在大埔公路和青山公路的交界处。北边是山陡路险的孖仔径，南部的山脉逶迤蜿蜒，一直延伸到荔枝角。这里是英军在九龙的最后一道防线。

苏格兰营刚撤到金山，日军的炮火已经追着屁股打过来了，他们立即抓紧时间构筑工事和防空壕。怀特营长把战斗力最强的 D 连放在正面，防守山顶和山腰的主阵地，C 连和 B 连负责守卫西南侧山坡和山边公路。他们的左翼是印度旁遮普营。

追着苏格兰营打的是佐野师团的 230 联队。230 联队原本担任右翼主攻，目标就是 225 高地上的城门堡。不曾想已经叼在嘴里的一块肥肉，却鬼使神差地被 228 联队的若林东一抢了去。这对于视荣誉胜过生命的日本武士们来说，简直就是奇耻大辱。不光普通的士兵感到愤怒，就连联队长东海林俊成也如鲠在喉，说不出的窝囊和憋屈。

失之东隅，收之桑榆。对228联队充满妒意的东海林俊成大佐，生怕晚了连汤都喝不上，急令第二、第三大队夜袭上葵涌的英国守军。10日晚，两个大队悄然进入前沿阵地。第二天凌晨3点，随着一颗红色信号弹在空中绽放，潜伏了一夜的士兵“嗷嗷”地叫着，从左右两翼，向罗围、波罗峰一线的英军发起了冲锋。

第二大队大队长若松少佐亲自率领一个中队进攻779高地。他们几乎没遇到任何抵抗，就顺利地攻入英军的核心阵地。“怎么没看到一个英军？”正当若松少佐感到纳闷的时候，周围响起接连不断的爆炸声，残缺的肢体伴随着士兵的惨叫声飞向半空，也就那么三五分钟，一百多号人报销了一多半。后来打扫战场才发现，原来英军早已主动放弃了这个阵地，撤离前在方圆不过两公里的地域内，埋设了一千多颗地雷，让进攻的这帮日军每人摊上十颗都还有富余的。

日军攻击779高地的情况，被怀特营长在望远镜里看得清清楚楚。他嘱咐部队原地隐蔽，不得暴露目标。

若松少佐正为在779高地伤亡了那么多士兵且又一无所获而懊恼，派出去侦察敌情的人回来报告：金山西南侧的山路没有英军设防。若松担心又上当，就让第五中队队长山本清率领本队人马，悄悄运动至山路附近，隐蔽待命。

10分钟过去了，20分钟过去了，金山依然宁静如初，没有任何迹象表明有英军驻守。若松闻讯惊喜异常，立即向联队长东海林俊成大佐建议：抓住有利战机夺取金山！但是，他的建议很快被军司令部否决了。按照师团和军里的作战计划，要到14号，也就是大后天，才会发动全线进攻。

若松决心复制若林东一中尉偷袭城门堡的奇迹。他请求独断攻击金山，得到联队长东海林俊成的默许。东海大佐很清楚，只要拿下金山，整个醉酒湾防线将彻底崩溃，九龙半岛的战局立马发生逆转。无险可守的英军，所有的抵抗都将失去意义，除了逃跑和投降别无选择。到那个时候，大日本皇军放马九龙，进逼港岛，那是何等的荣耀和威风！

当然，无论若松还是东海，心里都还有点自己的小九九：占领金山，突破英军的醉酒湾防线，那可是攻占香港的首功！足以弥补未能亲手拿下255高地的遗憾，好好出一口胸中的恶气。

若松率领第二大队，直扑金山。

事先已经埋伏在那里的第五中队，充当了大队的先锋。山本清中队长在黎明前朦胧的曙色中一跃而起，带头冲向山顶。他刚一起身，就被二三十米处发射的弹雨击中，身体在空中划了一道弧线，重重地摔落在地上。

红彤彤的太阳跃出海面，目睹了金山上的这场厮杀。守卫366高地的B连和守卫256高地的C连，同时遭到日军230联队第二大队的猛烈攻击。

双方的指挥官，包括每一个士兵都十分清楚，这场攻防战的结果关系到整个战局。要么攻不动，日军被挡在醉酒湾防线寸步难行，望香港而兴叹，让大本营的计划变为贻笑大方的画饼；要么守不住，英军痛失“东方马其诺”，狼狈败退港岛，最终丢掉这块历时百年的远东殖民地。

怀特营长大声呼叫炮火支援。旅部的四门山炮、昂船洲及香港岛上的重炮连续发射，封锁了日军后续部队增援的道路，削弱、缓解了日军的攻势。

嗓子喊哑了，子弹打光了，手榴弹也扔光了，闷头冲击的日本士兵渐渐逼近了英军阵地。英军官兵也不含糊，纷纷摘掉笨重的钢盔，端着刺刀跃出战壕，迎向要置自己于死地的敌人。

现代战争打到白刃格斗的份儿上，就到了最后决战的时刻！

皮开肉绽，血花飞溅。没有枪炮声，也没有呐喊声，只有粗重的喘息和脚步移动的声音，以及刀刃砍在头上和刺刀穿透人体时发出的闷响。

排长鲍斯威尔握着上了刺刀的步枪，对着一名日本军官猛地刺了过去。没曾想脚底一滑，身体一个趔趄，失去了平衡。日本军官抓住机会，一刀劈向他的脖颈，动脉血管被砍断了，鲜红的血液喷涌而出。鲍斯威尔挣扎了几下，无力地倒在冬日的阳光下。

小田太郎少尉面对的是一个高大魁梧的苏格兰士兵。他举起战刀，还没来得及劈下来，就差那么零点几秒的时间，身高臂长的苏格兰人猛地一个跨步，刺刀从小田的前胸扎进，又从后背穿了出来。小田太郎用手死死抓住对方的枪管，瞪大两眼，痛苦地死去。

366 高地和 256 高地先后失守。

死守金山主阵地的 D 连，承受着巨大的压力。利用战斗间隙，连长宾克顿上尉指挥了几次反击，夺回了山下的几处阵地。但是，随着时间的推移，伤亡越来越大，始终无力扭转岌岌可危的战局。

英军防线外景

英军的坑道阵地

英军的坑道用水泥浇筑得十分坚固

（四）

日军进攻九龙的枪声一响，地界上那些有着日本背景的“第五纵队”，纠集汉奸和地痞流氓，就开始捣乱了。他们啸聚街头，四处放火抢劫，造谣生事，扰乱民心。从落马洲到尖沙咀，到处都有他们猖獗的身影。

刚熬过一个不眠之夜，陈策感到身体疲倦，脑袋昏沉沉的。趁着天刚亮这会儿没人，他擦了把脸，躺在办公室的沙发上打盹。

徐亨轻手轻脚地走进来，摇醒了他：“港府的罗主管来了，非得见你。”

陈策翻身坐正，揉了揉酸涩的眼窝：“快请罗主管。”

话音刚落，港府华民司主管兼战时督查室主任罗旭和已经到了门口。罗旭和之所以大清早急着来见陈策，就是请求联合办事处协助港方征集车辆、人力，为守军运送粮草弹药。陈策满口答应，立即让徐亨去办。刚送走罗旭和，一个面色红润、身体发福的老人闯了进来，一进门就扯着嗓子喊：

“策叔，策叔！”

陈策一看，原来是绿林出身的老同盟会会员李福林。李福林年长他 20 岁，陈策赶紧让座上茶：“登同兄，外面乱哄哄的，您怎么跑到这里来了？”

李福林坐下喝了口茶，喘喘气，这才缓过劲来：“没法活了，日本鬼子把我的康乐园给烧了！”

农民出身的李福林，到那儿都喜欢侍弄土地，亲手种植瓜果菜蔬。解甲归田后，在香港新界办了个农场，起名“康乐园”，一年四季瓜果飘香。只要一说康乐园，香港人都知道那是李福林的菜园子。

陈策觉得很奇怪：“日本崽是和英军打仗，他烧你的菜园子干什么？”

李福林一拍大腿，指着陈策：“你真的忘啦？还不是因为那件事，小鬼子

记仇呗！”

陈策恍然大悟。他的思绪一下子回到了4年前的虎门……

1937年7月24日，由余汉谋提议，蒋介石任命陈策为虎门要塞司令。

虎门自古就是广州门户，海防重镇。100年前，清朝钦差大臣林则徐奉命查禁烟毒，在虎门海滩销毁了英国不法商人贩运的237万斤鸦片，让昔日鲜为人知的虎门声名大振。全世界的人几乎都知道中国有个虎门，有个虎门禁烟的大英雄林则徐。

抗战以来，世界各国援华物资有80%都是经由香港—虎门—广州这样一条线路，运往内地的。因此，日本大本营早就想把这条交通大动脉给掐断，逼迫蒋介石政权投降。为此，参谋本部特意规定了广东境内的作战目的“在于一面切断蒋政权的主要补给线，一面使第三国，特别是英国援蒋意图受挫”。

1937年3月起，日军在澎湖列岛集结了4万兵力，大小舰艇30多艘，飞机60架，准备袭击广州。“七七事变”后，日舰开始小规模地进攻广东，试探中国军队的防御强度。一时间广州人心浮动，流言满天飞，虎门要塞的防御压力日渐加大。

9月6日起一周之内，日舰先是炮轰珠江口的赤湾，占领东沙岛；紧接着轰击大鹏湾，海军陆战队登陆，逐步将战火烧到了虎门。

9月14日，陈策一大早就到了虎门阵地检查战备。这段时间形势太紧张，他已经好些天都没脱过衣服睡觉了。陈策从大角、沙角炮台顺山而上，又沿捕鱼台登上南山主炮台，站在一棵大榕树下，遥望着波涛汹涌的海面，水天一色的远方有几个小黑色，正在水面快速移动。这时，一名作战室的值班军官一溜小跑赶了上来，没等气喘匀，就递给陈策一份当天的值班日志：

“报告陈司令，发现5艘日舰，正开足马力向我方驶来！”

陈策一伸手，接过副官杨全递过来的望远镜架在眼前，仔细观察虎门一带水域。果然，刚开始看到的那几个小黑点，已经越来越清楚，就是 5 艘日本海军的舰艇。阳光照耀着那面被海风刮得“呼呼啦啦”的太阳旗，像白布上沾了一团血。

“告诉弯足筒，这里是中国领海，让他们滚蛋！”陈策一脸的轻蔑。

因为日本鬼子腿短且弯，海南人形象地把他们称作“弯足筒”。

信号兵挥动信号旗，用旗语警告日舰：立即撤离中国领海。

日舰根本不予理会，照样横冲直撞，而且速度越来越快，恨不得一头把虎门撞开，撞个大窟窿。望远镜里，甚至可以看清日舰指挥官那张傲慢丑陋的脸。

“丢那妈！”陈策骂了一句家乡的粗话，脸色铁青，眼睛瞪得像铜铃，咬牙切齿地下达了战斗命令，“命令各炮位，收拢人员，各就各位，做好战斗准备！告诉弟兄们，狠狠打这帮弯足筒！”

3 分钟后，所有的大炮都已经是炮弹上膛，铮亮的炮管齐齐指向敌舰驶来的方位。猖狂的日舰不顾中国方面的严正警告，反而气势汹汹地首先开炮，虎门炮台的数名官兵被炸身亡。

陈策死死地盯着敌舰，上下嘴唇轻轻一碰，蹦出一个字：“打！”

一发发大口径炮弹带着官兵们的满腔怒火，燃烧着、啸叫着，争先恐后地飞向敌人的舰船。

“轰！”“轰轰！”“轰轰轰！”

平静的海面顿时像炸开了锅，敌舰四周掀起冲天水柱。5 艘日军舰艇，不是甲板中弹，就是舰桥被炸翻，小鬼子死伤无数。有的身上着了火，抱着头嗥叫着往海里跳……

中国的海军和空军也出动了，陆、海、空三面夹击，日军 1 艘驱逐舰被击沉，3 艘舰艇被打成重伤，掉头鼠窜。这一仗中国军队大获全胜，虎门要塞受到国民政府的通令嘉奖。

一个月后，10 月 14 日，日舰再犯虎门，欲报先前的一箭之仇。陈策对此早有预案，他重新调度兵力，为沙角炮台配置了口径更大、射程更远、威力更猛的巨型火炮，就等着小鬼子来送死了。

这次虎门官兵吸取了上次的教训，在陈策的指挥下，还没等敌人的舰队展开战斗队形，就来了个先发制人，炮弹排山倒海般砸向敌舰，火力又准又猛。双方激战了 40 多分钟，日舰“廿丸号”起火燃烧，拖着一条长长的“烟龙”逃向外海，其他舰艇一看形势不妙，也跟着撤出了战斗。

两次虎门大捷，极大地鼓舞了民心士气。时任国民党政治部副主任的梁寒操先生，特地从重庆发电致贺，电文是一首古体诗：

短枪小艇夺艟艨，

击楫当时胆气雄。

莫笑将军行却曲，

虎门今日尚威风。

第三句“莫笑将军行却曲”，是赞扬陈策不负国人重望，拖着那条旧疾复发的左腿，一瘸一拐地战斗在抗击日寇的最前线。

到后来，陈策的伤腿严重恶化，实在无法再承担繁重的军务，便辞去虎门要塞司令的职务。1938 年 6 月 16 日，国民政府任命陈策为军事参议院参议，在广州休养一段时间后，就去了香港治疗腿疾。

在陈策担任虎门要塞司令的一年时间里，日军屡犯屡败，难越雷池半步。日本大本营的那帮战争贩子急得抓耳挠腮，最后想出一个损招：招降纳叛，从内部攻破虎门。

在这样的大背景下，本来和虎门毫无瓜葛的李福林老先生出场了。

李福林 1874 年生于广东番禺，从小喜欢舞枪弄棒，混迹于江湖。成人后纠集一帮亡命之徒打家劫舍，当了山大王。老话说“出来混总是要还的”，

33 岁那年李福林犯了事，为躲避官府缉捕，逃到了新加坡。没想到，这一跑还成全了他。李福林在新加坡经人介绍，懵懵懂懂地加入了孙中山领导的同盟会，捞到了他人生中最大的一笔政治资本。难怪若干年后，有人说李福林是个福将，把他的队伍叫“福军”。

1911 年 11 月，受武昌起义的影响，广东宣布独立。李福林率领三千民军保卫新政权，立了头功。从此，他的身份被漂白，光明正大地踏入军界。1917 年孙中山在广州就任“中华民国”护法军大元帅，任命李福林为大元帅府的亲兵总司令，足见孙先生对这位绿林出身的将领是何等信任和倚重！

与此同时，陈策被任命为大元帅府参议。一个亲兵总司令，一个参议员，同在大元帅府共事，他们的人生轨迹由此产生了交集。李福林生性豪爽，陈策也是个侠义之人，二人遂成忘年交。按年龄论，李福林算是叔辈的人了，开始陈策叫他“阿福叔”，后来孙中山把陈策叫“策叔”，李福林以此作为说辞，把两个人的辈分扯平了，从此便以兄弟相称。李福林字登同，所以陈策见了他，一直称呼“登同兄”。

那个年代，虽然孙中山先生领导辛亥革命，推翻了清政府，树起了三民主义革命的大旗，但是，放眼中国大地，时代的潮流汹涌澎湃，却是鱼龙混杂、泥沙俱下。大大小小的野心家、投机分子，打着革命的旗号，兜售自己的私货，为争权夺利，杀得个昏天黑地。今天你登台，明天我掌权，就像书里写的“你方唱罢我登场”。革命在军阀混战的乱局中，艰难前行。

身处乱世，大字识不了几个的李福林，凭借丰富的社会经验、深广的人脉关系和敏锐的政治嗅觉，左右逢源、明哲保身。1925 年 7 月，国民政府在广州正式成立，将驻扎在广东的部队统一命名为国民革命军，一共编了五个军：

第一军，黄埔校军，军长蒋介石；

第二军，建国湘军，军长谭延闿；

第三军，建国滇军，军长朱培德；

第四军，建国粤军，军长李济深；

第五军，绿林福军，军长李福林。

曾任国民革命军第五军军长的李福林

蒋介石、谭延闿、朱培德、李济深，这些名字在中国近代史上，哪一个不是如雷贯耳、呼风唤雨！先不说李福林有多大能耐，就凭他能和上述的人杰鬼雄并列当上军长，就不简单！

但是，到了 1927 年，李福林的好运走到了尽头。这一年宁汉分裂，李福林选错了边，站错了队，跟着汪精卫反对蒋介石。结果，在国民党新一轮派系倾轧中被迫辞职，溜到香港做了寓公，从此退出了政治斗争的中心。

既然做了寓公，就安安心心侍弄自己的菜园子得了，挺好的一件事儿。可偏偏李福林是个不甘寂寞的人，时不时地要对时局发表一些看法，发几句牢骚。他的这些表现都被待在香港的日本间谍报告给了大本营。

虎门屡攻不克的时候，日本人想起了李福林。于是，他们派出大特务南本隆实少将秘密和李福林接触，大把送银子不说，还要封他做“华南军总司令”。目的呢，就是想让李福林利用自己的威望，策反广东将领，和日军里应外合，拔掉虎门这个眼中钉、肉中刺。

李福林在江湖上行走了几十年，说实话，什么样的风浪没闯过？什么样的人物没见过？南本隆实尾巴一翘，他就知道要拉什么屎。任小鬼子说啥，他都笑嘻嘻地听着，并不正面硬顶，装傻充愣、哼哼哈哈不表态度。银子嘛，那是从中国抢来的，来者不拒，不收白不收。至于那个什么“华南军总司令”就免了，老了老了，可不想顶个汉奸的屎盆子，顶风臭四十里，子孙后代都让人戳脊梁骨。看见西湖边跪着的秦桧夫妇了吧，1000 多年了，还有人朝他们脸上吐唾沫，那就是当汉奸的下场。

心里这么想，嘴上对日本人说的却是另外一套，自己早已退出官场，心灰意冷不想再过问政事。再说，这辈子当官也当够了，什么军长、总司令、市长，都没落，就那么一回事。死了两腿一蹬，到了阎王那儿都是鬼，谁管你生前当过几品官？

不过，日本人死心眼，油盐不进。他们想的是，既然银子扔去了，怎么都得听个响，非要让李福林做他们的内应。毕竟拿了人家的钱，李福林实在过不了这道坎，经过讨价还价，南本隆实和李福林达成这样的协议：1938 年 4 月中旬的某一天，李福林的部队在广州河南暴动，占领广州，日本空军出动飞机协助作战并空投武器予以支援。同日，海军第五舰队猛攻虎门并掩护陆战队登陆策应。事成之后，由李福林出任广东省省长。

南本隆实高高兴兴地夹着协议书回东京复命去了。李福林眼珠子一转，转身就把这个计划透露给了自己的铁哥们儿陈策，并让他转告驻广东的 12 集团军司令官余汉谋，张好大网，准备捕鱼。

余汉谋和陈策商量后，预先做了相应的布置：第一，虎门一带严密准备，以期一举歼灭登陆之敌；第二，举事前夕广州临时宣布戒严，并做应战准备。

也许是因为反应过于激烈，引起了南本隆实的警觉。这个曾和中国特工王戴笠斗法的日本王牌间谍，终于意识到自己被李福林耍了，心里那个恨呀：这个老人精，太他妈的坑人了！

南木隆实自诩是什么“中国通”，其实他根本没有搞懂李福林和中国的绿林文化。江湖之人讲的就是“忠义”二字，但凡出卖朋友、卖主求荣之辈，压根就别想在道上混。是，李福林是个土匪坯子，为了在夹缝中求生存，给大清朝下过套，也给袁世凯挖过坑，还给蒋介石使过绊，但这跟卖国卖祖宗完全两码事。李福林心里明白着呢，你想让他当汉奸，他能干吗？

孔老夫子说过：“六十而耳顺，七十而从心所欲，不逾矩。”李福林那年刚好 67 岁，介于六十和七十之间，人话鬼话都能听得进，听得懂，你说耳顺不耳顺？况且眼瞅着就要进入“从心所欲，不逾矩”的境界，干啥事都游刃有余。所以，南本隆实哪是他的对手啊！鬼子只看到李福林骂老蒋，但那是中国人之间的事，外人要想掺和，好，吵架的双方联手一顿暴打，老实了。

到了约定的日子，100 多架日本飞机在广州上空侦察扫射，可就是没有空投一枪一弹；军舰猛轰虎门要塞，却并没有派陆战队登陆。

李福林得知了这个情况，气得大骂余汉谋无能，说：“老子费尽心血，张好了罗网交给他们去搞，却连一只麻雀崽都没捉到，真是可恨！”尽管歼敌计划最终流产，并不影响李福林获得了一枚青天白日勋章。

正因为这段旧怨，日军攻占新界后，立即直奔康乐园抓捕李福林，结果扑了个空。原来，平日里从来不离开康乐园半步的李福林，头天去九龙参加一个朋友的葬礼，时间太晚，就在外面住了一夜。

这一住，救了他一命。

得知日本鬼子在四处搜捕自己，李福林一分钟没敢耽搁，换了身衣服就渡过维多利亚海湾，到皇后大道找陈策来了。

陈策看到李福林痛心疾首的样子，怕他气出病来，赶紧安慰他说：

“登同兄，你我和日本崽是前世的冤家、今世的仇人。别说你那菜园子，我家祖屋都让弯足筒给烧了。”陈策说的是实话。

1939 年 2 月，日军入侵琼崖，随即由海口出发进犯陈策的家乡文昌。终于有一天，日本鬼子进了沙港村，指明要找陈策的家。这个虎门要塞司令让皇军吃够了苦头，不把他家点了，实在难解心头之恨。

这老屋是陈策的父亲 10 多年前所建，房屋修好后，孙中山先生还给亲笔题了个匾：同登寿域。如今，眼瞅着青瓦白墙的大宅院，连同那块“同登寿域”的匾牌，在一片熊熊大火中化为灰烬。

李福林的情绪逐渐平静下来，他突然一拍脑袋：“哎哟，瞧我这狗记性，差点把正事给忘了。”

陈策一愣：“什么正事？”

于是，李福林把第五纵队在港九烧杀抢砸的事说了一遍：“兄弟啊，事到如今，鬼佬已是自身难保，只有你出面了。”

陈策一拳砸在桌子上：“兄长放心，只要我陈策在，就容不得那帮汉奸流氓为虎作伥。”这下李福林放心了，他知道，自己这个小兄弟虽然个子不高，却是条真汉子，吐口唾沫砸个钉。于是，他起身拱手告辞：

“兄弟，我知道你公务繁忙，就不打扰了，咱们后会有期。”

“登同兄准备去哪里？外面这么乱。”陈策有些担心。

李福林拍拍陈策的肩膀：“放心吧，蛇有蛇路，鼠有鼠道。真让日本人在香港把我抓住了，你登同兄这几十年就白混了。”

陈策知道李福林在香港经营了一二十年，人脉广、路子野，几乎没有他办不成的事，也就不再多问。

李福林离开陈策后，通过黑道上的朋友，悄然通过日军封锁线，私渡到内地后辗转去了重庆，蒋介石给了他一个国民党中央军事委员会顾问的虚衔，领着一份丰厚的薪水，有事问问，没事喝喝小酒、打打牌，也挺滋润。

日本投降前后，李福林以军委会驻粤军事特派员的身份，受命收编敌后土匪武装，阻止解放军进入大中城市。这是李福林有生之年为国民党政权效力的最后一项工作。

1949 年广州解放前夕，李福林携带家眷重返香港大浦定居，继续打理他的康乐园，3 年后病逝，终年 80 岁。

如今的康乐园占地约 60 万平方米，各类娱乐设施、会所和商店齐备，是一个拥有 1200 栋独立花园平房的豪华社区。虽然李福林的大宅已被拆除，但他与两名妻子、一个儿子的坟墓却得以保存。

李福林走后，陈策点燃一支“鸵鸟”牌香烟，深深吸了几口，醒醒脑、提提神。幸亏登同兄提了个醒，九龙的第五纵队如此张狂，港岛这边一定要防患于未然。他让徐亨通知各帮会首领速来开会。

陈策手中无一兵一卒，他能依靠的，只有帮会的力量。好在帮会的这些秘密首领都很服陈策。一来陈策这个人是个热心肠，谁有难处找到他，只要他答应了帮忙，就一定会帮到底。帮会底下那么多马仔小兄弟，少不了惹事生非，遇到个三灾两难，陈策总是利用自己的身份和关系，为他们上下打点、疏通解围，而且不收一分钱。二来，陈策虎门抗日的故事他们都听说过。在道上人的眼里，陈策就是一个忧国忧民、为民除害的大侠，跟历史上的关云长、岳飞、杨家将一样，大忠大义大英雄，他们敬重这样的人。因此，只要陈策发话，哪怕上刀山下油锅，眼皮都不会眨一下。

不一会儿，洪门、青帮在香港几个堂口的堂主，如张子廉、刘伯琴、骆天一都到了，还来了一个人，李裁法。上次郑介民到家里拜访陈策时，李裁法也跟着去了，陈策只以为他是军统香港站临时派给郑介民的秘书，殊不知，李裁法年纪不大，道行却挺深。他早先在上海混社会，入了青帮。淞沪抗战爆发后，便跑到香港寻找发达的机会。军统香港站站长王新衡见这个小伙子虽然是道上的人，却颇有思想和爱国心，人也很机灵，就把他收罗到自己手下，做一些外围的工作。

联合办事处一成立，王新衡是情报组的负责人，就把有着帮会背景的李裁法交给陈策，让他协助、维护社会治安，也算是人尽其才吧。

陈策向大家介绍了第五纵队在九龙助纣为虐，残害百姓的罪恶行径，提出港岛要未雨绸缪，及早防范：

“这些第五纵队都是些内奸卖国贼，他们和地痞无赖纠集在一起，趁火打劫，比日本崽还歹毒。各位兄弟要协力作战，对那些投敌分子、杀人放火的破坏分子要严惩不贷，抓住一个杀一个，绝不手软！”

张子廉报告说，他们已经协助当局抓获了200多名间谍汉奸，其中20多人作恶多端，有的背了好几条人命，被当场枪毙了。

李裁法也说：“请陈将军放心，您当年在虎门怎么杀鬼子的，我们今天在香港就怎么杀那些祸害老百姓的害人精！”

“好！”陈策向李裁法投去赞许的目光。

（五）

徐亨把一封重庆的加急电报交给陈策，这是一份由中央审定的撤离香港人员的名单，陈策的大名赫然在列。

日寇进攻香港的枪声一响，同僚属下就劝过陈策，让他早日离开。大家强调的两个理由都很充分。一是陈策在虎门狠狠打击了日军的嚣张气焰，日本人始终咽不下那口气。据说大本营早就下令，打下香港，陈策是务必要缉捕的重要人物之一。二是陈策腿有残疾，行动不便，战争时期，应先行撤离。但是，陈策坚决不走，他的理由是，自己是“国府”派驻香港的军事代表，中日开战，这是最大的军事，正是国家需要军事代表发挥作用的时候，其他人都能走，唯独他不能走。

这回有了尚方宝剑，徐亨说话的底气也足了：“阿爸，这个名单可是委员长亲自敲定的，你总该执行了吧？”

陈策也有个担心，怕自己的残腿给大家添麻烦，万一有个什么紧急行动，还会成了累赘。既然上级都下了命令，那就走吧。陈策抚摸着自己的左腿，自言自语地念叨着：“要不是我这只不争气的腿，我就留在香港再跟日本崽干一场！”

说起陈策将军的左腿，那也是一段历史。

陈策早年追随孙中山先生，为革命劳碌奔波，风里来雨里去，左腿患上了脉管炎，未能及时治疗，病情时好时坏。后来又两次负枪伤，落下病根。

第一次是 1911 年底，辛亥革命刚刚取得胜利。孙中山亲自召见陈策，让他协助革命党人回海南接收政权。那年陈策还不满 18 岁，血气方刚的他见到仰慕已久的孙中山先生，自然是激动不已，表示坚决完成任务。

1912 年初，陈策跟随革命党人返回海口，密谋起事，他主动请缨担任了炸弹队长。在攻打府城的战斗中，陈策左脚中弹负伤，被逼得走投无路，最后跳进一处长满杂草的水渠，才躲过追兵，逃过一劫。

第二次是 1923 年 1 月 21 日，讨伐叛贼陈炯明的滇桂联军进入广州后，孙中山任命陈策为江海防舰队司令，护卫广州。

原以为赶走了陈炯明，总算可以歇口气了。哪知道前门驱狼，后门进虎，滇桂联军的头目沈鸿英也不是个善茬儿，此人早已和北洋军阀暗中勾结，被北洋政府任命为“广东军务督理”，与孙中山分庭抗礼。那年 1 月 26 日，沈鸿英以做好地方善后工作为名，设下“鸿门宴”，邀陈策、广州市市长魏邦平，以及刚上任的广东省省长胡汉民等军政官员开会，准备将孙中山的骨干力量一网打尽。

会议刚开始不久，事先埋伏好的卫队突然朝陈策等人射击，长年在枪林弹雨中摸爬滚打的陈策就地一滚，一个鹞子翻叉，飞身跳下二楼，捡了一条命。但是左脚被枪弹击中，血流不止，从此留下后患。

就任虎门要塞司令后，日夜操心劳神，事必亲为，脚上旧伤复发，走路时间稍长一点都钻心地疼。不久，更是发展到左脚上长了一个山竹大的恶疮，颜色发黑发紫，整条腿肿得明光锃亮，腿胯下的淋巴结硬邦邦地摸着像龙眼。医生说再不治的话，别说一条腿，恐怕连命都保不住了，他这才恋恋不舍地离开抗击日寇的第一线，到了香港看医生。

香港的法国医院设备先进，技术力量比较雄厚，陈策在夫人梁少芝和杨全的陪同下，住进了这家医院。当医院院长得知陈策是国民党的将军，又是指挥虎门抗日的英雄时，格外重视，除了组织最有经验的医生对他的病情进行会诊外，还专门给他做了一个全面体检。

最后的诊断结果是：血管硬化晚期。经过慎重研究，医院提供了两个治疗方案供选择：一是截肢，彻底解除因为肢体病变可能对生命造成的威胁。二是保守疗法，打针服药，随时观察病情的发展。保守疗法需要的时间相对比较长，而且治疗效果难以确定。因此，院方建议采用第一种方案，

一向果敢决断的陈策，这次陷入了犹豫和纠结，他万万没有想到病情的发展会拖成这个样子。医生说得没错，截肢最利索，一刀下去，性命无虞。但是，对一个驰骋沙场的军人来说，没了一条腿，要命又有什么用？那天晚上，陈策独自待在医院的花园里，抽了一晚上的烟。天亮的时候，梁少芝去找他，地上扔了 57 个烟头。陈策眼睛里布满了血丝，他平静地对妻子说：“走，锯腿！”

手术很顺利，从此陈策成了独腿将军。

独腿将军陈策

看着陈策落寞的神色，徐亨也有些于心不忍。但是，陈策留在香港，确实太危险了。他轻声说道：

“我马上安排人帮着收拾一下行李，明天一早送你去机场。”

陈策没吭气，算是默许了。

徐亨像想起了什么要紧的事，又跟陈策悄悄耳语：“孙夫人也坐这趟班机。”

陈策“哦”了一声，有些担心：“夫人怎么这个时候还在香港啊？”

宋庆龄除了国父夫人的身份外，还和陈策同是海南文昌人，更多了一层乡谊。崇敬加乡情，陈策愈加为孙夫人的安危担忧。

抗战起始，宋庆龄一直在香港领导“保卫中国同盟”，致力于海外各界援华救济的各项工作，并在 1941 年 5 月，发起了“一碗饭运动”，亲自担任“一碗饭运动”委员会的名誉主席，救济因日军入侵中国内地而拥入香港的难民。直到日军进攻香港，她才决定撤离。

为了避免遭到日本军机的袭击，来往重庆的航班都是夜间起降。明天的这班飞机是早晨 5 点钟起飞。蒋介石曾要求 3 天内把名单上的人全部撤完，陈策乘坐的这是最后一个航班。换句话说，如果陈策不走，就没有机会了。

旁边的杨全听了半天，见徐亨只是劝陈策走，有些着急：“那嫂子和孩子们怎么办？能和策叔一块走吗？”

陈策摇摇头：“要撤的党国要人太多，座位有限，都不让带家眷。”

杨全捅了捅徐亨：“徐副官，你再跟上边说说，策叔是残废，跟其他人不一样，身边得有人照顾，再通融通融嘛。”

徐亨面露为难之色。陈策摆摆手：“算了，到时候你们协助嫂子，把他们疏散到港岛的亲戚家隐蔽好，然后再想办法离开。”

看来，也只能这样了。

第二天一大早，陈策告别了妻儿和部属，由杨全陪同到了启德机场。

停在机场上的大型客机“空中行宫号”已经进入滑行位置，只待塔台一声令下，就可以起飞了。

陈策下了车，杨全右手提一个小皮箱，左手搀扶着他朝飞机走去。

快到舷梯了，前面传来一阵吵骂声。陈策抬头看去，只见昔日的“南天王”陈济棠和夫人被人用枪顶着头，推推搡搡地走下了舷梯。这是怎么回事？陈策暗自纳闷。就正这当口，《大公报》巨头胡政之满头大汗地挤过来，爬上舷梯，陈策紧随其后也往飞机舱门走去。

走着走着，走不动了。刚才推搡陈济棠的那两个人站在舷梯中间，挡住了登机的通道，声嘶力竭地喊叫着：“满了，满了，什么人都不准上，快退下去，退下去！”

陈策这才看清楚，其中一个女扮男装的人是孔祥熙的二女儿孔令俊，大名鼎鼎的孔二小姐，边嚷嚷还边挥动着一支手枪。

“座位都是按名单分配的，人还没上完呢，怎么就满了？”陈策正想问个究竟，前面的胡政之已经焦急地朝孔二小姐喊了起来，“孔小姐，你还记得我吧？我是《大公报》的胡政之呀，是布雷先生来电让我坐这趟飞机回重庆。你看，这是他的电报。”

陈布雷时任蒋介石侍从室主任，他的话，别说一般人，连那些位高权重的党国大员都得买账。偏偏这孔二小姐不是个一般的人，仗着父亲孔祥熙和二姨宋美龄第一夫人的权势，根本不理这个茬儿，像什么都没听见，照样把想上飞机的人往下赶。

陈策拄着拐杖，扶着舷梯大声说道：“我是陈策，是委员长安排我坐这架飞机回重庆的，你怎么能不让我们登机呢？”

“是呀，陈策先生是中央委员、海军中将、香港军事代表、港澳支部主任委员，你不能拦着。”杨全也在一边帮腔，报了一长串陈策的头衔。

孔二小姐突然用枪指着陈策和胡政之，一副凶神恶煞的模样：“你们废什么话，我说不能上就是不能上，谁也不行！”

胡政之急了：“你不要胡来啊，飞机再挤我们也要上！”

孔令俊根本不吃这一套，摆出一滚刀肉的架势：“我今天就胡来了，你想怎么样？”

还没有离开的陈济棠愤愤不平地骂道：“真是个刁蛮霸道的泼妇，我都上去了，一看座位上趴着两只狼狗，就让她把狗牵走。她不但不牵，还出言不逊，我就跟她争了几句，问她‘是狗重要还是人重要’，这下可好，捅了马蜂窝了，硬把我赶了下来。”

陈济棠和孔祥熙是老相识了，又曾担任过第四集团军司令、西南政治分会主任，还是现任中委、农林部长，连他都上不了飞机，自己更别想了。于是，陈策拉着胡政之退下了舷梯。

他们刚一下来，地勤人员就撤去舷梯。飞机开始发动，接着滑行、加速、起飞，很快消失在厚重的云层里。

不过，横行霸道惯了的孔二小姐，这回玩大了。《大公报》总编王芸生在重庆白市驿机场没有接到胡政之，好生奇怪，明明由陈布雷先生安排上了这架飞机，怎么就生不见人死不见尸呢？王芸生明察暗访，终于弄清楚了事情的来龙去脉。于是，所有的愤怒全部倾泻于笔端，一篇《拥护修明政治案》的社论，披露了事情真相，舆论大哗。西南联大、浙江大学的学生纷纷上街游行，喊出了“严惩洋狗坐飞机的主事人” “党国大员不如孔家一条狗”的口号。紧接着又是一篇《晁错与马谡》的社评，借古讽今，提出“除权相”，暗指罢免孔祥熙。

为平息事态，交通部专门给《大公报》发来了更正函，说明飞机上的那两条大洋狗是美国机师带上飞机的，与孔家无关。一些乘坐这班飞机的当事人，如宋庆龄等，也出面予以澄清。

王芸生的文章摆了个“乌龙”，可当时的人们却坚信这是个“好球”，辩诬的一方反倒显得苍白和无力。这也从一个侧面反映了民心的向背，可以看出普通民众对国民党政治黑暗、政府腐败，以及豪门权贵的不满和愤怒。

陈策虽然没有走成，但他还是感到宽慰，孙夫人终于跳出了这个火坑！

当天下午，中央有关部门打来电话，问陈策将军为什么没有回到重庆。陈策没扯其他乱七八糟的事，只是大声回答：

“我不走了，就留在香港和日本崽决一死战！”

徐亨和杨全又劝陈策现在从水路或陆路撤离都还来得及，但被陈策一一拒绝了。陈策在想，委员长让我走我不得不走，可老天爷让我留我也不得不留呀。

孔二小姐阻止自己上飞机，看来真是天意。我陈策顶天立地一汉子，怎么能在日本崽面前装怂呢!

陈策决定不走了，心里也踏实了，他让徐亨约见马尔特比。九龙半岛目前的战况是个什么样子？下一步有何打算？他必须摸清英国人的底牌。

（六）

街灯孤零零地伫立在路边，街道上空空荡荡，几乎见不到行人。往日这个钟点，香港的夜生活刚刚开始。战争的车轮，毫无顾忌地碾碎了和平，也把普通老百姓推入血与火的深渊。

陈策那辆黑色“奥斯汀”停在英军总部门口，卫兵验过车牌和证件，移开路障放行。汽车进入大门拐了个弯，在一栋灰色的三层小楼前停了下来。旁边是两排粗大的法国梧桐，地上铺满飘零的黄叶，如果不是远处偶尔传来的爆炸声，这样的场景真像是欧洲文艺复兴时期的一幅古典油画。

杨全扶陈策下了车，马尔特比将军的副官已在门口恭候。这个长着一头亚麻色头发的年轻军官，领着陈策和杨全来到二楼的一间办公室，轻轻敲了敲门。里面传出马尔特比沙哑的声音：“请进。”

副官带杨全去另一间屋子休息，陈策独自推开了那扇沉重的橡木门。

目光暗淡、神情疲惫的马尔特比将军勉强起身和陈策握了握手：

“陈将军，我已经两天没有刮过胡子了，请原谅我的失礼。”

陈策也不客气，坐下后给自己倒了一杯凉白开，仰脖喝了个底朝天，他放下杯子直奔主题：

“将军，我想了解最新的战况，九龙那边怎么样了？”

马尔特比把一页纸递给陈策：“看吧，这是我将要下达的命令，九龙半岛守不住了，我让所有的部队全部撤回，死守港岛。”

陈策一听就急了："您亲口对我说过，醉酒湾防线至少可以守半个月，甚至更长的时间。怎么，这才打了两三天就不行了？"

"你让我怎么办？日本一个师团加上支援部队，小十万人。我呢，只有一个大陆旅。尽管这是一场不公平的比赛，但是我输了，我认账。"马尔特比激动地吼叫着，但只持续了几秒钟，就像泄了气的皮球，声调很快又降了下来。

陈策想到过英军守不住九龙，但没想到他们这么快就把九龙丢了：

"不能派增援部队过去再坚守几天吗？"

马尔特比摇摇头："那样没有任何意义，部队都在九龙打光了，谁来守卫港岛？当然，除非你们中国军队这个时候突然出现在日军的背后，我可以把全部兵力都调过去。这样我们双方联手，掐死日本人。"

陈策知道说什么都没用了，起身告辞。

返回的路上，马尔特比说的那句话，"除非你们中国军队这个时候突然出现在日军的背后"，一直在陈策脑海中回响。其实他比英国人更着急，中国援军什么时候能到呢！

中国援军，成了香港唯一的希望。

日军进攻香港的第一枪刚刚打响，英国政府就派魏菲尔将军到重庆紧急求援。因为中国政府于同一天正式对日宣战，中英两国已成盟友。于是，按照参谋总部事先制订的计划，国军第 4 军和暂编第 2 军从株州南下，准备反攻广州，策应香港英军。

就在此时，被誉为"老虎仔"的第九战区司令长官薛岳，发现日军在赣北的部队突然收缩。这种异常的兵力调动，显然是要对长沙一线的中国军队发动大规模的进攻！他果断命令第 4 军停止南进，原地待命。

后来的事实证明，薛岳的判断非常机敏，也非常正确。当时日军华中派遣军正集结于长沙以北，第 11 军司令阿南惟几中将，为牵制中国军队增援港九及缅甸，出动10余万兵力，于12月24日强渡新墙河南进，试图三战长沙，拖住并打垮中国第九战区的主力部队，扬言“要到长沙过新年”。

第三次长沙会战，是阿南惟几和薛岳的第二次交手。第二次长沙会战，阿南惟几成功隐蔽了自己的战略意图，采用集中兵力各个击破的战术，突然对第九战区的部队发起进攻，经过几个回合的较量，大败薛岳。

这一次薛岳可不敢再大意，他别出心裁地制定了一个“天炉战”战法：派第10军守卫长沙，那是计划中的“炉底”，诱使日军主力前来围攻。然后让原定增援香港的第4军，以及第30集团军固守两侧，形成“炉壁”。

12月中旬，阿南惟几中将指挥第11军兵临长沙城，正好进入薛岳为他设计好的“炉膛”。这时，两翼伏兵从捞刀河与浏阳河之间猝然出击，日军的两个师团被合围。长沙攻不动，两侧突不破，“炉口”则是枪炮织成的火网，薛岳的“天炉战”大发神威。一仗下来，日军伤亡5万余人，被俘1万多人，中国军队以极小的代价，取得了抗战以来正面战场最大的一次胜利。

薛岳因“天炉战”一战成名，长沙城则成了阿南惟几终生的梦魇。第三次长沙会战中国军队打赢了，但是，由于第4军等中国军队的北调，增援香港的计划被迫改变，这给杨慕琦总督，给马尔特比将军，也给陈策兜头泼了一盆冷水。

金山主阵地一旦被日军攻克，大陆旅的退路将被切断，九龙半岛上的英军就面临着被全歼的危险。趁金山还在英军手中，当晚12点30分，马尔特比将军下达了从九龙撤退的命令。他要保存这部分有生力量，全力死守港岛。

夜幕下，金山守军的援军到了。在加拿大军队一个连的掩护下，驻守金山及附近高地的皇家苏格兰营，陆续撤出阵地，乘车到深水埗和旺角后，登船渡过维多利亚海湾，退回港岛。旁遮普营和拉吉普特营也先后撤出醉酒湾防线，退往东南方的马游塘。拉吉普特营在马游塘附近警戒设防，掩护旁遮普营从鲤鱼门摆渡去了香港岛。

英军撤离九龙前，炸毁了那里的发电厂、水泥厂、造船厂、供油厂和昂船洲炮台，凡是停泊在九龙码头来不及开走的船只，也被全部炸沉。霎时间，九龙半岛火光冲天，爆炸声此起彼伏，彻夜不停。

12 月 12 日 7 时 30 分，日军第 38 师团 230 联队第 3 大队的大队长野口捷三少佐，带着由 350 名战斗员组成的混合挺进队冲入九龙城，9 时，完全占领了九龙城区。

当天下午 3 点，日军 229 联队开始逼近驻守在马游塘、五桂山一线的印军拉吉普特营，性急的联队长田中大佐不等炮兵准备到位，趁着黄昏暮霭，仓促向马游塘高地发起攻击；结果，遭到拉吉普特营的迎头痛击，伤亡惨重。229 联队的士兵只好龟缩在工事里，等待天明。

天亮后，日军冲上马游塘高地，阵地上空无一人。昨天夜里 9 点，拉吉普特营悄然南撤至鲤鱼门，今日黎明前已经乘英国军舰返回了港岛。

13 日 7 时 15 分，担任后卫警戒任务的最后一批印军士兵，登上英国皇家鱼雷艇，驶离了鲤鱼门码头……

第四章　港岛沦陷

（一）

宽阔的维多利亚海湾，波涛起伏，它像一条蓝色的丝带，把九龙和港岛分割开来，成为日军进攻港岛的天然屏障。

英军撤离前的大爆破，让九龙的道路、桥梁遭到极大的破坏，使得日军的重炮部队无法开进，大批装备和武器弹药，以及渡海作战需要的各种器材，运输严重受阻。按照工兵部队的修复进度，最快也要到 18 号才能完成进攻港岛的作战准备。

面对这样的局面，酒井隆想了个一箭双雕的招数：派人去港岛招降。如果英国人同意放弃抵抗，兵不血刃进占港岛，那当然最好。要是英国人一根筋，非得拿鸡蛋碰石头，也可以为渡海作战争取几天准备的时间。于是，他派特使多田督知中佐赴港岛送劝降书。

后来的日军战史是这样写的：

鉴于香港街市已处于我军在九龙阵地的俯控之下，防守已无可能，判断其或有投降希望；同时，出于人道的观点，认为其继续抗战只能造成无益的牺牲，故而遣使劝降。

1941 年 12 月 13 日上午 9 时，趾高气扬的多田中佐带着一个随从，乘坐一艘汽艇，向港岛中环码头驶来。汽艇上插着一面小白旗，上面写着“Peace Mission”（“和平使者”）。

军国主义洗脑的结果，就是让日军从大本营到战斗小队，从将军到士兵，所有的人都认为自己在从事着一项高尚的事业：把侵略当圣战，把掠夺当共荣，把杀戮当和平。

汽艇到达中环码头时，英军情报官鲍撒少校已经等在那里。多田中佐把一封酒井隆司令官写给港督杨慕琦爵士的亲笔信递给鲍撒，请他转交。鲍撒让多田稍候，然后驱车去了总督府。

半个小时后，这封劝降信摆在了杨慕琦办公室的桌子上：

尊敬的总督阁下：

我善战之攻城炮兵及勇敢之空军已做好准备，香港覆灭指日可待。香港命运已定，胜败不言自明。我攻城军念及贵军之命运及香港百万无辜民众，不能听任事态发展。溯自出战以来，贵军虽努力作战，但如继续抵抗，必将断送百万无辜男女老幼之生命，此皆为贵国骑士精神及我国武士道所不忍。望总督深思，立即承诺献城，否则余唯有忍泪动武，令贵军屈服。

帝国皇军第23军司令官酒井隆中将

昭和十六年十二月十三日

参加过第一次世界大战的杨慕琦，身上还保留着几分军人的血性。他优雅地将劝降信撕成纸条，扔进废纸篓，朝鲍撒少校笑了笑：

“告诉那个送信的日本军官，港岛的防御固若金汤，而且我们得到了不列颠帝国、美国和中国人民的支持。包括我本人在内，香港全体不列颠帝国的臣民都坚信，他们永远不会成为日本人的俘虏！”

听到这样的答复，多田愣住了，脸色由红变青，又由青变白：

“那好吧，就让我们的大炮来教会你们怎么跟皇军打交道！”

多田跳上汽艇，气呼呼地喊了一声：“开船！”

汽艇掉头驶向九龙半岛，后面留下一道波涛翻滚的浪涌。

果不其然，日军的大炮发言了。

从 13 日下午开始，日军的远程重炮和飞机就不断轰炸港岛各军事目标，给防守的英军施加压力。

自从攻下九龙，酒井隆就把 23 军指挥部搬进了位于尖沙咀梳士巴利道的半岛酒店。不久，酒井隆还给酒店改了个日本名字：松岛酒店。

坐镇半岛酒店的酒井隆，一手攻城，一手攻心。

日军的空飘气球挂着“日军保证商民安居乐业”“把英国人赶出东亚”“日中共存共荣”的标语，随着海风，漂向港岛。同时，还在一些船舶上安装高音喇叭，整天在维多利亚海湾穿梭，向港岛英军和市民喊话，蛊惑人心，瓦解守军的斗志。

日军和英军的大炮互相轰击，维多利亚海湾两岸笼罩在一片火海硝烟之中。

放弃九龙，死守港岛，是英军早就确定的香港保卫战的指导方针。大陆旅坚守醉酒湾一线，主要是为英军破坏九龙的市政设施、抢运战略物资和港岛备战赢得时间。只不过原计划是守两周，结果只守了五天。平心而论，从军事防御的角度看，马尔特比制定的这个方针还是比较明智的。但是，他也犯了过于轻敌的错误，低估了日军的战斗力。

马尔特比以赛马场——黄泥涌峡——浅水湾为界，把港岛分为东西两个战区，各放一个旅。兵力部署如下：

东部旅旅长瓦利斯准将，司令部设在大潭山峡附近。下辖：

印度拉吉普特第 7 团第 5 营，加拿大皇家步兵团第 1 营，英国密道尔·赛克斯团第 1 营的两个连，义勇军两个连作为预备队。

西部旅旅长为劳森准将，旅司令部设在黄泥涌峡。下辖：

印度旁遮普第 14 团第 2 营，加拿大古拉达斯团第 1 营，英国密道尔·赛克斯团第 1 营的一个连，义勇军两个连作为预备队。

总兵力约 12000 千人。

除上述兵力外，英军司令部还掌握着两个重炮兵团、一个高射炮团，以及作为总预备队的皇家苏格兰团第 2 营和义勇军七个连。另外，还有 1 艘老式驱逐舰和 2 艘炮舰、8 艘鱼雷艇。

英军严阵以待，准备迎接最后的决战。

太阳渐渐没入大海，天色变得昏暗。双方打了一天，都有点累了，炮声也逐渐稀疏。

陈策带着徐亨驱车来到英军司令部，这是他和马尔特比的一个约定，两人每天定时会晤，商讨港岛的防务问题。虽然双方关心的侧重点略有不同，但守卫港岛的总目标是一致的。马尔特比想从陈策那里获得更多的经验和智慧，而陈策则是竭力为英军鼓劲加油，希望他们能坚持到底。

谈完正事，马尔特比心情不错，请陈策和徐亨喝咖啡、吃点心，东一句西一句地闲聊。大家正聊得高兴，作战室的杰斯特上尉推门进来，在马尔特比耳边嘀咕了几句。陈策见状，准备告辞。马尔特比做了个留步的手势：

“陈将军，你们坐，我们对你们是没有秘密的。”

然后，他让杰斯特上尉把刚才的话又重复了一遍。原来，从前天开始，每到晚上 9 点左右，司令部旁边的维多利亚山上，都会出现一束灯光，间隔几秒钟闪一下，很像是在给什么人指示目标。

“不是很像，而是一定。一定是日本崽的间谍，在给他们的炮兵指示你们司令部的位置！”陈策毋庸置疑地下了结论。

英军司令部背后的维多利亚山，杂草灌木丛生，巉岩峭壁交错，在夜幕的映衬下，像一尊巨大的怪兽。

马尔特比扭过头朝窗外看了看：“杰斯特上尉向我报告，那束奇怪的光又出现了。”

“为什么不派人上山搜捕？”徐亨不解地问。

马尔特比耸耸肩膀：“我们的人上山搜查过，而且去过不止一次。但是你们知道的，维多利亚山的地形太复杂，天又黑，一无所获。不知道的人，还以为山上在闹鬼呢！”

陈策撑着拐杖，霍地站了起来：“我就不信，就算是鬼，也要想办法把他揪出来。走，我们去看看。”

徐亨连忙扶住他：“义父，您就坐在这儿，哪儿也别去，我带几个人去山上查看，是人是鬼一定弄个水落石出。”

陈策推开他的手：“这山上的情况我比你们熟，别耽搁时间了，走！”

马尔特比一看陈策真要上山，就让杰斯特上尉带了两个士兵一同前往。五个人先沿着司令部周围转了一圈。走着走着，上尉朝山上一指：

“陈将军，您看！”

果然，半山腰某个隐蔽的地方，射出一道白光，隔几秒钟闪一次，光束的正下方就是英军司令部。

陈策仔细观察光束出现的位置，最后确定为半山腰的一处网球场，盘山公路马卫路正好从那里经过。

“义父，黑咕隆咚的，您怎么能断定就是网球场呢？”徐亨将信将疑地问。

陈策在黑暗中笑了笑：“我没锯腿以前，经常到这里打球，球场下面正好是英军司令部的军官食堂，有时候球还会飞到他们院子里。你看，我以英军司令部为参考，上方发光的位置差不多应该就是网球场附近。”

“那我们下一步做什么？”徐亨追问道。

“上山。”陈策领着大家返回停车场，找到自己的座驾，拉开车门，钻进了副驾驶室。

按照陈策的吩咐，徐亨没开大灯，而是开着小灯驶出院子，拐向马卫路。

谜团般的夜色包裹着所有的细节。车灯发出昏黄的光，费力地穿透潮湿阴冷的雾霭，勉强能看清坑洼不平的路面，崖壁、树丛幻化成奇形怪状的影像一晃而过。车上的每个人都屏住呼吸，死死盯着黑暗中可能出现的意外。

跑了大概半个多钟头，陈策突然叫徐亨打开大灯。借着明亮的光柱，所有的人都看见了那个修在半山腰的网球场。徐亨松了一下油门，稍稍放慢了车速，好让大家看得更仔细些。灯光掠过空荡荡的场地和草绿色的铁丝护网，别说人，连只飞虫都没有。但是，陈策能感觉到那个家伙的存在。他不像其他人那样瞪大了双眼，而是闭上眼睛，他在听，在用心灵去捕捉外界任何一点异常的响动。

“咔嚓”，这是人脚步移动时踩在枯树枝上发出的声音。陈策一下子兴奋起来，这正是他希望得到的结果。徐亨也听到了响声，朝外面指了指：

“义父，好像有动静。”

“不要说话，开你的车。”陈策的脑子在飞快地转动：那点微小的动静来自网球场东侧，自己记忆中那里有一块突出的岩石，岩石下是一小块开阔地，正好面向维多利亚海湾，对岸就是九龙。天气晴朗的日子登高望远，甚至能看清对面码头上熙熙攘攘的人流。

汽车拐过几道弯，大概又跑了两三公里，陈策才让徐亨把车停在了路边，然后下车，摸黑走到了悬崖边上。其他人跟着过来朝山下一看，刚才路过的网球场隐约可见，直线距离不过五六十米。

陈策让每人准备好两颗手榴弹：

“网球场东边有一块很大的石头，看见没有？朝那儿给我扔！”

接着微弱的星光，勉强能看见一团黑影。

徐亨率先出手，一颗颗手榴弹冒着火星飞向目标。红光闪过，紧接着响起一连串的爆炸声。突然，传来几声人的惨叫，让人毛骨悚然。

待一切归于平静，陈策一挥手：“走，打扫战场。”

再次路过网球场，空气中弥漫着手榴弹爆炸后残留的硝烟味，所有的人下车清理现场，在岩石旁，发现一具被炸得面目全非的尸体，不远处扔着一支大功率的手电筒，灯罩已经破碎。杰斯特上前拍照留作证据，然后收起那支手电筒，尸体则被拖入丛林草草掩埋。

送杰斯特上尉和两名士兵回英军司令部后，陈策打道回府。

返回亚细亚行的路上，徐亨憋了一肚子的问题终于可以一吐为快了：

“义父，您今晚玩儿的什么招数？把我都给整糊涂了。”

陈策回答得很轻松：“地形学加心理学。”

徐亨一听，更晕了。他看了陈策一眼：“义父，我还是不太明白，您能说得具体点吗？也让晚辈学学。”

“那我就给你上一课。”陈策换了个比较舒适的姿势，“我跟你说过了，我以前常来这里打球，所以对山上山下的地形很熟悉，包括英军司令部、网球场和我们停车的地方，三者之间的关系我非常清楚。”

“您是来打球的，地形跟打球有什么关系吗？”

“别忘了，打球是业余爱好，打仗才是军人的本分。军人走到哪里，首先得熟悉周围的环境，地形地貌、距离角度，这些东西都要装在脑子里，一时用不上不怕，就怕用的时候抓瞎。这叫军人的职业习惯，或者说叫职业素养。”

徐亨点点头，心想姜还是老的辣，不佩服不行。他又问：“您说的地形学我知道了，心理学又是怎么一回事呢？”

陈策反问他：“你要是藏在山上发信号的特务，突然发现有一辆车深更半夜上了山，第一反应是什么？”

徐亨：“睁大了眼睛盯着这车，看是不是冲着自己来的。”

陈策：“要是对方突然打开大灯，你又是什么感觉？”

徐亨：“我会想自己是不是被人发现了？”

陈策点了点头：“我们都有这样的经验，这种时候，人最容易慌乱，再加上被车灯晃花了眼，身体一旦失去平衡更要出纰漏。估计我们听到的响动，就是那小子慌乱中一挪脚，踩到了冬天掉落的枯树枝上。”

难怪义父让自己先闭灯行驶，快到网球场了才打开大灯，这些都是事先想好了路数。徐亨笑着说：“义父，您真是老谋深算！”

陈策在徐亨脑袋上拍了一巴掌：“你小子夸我呢还是骂我呢！”

徐亨哈哈大笑，一踩油门，汽车猛地提速，飞驰而去……

从那以后，英军司令部的后山上再没闹过“鬼”。

（二）

形势越来越紧。11 日下午，港督代表麦都高和警司米耶一起来到亚细亚行总支部拜访陈策。陈策一看这个架势，就知道对方是无事不登三宝殿。果然，麦都高直奔主题，先向陈策通报了一个情况：

“日军的第五纵队已在九龙暴动，据情报说，香港方面潜伏的第五纵队，也将在当晚 3 时举事。”然后他又转达了港督杨慕琦先生的恳求，“港督委托我们向中方，向陈将军求助，希望你们能发动侨胞，合力肃清暴匪，配合香港军警，维持社会稳定。”

陈策心里“咯噔”了一下：看来登同兄真是有先见之明。

《第五纵队》原本是美国著名作家海明威创作的一个剧本，剧情以西班牙内战时马德里保卫战为背景。剧中的叛军将领得意地宣称：我用四个纵队攻城，城里那些同情和支持我的人，是我的第五纵队，到时候里应外合，内外夹攻，何愁马德里不破？从此，“第五纵队”成为内奸的代名词。

长期以来，日本军方为培植亲日势力，在香港大肆收买华人中的败类，如失意的政客军阀、无操守的地痞流氓等等。香港是个自由港，许多在权力斗争中落败的野心家到此避难，他们为东山再起，不惜认贼作父，心甘情愿充当日寇的鹰犬。平日里潜伏在各个角落，窥测方向，伺机而动。日军一开战，马上露出汉奸的丑恶嘴脸，为日军提供情报，杀人放火，造谣生事，破坏力极大。

面对日军的进攻，中英已经是拴在一根绳子上的蚂蚱。陈策当即表态："铲除邪恶，诛杀汉奸，责无旁贷。我们将运用香港的帮会力量，协助你们维护秩序和作战。"

没想到陈策这么痛快就答应了他们的请求，麦都高看了米耶一眼，两人眼里都充满了惊喜。麦都高激动地说："中国有句古语：患难见真情。谢谢陈将军的大义之举。来之前，杨慕琦先生跟我说，陈将军绝不会见死不救。看来他的话没有说错！"

陈策哈哈一笑："都这个时候了，咱们还用客气吗？请转告杨慕琦先生，我陈策将和你们共患难、同进退。"

陈策刚就任香港军事代表一职时，包括麦都高和米耶在内，一些港英当局的高层人士，曾私下里对国民政府派一个独腿将军来香港主持军务表示不满。但是陈策将军在大难临头时表现出来的沉着镇定、大义凛然，让他们敬佩不已。深感从前以貌取人是多么的肤浅，那是对一个真正军人的亵渎和冒犯。想到这里，麦都高和米耶满脸愧色，诺诺而退。

20 分钟后，香港各帮会主要首领张子廉、刘伯琴、骆天一、马华逸等人轻车熟路，来到亚细亚行。经过一个多小时的密谋策划，成立了"香港中国抗日协助团"，大家公推陈策担任团长。"香港中国抗日协助团"归联合办事处领导，总部设在跑马地，主要任务就是打击第五纵队，协助英军维持社会治安。

陈策把香港分为三个区，专人指挥、责任到人、分段包干。他让张子廉做自己的副手，李裁法当了联络员。

东区是跑马地、湾仔一带，由刘伯琴指挥；中区是中环、上环一带，由骆天一指挥；西区为西营盘、西环一带，由郑熙林、谢奋生指挥。

当天夜里，2000多名“香港中国抗日协助团”的团员就走上街头，协助港方清理日军飞机轰炸后的废墟，维护社会秩序，构筑工事。原本准备发动暴乱的第五纵队就没敢动。随后几天，不断有人自愿加入“香港中国抗日协助团”，队伍滚雪球似的，迅速扩充到了15000余人。

陈策知道，许多团员都是城市平民，家中上有老下有小，负担很重。参加抗日协助团所做的工作都是尽义务，没有工资报酬。长此以往，大家的积极性很难持久。本来政府在香港有不少金融机构，钱也不少，但谁都不愿出这个头。没有办法，陈策只好一面向中央申请拨款，一面发动属下通过其他渠道筹集款项。他则利用私人关系，向朋友借了60万元国币，为每个团员每天发2元港币的生活补助，解了燃眉之急。

日历翻到新的一天：1941年12月13日。

听着窗外传来炮弹接二连三的爆炸声，陈策不禁喃喃自语：“日本崽终于要进攻港岛了！”最令他担心的，是英军能否坚守到中国军队增援的那一天。

今天上午，12集团军司令官余汉谋和广东省主席李汉魂给他发来电报，报告了一个好消息。重庆最高当局决心力保香港这条国际运输线，在第4军北调参加第三次长沙会战后，又从12集团军抽调了张瑞贵的第63军星夜南下，其先头部队已于12日抵达东莞县的樟木头镇。

当徐亨把电报拿给他看的时候，陈策高兴地拄着拐在屋子里转了三个圈，嘴里一个劲地念叨：“好，张瑞贵是出了名的‘生张飞’，粤北抗战和日本崽打了那么多年，他来救香港，有望！”说着，来到地图前，查看和测量从樟木头到香港的距离，对徐亨说，“马上告诉杨慕琦总督和马尔特比总司令，让他们无论如何都要想办法再坚守半个月，等我们的援兵一到，就够鬼子喝一壶的了！”

徐亨有些不解地问道：“樟木头到香港很近的呀，乘汽车半天就能到，需要半个月的时间吗？”

陈策叹了口气：“咱们哪来那么多的汽车？三个师一两万人，走路至少要一个星期。再说了，日本崽又不傻，酒井隆一定会派部队进行阻击。你想想，半个月算快的了！”

徐亨佩服地点了点头：“还是义父考虑得周到。”

徐亨小跑着去给港督府打电话，刚走到门口，和匆匆赶来的李裁法撞了个满怀。李裁法顾不上搭理徐亨，急慌慌地冲进办公室，边走边喊：

“策叔，策叔！”

陈策一见李裁法慌乱的样子，有点不高兴：

“李秘书，什么事慌成这个样子？”自打军统派李裁法给郑介民当了几天临时秘书，陈策就管他叫李秘书了。

李裁法凑到陈策耳边，焦急地报告：

“据可靠情报，在亚细亚行附近的一座楼里，集中了100多个第五纵队的人，准备攻打华记行！”

陈策一拧脖子：“有这事？”

李裁法：“千真万确！”

陈策：“你知道他们的具体位置吗？”

李裁法点了点头。

“奶奶的，正好咱们的援军要到了，先杀了这帮兔崽子祭旗！李秘书，前面带路。”说着，陈策操起摆在桌子上的一支汤姆冲锋枪，拄着拐就朝门外走。

杨全一把抱住陈策：“策叔，这点小事就不劳您大驾了，交给我吧。”

陈策想挣脱，杨全的两只胳膊像铁箍子一样，根本动弹不得，急得他直叫要枪毙杨全。两个人一个要走，一个不让，争来争去，陈策手里的那支汤姆枪也被杨全抢过去了。陈策没办法，只好妥协求其次：

“行，你负责带人去解决那帮浑蛋，但你得让我去，好帮你们出出主意。”

杨全的职责就是保护陈策的安全，只要陈策不上一线，他就放心了：“咱们说好了，你只能在后面指挥。”

“行！”陈策满口答应。

杨全带了 20 多个人，全副武装，跟着李裁法，悄悄运动到了离华记行不远的一幢旧楼：

“看，就在二楼最左边的那间房子里。”果然，从窗户看进去，里面有不少人，乱哄哄的，甚至有人扛着老式的步枪在窗口晃来晃去。

杨全看了看陈策。陈策一到现场，已经把楼房的格局和周边的地形看了个八九不离十。他压低嗓门对杨全说：

“你派七八个人，堵在楼梯口，全部拿冲锋枪，只要看见有人往下冲就给我突突，一个都不能放跑！然后，找十二个身体强壮的弟兄，每人腰里掖上十颗手榴弹，看见没有？那间屋子连拐角一共有四扇窗户，每三个人守一个窗口，听到命令后，一起朝里面扔手榴弹，六十秒之内，把手榴弹全部扔光。再派八个打枪打得准的人，也是两个人盯一扇窗户，掩护投弹组。记着，人员到位后，听我的口令，投弹组的弟兄先动手！”

杨全：“明白！”他留下两个人照看陈策，自己分派任务去了。

不一会儿，杨全朝陈策做了个准备完毕的手势。

陈策猛地一挥拳：“打！”

投弹组的 12 个人一起挥动胳臂，拉了弦的手榴弹像一群乌鸦，扑扇着翅膀争前恐后地朝房间里飞。

“轰隆隆！轰隆隆！”

火光闪处，弹片横飞。那帮第五纵队冷不丁挨了这么一闷棍，顿时哭爹叫娘，乱作一团。有几个家伙靠近窗口，想负隅顽抗，刚一露出身子，就被子弹爆了头。陈策看得手痒痒，顺手从一名护兵手里夺过一支小马枪，靠在骑楼的砖柱旁，瞄准了一个黑脸匪徒。这家伙抱着一挺机关枪，躲在窗户边，正四下寻找射击的机会。

黑脸匪徒瞅准空子，刚把机枪架在窗台上，陈策轻轻扣动了扳机。“啪”，枪口冒出一缕青烟，子弹正中黑脸匪徒眉心，他连哼都没哼一声，一个后仰，连人带枪栽倒在地。

“打中了，打中了！”旁边的护兵激动地为陈策鼓掌叫好。

认识的人都知道陈策是海军出身，和舰艇、大海打了一辈子交道。其实论起射击技术来，陈策一点不比步兵差，称得上是个神枪手。儿时和玩伴在海滩上捡蛤蜊，别人是用手，他是用弹弓打，一打一个准，每次还都比别人捡得多，小伙伴们羡慕得要死。15 岁那年，他偷拿母亲的两只金耳环换了银圆，背着家人跑到广州，考取了水师工业专门学堂（后改为海军学校）。学校毕业考试，陈策的火炮瞄准名列榜首，被同学们称作“神炮手”。1915 年春，陈策和几个青年学生夺取了袁世凯的亲信、广东督军龙济光的座舰“宝璧号”，炮轰督军府。开始打了几炮，都没能命中目标。陈策亲自担任瞄准手，测定好射击诸元，然后连放几炮，督军府被炸得砖粉石碎，墙倒屋塌。

眼看着二楼那间屋子，被百十来颗手榴弹炸得浓烟滚滚，血肉横飞，早没了一点声息。冲到楼下的 30 多号人，也被预先埋伏在那里的冲锋枪手们一个不剩地消灭了。

杨全向陈策报告，楼上楼下一共有 87 具尸体。剩下的十几个人，从后面的窗户跳楼跑掉了。陈策恨恨地说：

“怪我没看仔细，没想到后面还有一扇窗户，便宜这帮浑蛋了。”

这场围歼战只进行了 42 分钟，打死 87 名“第五纵队”分子，我方则无一伤亡。陈策带着这支 20 多人的武装小分队凯旋。

（三）

港岛在炮火中煎熬。临近海边的街道、房屋基本上都被日军摧毁了。地面弹坑累累，电杆东倒西歪，电力中断，供水不足。举目皆是断垣残壁和死难者的遗体，刺鼻的硝烟味和焦煳味随风飘散到每一个角落。

天色将晚，陈策想再看看英军的防守还有什么漏洞，便带着徐亨、杨全来到海边英军的一处据点，正好碰上杰斯特上尉也在这里。因为上次和陈策一起上山打“鬼”，杰斯特已经和徐亨等人成了好朋友。一见面，徐亨就怂恿杰斯特和杨全过两招，杰斯特曾向他吹嘘自己是学校的拳击冠军，到香港后还没有遇到过对手。他跟杰斯特说：

“你要是能打败杨全，我赌 100 港币。”

陈策也来劲了，在一旁起哄：“我跟 100。”

杰斯特看了看杨全，问徐亨：“他会中国功夫？”

徐亨比画了两下：“那当然，少林寺出来的。”

“少林寺？学校吗？”对中国武术知之甚少的杰斯特没听说过少林寺。

杨全白了徐亨一眼：“别听他胡侃。”

杰斯特走过来，有意无意地用肩膀撞了杨全一下，好像要试试杨全的底盘稳不稳，事先毫无防备的杨全纹丝不动，杰斯特笑笑，朝他伸出了大拇指。

陈策坐的椅子有条腿断了一截，徐亨想找块砖给垫垫。据点外边是一座被炸毁的民房，墙上正好有半块砖裸露出来，徐亨弄了半天弄不动，他让杰斯特去找一把军用小锹，想用锹把砖砍下来。杰斯特答应了一声，还没迈步，却被杨全拦住了。杨全走过去，伸直了右掌，慢慢抬起手臂，猛地向下一劈，那半块砖应声落地。杨全面不改色气不喘，捡起砖块垫在了椅子下。

杰斯特眼睛都看直了。他摸摸断砖的茬口，真真正正的一块青砖，又捏捏杨全的右掌，皮肉完好无损。他抬起头盯着杨全足足有十秒钟：

“杨全，你的手掌太神奇了，怎么比钢还硬？”

徐亨过来扶着杰斯特的肩膀：“怎么，还打吗？”

杰斯特的头甩得像拨浪鼓：“NO！ NO！ NO！”说着，从口袋里掏出100港币塞到徐亨手中，“我认输！”

年轻人在一起逗乐子，陈策开心地笑了。笑声还没落地，一阵软绵绵的歌声顺着海风飘进了屋子。

“怎么回事？” 陈策皱起了眉头。

杰斯特看了看外面：“日本人的喇叭又开始广播了，天天如此。”

从据点的瞭望孔看出去，海面上驶来一艘小货船，船经过改装，绑着好几支高音喇叭，贴着宣传画，一会儿播放歌曲，一会儿又用英语、汉语、印度语轮番进行广播：

“英军弟兄们，大日本皇军武运赫赫，你们的抵抗完全是徒劳的。为了不伤及无辜，希望你们以香港百万民众的生命财产为重，放下武器，缴械投降，皇军将保证你们的生命安全……”

陈策气得拍打着椅子扶手：“说的比唱的还好听，不伤及无辜，这几天被他们炸死的平民百姓还少吗？血债必须血偿！”他转头问杰斯特，“上尉，我记得你们的弹药库里有水下爆破弹吧？”

杰斯特点头：“有啊。”

“你给我拿上两颗，算是借你的。”陈策说话的口气，轻巧得像是找邻居借两个鸡蛋。

杰斯特明白陈策想干什么了。他大声阻止道：“不，将军，我不能给你水下爆破弹，你不能去冒那个险，那样做是很愚蠢的。”

陈策露出讥讽的微笑：“亏你还是个军人，看把你吓的，哪像一个大英帝国皇家陆军的军官？”

陈策的话刺伤了杰斯特的自尊心，他涨红着脸，像一只斗鸡："将军，您可以指责我的吝啬，但不能怀疑我对国王陛下的忠诚和勇敢！"

杰斯特较真了。陈策很高兴："年轻人，希望你加入我们的行动。放心，我不会拿自己，更不会拿你们的生命去开玩笑。相信我，我们一定会成功。完了我替你向马尔特比将军请功，怎么样？"

杰斯特还有些犹豫，他不知道这样做的后果是什么。

徐亨上前拍了他一掌："你还不相信将军吗？"

杰斯特嗫嚅着："相、相信啊。"

"那好，成交！"徐亨举起右手，杰斯特迟疑地同他击掌。

15 分钟后，徐亨和杨全驾驶着一艘小舢板，上面放着两枚三百公斤的水下爆破弹，悄无声息地驶向日军的宣传船。

高音喇叭里在继续播放着靡靡之音："家，甜蜜的家……"

歌曲刚开了个头，就听见"轰隆、轰隆"两声巨响，货船船体一歪，开始下沉，船上的人惊叫着，争先恐后跳海逃命。

不过两三分钟，海面上就剩下两只系在桅杆上的高音喇叭，它们孤独地看了这个世界最后一眼，便没入冰冷的海水之中。

当晚，陈策以国民政府驻香港军事代表的身份，在广播电台发表演说：

"香港同胞们，就在两个小时前，我们在维港炸沉了一艘日寇用来蛊惑人心的木船，以表明我们抗战到底的态度和决心。大敌当前，全体同胞当秉承不做亡国奴的信念，抱定与强敌决一死战的气概，有钱出钱，有力出力，同心协力，共渡难关。当前最要紧的工作，就是协助英军守卫我们的家园，绝不让日本鬼子的铁蹄践踏港岛，屠杀我们的人民，抢夺我们的财产……"

陈策带着浓重海南口音的普通话，通过无线电波，回响在港岛的夜空，传遍千家万户！

（四）

当参谋官报告最后一支部队已经进入出发阵地时，酒井隆中将摸着上唇的那绺小胡子，得意地笑了。他看着地图上已成囊中之物的港岛，用铅笔在上面重重地画了一个叉。不过，他想再看看英国人是否还那么强硬，万一杨慕琦爵士想通了愿意投降呢？岂不更显得大日本皇军不战而屈人之兵的威武和霸气！

酒井隆之所以想尽快拿下香港，还有一个重要原因，那就是中国的援兵已经日益逼近。只要攻占了香港，中国军队的增援就变得毫无意义，同时，也将使自己彻底摆脱腹背受敌的被动局面。

于是，12月17日午后，他再次派多田督知中佐前往港岛劝降。

跟上次一样，多田中佐把酒井隆亲笔写的劝降信交给鲍撒少校后，在中环码头的寒风中等了40分钟。下午3点，终于等来港英当局最后的答复，只有一个字：不！

后来的英军战史这样写道：

马尔特比司令官认为，日本军使首次遭到总督拒绝后感到吃惊，所以日军此次劝降，除企图削弱英军士气之外，主要是希望不进行渡海攻击就迅速取得胜利。此外，在日军后方的中国军队的行动，也对日军产生一定的影响。

应该说，马尔特比将军的观点比较客观地揭示了事情的本质。

看到多田中佐一脸沮丧的样子，酒井隆中将就知道劝降又失败了。他阴沉着脸，下达了12月18日进攻港岛的命令。

第二天，日军的轰炸机群，从早到晚轮番轰炸了港督府、弹药库、摩星岭炮台、赤柱炮台等重要军事目标。各种射程的火炮，则重点轰击从西营盘到鲗鱼涌一线英军的防御阵地。

日军放飞劝降的空飘气球

日军沿北角攻击港岛

日军猛烈进攻香港

英军也不甘示弱，用猛烈的炮火进行还击。

激烈的炮战打了一天，位于港岛北角的亚洲石油公司储油罐中弹起火，大火烧红了半边天，遮天蔽日的浓烟直蹿云霄。不久，发电厂被炸毁，供电中断，全城陷入一片黑暗之中。

杨全点燃了一支蜡烛送进陈策的办公室。陈策披着海军呢子大衣，一动不动地伫立在窗前，盯着远处被炮火染红的天空。他知道，这是日军发动总攻前的炮火准备，意在最大限度地为步兵攻击清除障碍。

听到有人进来，他头也不回地问："徐参谋回来了吗？"

杨全摇摇头："还没有。"

"他一回来马上告诉我。"陈策叮嘱道。

"好的。"杨全退了出去，把门轻轻关上。

为了帮助英军守卫香港，陈策从"香港中国抗日协助团"中选出了1000

名会打枪、有战斗经验的年轻团员，随时准备开赴前线和英军并肩作战。但是，他只有人没有武器，就派徐亨去和英军司令部联系，希望能为这 1000 人配发单兵武器装备。徐亨出发已经快一个小时了，却迟迟没有音信。

陈策看了看表，已是晚上 8 点了。

几乎就在这个钟点，酒井隆走进 38 师团位于九龙马头围的前线指挥所，师团长佐野忠义指着地图，向他汇报了进攻的兵力部署情况。

38 师团的三个联队从左右两翼出击，形成钳形攻势，渡过维多利亚海湾后在三个不同的地点登陆，继而巩固滩头阵地，迅速向岛内扩展：

右翼由 228 联队和 230 联队担纲，分别从启德机场东侧和大湾出发，乘舟艇偷袭鲗鱼涌和港岛北角；

左翼由 229 联队独挑大梁，从油塘渡海偷袭筲箕湾。

“你们要有两手准备，一旦偷袭不成就要变为强攻！”酒井隆听完佐野师团长的计划，特意强调说。

佐野信心满满地回答：“军长阁下请放心，对此我们已有预案。”

“那就好！”酒井隆看着地图上那两支红色的箭头，就像一把老虎钳，把港岛牢牢地夹在中间。自己就是那个手握老虎钳的人，只要稍稍一用力，港岛须臾间将化为齑粉。酒井隆顿时产生了一种难以名状的成就感。

作战参谋官向佐野报告：“将军阁下，发动攻击的时间到了。”

佐野看了看表：“开始！”

“是！”参谋官响亮地回答。

“最先发起攻击的是哪支部队？”酒井隆问道。

佐野指着地图上最右边的一个箭头：“土井定七大佐指挥的 228 联队。

“哦，”酒井隆眼睛一亮，“如果我没有记错，若林君就是 228 联队的吧？”

九龙城门堡一战，若林东一成了 23 军的名人。连佐野师团长也为有这样的下属感到自豪：

“是的，这次渡海作战，他带领的中队仍然担任尖兵。”

“那就让我们静候他们的好消息吧！”酒井隆攥紧了拳头，一脸兴奋。

历史记住了这个重要的时间节点：

1941 年 12 月 18 日 20 点 50 分，日军第 38 师团 228 联队先遣队，从启德机场东侧海域搭乘舟艇，偷袭对岸的鲗鱼涌，拉开了进攻港岛的序幕。担任先遣队队长的正是为日军攻克英军醉酒湾防线立下赫赫战功的若林东一中尉。

30 分钟后，21 点 20 分，第 230 联队从大湾下海，袭击港岛北角。充当联队尖兵的是一个小队，由队长吉田光男少尉率领。

45 分钟后，22 点 05 分，第 229 联队从油塘上船，偷袭港岛筲箕湾。

日军总的战略意图是：先攻占港岛东区，然后由东向西、向南扩大战果，歼灭或迫降守军，占领全香港。

（五）

日军渡海使用了一种安装了小型发动机的竹筏，体积小，声音也很小，加之海浪和夜色的掩护，守军毫无察觉，根本就没有意识到已经迫近的危险。当日军的先遣队悄然登陆，并建立了滩头阵地时，他们依旧是浑然不觉。

港岛北角升起一颗红色信号弹，吉田光男小队率先偷袭得手。紧接着，鲗鱼涌和筲箕湾也传来成功登陆的消息。

登岸后，吉田光男小队长按照作战计划，迅速在英皇道北侧的高地上构筑工事，掩护大队主力登陆并向港岛纵深推进。他让配给自己的一个炮兵小队，把速射炮瞄准高地下的通道，阻击英军援兵。

守卫北角海岸阵地的是印度拉吉普特营的 D 连，全连士兵在连长纽顿上尉的指挥下，拼死抗击抢摊登陆的日军先头部队。但是，日军的后续部队乘坐冲锋舟和运输船，源源不断地冲上海滩。D 连前段时间在九龙醉酒湾防线和日军的殊死搏杀中，消耗很大。这时面对潮水般涌来的日军主力，已经感到力不从心，纽顿只好请求增援。

接到纽顿连长的求援电话，营长劳林逊中校一边向马尔特比总司令报告，一边走出设在太古船坞的营部观察敌情。这个时候他才发现，日军的穿插部队已经从他阵地的间隙穿过船坞，进了后面的糖厂，把整个拉吉普特营和英军的防御体系分割开来。劳林逊急了，拼命呼叫炮火支援。英军远程大炮发出怒吼的声音，重磅炮弹不断在日军的冲锋队伍中炸响，日军士兵倒下一片，又冲过来一片，根本无视横飞的弹片和飞溅的土石。

马尔特比深知港岛北角的重要性，他派出英军一个机枪排和一辆装甲车，沿着英皇道疾进，增援拉吉普特营。可是他们万万没有想到，吉田光男少尉早已在半路上设下了一个死亡陷阱。

200 米、150 米、100 米，速射炮瞄准毫无戒备的装甲车突然开火，装甲车被击中燃烧，瘫痪在马路上。机枪排顶着扑面而来的弹雨仓促还击，刹那间已是死伤过半。最后，剩下的六个人狼狈不堪地撤到了附近的发电厂。

久盼援军不到的纽顿上尉，眼看着自己的士兵一个个倒下，D 连的坚守的几个据点已经成了汪洋中的一座座“孤岛”。蜂拥而至的日军越过他们的阵地，只顾着向前冲击，压根就没把他们放在眼里。

对手的轻蔑是对军人最大的侮辱。纽顿一把扯掉头上缠着的绷带，任伤口渗出的血顺着脸颊往下淌。他挥舞着军刀，嘶哑的嗓子里发出奇怪的声音，带头冲向日军登陆部队。D 连凡是能迈开双腿的人都跟在他后面，呐喊着、跳跃着，扭曲的脸恐怖而狰狞，疯了似的杀进敌群。他们以飞蛾扑火的方式，履行了自己的职责，捍卫了军人的尊严！

20 分钟后，D 连全体官兵英勇阵亡。

防线被日军撕开了一条大口子，但是英军并没有放弃。马尔特比将军继续向北角派出增援部队，他们同扼守在英皇道北侧高地的吉田光男小队展开反复搏杀。战斗中，吉田少尉被一发坦克炮弹击中，炸成碎片。

日军战报是这样写的：

19日凌晨2时以前，英军又以坦克为先导，用十余辆汽车对我猛扑。步兵跳下车，用机枪从四面八方射向速射炮阵地。掩护速射炮的我步兵分队用轻机关枪应战。……此时，山上的山田小队也遭到敌人的猛烈反击，吉田光男少尉战死。

北角登陆攻防战的枪声渐渐变得稀疏。可是当日军向港岛纵深进击时，却遭遇到一个顽强的堡垒——北角发电厂。

守卫北角发电厂的是香港义勇军的一个连，这个连的士兵平均年龄50岁以上，大都是参加过第一次世界大战的英国人和法国人。3名指挥官在香港商界也是大名鼎鼎的人物：怡和洋行主席佩特臣；大酒商、自由法国军上尉伊哥；莫特利公司主席、义勇军上尉伯齐。其中伯齐年龄最大，已经60岁了。

日军登陆作战起始，并没有和坚守发电厂的守军做过多纠缠，只是留下一支小分队进行监视，大部队则绕过电厂大胆迂回穿插分割，夺取主要据点和要塞，围歼英军主力。

19日黎明时分，日军已经控制和占领了港岛东北部的大部分地区，唯有当初并不被他们重视的发电厂，还在进行激烈的抵抗。

马尔特比将军曾下令“不惜一切代价守住发电厂”，还派拉吉普特营B连前往增援。援军在电厂附近遭到日军顽强阻击，连长科斯上尉阵亡，部队被迫后撤至出发地域。先前退入发电厂的英军机枪排剩余的6名士兵，成为义勇军连唯一的外援。

负责在这一带清剿残敌的228联队，几次攻打发电厂都铩羽而归。恼羞成怒的土井大佐下令用大炮猛轰。墙垮了，楼塌了，一辆停在路边的公交车，成了义勇军老战士们最后的堡垒。依托这辆公交车，他们又打死了十几个日本兵，直到弹尽粮绝，才从车窗里伸出一面白旗投降。

被打疼了的日军，很想看看躲在汽车后面的是些什么人，枪打得这么准，仗打得这么有章法。一见对方举起了白旗，便一窝蜂地冲了上去。让人大跌眼镜的是，从车后举着双手走出来的，居然是一群衣衫褴褛、浑身血污的五六十岁的老头儿！

垂头丧气的徐亨带回来一个坏消息，英方婉言拒绝了为“协助团”发放武器的请求。陈策无可奈何，直摇头：“这帮鬼佬安的什么心？自己顶不住，还不让别人参战，再拖下去，等不到援军来港岛就丢了。”

陈策毕竟是一个军人，当时的条件下，他也不可能洞悉大英帝国殖民主义的阴暗心理。老谋深算的丘吉尔，早打好了宁把香港丢给日本，也绝不允许中国插手的主意。丢给日本，战争结束了还可以要回来，一旦中国军队进来，不仅会影响英国在香港的管治，而且将来要想收回那就麻烦了。

前方传来消息，日军已经登陆成功，正向港岛纵深扩大战果。

经过一天一夜的激战，英军丢失了沿海一线的阵地，向后收缩。然后集中所有炮火，对日军后续部队进行拦阻射击。鲗鱼涌和筲箕湾两处登陆点因为容易遭到炮击，日军大部分主力都选择在北角展开作业，抢滩上岸。

港岛筲箕湾炮台上的英军大炮

港岛筲箕湾炮台

港岛筲箕湾炮台一角

原本三个登陆点变成了一个。维多利亚海湾内，通往北角太古船坞的日军大大小小、各式各样的船舶，如过江之鲫，挤作一团互不相让，几乎壅塞了整条航线。19 日早上 7 点半，2 艘弦号为 07、09 的英军鱼雷艇，突然从青洲岛方向以每小时 30 海里的速度，箭一般冲向海里的日军船队。日军的运输船大都是征用的民船，吃水浅，船体薄，加之毫无防备，这 2 艘英军鱼雷艇如同狼入羊群，横冲直撞，又是机枪扫射，又是发射鱼雷，打了日军一个措手不及。一枚鱼雷三百公斤，能穿透钢甲，对付木船简直就是用牛刀杀鸡。鱼雷连续爆炸，被击中的木船瞬间解体，燃烧的木板残片飞起来落在附近的船上，又将其他船只引燃。眼看一艘艘船在大火中倾斜下沉，船上的人只剩一条路——跳海逃生。这个时候谁要是不会水，就只有自认倒霉了。除了被炸死或烧死，淹死的也不少。在起伏的海浪间随处可见日本兵漂浮的尸体。

09 号鱼雷艇艇长肯尼迪上尉后来报告：

（日军）都是一些吃水很浅的小船，三五成群，行动缓慢，很容易就被我们冲得溃不成军。我们所有的机关枪都在不停地扫射着……

倾泻完所有的弹药，07、09 号鱼雷艇胜利返航。

10 点左右，第 11、18 号鱼雷艇开始第二波攻击，哪知这时的形势已经发生了变化。晕头转向的日军迅速从英军鱼雷艇的突然打击中清醒过来，他们在两岸架起了大炮和重机枪，11、18 号艇刚一驶入维多利亚港湾，就立即陷入密集的火网之中。

18 号艇的艇长卡斯上尉发现情况不妙，但他仍然沉着镇静地指挥鱼雷艇全速前进，各级人员坚守岗位，随时准备战斗。距离日军的运输船队越来越近，500 米、400 米、300 米、200 米，他下达了发射鱼雷的命令。操作手还没有来得及摁下发射按钮，一发炮弹呼啸而来，正中塔桥。卡斯上尉的头部、胸部被弹片击中，栽倒在指挥台上。

更不幸的是，木质结构的鱼雷艇也中弹起火，眼看火势越来越旺，其他艇员纷纷跃入海中。这时，日军的机枪开始“发言”，浮在海面的英国艇员大部分成了活靶子。最后，被烧毁的 18 号鱼雷艇也成了日军的俘虏，被当作战利品放在九龙漆咸道的海堤旁展览。

由伍林科上尉指挥的 11 号艇运气稍好些，虽然也多处负伤，损毁严重，但总算从日军的火力封锁中突围，逃过一劫。

眼看 11、18 号艇被日军打得狼狈不堪，26 号艇的指挥官威斯达夫上尉怒火中烧，他不顾司令部发来的“停止进攻”的命令，冒着枪林弹雨，率艇冲向维多利亚港湾，企图接应危难之中的兄弟艇。

26 号艇的出现，招致日军更加猛烈的火力袭击。一阵暴风骤雨般的炮击过后，26 号艇已是空无一人，孤零零地漂荡在北角附近的海面上……

至此，驻港英国皇家海军的 8 艘鱼雷艇，已经损失了 3 艘。

激战 24 小时，日军终于攻破了英军苦心经营的港岛海岸防线，敲开了香港的大门。信心满满的酒井隆中将指挥第 38 师团，携登陆作战获胜之余威，大踏步地向着港岛的核心地带推进！

第五章　飘落的米字旗

（一）

海岸阵地失守的消息像瘟疫一样迅速传播，引起人们的恐慌。大批逃难的人群携家带口，蝗虫般拥向日军尚未到达的地方。尘土飞扬、垃圾遍地，大街小巷满目疮痍。香港的繁华绮丽如落花流水，已成昨日旧梦。

陈策看着满街的难民，以及在寒风中啼哭的婴儿，愤懑、焦虑、无奈充塞着他的胸膛。尽管已经碰了一回钉子，他还是再次派徐亨去和港英当局交涉，要求为“协助团”发放武器。同时，他把挑选出来的1000多名精壮的弟兄编为三个大队，每人预支了50港元的死伤抚恤金。“协助团”人人摩拳擦掌，准备同日本鬼子进行最后的决战。

徐亨回来了，这次没让陈策失望。马尔特比总司令终于同意为参战的“协助团”团员每人发短枪一支、手榴弹两枚。有了英方的这个承诺，陈策开始谋划下一步的行动。

他指着地图对徐亨说：“黄泥涌是香港的锁钥之地，武器一到，我们立即增援那里的加拿大军队，把黄泥涌变成日本崽的绞肉机！”

徐亨从没见过陈策如此凶狠的眼神，目光里除了杀气，还是杀气！

日军229联队的登陆点是港岛鲤鱼门，而驻守鲤鱼门的，恰好是一周前在九龙游塘高地，同他们交过手的印度拉吉普特营。那次战斗，229联队没占到一点便宜，反倒是拉吉普特营在迎头痛击了来犯之敌后，趁着夜色撤回港岛，全身而退。如今，仇人相见分外眼红，经过一番艰苦的拉锯战，229 联队终于彻底消灭了拉吉普特营的 A 连和 C 连，报了游塘高地的一箭之仇。

占领鲤鱼门后，229 联队兵锋一转，直指西湾炮台。守卫西湾炮台的是义勇军第 5 防空兵团。义勇军虽说并非职业军人，但也会定时进行军事训练，都能熟练地掌握手中的武器装备，加之又是为保卫自己的家园而战，官兵们更是平添了几分勇气，因此，打得非常顽强。

229 联队屡攻不克，气得联队司令官田中大佐哇哇乱叫，他甚至怀疑情报搞错了，守卫西湾炮台的根本不是什么义勇军，而是一支训练有素的职业军队。在付出巨大的代价后，日军攻占了西湾炮台。杀红了眼的日本士兵如嗜血狂魔，疯狂地射杀了炮台上所有的伤兵。

西湾炮台激战正酣，东旅旅长瓦利斯准将派加拿大军的来福枪 C 连前往增援，结果这一连人迷路了。他们在柏架山转悠了一个晚上，不但没能给西湾炮台解围，反而让日军乘虚而入，丢失了自己本应坚守的柏架山阵地。

229 联队不费一枪一弹攻占了柏架山，立即直插西旅总部黄泥涌。

瓦利斯准将一看这个阵势，准备和日军打持久战，下令港岛以东的部队收缩至赤柱。这一撤不打紧，原本形成整体的防御体系，在阳明山庄一带出现了一个缺口，西旅的右翼完全暴露在日军面前。

西旅旅长罗森准将判断日军从北角登陆后，将会沿山路南进，寻找英军主力决战，扫荡港岛腹地。如此一来，位于大坑以南、海拔 433 米的渣甸山，就成了抗御日军的第一道屏障。渣甸山只有一个义勇军连，兵力薄弱，他立即从旅预备队的一个加拿大加强连中，抽调四个排去增援。可是谁也没想到，在规定的时间里，只有一个排到达指定位置布防，其他三个排走错了路，只得就地宿营，等待天明。

几乎与此同时，日军第230联队第三大队的海野中尉，率领自己的中队，也在渣甸山崎岖的山路上，借着幽暗的月光，摸索着前进。忽然，探路的尖兵向海野报告，前面山崖的转弯处发现一个地堡。海野示意部队原地待命，然后他蹑手蹑脚地隐蔽在一棵大树后抵近观察。地堡内漆黑一片，也没有任何响动。

海野猫着腰一挥手，亲自带着尖兵班向地堡摸去。

“哒哒哒”，刚才还寂静无声的地堡，突然从射孔里发射出一连串的机枪子弹。冲在最前面的海野胸部中弹，哼都没哼一声，一头栽倒在了草丛里。其他人死的死，伤的伤，没死没伤的被猛烈的火力压得抬不起头，动弹不得。

大队长海口少佐得知尖兵中队受阻，海野阵亡，马上命令第九中队接替担任尖兵，自己率大队主力随后跟进。

一场恶战在渣甸山打响。

山上凡是扼守要冲的重要地段，英军都依山就势筑有地堡，并在周围布设铁丝网和鹿寨。地堡间相互呼应，形成交叉火力。再加上天黑林密、地形复杂，许多日军士兵只注意躲避正面地堡的射击，却被侧面或背面射来的枪弹打死。日军想要攻下渣甸山，就必须消灭英军的火力点。

渣甸山主峰远眺

英军在渣甸山设置的高射炮阵地

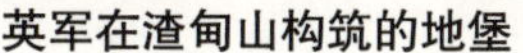

英军在渣甸山构筑的地堡

渣甸山上守军的弹药库

为了摸清对方的火力点位置，日军派出小股袭扰部队隐蔽接敌，然后故意盲目射击，以此为诱饵，引诱英军开火。作战经验不足的义勇军果然上当，一听到响动就开枪。结果，日军的爆破组随即展开行动，连续炸毁了好几处火力点。眼见一个个地堡哑火失去了战斗力，义勇军连长荷姆上尉冲出掩体，用机枪扫射逼近的日军，被一颗飞来的手榴弹炸死。继任指挥官詹默中士挺身而出，在和日军的肉搏战中也不幸阵亡。

群龙无首的义勇军被迫从山顶的阵地突围，顺着山路连夜撤往跑马地。

闻知部队占领了渣甸山，230 联队长东海林大佐喜出望外。渣甸山是英军东旅和西旅的结合部，攻克渣甸山，等于切断了两个防区之间的联系，打乱了英军的防御部署，达成了军、师团两级司令部制定的战略目标。于是，他下令留下部分兵力守卫渣甸山，主力部队马不停蹄地向黄泥涌峡挺进。

中国有句老话：福不双降，祸不单行。拿下渣甸山本是件高兴的事，一高兴东海林大佐就晕了头。他带着两个大队在山里转了一晚上，天快亮的时候一看，傻眼了，队伍所在位置完全偏离了作战区域，连黄泥涌的边都没挨着。垂头丧气的东海林憋了一肚子火没处撒，只好下令原路返回。

接到渣甸山失守的消息，罗森心急如焚，一旦和东旅不能首尾相顾，自己将陷入孤军奋战的境地，这可是兵家之大忌。于是，他命令加拿大军的A连立即出发，反攻渣甸山，一定要把失去的阵地夺回来。

戏剧性的一幕出现了。A连在黑暗中走错了路，东拐西拐到了渣甸山东侧的毕拿山，一清点人数，军士长奥斯伯恩率领的那个分队走丢了，去向不明。

42岁的奥斯伯恩是一名有经验的老兵，和大部队失散后，他没有丝毫的慌乱，而是仔细辨别了一下方位后，带领自己手下的64名士兵，拨开密集的灌木丛，向着西边的那座山峰攀登。直觉告诉奥斯伯恩，渣甸山应该在这个方向。幸运的是，奥斯伯恩这回赌赢了。

快到山顶时，奥斯伯恩发现了防备松懈的日军士兵，有的在伊里哇啦地大声交谈，有的在抽烟，有的干脆躺在草丛中打起了呼噜。他们可能认为渣甸山已经在自己手中，天又那么黑，英军再也不敢来了。

奥斯伯恩示意士兵展开战斗队形，上好刺刀，取出手榴弹。等大家都准备好了，他一声令下，几十上百枚手榴弹飞进敌群，爆炸声中传来日军士兵惊慌失措的喊叫声和哀号声。没等日军回过神来，65名加拿大军人已经端着刺刀逼到跟前，黑暗中到处响起刺刀穿透身体时“噗噗”的声音。

日军被这突如其来的袭击打蒙了，丢下二三十具尸体，稀里哗啦地向着山下抱头鼠窜。奥斯伯恩率领他的小分队重新夺回了渣甸山阵地。趁着日军溃败的短暂空闲，奥斯伯恩催促所有的人抓紧时间加固工事，救治伤员，准备迎击敌人的反扑。

果不出奥斯伯恩所料，清醒过来的日军很快开始组织反攻，可是面对早有准备的加拿大人，他们一次又一次的进攻都被打退了。

天边露出一抹红霞，晨光渐渐驱散了山林间的黑暗和雾岚。失去了夜色的掩护，日军不敢再组织大规模冲锋。他们改变战法，派出多支小股部队，从不同方向利用岩石、雨裂沟等地形地貌，隐蔽接近山顶阵地，突然抛掷手榴弹，企图消灭掩体内的守军。

奥斯伯恩正全神贯注地指挥作战，一颗冒着烟的手榴弹落在他的身后，旁边的两名新兵被吓得呆立在原地，不知所措。奥斯伯恩大吼一声："闪开！"猛地朝手榴弹扑去。手榴弹在奥斯伯恩的身体下爆炸了。看着军士长残缺不全的遗体，战士们愤怒了，他们流着眼泪把仇恨的子弹射向敌人。

中午时分，日军付出了伤亡近百人的代价，终于又夺回了得而复失的渣甸山主阵地。加拿大 A 连小分队，除去牺牲的 59 人，连伤员在内，日军一共抓到 6 名俘虏。

日军指挥官刚才在望远镜里看到了奥斯伯恩舍身救战友的英雄壮举，同为军人惺惺相惜，为了表示对奥斯伯恩的敬意，他下令放走了这几个加拿大人。

战后，奥斯伯恩荣获维多利亚十字勋章。嘉奖令是这样写的：

奥斯伯恩是防卫战中感人至深的榜样。他战功卓著，孤军抵御强敌达八个半小时之久。他的死，表现出英雄主义和自我牺牲的高贵品质。

12 月 19 日清晨，日军第 230 联队主力，历经周折，终于折回到黄泥涌峡的入口。这一来一去，至少耽搁了六七个小时。心急如焚的东海林联队长命令部队跑步进入攻击阵地，准备攻打黄泥涌。

为了催要那批武器弹药，徐亨再次拿起电话跟英军司令部交涉，嗓子都喊哑了，对方还是那个态度，说话客客气气，不说不给，也不说马上就给。

一旁的陈策早已是坐立不安，拄着拐来回踱步。虽然嘴上没说啥，但是阴沉的脸色、前额渗出的汗水，足以显示出他内心的焦虑。

陈策之所以急着增援黄泥涌，加拿大军队的战斗力不强是一个因素，但他真正担心的是黄泥涌峡水库，那是香港唯一的水源地。一旦日军占领了黄泥涌，控制了供水系统，就等于卡住了香港的脖子。到那个时候，英军纵然有千军万马也是白搭，只能缴械投降。

陈策做过预测，按照日军的攻击效率和速度，算上英军阻击的时间，从海边到黄泥涌也就十来个小时，弄不好现在的黄泥涌已经是炮火连天了。火烧眉毛的事，他怎么能不急呢？一旦黄泥涌失守，派再多的人去增援都没意义了。

不愧是军中“老江湖”，陈策分析得一点没错，此时的黄泥涌确实已经是炮火连天了……

黄泥涌是个峡谷，西边是聂高信山，东面是渣甸山。受地形限制，难以展开大兵团作战。于是日军先派出两个中队，试探性地攻了一下，立即遭到正面拦截阵地、西面聂高信山和渣甸山西部高地三处英军火力的猛烈夹击。一时间，硝烟四起、弹雨横飞。好些鬼子兵还没搞清楚子弹从哪儿来的，就一命呜呼了。

第九中队长冈田中尉派出两个小队，去攻打聂高信山麓的英军火力点，没想到却是肉包子打狗——有去无回，两个小队的士兵全部战死在半山坡。大队长野口捷三少佐急了，怪叫一声，拔出军刀亲自带队冲锋，冲出去不过二三十米，对面的渣甸山上射来一梭子子弹，正中野口后脑勺，几乎把天灵盖都给掀掉了。野口重重地扑倒在地，身体抽搐了几下就不再动弹。

战斗持续了才两三个小时，不算伤员，230 联队在峡谷内已经丢下了几百具残缺不全的尸体。日军遭遇了开战以来最惨重的伤亡。

230 联队的战报记载了这次战斗的惨烈：

东海林部队从 7 时开战以来，与占据四周山上的英军连续激战，片刻之间死伤约达六百名。以后，又一连三天在该地进行殊死战斗。

英军虽然给敌人以重创，但自己的损失和消耗也不小，人员、弹药都急需补充。罗森派来增援黄泥涌峡谷的一个苏格兰连，在峡谷外遭到日军的顽强阻击。数辆坦克、装甲车被速射炮击毁，人员也遭受极大的伤亡，一个连基本上丧失了战斗力。

罗森准将正指挥西旅在黄泥涌和日军 230 联队激战，12 月 20 日，日军第 228 联队利用东旅收缩后留下的空隙，突然从阳明山庄攻入黄泥涌峡，直逼设在聂高信山下的西旅指挥所，一下子打乱了罗森的战略部署，把他，也把整个西旅逼上了绝路。

发现指挥部被日军包围，罗森准将和马尔特比总司令通了最后一个电话："旅司令部已经被包围，敌人就在咫尺之间开火，本人将外出应战！"撂下电话，罗森率领司令部全体人员，包括炊事员、文书、通讯兵，从容地走出掩体，和日军展开最后的决战。

位于黄泥涌的西旅野战指挥部

位于黄泥涌的西旅掩体

战后在黄泥涌修建的香港救护队纪念碑

英日双方在黄泥涌这条狭长的地域内，投入了数千兵力，从清晨一直打到深夜，直杀得昏天黑地、尸横遍野、血流成河。最后，第 230 联队和第 228 联队联手夹攻，以伤亡 800 多人的代价，攻占了黄泥涌峡。

12 月 21 日，马尔特比司令官收到前线的一封电报：罗森准将阵亡！

三天后，日军在聂高信山西旅司令部外不远处，发现了战死的罗森将军。

东海林联队长下令用毛毯包裹遗体，将罗森安葬在他殉职的阵地上。

五年后，已成战俘的东海林被押解回聂高信山，向加拿大代表指认罗森将军的临时掩埋地。人们挖开坟墓，取出罗森将军的骸骨，将其迁至香港西湾军人坟场，这里长眠着 280 名为保卫香港而英勇牺牲的加拿大将士。

罗森，是香港保卫战中牺牲的唯一一名将军，也是军阶最高的烈士。

英方答应援助的武器弹药终于送到了：75 支左轮手枪和 20 箱手榴弹。看着这些少得可怜而又姗姗来迟的武器，大家面面相觑、哭笑不得。很快，前方传来黄泥涌失守，罗森准将阵亡的消息。黄泥涌峡水库危在旦夕。陈策不禁仰天长叹：香港完了！

（二）

战局发展至此，陈策纵有三头六臂也难以回天。徐亨、杨全，包括那些帮会领袖，都劝他趁着日军还没有完全控制、封锁香港通往大陆的水陆交通，赶紧带着家人尽快撤离。

大家说的都有道理，可陈策始终不表态。他还在观望，他还没有死心，他还在盼望着中国的援军能突然出现，赶走日寇，解救香港。

徐亨明白他的心思，不停地与重庆联系，希望能得到一个明确的说法。但答复总是那句话：援军正在开赴香港的途中。途中？具体位置在什么地方？还有几天能够到达？多问几句，就会被一句“事关军事机密，无可奉告”顶了回来。

眼见形势越来越紧张，徐亨再次劝说陈策。陈策阴沉着脸，摇了摇头：“我不走，我倒要看看最后是个什么结局！”

日军攻占黄泥涌后，马尔特比指定原义勇军营长卢斯准将为西旅临时负责人，带领旁遮普营和苏格兰营进行反攻，但是面对日军顽强的防守，攻击屡屡受挫，无法突破日军的防线。

港英当局最困难的时候，英国首相丘吉尔发来电报，鼓励守军抵抗到底。电文只有一句话："你们能抵抗敌军一日，对于全球之盟军，仍能有所贡献。"

首相都表态了，还有什么话可说。一个字：打！

面对日军强大的攻击力，马尔特比少将担心守军被分割，又重新部署了仅有的兵力：

加拿大军榴弹兵团和苏格兰营一同退守中峡、金马伦山；

义勇军物资分配军及皇家海军转步兵驻守浅水湾道中段；

东旅加拿大军来福枪团及米德萨斯营驻守浅水湾及紫罗兰山径。

罗森阵亡，马尔特比断了一只"胳膊"，只剩下东旅独撑危局。东旅旅长瓦利斯准将命令旁遮普营A连沿寿臣山推进，阻击日军。同时，皇家海军派出"斯雅那号"舰艇出海助战，结果旁遮普营营长凯德中校战死，"斯雅那号"于东博寮海峡一带被击沉。

港岛南面的浅水湾，是一道月牙形的海湾，这里海岸线长，水质清澈，沙粒细白，夏无酷热，冬无严寒，一年四季都有人冲浪玩水、晒日光浴，是香港著名的旅游胜地，号称"东方夏威夷"。

坐落在离海岸不远处的浅水湾饭店，背靠群山，面临大海，景色迷人。圣诞节前，不少来香港休假旅游、扫货购物的游客，都慕名住在这里。最近几天，英军上尉格朗兹和几名皇家海军军官因为公务，也在饭店临时寄宿。

12月21日天刚蒙蒙亮，几位早起去海滩上捡拾贝壳的游客，远远看见一队衣装不整的士兵从紫罗兰山七十多米高的悬崖上，拽着植物的藤蔓，一个接一个下到饭店附近的草坪上。突然，有人看见队伍里飘着一面刺眼的"膏药旗"，不禁失声大叫一声："日本兵！"

这几天枪炮声不断，住店的人早已成了惊弓之鸟。“日本人来了”的传言立刻在客人中引起一阵骚动，正准备用餐的格朗兹上尉注意到了这种异常。他立刻冲到北边的窗户旁，躲在窗帘后向外观察，发现一队日军士兵在饭店集结后，沿着海岸公路，向高尔夫球场以西的高地推进。格朗兹不敢怠慢，立刻把这个情况报告了司令部。然后，他又和几位海军军官把老弱妇孺全部转移到地下室，关闭所有的窗户。他们则拿起武器，分别把守饭店的大门和楼顶等处制高点。

突然出现在浅水湾饭店的这支日军，是第 38 师团第 229 联队第三大队，大队长监物平七少佐。

18 日晚上，第三大队在筲箕湾西北处登陆后，立即同联队主力会合，攻打英军东旅设在柏架山的防线，紧接着又在大潭水塘附近与东旅守军展开激战。双方打了一整夜，不分胜负，229 联队被拖着难以脱身。为完成师团交给的切断英军东西旅联系的任务，心急火燎的田中联队长决定自己指挥第一、二大队牵制英军，由监物平七少佐率领第三大队沿紫罗兰山南下，占领浅水湾饭店附近高尔夫球场西侧高地，封锁港岛南端的海岸公路，彻底切断东西旅之间的联系。

监物平七大队长拿着地图，率队行进到目的地附近时，才发现面临一座垂直高度六七十米的悬崖。日军士兵只好拉着山间的树枝藤蔓，有惊无险地降落到浅水湾饭店的草坪。监物平七利用饭店车库建立了自己的临时指挥部，然后在饭店客人惊诧的目光中，指挥部队迅速集结并占领了高尔夫球场西侧的高地。

驻守海岸公路的加拿大来福枪团同日军交火，战斗很快蔓延到了浅水湾饭店。格朗兹上尉和那几名皇家海军军官，从不同的位置向车库内的日军指挥部射击。日军只顾应对来自公路方向的攻击，没想到饭店里会有枪手开火。正在车库内的第三大队副官青木头部中弹，伤势严重，其他几名士兵当场被打死，剩下的人掉转枪口仓促还击。

马尔特比担心东西旅之间的联系被日军切断，派出一营英军向浅水湾方向增援。同时，东旅旅长瓦利斯准将，也命令杨格少校带领一支加拿大分队和两个义勇军排，进至浅水湾一带反击日军。到达指定区域后，杨格率加拿大分队占据了一栋独立小楼作为火力点；两个义勇军排，一个排占领了浅水湾饭店以东的一个高地，一个排由普罗菲特中尉率领，进入饭店据守。

援军到达，饭店里响起旅客们的欢呼声。听格朗兹上尉介绍完情况，普罗菲特中尉决定擒贼先擒王，首先进攻车库的日军，打掉敌人的指挥中枢。一阵猛烈的炮火袭击过后，格朗兹上尉自恃地形熟悉，带头向车库冲去，普罗菲特率人掩护跟进。

格朗兹忽而匍匐，忽而跃进，忽而翻滚，硝烟中闪动着他敏捷的身影。进到离车库不足 20 米的一道土坎后，他拔出一颗手榴弹猛地投向敌人。几乎与此同时，他高高跃起的身体被一梭子子弹击中，即刻倒在了血泊中。

借着手榴弹爆炸后烟雾的掩护，普罗菲特率领义勇军战士猛扑过去，占领了车库。车库里丢弃着 26 名日军官兵的尸体，还有 5 个捆绑在一起的人质，都是饭店的游客和员工。

日军战史这样记载这次战斗：

> 车库里，我军官兵在户仓中尉指挥下继续战斗。9 时许，英军的炮击更加猛烈，饭店和后方独立房屋的火力也有增无减。……到英军又有增援部队到来时，户仓中尉和已负重伤的青木副官商议后，遂下令焚毁密码本，破坏无线电收发报机，……大家才抱成一团，杀开一条血路，向派普林高地突围。及至到达左高地山脚下的一个死角内暂避时，连大队副官在内只剩下不足十人了。

浅水湾饭店成了卡在田中联队长喉咙里的一根“刺”。他这时已经把联队司令部推进到四百多米外的西北高地，突然屁股上被人捅了一刀，心里头那个无名火呀，噌噌地往上蹿。再说浅水湾饭店扼守黄泥涌峡和海岸公路的交界处，不拔掉这颗钉子，整个日军的行动都要受影响。因此他给监物平七少佐下了死命令：最迟在次日拂晓前攻占饭店，消灭所有的抵抗者！

12 月 21 日，英国首相丘吉尔给香港总督杨慕琦发来急电，电文一如既往地充满了丘吉尔式的煽情和强硬：

获悉日本人已在港岛登陆，我们极为关注。虽然我们在此无从判断导致登陆成功或阻止对入侵者进行有效反击的情势，但是无论如何绝无屈服的念头。港岛的每一个地方都必须战斗，必须极其顽强地抵御敌人。

应该迫使敌人最大程度地偿付性命和装备。必须在岛内防卫中进行有力的战斗，如果需要，则进行逐屋争夺。你们每天能坚持抗战，就为全世界同盟国的事业做出贡献。只要坚持长期抗战，你们就能够赢得属于你们的持久的荣誉。

巧合的是，这一天正好是马尔特比总司令和东旅旅长瓦利斯准将、西旅新任旅长劳斯上校商定的全线反攻的日子。这次反攻的总目标是：收复被日军占领的聂高信山、黄泥涌峡和大潭水塘。打通港岛南部的海岸公路，重新把东、西旅的防区连成一个整体。

自从西旅旅长罗森准将阵亡后，东旅旅长瓦利斯准将的内心就一直备受煎熬。他深为自己过早下令收缩兵力，导致两个防区之间出现真空，让日军偷袭黄泥涌得手的行为而悔恨不已。因此，他急于在大反攻中一雪前耻，为罗森准将报仇。没想到从一开始，英军的行动就比日军慢了半拍。

当天凌晨，第 38 师团预备队折田大队抢先一步，占领了红山半岛的白笔山和港岛东南部的莲花井山，成为西旅北进通道上的屏障。原先一直在九龙待命的江头大队也渡海登陆，准备扫荡在马坑山和赤柱半岛上的东旅部队。这下彻底打乱了英军制订的反攻计划，西旅无法突破折田大队的防线，北上受阻；东旅则要应付进剿江头大队，再没有更多的兵力投入反攻。

尽管如此，瓦利斯旅长还是调集重兵，以坦克为先导，在远程大炮的火力支援下，向白笔山、莲花井山发起攻击。山地作战，日军缺乏重型武器，英军的坦克势如破竹，很快沿着主干道抵达大潭水塘南端的十字路口，从背面向山上的敌人轰击。

守卫莲花井山的折田大队第二中队在代理中队长山田宏中尉的指挥下，正全神贯注打击正面进攻的英军，没想到从背后飞来英军的坦克炮弹，把刚刚挖好的简易工事炸成平地，包括山田宏在内的几十名士兵，都被炸得血肉模糊。日军的火力刚一减弱，正面进攻的英军便端着枪冲了上来，一场肉搏战在山顶展开，“呼哧呼哧”的喘气声、枪械的碰撞声、垂死挣扎的惨叫声响成一片。10 多分钟后，剩下的 30 多名日军架不住英军人多势众，四下逃散。莲花井山被英军占领。

白笔山由折田大队主力守卫，英军屡攻不克、锐气尽失。

当天深夜，江头大队派出轻型装甲车队和一个中队的兵力，驰援苦战了一天的折田大队；同时，收复了失守的莲花井山。夺回莲花井山后，登坂参谋下令工兵关闭大潭水塘的泵房，瘫痪了整个港岛的供水系统。没有了淡水，英军离最后的失败就不远了。

野田忠义师团长这个时候使用预备队，虽稍显急躁，但来自大本营的压力让他别无选择。

日本军部曾认为，只要大日本皇军在港岛一登陆，英军立马就会投降。按照这样的设想，他们已经给第 38 师团分派了新的作战任务。攻克香港后，第 38 师团立即调往南洋参战。可人算不如天算，登陆港岛已经三天了，战争却丝毫没有要结束的迹象。亲临香港督战的日本陆军省人事局长富永恭次中将，对第 38 师团作战进展缓慢极为不满。在半岛酒店的 23 军指挥所里，他当场向首相兼陆军大臣东条英机发报，建议立即撤换师团长佐野忠义。

富永恭次这一板子看起来是打在野田忠义身上，却疼在酒井隆心上。酒井隆嘴上不说，可心里透亮透亮的，如果耽搁了第38师团按时南下，不但野田忠义要受处分，他这个军长也没好果子吃。

第二天，酒井隆就乘坐轰炸机，飞临港岛上空视察战局，指挥作战。野田忠义不顾英军尚在抵抗，干脆把师团司令部迁至北角东南侧高地，亲自督阵。军长和师团长都上了前线，那些联队长、大队长，直至中队长、小队长，各级军官谁也不敢懈怠，使出吃奶的劲和英军死缠烂打。

东旅陷于苦战，西旅也按照预定计划投入战斗。

劳兹上校原是义勇军团的指挥官，罗森准将牺牲后临危受命，继任西旅旅长之职。按照反攻计划，21日清晨，他派了英军一个连去攻打黄泥涌峡西侧的聂高信山，遭到日军间濑中队的顽强抵抗。双方兵力都差不多，虽然英军表现得很英勇，一度冲上日军阵地并展开白刃战，但始终没能达成战斗目标。几个回合下来，英军损失了两辆装甲车，死伤人数过半。日军也有包括间濑中队长在内的49人伤亡。

作为反攻计划的一部分，21日下午，英军第8海岸重炮团坦普勒少校，被东旅旅长瓦利斯任命为浅水湾地区的总指挥官，负责指挥那里不同建制的部队抵抗日军进攻。坦普勒冒着炮火进入浅水湾饭店，发现里面除了皇家步兵营的一个小分队和普罗菲特中尉的一个排外，还有分属其他六个单位的官兵。他把这些人组织起来重新编组，然后带领他们沿山间小路，向黄泥涌峡进发。

到达集结地域后，他们潜伏在黄泥涌峡南面入口处，等待和东、西旅的部队会合，共同展开反击。左等右等，却不见任何动静。坦普勒还不知道，东、西旅已遭日军牵制，根本过不来了。天色渐晚，坦普勒不敢久等，只好带着人又撤回了饭店。

田中大佐曾要求第三大队次日拂晓前攻占饭店，消灭驻守在那里的英军。

监物大队长却苦于战事吃紧，一时抽不出兵力来执行这个任务。一直拖到 22 号黄昏，229 联队第三大队才向浅水湾饭店发起了总攻。

饭店里英军的那点人马，根本无法抵抗日军的凶猛进攻，而且再打下去，难免会给普通游客造成伤亡。经请示马尔特比同意后，坦普勒率领战士们通过饭店的暗道，安全撤至赤柱半岛，与东旅大部队会合。

22 号半夜，日军终于占领了整个饭店，他们逐个房间进行搜索，只发现了几名英军伤兵。23 号一大早，150 多名游客和那几名伤员被日军押出饭店，关进了集中营。

5 年后，东京战犯审判庭上，下令攻占浅水湾饭店的日军 229 联队长田中大佐，以战争罪和危害平民罪被判处 20 年有期徒刑。

（三）

从 12 月 23 日开始，日军进入最后的攻坚战。

英军东旅全部退守赤柱要塞，依托马坑山、赤柱山等天然屏障，设置了数道防线，决心与敌寇战斗到底。西旅则在歌赋山、奇力山和扯旗山一线，构筑防御阵地，凭借天险和重炮，做好了长期鏖战的准备。

24 日晚，陈策和徐亨、余兆骐等人聚集在告罗士打饭店，几乎一夜没合过眼。因为停电，偌大的房间里摆放着一座欧式大蜡台，摇曳的烛光把长长的人影投射在墙壁上，夸张而又压抑。垃圾成堆，臭烘烘的街道一片漆黑，尽管已经关上了窗户，难闻的气味还是钻了进来，熏得人头疼。

下午，徐亨向他报告了英日双方最新战况：英军已经被压缩到香港东南方的赤柱半岛。听到这里，陈策一声叹息，什么话也没说。这个时候，说什么也没用了，也许这就是天意。“戊戌变法”六君子之一的谭嗣同临刑前曾泣血高呼“有心杀贼，无力回天，死得其所，快哉快哉”。此时的陈策，终于体会到了当年谭嗣同的悲怆与无奈。

日军占领香港已成定局。摆在陈策面前的就三条路：殉职，投降，突围。殉职？还没到那个时候。投降？绝不可能。突围呢？谁也没有成功的把握。想到这些，每个人的心里都像打翻了五味瓶，很不是滋味。

没人说话，大家不约而同地把目光投向陈策，等他做最后的决断。陈策好像睡着了，眯着眼躺在沙发椅上半天没有动弹。突然，他坐起身来，用布满血丝的眼睛扫视着和自己同生共死的几位部属，斩钉截铁地说：

“我想好了，如果我国援军不能即刻赶到，我决定冒死突围，宁死不做日本崽的俘虏！”

再难的事情，只要一做出决定，心里就踏实了，就有了方向。这时，正好陈籍推门进来询问下一步怎么办。陈籍是陈策的胞弟，前不久特意从大后方来到香港追随兄长，现在也在联合办事处做事。得知哥哥决定突围，陈籍凑到跟前低声问道：“那大嫂和侄儿们怎么办？”

陈策缓缓吐出八个字：“分散隐蔽，伺机出走！”说着，从抽屉里拿出两封家书递给了陈籍。“这两封信，你要亲手交到你父母和嫂子的手里。”

久经沙场的陈策早已做了最坏的打算。考虑到夫人体弱，孩子们幼小，根本不可能跟着他突围，只能暂避香港。为了防止家人落入日军的魔爪，六位亲人隐居在四个不同的地方。

夫人梁少芝带着女儿陈琼英躲在跑马地一远房亲戚家；另一个女儿陈琼莲则托付给了自己盟弟张惠长的太太；两个七岁的双胞胎儿子陈安邦和陈安国，哥哥陈安邦长相白净清秀，被装扮成女儿，跟外婆一起住在陈策秘书何永亮的亲戚家里；陈安国交由徐亨的太太余婕带到了乡下。

看见哥哥那坚定的眼神，陈籍知道兄长已抱定慷慨赴死的决心。他顿觉鼻子一酸，两行热泪淌了下来：“哥，我不走，我要跟你一起突围，咱们兄弟俩就是死，也要死在一块儿！”

见气氛有些凝重，陈策故意逗他：“我跟阎王爷换过帖子，死离我还有十万八千里呢，别想多了！再说你跟我不一样，日本崽恨的是我，他们想要的是我的命，你干吗要跟我一起死？你不但要活下来，还要替我尽一份孝心，照顾好父母高堂，那样的话，我就死而无憾了！”

徐亨见陈籍磨磨蹭蹭还不想离开，就过来劝他：“陈司令既然已经这样安排了，你就赶快走吧。放心，有我们在，司令没事！”

陈籍哽咽着点了点头：“那就拜托各位了。”他又对陈策说，“哥，你自己也要多保重啊。”说完，拭去眼角的泪花，接过那两封信，转身出了门。

赤柱方向，不时传来激烈的枪炮声，爆炸的火光几乎映红了半个天空。陈策知道，那是英军在做最后的抵抗。

平安夜不平安。英日之间的生死较量再次在马坑山和赤柱山一线展开。这两处战略制高点曾被日军占领，经过反复拉锯战，昨天刚被英军收复。日军不拿下这两个山头，就无法彻底消灭退守赤柱的英军。急于结束战斗的酒井隆策划了夜袭赤柱半岛的作战方案，毕其功于一役，一举荡平英军，置敌于死地。

经过连续几天几夜的鏖战，第 38 师团的三个联队伤亡惨重，极度疲惫，急需休整补充。于是，夜袭的任务就交给了后期才参战的两支预备队——江头大队和折田大队。

夜幕刚刚降临，江头大队第一中队和折田大队第十中队的一个小队，分别开始向赤柱山和马坑山发动袭击。这一仗打了 4 个多钟头，夺取赤柱山的第一中队的小队长非死即伤。一番浴血苦战，日军终于拔掉了这两颗“钉子”，打开了进攻赤柱要塞的大门。但是，门难进，路更难行。日军战报是这样描述的：

部队夺取两个山头后，于 24 时攻入赤柱半岛咽喉部三岔路，但立即受到机枪火力的阻击，第二中队长长田负伤。在敌人猛烈的火力下，全体官兵紧贴路面无法行进。

这时，折田大队以装甲车为先导，掩护步兵沿东海岸大道挺进。途中遭遇英军设置的路障，三辆装甲车被击毁，攻击受挫。

第五中队第三小队长镰田修一少尉，为了寻找铁丝网的突破口，率队脱离主力单独行动，他们想方设法钻过密实的铁丝网，向英军核心阵地发起冲锋，结果遭到英军迎头痛击，全队从军官到士兵 30 多人无一生还。

酒井隆的夜袭计划化为泡影。但是，平安夜的这场胜利，也只是英军滑向失败深渊的回光返照。

（四）

在日军隆隆的战车声中，香港迎来了 1941 年的圣诞节。

跟历届总督一样，杨慕琦发表了圣诞公告。只是今年圣诞公告的主题不再温馨，而是鼓励士兵紧握枪杆奋勇抗敌。

马尔特比总司令也向他的部下送出自己的祝福：“祝诸位圣诞快乐！让今天成为我们帝国庄严的编年史上的历史性日子。今天的口令是‘坚守’。”

日军的圣诞礼物则是开始轰炸、炮击维多利亚和湾仔街区，这些地方可是香港的心脏地带。一时间，硝烟和火光肆虐，荡尽了昔日的繁华。

英军还在市区各据点顽强抵抗，又坚持了一个上午。

下午 2 点 30 分，马尔特比接到防卫湾仔的密道尔·赛克斯营营长史蒂华特中校的告急电话，他追问对方还能坚持多久？史蒂华特中校告诉他，最多还能挺一个小时。

40 分钟后，马尔特比出现在杨慕琦的办公室。几天不见，这位历史上最倒霉的新港督几乎瘦了一圈，头发凌乱，满脸胡须，但精神看上去还算好。都这个时候了，他还忘不了跟马尔特比幽上一默：

“将军阁下，我知道你不是圣诞老人，一定不会给我带来什么好消息。”

疲惫不堪的马尔特比这会儿可没有开玩笑的心情，他一屁股崴在沙发上，仰起脸来望着天花板：“我的军队已经弹尽粮绝，无法再进行有效的抵抗。”

“那我们怎么办？投降，还是继续抵抗？”杨慕琦故作惊讶地耸了耸肩。

马尔特比坐直了身体：“我说过了，再打下去除了无谓地牺牲生命，已经没有任何意义。”

杨慕琦拍了拍马尔特比的肩膀：“那好吧，将军，咱们一起去就听听防卫委员会的意见吧。”

杨慕琦一副胸有成竹的样子，让马尔特比有点摸不着头脑。早上发布圣诞公告时，总督还情绪激昂地号召战士们与敌军战斗到底，和香港共存亡。这才过去几个钟头呀，话怎么就变了呢？他哪里知道，就在半个小时前，杨慕琦亲自和丘吉尔首相通了电话。丘吉尔密令杨慕琦，在非常情况下，宁可投降日军，也绝不能让香港落入中国人手中。其中只可意会的玄机杨慕琦自然是心领神会。有了这把尚方宝剑，杨慕琦也就握住了转圜的主动权。

果然，经过简短的紧急磋商，防卫委员会通过了向日军投降的决议案。

会议结束了，委员们鱼贯走出会议室。空荡荡的会议桌旁，只有马尔特比还坐在那里发呆。半晌，他闭上眼睛，自嘲似的嘟囔了一句：“我们今天的口令不是坚守，而是投降。”

日军的便衣队在汉奸的带领下，已经闯入市区。站在亚细亚行二楼总支部办公室的窗户前，陈策可以清楚地看到满脸杀气的日军便衣队已逼近花园道的英军总部，离自己所在的皇后大道不过几百米距离。

周围的枪声渐渐变得稀疏，说明英军的抵抗已成强弩之末。但在局势尚未完全明了之前，陈策也不便轻举妄动。

正在这时，刺耳的电话铃突然响了起来，所有人为之一震，大家的目光都被吸引了过去。徐亨拿起听筒，那边传来马尔特比那熟悉而急促的声音：

“我找陈策将军！”

徐亨把电话交给陈策，低声说道：“马尔特比将军，找你的。”

陈策接过话筒，语气平静地自报家门：

“我是陈策，请讲。”

马尔特比的话语中满是沮丧：“是这样，陈策将军，作为驻港英军的总司令官，我非常遗憾地通知您，因为双方实力太过悬殊，日军已经逼近花园道，我们无法继续有效抵抗敌人的进攻，所以我已下令停战。在刚刚结束的防卫委员会会议上，为了避免更多无辜的香港百姓遭到杀戮，我们决定投降。”

尽管是意料之中的事，猛地听到这个消息，陈策还是觉得有些突然：

“马尔特比将军，您亲口对我说过，香港的英军至少可以坚守 3 个月，可算上今天，你们只抵抗了 18 天。要知道，国府派出的援军已经到达东莞境内，如果贵军再坚持一周，那局势就完全不一样了！”

“陈将军，此一时彼一时，我个人只能向您表示歉意。另外，我奉命转告阁下，杨慕琦总督定于今天下午 4 时赴九龙献降。”

“本人决计突围，决不投降！”陈策几乎是在吼。不知什么时候，马尔特比已经放下电话，话筒里传出“嘟嘟嘟”的忙音。

不用陈策再多说一句话，从他和马尔特比通话的内容判断，在场的人都明白发生了什么事情。

“不是都说好了，抗战到底，决不投降吗？”徐亨率先发难。

陈策气愤地一拳头砸在桌子上：“鬼才晓得他们怎么想的。”

“鬼佬真他妈的不是东西，说变卦就变卦，一点诚信都没有！”平日里少言寡语的杨全也在一旁骂开了。

“谁都靠不住，关键时刻还得靠自己。策叔，您快想想办法，咱们下一步该怎么办呀？”情报组长王新衡焦急地说。

所有人的目光都聚焦在陈策身上。

陈策看着王新衡："余汉谋司令官派出的增援部队能联系上吗？"

王新衡摇摇头："电台被炸毁了，联系不上。前段时间先头部队已经到了樟木头。都好几天了，按说就是爬也该爬到了呀。援军至今不到，我分析有两种可能：一是遭到日军阻击无法前进，二是另有任务又撤了回去。"

听他这么一说，大家的脑袋都耷拉了下去。

最后一线希望彻底破灭了。

中国援军未能及时驰援香港是事实。但是，其中的原因并非像王新衡分析的那样，因为日军的阻击或者临时有任务撤回，而是另有隐情。

国军 63 军军长张瑞贵将军接到增援香港的命令后，立即收拢部队，昼夜兼程，由粤北南进。除了驰援香港英军，12 集团军司令官余汉谋上将还交给 63 军另外一项任务：伺机反攻广州。这口气已经在余汉谋肚子里憋了整整 3 年。

1938 年 10 月，日军在大亚湾登陆，广州门户洞开。在此之前，因余汉谋同意抽调 5 万兵力北上参加武汉会战，严重削弱了广东防务，广州难以抵挡日军进攻。见势不妙，作为广东最高军事长官的余汉谋和广东省省长吴铁城、广州市市长曾养甫，带着广东的党政军机关率先撤到了韶关，广州沦陷。当时，广东民间流传着几句顺口溜，讽刺这几位弃广州城而逃的国民党军政大员："余汉无谋，吴铁失城，曾养离谱（甫）。"

余汉谋作为一名军人，本应守土尽责，却因失城而背上骂名，自然是心有不甘。虽然事出有因，但这事是黄泥巴掉进裤裆里——不是屎也是屎，跟谁也解释不清楚。于是，借增援香港的机会，余汉谋想乘机收复广州城，一雪前耻。

63 军驻地分散，集结颇费周折，又因交通不便，大炮等重型装备和辎重运输困难，行进缓慢。12 月下旬，主力进至惠州镇隆，前锋已到达樟木头，距离九龙仅百十公里。这时，全军上下群情振奋，摩拳擦掌，很多人把带的钱都花光了，买酒买肉犒劳自己，养足了精神准备和日本鬼子大干一场。

按照原计划，余汉谋想让63军好好休整一下，新年进攻九龙。于是，增援部队在镇隆、樟木头一线滞留了几天。但是，架不住港英当局告急电报雪片似的飞个不停，余汉谋只好又下令63军提前行动，在年前展开攻击。遗憾的是，就在这节骨眼上，精疲力竭的英军投降了。

该是考虑退路的时候了。

其实，这步棋在陈策心中早已谋划成熟。他一字一顿地说道："目前这种局面，留在香港只能是坐以待毙，不降则死。冒险冲出这块死地，或许还有一线生机。因此，我决定突围！"

突围？大家都愣住了。日军重兵围城，怎么突？从哪儿突？突到哪儿？谁心里都没底。

"那，是走水路还是走陆路？"杨全追问了一句，这也是众人所关心的首要问题。

"走水路！"陈策脱口而出。

"几百里地呀，水深浪急，还有日军的舰艇巡逻封锁。再说，都这个时候了去哪里找船？"杨全把大家心中的疑虑全抖落出来了。

"船不是问题，我已经跟杨慕琦总督有约在先，如果香港守不住，他就把英军所有的鱼雷快艇交给我指挥，用于突围。"

听陈策这么一说，大家稍稍安心了些，同时也为策叔的深谋远虑敬佩不已。

之所以选择走水路，除了英方答应给船，陈策还有自己的考量。第一，海军出身的他在海上滚了几十年，非常熟悉大鹏湾一带的水情航线，便于躲避日军舰艇的巡查；第二，海军走水路如蛟龙入海，得心应手，天经地义；第三，还有一条他从没向任何人透露过。日军进攻香港前，他曾私下和八路军办事处的廖承志先生有过接触，廖承志告诉他，一旦有事，可从大鹏湾撤回大陆，平洲岛和大鹏半岛是共产党东江纵队的活动区域，然后再从那里转至国民党的东江防区。

要说险，这真是一步险棋。但险棋往往也是一着制胜的杀招。出其不意、剑走偏锋、绝境求生、险中取胜，这样的棋路一般人看不到，也不敢走，非高人而不能为。陈策将军就是这样的高人！

大方向确定了，众人散去，分头做突围的准备。

这时，案头的电话又响了起来，还是马尔特比。原来，他把陈策准备突围的计划告诉属下后，几乎所有的英军将领都不愿意向日军投降，自告奋勇愿随陈策将军突围，而且尽快赶到亚细亚行同陈策会合，接受陈策的指挥。末了，马尔特比恳切地说："请将军务必等候，他们已经在路上了。"

"没问题，我们一定等他们到了再出发。"陈策爽快地答应了马尔特比的请求。然后又问了一个他很关心的问题："目前还有几艘船艇可用？"

"放心，我会把仅剩的 6 艘鱼雷快艇全部交给您，也请您做好准备。"马尔特比这次一点也不含糊。

"那好，祝您好运。"陈策信心倍增。

马尔特比在电话里苦笑了一声："我没有好运了，只剩下耻辱。我将陪同杨慕琦总督一起去九龙的日军司令部。当然，是打着白旗。"

这回是陈策先放下电话，他不想再感受那种战败后令人压抑的悲观。同样是军人，他能体会得到马尔特比将军此时此刻晦暗至极的心情。

不多会儿，10 多名英军军官赶到了亚细亚行，向陈策报到。他们当中有英军远东情报局局长麦都高、陆军作战科长高灵、警察督察长鲁宾逊等人。这些人身心疲惫，满身烟尘，有的还挂了彩。突然，徐亨看到一个熟悉的身影，他惊喜地大叫一声："杰斯特上尉！"

果然是弗雷德迪·杰斯特，马尔特比的作战参谋。

杰斯特和徐亨紧紧拥抱在一起，眼泪不由自主就流了下来："徐，我们战败了，真的很遗憾。"

陈策听见了，接过话头："小伙子，别那么悲观。中国有句老话，叫'出水才见两腿泥'。现在谈论胜负，为时尚早！"

杰斯特不好意思地抹去泪花："我听陈将军的。"上回跟着陈策干掉了为日军指示目标的间谍，让他见识了陈策的智慧和胆略。所以，他这次选择绝不向日军投降，而是跟随陈策一起突围。

麦都高告诉陈策，决意跟随陈策突围的英方军政官员有 60 多人，大部分人已经先行去了香港仔码头，从那里登艇出港，在鸭脷洲停泊。等与陈策一行会合后再一起突围。

陈策看了看表，离英军献降的时间还剩下一个多小时。

麦都高明白陈策看表的意思，悄悄告诉他："杨慕琦总督也是没办法，向日军投降是丘吉尔首相的决定。"

"首相还管这事？"陈策觉得有些奇怪。按照常理，投降或者抵抗，完全可以由战场最高指挥官临机处置，哪里犯得着惊动政府首脑？

麦都高点点头："千真万确，决定投降前，总督和首相通过电话。"

陈策这会儿根本没有时间再去想其中的玄机，他果断地一挥手："让愿意投降的去投降吧，我们不愿意投降的人，赶紧研究一下突围方案！"

说是研究，其实就是陈策把刚才自己的意见又向英国人说了一遍。听完陈策的设想，没有人提出异议。对这些高鼻子、蓝眼睛的欧罗巴人来说，根本不可能在日本兵的眼皮子底下，从陆路撤离香港，走水路是他们唯一的希望。只有麦都高补充了一点：每个人都要带足武器弹药，以防万一。

人人心里都很清楚，事情已经到了生死关头，谁也想不出更好的办法，行不行，就这一条路。别说刀山火海，就是鬼门关也得闯呀！

所有的人都开始忙碌起来，销毁密码、焚烧文件、收拾行装、检查武器，气氛变得紧张。按照陈策的吩咐，徐亨挨个给驻香港的中方人员打电话，动员他们在半个小时内赶到亚细亚行，一起突围。

通知倒是下达了，但是，一来战火阻隔，交通不便，好多人无法在规定的时间里赶到；二来有些人认为走水路突围过于冒险，成功的可能不大，不如另寻他途。就连办事处的人，也只有徐亨、杨全和余兆骐愿意参加越海突围行动，其他人员都选择了暂且留在香港避避风头，然后再做打算。

人各有志，不能勉强。陈策依次和不愿随自己突围的部属、战友告别，互道珍重。在一起共同战斗了 18 天，如今一别或成永诀，这些在日军炮火前眉头都不带皱一下的汉子，有人眼眶红了，有人哽咽着说不出话来。

和王新衡握手时，陈策笑着说："新衡老弟，到了重庆见到杰夫兄后，一定代为问候。"

王新衡赶紧接过话头："策叔吉人天相，定会逢凶化吉、遇难呈祥。我这次不能跟随策叔突围，非不敢也，实不能也，请策叔见谅。"

陈策频频点头，表示理解。王新衡是军统香港站的少将站长，手下还有一帮人和一大堆公务需要安排，他确实是不能走的少数人之一。

不愿参加突围行动的人陆续离开了亚细亚行，楼里一下子清静了许多。

陈策脱掉便衣，穿上佩戴有海军中将军衔的军装，然后戴上钢盔，别上自己的那把勃朗宁手枪。徐亨见了有些担心："义父，您还是换身便衣吧，碰上日军的巡逻队就麻烦了。"

"我是中国军官，自然要穿军服。真要碰上日本崽，这枪里的最后一颗子弹就是留给我自己的。"陈策拍了拍腰间的手枪。他看见徐亨拎着一只很沉的手提箱，就问：

"箱子里装的什么？"

"美钞，路上用得着。"徐亨打开箱子，4 万美金整整齐齐地码在一起。

“我们随时可能会遇到意外，你提个箱子太不方便了。要不这样，把钱放我身上吧。”

“你？”徐亨一时没转过弯来，满脸的疑惑。

陈策脱下自己的假肢：“把钱装这里面，腾出你的手好做其他事。”

徐亨恍然大悟，赶紧把4万美金塞进假肢内，又帮陈策把假肢装好。陈策轻轻踢了踢腿：“还行，不影响走路。”

“要不要通知夫人和孩子们一块走，时间还来得及。”徐亨还想最后再争取一下。陈策摇摇头：“军务在身，带上家眷多有不便。再说了，一只手掐不住两条鱼，他们就听天由命吧。”

徐亨还想争辩，陈策朝他摆了摆手，下达了突围行动的第一个命令：

“出发！”

（五）

两辆插着白旗的小轿车一前一后地驶出花园道的英军司令部，车上坐着面容憔悴的杨慕琦总督和英军司令官马尔特比少将。20分钟后，汽车驶入铜锣湾加路连山道的圣保罗医院，日军第38师团的临时指挥部就设在这里。

第38师团参谋长阿部大佐代表野田忠义师团长，接见了前来洽谈投降事宜的杨慕琦和马尔特比。

“你们是无条件投降吗？”阿部大佐以胜利者的口气质询两位曾经的对手。

马尔特比看了看杨慕琦，后者垂下眼帘，声音低沉但是很清晰：“是的，无条件投降。”

阿部指了指窗外：“可你们的军队还在抵抗，到处都是枪声。”

杨慕琦依然低着头：“我们已在16时发出停战命令。”

阿部盯着马尔特比：“司令官阁下，我关心赤柱要塞，那里的英军什么时候能向大日本皇军投降？”

马尔特比迎着阿部骄横的目光：“那里的联系中断了，我们已经派了一名特使前往沟通，这需要时间。”

“那好吧，我现在就派人带你们去见酒井隆司令官。”

巧的是，带他们去见酒井隆的正是前些天奉命劝降的多田督知中佐。多田礼节性地和杨慕琦握了握手，脸上挂着一副小人得志的微笑：

“尊敬的总督阁下，要和您见上一面可真不容易。不过没什么，虽然换了一种方式和场合，我们终于还是见面了。”

杨慕琦曾撕毁酒井隆的亲笔劝降信，并拒绝和担任信使的多田见面。看来多田心里一直没忘自己受到的羞辱。

杨慕琦抿了抿嘴，没有说话，也无话可说。

“早知今日，何必当初呢？请吧。”多田做了一个优雅的手势，杨慕琦和马尔特比出门，坐上了一辆日军的吉普车，驶向湾仔码头……

当晚 7 点，志得意满的第 23 军军长酒井隆中将在九龙半岛酒店举行了一个简短的投降仪式。因为轰炸，电力供应早已中断。摇曳的烛光中，杨慕琦总督在投降书上签字，马尔特比司令官随即摘下自己的帽子，并将象征着战场指挥权的军刀交到了酒井隆手中。

21 时 45 分，东京大本营发布战报，宣布攻占香港。

黑色圣诞节之夜。总督府前，已经在香港上空飘扬了 100 年的英国米字旗黯然滑落……

从此，香港开始了 3 年半的日治时期。

最初，日本在香港建立军政府，由酒井隆中将兼任行政长官。随着太平洋战事吃紧，第二年 2 月，酒井隆被调往班丹岛指挥作战。2 月 20 日，日本在香港正式设立总督府，办公地点定在港岛中区汇丰银行大楼。第一任总督就是大名鼎鼎的矶谷廉介陆军中将。

矶谷廉介 1886 年出生于日本兵库县，1915 年陆军大学毕业，随后进入日本陆军服务，是日本军界著名的“中国通”。 1937 年 3 月，矶谷廉介担任第 10 师团长，台儿庄会战中，成为中国第五战区司令长官李宗仁的手下败将。不久，他接替东条英机成为日本关东军参谋长。1939 年 5 月，关东军在诺门坎战役中遭苏联红军重创，矶谷廉介被撤职转为预备役。

重出江湖担任香港总督后，矶谷廉介在香港实行日本化的殖民统治。禁止使用英语，强制在中小学开设日语课程；纪元方式依照日本文化习俗，1941 年被改为“昭和十六年”；香港的地名和街道也全部被改成日本名字。如：香港改为“香岛”，皇后大道改为“中昭和通”，德辅道中改为“中明治通”，连半岛酒店也被改成了“松本大酒店”。

1944 年，矶谷廉介调任台湾行政司长。他的兵库县同乡、日本南支那派遣军司令官田中久一接任第二任总督，直到日本投降。

真是造化弄人。日本兵库县出了两任香港总督，这两任香港总督都没有好下场。

1946 年，国民政府南京军事法庭以战争罪判处矶谷廉介无期徒刑，在巢鸭监狱关了一段时间后转交东京法庭。1952 年 8 月获假释，1967 年死在日本，终年 81 岁。

1946 年 10 月 9 日，中国广州行营军事法庭判决田中久一死刑。1947 年 3 月 27 日被执行枪决。1972 年中日邦交正常化后，田中久一家人来到中国，凭着两颗金牙上模糊的“田中”二字，认领并将他的遗骸带回日本。

第六章　碧海血花

（一）

“18”这个数字，注定是香港的宿命。香港的“香”字拆开，正好是汉字的“一十八日”。日军12月8日进攻港岛，到英军25号投降，打了整整18天。

就在杨慕琦总督和马尔特比司令官前往日军指挥部献降的时候，陈策一行人分乘两辆中型吉普车，驶离了亚细亚行。

开始街面还算平静，只有远处传来不绝于耳的枪炮声。路上行人稀少，个个行色匆匆，偶尔可见流动的英军巡逻哨。街口到处是堆砌的沙袋，那是临时构筑的巷战工事，荷枪实弹的英军士兵隐蔽在掩体内，警惕地朝远处张望。他们大概还没有接到投降的通知，所以仍然坚守着自己的战斗岗位。

穿过几条街，一下子变得嘈杂起来。大街小巷挤满汹涌的人潮，惊恐万状的市民拎着大大小小的箱包，拖家带口四处奔逃。陈策眼尖，看到百米开外几名凶神恶煞的日军士兵，正用手中的“三八大盖”猛砸一家金店的大门。很快，门板被砸开一个大洞，日本兵狂笑着冲了进去。

开车的徐亨低声提醒大家：“注意，我们进入敌占区了！”

气氛变得紧张。陈策悄悄打开了手枪的保险，坐在后排的几名英国军官也把武器拿在了手上。

混乱拥挤的街道上，不时有三轮车、人力车在人群里费力地穿行。陈策等人乘坐的两辆灰色吉普车像两条不起眼的鱼，随着人流缓慢地移动，没有引起任何人的怀疑。就连街道边不时走过的日本兵，都没顾得上正眼瞅瞅他们。陈策稍稍松了口气，多亏徐亨想问题周全，临时把奥斯汀换成了吉普，要不然，豪华的黑色奥斯汀在这逃难的人群里就太扎眼了。

与缓慢车速形成鲜明对比的，是陈策内心十二万分的焦虑。这里已是日军的势力范围，车子随时可能被日本兵拦下来。如果出现这样的情况，没一个人跑得掉，死路一条。他心中暗暗祈祷：菩萨保佑，尽快赶到码头！

真是怕什么来什么，越怕碰到鬼偏偏就遇到鬼。

刚走到下一个路口，突然从左边的道路上迎面拐过来几辆日军的大卡车，车上满满当当地搭载着日本兵。几个左臂上戴着袖标的宪兵带着一帮汉奸，驱赶路上的车辆、行人，为军车让道。

“糟糕！”陈策心里暗暗叫苦。徐亨看了他一眼，大冬天的，徐亨的脑门上全是密密匝匝的汗珠。

“沉住气，慢慢靠边。”陈策想的是，万一被日军发现了，路边有铺面和小巷子，便于大家逃跑和隐蔽。就是抵抗，也有可以利用的地形和障碍。

一个戴着日军黄色软帽的汉奸，斜挎着盒子炮，看样子是个小头目，转身朝陈策他们这两辆车走来。看那人走路的姿势有点眼熟，还没等陈策反应过来，徐亨惊叫一声：“李裁法！”

果然是李裁法，李秘书。天啊，真是人心隔肚皮，前几天还是办事处情报组的工作人员，怎么摇身一变就当了汉奸？陈策阴沉着脸，下意识地往下拉了拉头上的钢盔。不知有意还是无意，李裁法朝他们这辆车瞟了一眼。

“他发现我们了！”徐亨轻轻点了一下刹车。

“别慌。”陈策盯着离车头不过 20 米的李裁法，悄悄拔出了手枪。

李裁法突然冲着他们摆摆手，嚷嚷起来：

“没看见皇军的车过来吗？你们还不赶紧让路，往右！往右！”说着，让手下的几个小喽啰赶开右边路口的人群，腾出一条车道。

徐亨顺势一打方向盘，拐进右边的马路，后边那辆车紧跟着也拐了过来。

日军的那几台车几乎和他们擦肩而过，陈策甚至能看清楚车上日本兵一张张年轻的脸。

徐亨擦了一把脸上的汗水："这李裁法到底是人还是鬼呀？"

"不管他，快点开！"陈策看了看后视镜，没有发现任何可疑的情况。凭直觉，陈策感到李裁法至少认出了他和徐亨中的一个人。如果这小子真是投靠了日本人，抓住陈策正是他邀功领赏的好机会，可他却出人意料地玩了这么一出。到底怎么回事？陈策都有点糊涂了。

陈策又仔细回忆了一下，好像突围的前几天，李裁法就再也没在亚细亚行露过面。因为李裁法是王新衡情报组的人，他记得自己当时还问过王新衡，王新衡支支吾吾地也没说出个所以然。因为形势已经很紧张，一扭头就把这事给忘了，再没追问下去。没想到却在这样一个时刻、这样一个地点，碰到了这样一个人。陈策脑子突然闪过一个念头：李裁法是不是个卧底？

王新衡平日里口风很严，从不跟任何人，包括陈策，谈论军统内部的事。尽管他知道陈策跟军统大佬郑介民关系很熟，又是同乡，但在和陈策的交往中，基本上不会涉及自己的工作，这似乎成了一个禁忌。只有一次例外，半个月前，消灭了那支企图偷袭击亚细亚行的第五纵队后，陈策请王新衡喝酒，两人推杯换盏之间，陈策夸奖李裁法提供的情报及时准确，顺带着表扬了情报组几句，还说要给情报组请功。这下王新衡高兴了，加上喝了酒兴奋，便接过李裁法的话题，多说了几句，其实也就是点到为止，没有谈得太深。现在回想起来，王新衡当时好像说过李裁法是他招进军统的，但不属于正规编制，算是个外围人员吧。

陈策的感觉没错，李裁法确实是奉王新衡之命潜伏下来的军统特工。

眼见香港不保，王新衡让李裁法利用帮会关系，悄悄横渡维多利亚海湾，跟九龙的日本宪兵队搭上了线。宪兵队恰好也急需当地人充当自己的鹰犬，而像李裁法这样有青帮背景的人，更是他们优先招募的对象，双方一拍即合。日本宪兵司令部给了李裁法一个便衣队小队长的头衔，军统的李秘书就这样成了日本便衣队的李队长。

日军即将攻陷港岛，宪兵司令部派出大量便衣武装，四处搜捕国民政府派驻香港的重要人物，陈策首当其冲。无巧不成书的是，抓捕陈策的任务，就交给了李裁法所在的这支便衣队。在直奔皇后大道亚细亚行的一路上，李裁法都在想怎么能给策叔报个信，可一直没找到合适的机会。

街上乱哄哄的难民堵塞了交通，一个向前线运送士兵的日军车队被堵个正着，半天动弹不得。38 师团急忙派出宪兵维持秩序，但面对狂潮般的人流，几个宪兵根本无济于事。正好这时李裁法他们从此地路过，便被临时抓了个差，帮助宪兵驱赶难民，疏导交通。

李裁法本身就是个机灵人，加上又在军统混了几年，跟着王新衡练就了一身眼观六路、耳听八方的本事。这会儿嘴里吆喝着让老百姓给车队让路，眼睛却一直没闲着。陈策他们那两台车刚一露面，就被他盯住了。李裁法不知道车里坐着什么人，但他认识这两辆在亚细亚行车库里停了很长时间的美式吉普，他还跟着徐亨一起，坐着这车出去办过事。想都不用想，策叔一定在车里，他甚至能感觉到策叔那两道诧异、凌厉、冰冷的目光。

李裁法喜忧参半：喜的是策叔已经撤离亚细亚行，便衣队此去只能扑空，他悬在心里的一块石头总算落了地；忧的是日军的车队就在前面，如果这两台车引起日本宪兵队的注意，那麻烦就大了。

情急之下，李裁法发现旁边有条巷道，虽然窄了点，但吉普车勉强能过。于是他大声嚷嚷着给皇军让路，把陈策他们的车引进了那条不知名的小巷。

（二）

离开主干道，跑起来顺当多了。出了巷子口，徐亨像在水下憋了很久、刚刚浮出水面的潜水员，长长出了一口气。陈策关上手枪保险，把枪插回了枪套，然后点燃一支大号雪茄，惬意地吸了一口。

“义父，您看！”徐亨朝左侧扭了扭头。

不用徐亨提醒，陈策已经看到了，旁边菜市场门前的空地上，一队英军俘虏正在接受日军的检查。

衣衫凌乱的英军士兵脱得只剩内衣内裤，高举双手，在日军的刺刀下被依次搜身，然后关进菜市场。市场里卖菜的当口早已被拆除，打上隔断，改造成了一座临时监狱。

英军总司令马尔特比将军（中穿短裤者）向日军投降

日军在搜查被俘的守军士兵

守军战俘在日军的押解下被关进深水埗战俘营

说起英军战俘，那真是一个沉重的话题。

马尔特比司令官指挥守卫香港的部队，包括两个英国营、两个印度营和香港义勇军，加上后来增援的加拿大军，一共 12000 人左右。18 天打下来，除了战死、失踪和少数侥幸漏网的，9000 多人成了日军的俘虏。这些人分别被关押在深水埗、赤柱、马头涌和北角等地。其中职务最高者，当属港督杨慕琦。

12 月 25 日晚，杨慕琦在半岛大酒店签署完投降书，一放下笔就成了酒井隆的俘虏。杨慕琦是绅士，他以为酒井隆也是绅士，结果发现酒井隆是个恶魔。酒井隆曾当着他的面，羞辱和虐杀英军战俘，这让杨慕琦深恶痛绝。

杨慕琦先是被关押在赤柱，后来转移到中国东北沈阳战俘营，一直到 1945 年 8 月日本投降，才被解救出来。

日本战败后，酒井隆和杨慕琦这对生死冤家的命运来了个乾坤大挪移。每一个重要的时间节点上，他们的脚步都是一前一后，紧紧相随。

1945 年 8 月，杨慕琦出狱后，回到英国休养疗伤；4 个月后，即 1945 年 12 月，中国政府下令以战争罪逮捕了酒井隆。

1946 年 5 月 1 日，杨慕琦东山再起，复任香港总督；3 个月后，即 1946 年 8 月 27 日，南京军事法庭判处酒井隆死刑；9 月 13 日，酒井隆被绑赴南京雨花台执行枪决，生命定格在了 59 岁。

1947 年 5 月，61 岁的杨慕琦任满离职，退休回到英国安度晚年；1974 年 5 月 12 日在英格兰的温彻斯特逝世，享年 87 岁。

当然，并不是每一个战俘都能像杨慕琦这样幸运。最令人唏嘘、最悲惨的是被日军驱赶上“里斯本丸”运输船的那 1816 名英军战俘……

1942 年 9 月 27 日，全长 116 米、宽 18 米、排水量 7152 吨的“里斯本丸”运输船，驶离了香港码头。船上除了装载着日本在香港掠夺的大量布匹、食品和武器装备等战略物资外，还搭载着 1816 名英军战俘和 800 名日本士兵。“里斯本丸”此次航行的目的地是日本。

“里斯本丸”原本是一艘大客轮，1940 年在巴西被改装成货轮，不久被日本军方征用。日本之所以要把这 1816 名英军俘虏运回本土，是因为随着战争的日益持久，日军兵源匮乏，大批本国青壮年公民被征调入伍，工厂企业劳动力严重不足。于是，大本营决定征用战俘充作劳工苦力。就是在这样的背景下，1816 名英军战俘被迫踏上了这次死亡之旅。

当时，“里斯本丸”的甲板上装有两台起货机，左右舷两根吊杆，船分为三个货舱。所有船舱都是两层，每层为阶梯式木质结构，这样可以最大限度地利用空间，装载更多的货物，运送更多的人。1816 名英军战俘被分别关押在三个船仓里。离船首最近的 1 号舱关押着波洛克指挥的皇家海军，船桥前部的 2 号舱关押着斯图尔上校指挥的皇家苏格兰部队，船桥后部的 3 号舱关押着彼特上校指挥的皇家炮兵和空军。

太平洋战争爆发后，为了切断日军的海上运输线，美军潜艇化整为零，各自为阵，和日本海军打起了游击战。鬼魅般的潜艇像幽灵一般，在大洋深处悄然游荡，常常在意想不到的时间和地点，向日本军舰和运输船发起攻击，很是让日本海军头疼。在这场旷日持久的“猫捉老鼠”游戏中，日军也逐渐总结出了一套对付美军潜艇的办法。

“里斯本丸”在离港前就做了充分准备。首先是进行技术设施改装，提高船的航速和驾驶性能。其次，采取日间航行改用无烟煤；夜间严格灯火管制；实行无线电静默；不贸然处理船上垃圾等措施，避免暴露目标。最关键的一条，在船的不同部位设置观察哨，严密监测海面，及时发现潜艇航行时冒出的气泡，以及鱼雷发射后在海面形成的白色轨迹，有效预防打击，提高生存能力。

离开香港后，经过六个昼夜的航行，10 月 1 日，如履薄冰的“里斯本丸”驶入中国舟山群岛东极海域，船上的日军指挥官稍稍松了口气儿。东极岛是舟山群岛最东边的一个岛屿。以东极岛为界，西侧海域是日军控制区，一旦有敌情，飞机和炮艇可随时出动增援，比较安全；东边虽然是公海，但是因为靠近日本海军基地舟山，一般也不会有美军潜艇贸然进来捣乱。

后来发生的事情证明，“里斯本丸”上日军指挥官的那口气还是松得早了一点儿。他们压根儿就没想到，大洋深处，美国的“鲈鱼号”潜艇像橡皮膏一样，已经死死粘住了“里斯本丸”。

这天凌晨 4 时，“鲈鱼号”漫无目的地从公海驶入舟山海域，它也许想碰碰运气，看能不能找到猎物。结果，不经意间发现了的“里斯本丸”运输船。剩下的事情就很简单了：跟踪、靠拢、攻击。早晨 7 点，“鲈鱼号”潜水艇指挥官霍华德·吉尔默终于下达了发射鱼雷的命令。

美国的“鲈鱼号”潜艇长 311 英尺、宽 27.3 英尺；水底排水量 2424 吨；潜航航速 9 节；吃水 16.10 英尺；动力为柴油机、电力发动机。“鲈鱼号”船尾装有 4 个鱼雷管，携带着 24 枚鱼雷。

7 点 04 分，“鲈鱼号”向“里斯本丸”连续发射了 4 枚鱼雷，前 3 枚都不知道打到哪里去了，唯有第 4 枚鱼雷命中了目标。随着一声惊天动地的巨响，只见距东极青浜岛东北约两海里的洋面上，“里斯本丸”掀起冲天的水柱，船体倾斜，大批人员和货物相继坠落汪洋……

“鲈鱼号”带着胜利的荣耀悄然离去。美军万万没有想到，他们击毁了一艘日本运输船，同时也把近 2000 名盟军战俘送进了地狱。

当天下午，日本海军的“黑潮号”驱逐舰赶到事发海域，将“里斯本丸”的部分日本军人先行撤离。稍后，另一艘日本运输船“丰国丸”到达，把剩余的日军官兵转移上船，只留下押送战俘的 25 名卫兵和 77 名船员，并将“里斯本丸”拖到浅水区。为防止战俘逃亡，日军守卫用木条钉死、封闭了所有舱口。

10 月 2 日清晨，在海水中浸泡了 24 小时的“里斯本丸”终于沉没。最后撤离的日军没有打开钉死底舱压舱板的木条，被关押在底舱的战俘开始自救。前舱和中舱的战俘幸运地打开了压舱板，争先恐后地跳海逃生。后舱的战俘直到船体沉没也没能将压舱板打开，全部遇难。

见有战俘跳海，周围船上的日军不但不实施救援，反而开枪射击漂浮在海面上的英军战俘。经此一劫，1816 名战俘中，843 人淹死或被枪杀。海水中近 400 名幸存者在拼命挣扎。

“里斯本丸”爆炸后，附近青浜岛、庙子湖岛和西福山岛的渔民，纷纷驾着小船前来打捞落入海中的布匹和粮食。正当他们把一捆捆的布和一袋袋的大米拖上船时，发现了许多奄奄一息的英军战俘在冰冷的海水中沉浮。于是，纯朴的乡民把已经装上船的布匹和粮食扔回大海，开始营救这些素不相识的外国人。从清晨到黄昏，连续十几个小时，东极渔民在日军的枪口下，从海上救起了 384 名英军战俘。

第二天，日军派出数架飞机飞临出事海面，一通狂轰滥炸后，将仅有船头露出水面的“里斯本丸”彻底炸毁。紧接着，日军的 5 艘炮艇包围了东极附近的几座岛屿，挨家挨户进行搜捕。最后，384 名获救的英军战俘中，381 人重新落入日寇的魔掌，只有英军军官法伦斯、英国外交官詹姆斯顿和英国商人伊文斯侥幸逃脱。说起他们 3 个人脱险的经历，也颇具戏剧性。

青浜岛东北面的南田湾，是一大片乱石耸立的荒草地，石头荒草中间，隐藏着一个洞穴，当地人把它叫小湾洞。小湾洞口小腹大，外低内高，可容纳三四十人。每逢涨潮，潮水淹没洞口，洞内却滴水不进，外人很难发现。法伦斯、詹姆斯顿和伊文斯就是在这个洞子里藏了五天，每天由善良的渔民给他们送饭。直到 10 月 9 日，日军的炮艇撤离后，岛上的几个渔民才撑着小渔船，冒死穿过日军封锁线，把他们送到了宁波象山渔港。后来，在中国抗日武装的护送下，3 个人安全抵达重庆并辗转回国。

香港在珠江口，东极在长江口，原本风马牛不相及的两地，却因为英军战俘而在历史的某个节点发生了交集。“东极营救”成了香港抗战的一个插曲，也续写了二战中的一段传奇。如今，东极岛上修建了营救英军战俘的博物馆，成立了“东极营救”研究会。看来，半个多世纪过去了，“里斯本丸”沉没的故事还没有完……

一名高个子的英军俘虏，脱衣服的动作稍稍慢了点，被日军守卫一枪托狠狠地打在小肚子上。那名英军士兵惨叫一声痛苦倒地，蜷缩成一团。

“我们要不走，也是这个下场。”陈策闭上眼睛，喃喃自语。

徐亨突然冒出一句：“不知道马尔特比将军现在怎么样了？”

陈策仍然是闭着眼睛：“大难临头各自飞，听天由命吧。”

徐亨紧咬双唇使劲踩了一脚油门，汽车怪叫着疾驰而去，后面的排气管喷出呛人的黑烟。

（三）

再过两个街口，就到码头了。马路上的人又渐渐多了起来，徐亨焦急地摁着喇叭，恨不得长上翅膀飞过去。

听见汽车鸣笛，拥挤的人群勉强闪开了一条缝，徐亨急忙往前钻，没承想迎头撞上一支日军巡逻队，一共 5 个人，领头的是个曹长。要不是刹车及时，汽车的前保险杠差点顶着曹长高高腆起的肚皮。

受到惊吓的曹长急了，眼睛瞪得像铜铃，嘴里“伊里哇啦”一阵乱叫，伸手拦停了前面这两辆不知天高地厚的吉普车。其他士兵如临大敌，端起枪指向车里的人。

陈策叼着雪茄，不动声色地拔枪上膛，打开保险，后排的人也做好了战斗准备。

徐亨摇下车窗，满脸堆笑并伸开左臂，高呼：“板哉！板哉！”然后点燃一支美国的“骆驼牌”香烟递给曹长，并凑近对方悄悄耳语了几句。

刚才还怒气冲冲的曹长顿时笑眯了眼，吸了一口烟，向徐亨伸出大拇指，也喊了几声“板哉”，喝令手下收起枪支放行。

几声“板哉”竟然化危机于无形，陈策觉得很神奇。他问徐亨：“你刚才冲着日本崽瞎喊什么呢？”

徐亨诡谲地笑了笑：“义父，我那可不是瞎喊。‘板哉’在日语中就是万岁的意思。这也是日本人的一个习俗，但凡打了胜仗，见了面都会高呼‘板哉’，相互道贺。”

“他们也太大意了，车门都没打开看看。”陈策手心里还捏着一把汗。

“我递烟的时候跟他说，我们是军部便衣队的，正在执行特殊任务。”徐亨的语气倒是挺轻松。

陈策忍不住拍拍徐亨的后脑勺，揶揄道："小子，原来你也会骗人！"

"都跟您学的呀。"徐亨开心地笑了。

徐亨年轻时曾在日本住过一年多，不但学会了说日本话，对日本这个民族的文化风俗也多有了解。没想到，往日里积累的知识今天都派上了用场。

说话间，终于到达港仔海滨。陈策看了看表：4 点 20 分。

红日高照、风平浪静，海边停着一艘编号 C410 的快艇，几名英国水兵正焦急地四下张望。看到陈策他们走下汽车，驾驶员道格拉斯上尉三步并作两步跑过来，给穿着中将军服的陈策敬了一个礼：

"报告将军，我们可以出发了吗？"

"其他人呢？"陈策边走边问。

"还有 50 多人乘坐鱼雷快艇先去了鸭脷洲，我们到那儿和他们会合。"

陈策知道，鸭脷洲是香港西南方的一座荒岛，离这有四五海里的距离。他抬头看了看明晃晃的太阳，今天是个大晴天，海面上的能见度极好，一眼能看出一两千米。这个时候驾艇出海，毫无疑问，很快就会被日军发现，并成为日军炮火的活靶子。到那时船在海中身不由己，无遮无掩的，只有被动挨打的份儿。

当然，等到太阳落山再出发那是最安全的。可是，到天黑至少还有两三个钟头，能等到那个时候吗？就算我们愿意等，日本崽能让你等吗？万一在这段时间里出点状况，那可是几十条人命啊！我陈策岂不成了千古罪人？

虽然陈策一言不发，但所有的人都从他脸上感觉到了形势的严峻。

很快，形成了两种截然不同的意见。有人赞成马上出发到鸭脷洲，有人主张隐蔽到天黑再走。针尖对麦芒，互不相让。

徐亨不耐烦地吼道："别吵了，听陈司令的！"

陈策必须在最短的时间里，做出也许是他一生中最艰难的抉择。

现在出海，肯定会暴露目标并遭到日军的攻击，那样的话，最坏的结果是什么？全体突围人员葬身大海。最好的情况呢？或许一部分人会有生还的机会，哪怕只有个别人能活着冲出去，也是突围成功！

等到天黑再走呢？这中间的几个小时充满了难以预料的危险。一旦被日军发现，那可是一个都跑不了，铁定死路一条。

陈策抬起右臂下的拐杖，指着快艇："上船！"

号令一下，没人再多说一句话，大家迅速依次登船。

道格拉斯启动引擎，快艇在海上划出一个半圆的弧，然后调整好方位，向着西南方疾驰。伴随着马达轰鸣，碧蓝的海面留下一道翻滚的浪涌。

不出所料，快艇刚开出去不过三四百米，就被浅水湾的日军据点发现了。先是一个对空长点射，属于警告射击。见快艇丝毫没有停下来的意思，日军的重机关枪瞄准 C410 号艇猛烈开火。

子弹在头上飞，落入海中发出"噗噗"的声音。

快艇上的人全都想方设法尽量放低身姿，躲避飞蝗般的弹雨。徐亨和杨全把陈策夹在中间，趴在舱板上一动也不敢动。

英国远东情报局局长麦都高身高体胖，他像只顾头不顾腚的鸵鸟，一头扎在一个犄角旮旯里，屁股撅得老高。陈策见了，抬起头使劲朝他屁股猛击一掌，想让他再趴低点。就在这一瞬间，麦都高"哎哟"一声，一颗子弹不偏不倚，正好从他的臀部擦过，留下一条十多厘米长的伤口，皮开肉绽、鲜血直流。虽然没伤及筋骨，但"咕咕"直冒的血，立刻染红了他的裤子。

徐亨掏出急救包，赶紧为麦都高包扎止血。

麦都高受伤，引起一阵骚动，船体开始左右摇晃。

陈策是个老海军，非常了解各种舰船的性能。他知道快艇吃水浅，一旦失去平衡很容易造成侧翻，于是厉声呵斥道："谁都不准乱动，船翻了大家都得死！"

道格拉斯把快艇的速度提升到了极限，几乎要飞起来了。

陈策光顾着安抚众人，稍稍抬高了身体，“当”的一声脆响，像迎头挨了一闷棍，尽管顶着钢盔，脑袋还是晕晕的发蒙，耳朵“嗡嗡”乱叫。要不是杨全眼疾手快抱住他，巨大的冲击力差点把他推个跟斗。陈策取下钢盔一看，右侧方被子弹击中，硬生生地砸出一个枣核大小的坑。

徐亨这一跳吓得不轻，连忙在胸前画了几个“十”字，虔诚地为陈策祈祷。陈策把他的头往下一按：“别念经了，当心被子弹爆了头！”

徐亨认真地说：“义父，今天是圣诞，我坚信耶稣就在我们身边，一定会引导我们这些迷途的羔羊脱离苦难。”

陈策不想辜负了徐亨的一片心意，点点头：“但愿如此吧。”其实，不论佛祖还是耶稣，和神灵比起来，陈策更相信自己的头脑、毅力和运气。这回是日本崽一枪打中了他的钢盔，上次在澳门，葡萄牙士兵把枪顶在了他的脑门上。说起来是上次，屈指一数，都是20多年前的往事了……

1919年5月，孙中山先生发表了《护法宣言》，展开第二次护法斗争。按照孙中山的指示，孙科以特派员的名义，在澳门峨眉街10号设立办事处，专门做一件事：策动广东海军起义，打击反对共和的桂系军阀莫荣新。

因为陈策对广东海军的编制、装备和人员非常熟悉，而且其中不少骨干还是他的同学。更重要的一点，陈策是孙中山先生坚定的拥护者和追随者。于是，孙科委任陈策为讨贼军第2路军副司令，具体负责联络广东海军，秘密发展革命力量，策划兵变。

当时在广东有三支舰队：海军护法舰队、海防舰队、江防舰队。

护法舰队有11艘军舰，由原北洋舰队演变而来，舰队司令林葆怿与桂系莫荣新交往甚密，互相勾结，很难分化。

海防舰队隶属海防办事处，有6艘舰艇，吨位较大。海防办事处的督办，就是大名鼎鼎的“福军”首领李福林。不过李福林只挂了个虚名，实权掌握在海防舰队帮办周天禄手中。周天禄虽然和陈策很熟，两人一起共过事，但此人功名利禄皆拜桂系所赐，还和桂系将领、江防舰司令马济结为儿女亲家，所以不敢贸然和他接触，风险太大。

江防舰队有 30 多艘内河舰，吃水浅、吨位小，位置分散。舰队司令马济是莫荣新的亲信，根本看不上这些小舰小艇，管理十分松懈。其中大部分舰艇的长官，都是陈策海校十四期的同学，年轻向上、血气方刚，很多人倾向革命，具备策反起义的条件。

经过深思熟虑和反复研究，陈策提出了以江防舰队为重点工作目标，伺机发动起义的方案，并制订了先行夺取八艘舰艇的计划。它们分别是“江大号”“江巩号”“江汉号”“江固号”以及“广元号”“广亨号”“广利号”和“广贞号”。

起义的过程一波三折，最后的结果却并不乐观，只有“江大”“江固”2 艘舰被成功策反。“江大号”起义后，按照预先计划，于 6 月 18 日由南环进口到澳门，在毕坦坭南湾扣锚停泊。正在澳门等待消息的孙科、陈策等人大喜过望，特意带着慰问金和各类美食登舰慰劳全体官兵。

孙科离开时，把“江大号”的指挥权交给了陈策。

“江大号”烧的是劣质煤，生火慢，动力差。为了便于下一步行动，陈策同意多停两天，换购一部分优质煤。谁知这一停就出问题了。运煤船来了后，停靠在“江大号”旁边，工人登船卸煤装煤，来往人员混杂，舰上有仇视革命党的反动分子趁机溜上岸，跑到电报局偷偷给舰队司令马济发报，告发此事。马济慌了神，立刻报告了广东督军莫荣新。

莫荣新一听，大骂孙大炮胆大包天，竟敢背地里挖自己的墙脚！他当即遣人同澳门当局交涉，诡称“江大号”被匪徒劫持，要求葡萄牙政府派兵扣留“江大号”，任何人不准擅自离舰。

一看情况不妙，陈策果断下令“江大号”斩断锚链，突然生火起航，冲破葡舰“灭德兰号”的封锁，驶向外海。猝不及防的“灭德兰号”连续发炮，击中“江大号”吊桥舵房，炸死了操舵手，幸好舵未损坏，“江大号”得以继续前行。

这头防着来自“灭德兰号”的炮火，冷不丁斜刺里杀出护法舰队的“豫章号”鱼雷舰。陈策暗暗叫苦，他知道护法舰队受莫荣新掌控，“豫章号”肯定是奉命前来拦截。无论吨位还是火力，“江大号”都不是“豫章号”的对手，不说多了，只要挨上一颗鱼雷，“江大号”必将粉身碎骨。

打不过也不能束手就擒呀，情况越紧急，陈策越冷静。他脑袋一转，命令“掉头返航”。这招玩儿的是先出其不意杀个回马枪，再想办法金蝉脱壳。

也许是操舵兵过于紧张，在九澳湾与麻疯湾之间，舵轮往右多打了一点，致使“江大号”偏离航道，搁浅了。

现在神仙都救不了“江大号”，只剩下一条路：弃船而逃。

糟糕的是，逃跑的过程中，大家走散了。由于不熟悉地形，陈策带着几个人漫无目的地东跑西窜，被正四处搜捕“江大号”船员的葡萄牙士兵拦住。陈策刚想开口说话，一名黑人士兵用枪顶住了他的额头。

“完了！”陈策闭上双眼，等待那夺命的一声枪响。幸运之神再次降临。同时被抓的其他人纷纷替陈策求情，那个葡萄牙士兵动了恻隐之心，最终没有扣动扳机。

陈策和其他被俘的“江大号”水兵一起，被关押在澳门鸽巢监狱。

第二天，孙科拿五千元担保陈策出狱，没有成功，背后捣乱的黑手仍然是广东督军莫荣新。莫荣新一直对陈策协助孙中山和自己作对怀恨在心，得知陈策等人被澳门当局抓捕后，急欲置陈策于死地而后快。他诬陷陈策是海匪，想尽办法要把陈策引渡到他统治下的广东受审，然后安个乱党的罪名杀了陈策的头。幸好孙中山先生从中斡旋，才保住陈策一条命。

日军射击的火力越来越猛，无处躲藏的快艇被罩在了火网中。横飞的子弹撕裂着空气，发出尖锐的啸叫，艇身各个部位被打得千疮百孔。

“啊！”道格拉斯上尉发出一声惨叫，面色苍白地倒在了驾驶舱。他的双腿被重机枪子弹齐崭崭地打断了，鲜血喷涌。旁边的人赶紧替他包扎，可根本就止不住血，很快，道格拉斯陷入了昏迷。

大伙儿正忙着抢救道格拉斯，船尾又传来一个坏消息：舵手福特中弹牺牲。

屋漏偏逢连夜雨。快艇的发动机也被打坏了，机器“呜呜”地发出几声沉闷的怪叫，慢慢停了下来。

失去控制的船在海面上跳起了“摇摆舞”，扭了一会儿，开始原地转圈，再也无法向前开进。

“义父，怎么办？”徐亨紧张地问陈策。

其他人不约而同地也把目光投向他们的指挥官。

“离鸭脷洲还有多远？”陈策紧绷着脸，问徐亨。

徐亨望了望隐约可见的鸭脷洲：“不超过一海里。”

“弃船！游过去。”陈策一挥手，扔掉了拐杖。没想到就在他挥动手臂的一瞬间，一颗子弹击中了他的左手腕，血顺着胳膊流了下来。

杨全赶紧扶住他：“司令，您负伤了！”

“狗日的日本崽！”陈策低声骂了一句，用右手死死捏紧左臂的血管。

徐亨拿出绷带，帮陈策缠紧伤口。他不无担心地问：“您还行吗？”

陈策知道，徐亨是问自己还能不能下海，能不能游泳。他白了徐亨一眼：“怎么，小瞧我？我今天就和你这个东亚运动会的游泳冠军比试比试！”

这边杨全急了：“司令，实在不行，咱们还是返回香港再想办法吧？”

陈策眼睛一瞪：“胡说什么呢？回香港不是当俘虏，就是投降做顺民。再敢动摇军心，我毙了你！”

跟了陈策十几年，杨全还没见他发过这么大的火，嗫嚅着再也不敢吭声。

骂完杨全，陈策突然一拍脑门，他发现自己误解杨全了。原来，杨全跟李逵一样，是陆地猛虎，可他不会水，旱鸭子一个。这会儿你硬逼着他跳海，不是明摆着要他的命吗？

陈策抱歉地拍拍杨全的肩膀，脱下自己的救生衣扔给他："穿上。"

快艇上的救生衣轮不上每人一件，徐亨想到陈策脚不得劲，为防万一，一上船他就拿了一件给陈策穿上了。

杨全推让着："司令，这怎么行？"

"不穿，你小子想喂鱼呀？"陈策坐在甲板上，开始解左腿的假肢，"有了救生衣，你就能和我们一起游到鸭脷洲。"

"司令让你穿，你就穿吧。放心，下了海，有我给司令保驾。"徐亨也劝杨全。杨全这才红着脸套上那件橘黄色的救生衣，嘴里还嘟嘟囔囔的："早知道有今天，当初我就该跟着你们学凫水！"

一听这话，徐亨乐了："怎么样，后悔了吧？"

陈策是老海军，成天跟海洋打交道，练得一身好水性。徐亨更不用说，专业游泳运动员，还拿过东亚运动会的百米自由泳金牌。平日里，游泳是陈策最喜欢的运动项目，他常常带着徐亨在江河湖海里畅游。每当这个时候，杨全都是在岸上负责警卫和看守衣物。

陈策有时让徐亨教杨全游泳，可杨全说啥都不愿意学，总是推说一看见水就头晕。所以至今除了洗澡，他就没下过水，更别说游泳了。

在徐亨的帮助下，陈策解下假肢，想都没想，连同出发前塞在里面的四万美金，顺手扔进海里。再看看其他人，也都做好了弃船跳海的准备。

陈策最后看了一眼随波起伏的快艇。道格拉斯因为失血过多引发休克，已经停止了呼吸。他和舵手福特的遗体覆盖着白色被单，并排放在甲板上。不顾头顶呼啸的子弹，陈策带领众人向亡者三鞠躬。

陈策是海军，他懂海军的规矩。海葬是水兵的特权和荣耀，这些英勇的战士将在大海的怀抱中获得安宁与永恒！

脱去多余的衣服，陈策只穿了一件白色衬衫和短裤。在徐亨的护卫下，扶着船舷下到冰冷的海水中。杨全吸了一口气，眼睛一闭，学着其他人的样子，“扑通”一声跳进了大海。苦涩的海水立刻灌进他的鼻腔，呛得他一阵猛咳，差点没背过气去。

（四）

也许是再也没有看到船上有人活动的迹象，日军终于停止了射击。

天蓝蓝，水碧碧，如果不是手腕上的伤口被海水蜇得生疼，陈策觉得就像在大鹏山下的海滨嬉水。

从虎门回到香港治腿疗伤期间，有一天，陈策和妻子带着琼惠、琼芳、琼芬三个女儿，到九龙的大鹏山游玩。大鹏山位于珠江口东岸，宝安县东南，与香港隔海相望，在当地也算是一景。

本想在海里痛痛快快地嬉水游泳，无奈几个孩子嚷嚷着要爬山。于是，夫妇二人便跟着孩子来到著名的千年古刹——青山禅院。

青山禅院因建在青山而得名，始建于东晋末年，已有1500多年历史。走进寺院，修竹茂密、翠柏森森，一阵清风扑面而来，令人心旷神怡。

路边的山崖下有一个硕大的岩洞，洞里摆着几个明黄色的锦缎蒲团，香炉里插着一排排的香，烟雾缭绕。孩子们好奇，问陈策这里面又没有供着菩萨，为什么有人烧香。乘着游兴，陈策和孩子们说起了故事。

南朝初年的刘宋王朝，有一个和尚，喜欢坐着一只大木杯云游四海，人们都叫他“杯渡禅师”。一天，杯渡禅师来到青山，见这里山高林密、人迹罕至，是个修行悟道的好去处，就在这个岩洞里安了家。后来，信众在岩洞上方建成一座小庙，就是最初的“杯渡庙”。

到了唐朝末年，广东有一个小诸侯国叫南汉国。南汉国的皇帝封“青山”为“瑞应山”，并在山上建“杯渡寺”，并在寺内供奉杯渡禅师的神像，这就是“青山禅院”的前身。再后来，寺院曾多次重建，名称也屡经更改，先后叫过“普渡寺”“斗姆宫”“杯渡寺”“杯渡庵”及“青云观”等。现在看到的青山禅院建筑群，包括“菩提萨埵殿”“方丈室”和“居士林”，都是清末民初这几十年才建起来的。

听完杯渡禅师和青山禅院的故事，几个孩子都喊爬山爬累了，肚子饿。一家人就在寺里要了些点心茶水，边休息边品尝茶点。

陈策难得有这样的空闲陪伴家人，天气好、心情也好。他又给孩子们出了一道题：“你们谁能告诉我，大鹏山一带为什么叫九龙呀？”

琼芬仰着脸，天真地说：“古人都这么叫，我们就跟着叫呗。”

陈策笑着摇摇头：“我问的是内中的缘由。比如你叫‘琼芬’，琼，代表我们的老家琼崖；芬呢，女孩嘛，爸妈希望你像花儿一样美丽芬芳。所以，要是有人问你为什么叫‘琼芬’这个名字，你就可以对他说：我是琼崖美丽的女儿。”

琼惠一听，高兴得拍着手叫了起来：“我是琼崖聪慧的女儿！”

琼芳也跟着喊道：“我是琼崖芳香的女儿！”

陈策夫妇看到孩子们像快乐的小鸟，欣慰地笑了。

琼惠忽然想到爸爸刚才提出的问题还没有答案呢，就说：“爸，你给我们讲讲大鹏山为什么叫九龙吧。”

陈策喝了口茶，润了润嗓子：“这和南宋的最后一个皇帝赵昺有关。”

公元 1276 年正月，南宋的国都临安（今杭州）被元军攻陷，满朝文武大臣连同皇帝都成了难民，如丧家之犬一路南逃。两年后的 4 月间，宋端宗赵昰年仅 7 岁的弟弟赵昺，在冈州（今广东新会）继位，当上了皇帝。

赵昺在逃难途中，曾由福州乘船走水路，最终在大鹏山一带登陆。因为这里地瘠民贫，根本没有像样的房屋给皇帝居住。当地官员就在海湾边的山上，选了一处宽敞的洞穴，周围用竹竿围成栅栏，作为皇帝的寝殿。洞穴外的石头平台就成了朝堂，众臣子每天都在这里觐见皇上。

有一天，小皇帝坐在寝殿外的大石头上，指着两边的山峰对大臣们说："这周围有八座山，每座山一条龙，该是八条龙吧？"

大臣们一时没弄懂皇上问这话的意思，正窃窃私语、交头接耳之际，丞相陆秀夫站了出来，躬身答道："陛下贵为天子，也是一龙，应是九龙才对。"

从此，这里就被称作九龙。

"那后来呢？"也许是年龄相仿，孩子们都很关心小皇帝的命运。

陈策叹了口气："后来元军追杀到广东，宋元两军在崖山海上决战，宋军全军覆没，丞相陆秀夫背着 8 岁的小皇帝投海而死。"

琼芬凄然地看着父亲，眼泪都快掉下来了："崖山在哪里？我想去看看小皇帝投海的地方。"

"崖山就在广东新会的海边，那里是银洲湖水的出海口。东有崖山，西有汤瓶山，两山相向而立，像一扇束缚水流的门，所以那个地方叫崖门镇。"陈策抚摸着小女儿的头接着说，"南宋虽然灭亡了，但是许多忠于南宋的官员百姓，都不愿投降元朝，就跟着皇帝投海而死，据说有 10 万之众。那个悲壮惨烈场面，真是想都不敢想。其中有一个大忠臣叫文天祥，坚持抵抗元军，被俘后宁死不屈，写下了那首流传千古的《过零丁洋》。"

琼惠站起身，一脸的严肃："我会背文天祥的《过零丁洋》。"说着，就朗朗背诵起来：

辛苦遭逢起一经，

干戈寥落四周星。

山河破碎风飘絮，
身世浮沉雨打萍。
惶恐滩头说惶恐，
零丁洋里叹零丁。
人生自古谁无死，
留取丹心照汗青。

陈策带头给女儿鼓起掌来，连声喝彩：“背得好，背得好！我们都要学文天祥，做国家的忠臣，打败日本崽。要不然，就会当亡国奴，有一天也会被逼着投海！”

造化弄人，一语成谶。陈策没想到今天真的投海了，不过跟陆秀夫和小皇帝不同的是，投海不是为了殉节，而是为了突围。

女儿稚嫩的童音还在耳边回响，一切都像刚刚发生在昨天。

要搁在平时，在海里游个万儿八千米的，对陈策来说，太小意思了。可眼下正值冬天，海水冰冷刺骨不说，陈策因为受伤流了不少血，身体虚弱，再加上是一条独腿蹬水，早已耗尽了体内的能量。

最要命的是，港岛上的日军发现了他们，枪炮齐发。为了躲避飞蝗般的子弹，不得不时而潜水，时而变向，大大迟滞了他们的游动速度，也极大地消耗着每一个人的体力。

陈策觉得神志有些恍惚，两只手臂机械地划动着，要不是旁边的徐亨托住他的半个身子，说不定早就沉到海里去了。

徐亨怕陈策失去知觉，一个劲儿地跟他说话：“义父，你一定要坚持住，耶稣在天上看着我们，他会指引、帮助我们的。”

陈策断断续续地吐出一句话：“真要能过了这……这道坎儿……我……我一定……一定……皈依基督。”

徐亨流着泪，哽咽着：“我们有上帝，一定能过这道坎儿！”

鸭脷洲已近在咫尺，可中间隔着的几百米海水，真成了一道坎儿，一道难以逾越的鬼门关！

游在前面的几名英军军官，终于踉踉跄跄地登上了鸭脷洲海滩，就连负了伤的麦都高，也抓住了离岸边最近的一块礁石。缓过劲后，他转身朝陈策他们激动地叫喊着，挥动着手臂。

“义父，你看，麦都高局长在向我们招手呢！”

陈策吃力地睁开眼睛，身体却止不住地往下沉。突然，他的右脚踩到了海底的泥沙。几乎与此同时，徐亨也稳稳地站住了。

徐亨一把抱住陈策：“义父，看，鸭脷洲！”

陈策头一歪，昏了过去。

第七章　惊魂鸭脷洲

（一）

鸭脷洲面积 1.3 平方公里，是属于香港南区的一个小岛。1841 年鸦片战争后，根据中英两国签署的南京条约，战败的满清政府，将香港岛连同鸭脷洲一起割让给了英国。当年，岛上人烟稀少、乱石耸立，遍地长满了蒿草和灌木，远远望去，郁郁葱葱像在海面上撑开的一把绿伞。岛的四周多为峭壁和礁石，东北方向，有一片不大的沙滩。

1938 年底，日本侵略军占领广州，进逼香港。为防患于未然，1940 年，英军曾在海拔五百多米的玉桂山上，修建了鸭巴甸炮台，用于控制和镇守香港南面海岸及南丫岛一带。日军入侵香港后，为防止炮台落入敌手，守军撤离前将炮台炸毁。

徐亨和杨全费尽九牛二虎之力，终于把陈策架到了沙滩上。似乎连骨头架子都散了，三个人仰面朝天瘫倒在地，只顾大口大口地喘息着，彼此都能听见“砰砰”的心跳声。这时，日军的炮火还没有停息，不时有炮弹落在附近的海里，爆炸声响过，便掀起四五米高的水柱。

过了一小会儿，徐亨最先坐了起来，他脱下衣服盖在陈策身上。然后把杨全摇醒，用手指了指不远处的小树林。两人开始去扶陈策，他们想把陈策转移到岛上的丛林里，一来安全，二来避免阳光暴晒造成脱水。

他们一动，陈策醒了。他舔了舔干得起皮的嘴唇，嗓子里发出一阵微弱的声音："别管我，快去找鱼雷艇！"

徐亨使劲点点头，他攥着陈策的手："义父，我和杨全先把你抬到那片树林里，就去找那 5 艘鱼雷艇。"

陈策左右摆了摆头，表示不同意，他已经没有力气说话了。他掰开徐亨拉着自己的手，右手握拳，伸出大拇指朝岛的另一个方向比画着，意思是让徐亨和杨全马上去联络鱼雷快艇。这时的陈策，虽然因为身体虚弱说不出话，或者不想说话，可他的脑子一点也不糊涂。他知道，早点和那 5 艘鱼雷快艇联系上，就能早点离开鸭脷洲。这个小岛离香港太近，日军的舰艇随时可能登岛搜查。多停留一分钟，就多一分钟的危险。

可徐亨和杨全不这么想，他们想的是绝不能把老长官一个人扔在沙滩上。万一一颗不长眼的炮弹正好落在这里，岂不是要让他们痛悔终生！再说，陈策是这次突围行动的总指挥官，没有了他怎么能行？

双方陷入僵持，谁也不让步。

陈策急了，突然抬起头来，拼尽全身力气骂道："你们浑蛋！"

他这一嗓子，把麦都高，还有其他英国军官都吸引过来了。问清事情的原委后，麦都高也觉得徐亨的考虑有道理。于是，他用生硬的汉语，夹杂着英语，加上手势，劝陈策赶紧先找个地方隐蔽起来，再说下一步的行动。为了强调自己的观点，他用手先在陈策的脖子上抹了一下，然后又在自己的脖子上抹了一下，双手一摊，意思是说：你要是死了，我们大家都得死。

陈策这才没话说了。

徐亨和杨全半抬半架，把陈策弄到一块大石头后面，让他靠着石头休息，恢复体力。借这个机会，徐亨检查了一下陈策的伤口。经海水一泡，受伤处皮肉外翻，坏死的组织已呈灰白色，而且只看见一个弹孔，没有出口，说明子弹还在肉里面。徐亨想试着把弹头取出来，他问周围的人："谁带有钳子？"

一个英国士兵是机械师，随身带有一套微型工具："我有，干吗用？"说着递给徐亨一把很精致的袖珍尖嘴钳。

徐亨担心陈策受不了，陈策把袖子一捋，露出胳膊："来吧，没问题！"他知道，子弹头留在体内，容易引起感染发烧，甚至败血症。如果能把弹头取出来，受点疼、冒点险，还是值得的。

杨全用钢盔盛来海水，把陈策的伤口认真清洗了一遍。徐亨点着打火机，烧了烧尖嘴钳的前半部分，算是消毒。然后，他叫两个英国军官死死攥住陈策的左手。一看这阵势，麦都高把头扭向一边，他不敢看这近乎残忍的"手术"。

徐亨用尖嘴钳轻轻拨开伤口周围已经坏死的组织，没发现弹头，再往深处探查，还是不见弹头的踪影，拨弄了半天，实在无望只好放弃。陈策疼得出了一头冷汗，牙关紧咬，面色苍白。忙活半天，还是没能把弹头取出来。徐亨只好脱下自己的衬衣，撕成布条，重新为陈策包扎好伤口。

安顿好陈策，徐亨和麦高都把人分成两个小组：一个组从北向西向南；另一个组先向东再向南，分头寻找先期到达的那 5 艘鱼雷快艇。

徐亨刚走出几步，听见有人叫他，一扭头，是陈策。陈策向他招了招手，徐亨又回到他的身边：

"义父，还有什么要交代的吗？"

躺了一会儿，又喝了点水，陈策的精神头好多了。他看着徐亨，一字一顿地说道：

"我一旦发生意外，由你代表我向最高当局写出书面报告，汇报这次香港抗战经过和突围的情况……"

徐亨急忙打断陈策的话："不会的，您就是受了点轻伤，不会有什么意外！"

陈策想笑，咧了咧嘴角，还是没笑出来："傻孩子，非常时期，什么事情都可能发生，我们要做最坏的打算。"

徐亨也很清楚眼下的处境，他完全能理解陈策的想法，便点了点头，答应了陈策的要求。

“我还有点私事相托。”说着，陈策取下左手无名指上的钻戒，“万一，我说的是万一，我真的遭遇不测，你把它交给你策婶。”

这是陈策和梁少芝订婚时的戒指。

徐亨的泪水夺眶而出，他趴在陈策身上，跟个孩子似的哭了。

陈策拧了一下他的耳朵：“快当爸爸的人了，还哭鼻子，小心将来我讲给你儿子听。”

徐亨这才不好意思地站起来：“那我走了。”

陈策伸出右手：“把你的手枪留给我，日本崽要是来搜岛，我总得拉两个垫背的。要不然一个人去见阎王爷，那多孤单。”

徐亨拔出手枪，递给陈策：“义父，您千万别乱动，我们一找到那几艘鱼雷快艇，就过来接您。”

“去吧！”陈策取下弹夹数了数，还有五颗子弹，“够了，四颗给鬼子，一颗留给我自己。”

徐亨抹去眼角的泪花，转身追赶杨全他们去了。

陈策抚摸着左手的无名指，那枚陪伴了自己多年的钻戒交给徐亨了，只留下一圈细细的印迹……

16 年前，陈策和梁少芝在广州结婚。那年，陈策 31 岁，梁少芝 17 岁。

梁家是南海西樵望族，梁少芝的父亲梁公勤是马来西亚归侨，家境殷实。她是家中次女，从小生活优越，受到良好的教育。梁少芝亭亭玉立、聪颖活泼，不但书念得好，还喜欢唱粤剧，弹得一手好扬琴，在洁芳女校读书时就是校花，出了名的美人坯子，因面色红润、如花似玉，得了一个绰号“红牡丹”。她的姐姐梁少梅皮肤白皙、性格文静，被叫作“白牡丹”。梁家这两朵含苞欲放的红白“牡丹花”，成了当时广州高档社交场合的一道亮丽风景。

时任海军局顾问的陈策，却正经历着他人生的一段低谷。

此前，陈策曾有过两段婚姻。

1908 年，母亲托人给他说了一房媳妇，是西昌村刘家长女。那年陈策刚满 14 岁，懵懵懂懂地入了洞房。婚后不久，受时代风潮的影响，陈策偷拿了母亲陪嫁时的两只金耳环，换了四块大洋，买了一张船票跑到广州，准备报考革命党办的学校。

初来乍到、人地生疏，那点盘缠很快就花光了。陈策无奈，只好进了黄埔纱厂打工挣钱，后来又入了习艺所学染织。几经周折，他最终如愿以偿，于 1910 年进入广东黄埔水师工业学堂造船专业学习深造。

还在学校读书期间，陈策就和革命党人交往密切。在他们的教育影响下，陈策的思想发生了很大的转变，对世界、人生有了全新的认识。同时，也对父母为自己包办的旧式婚姻产生了怀疑和不满。这种怀疑和不满随着和一位新女性的相识，愈加变得强烈。这位新女性就是他的第二任妻子司徒美云。

司徒美云的父亲叫司徒育三，一生经商，资产颇丰。但是，他不是那种传统意义上的守财奴，相反，为人豪爽仗义、乐于扶危济困，而且思想新潮、倾向革命。他对女儿和陈策交往十分赞赏，但陈策却因为家中已有妻室而苦恼万分。

这事不能瞒，也瞒不住，最终，陈策还是鼓起勇气，向司徒美云坦白了自己已婚的事实。谁知司徒美云听了陈策的讲述，一点也没有埋怨、责备的意思，她的态度很明确，只要陈策和刘氏离了婚，自己就嫁给他。

怀着对新生活的憧憬，陈策专门把刘氏接到广州，商量离婚的事。刘氏是一个传统观念很强的农村妇女，没什么文化。但是懂得从一而终，嫁鸡随鸡，嫁狗随狗。既然嫁给了陈策，生是陈家人，死是陈家鬼。因此，任陈策磨破了嘴皮，刘氏就是不松口，还骂陈策是陈世美，弄得陈策左右为难。

看来刘氏的工作一时半会儿也做不通，没有办法，陈策便委托一个副官送刘氏回文昌，暗示副官想方设法劝刘氏和自己离婚。一路上，受人之托的副官对刘氏细心关照、体贴入微，刘氏则把副官当知己，倾诉自己的一肚子苦水。没曾想一来二去，两人暗生情愫，副官干脆娶了刘氏，远走高飞。陈策呢，窃喜“无心插柳柳成荫”，乐得送个顺水人情，也成全了自己。没过多久，他就光明正大地把司徒美云娶进了家门。

正应了一句古话：红颜薄命。司徒美云嫁给陈策后，没过几天安稳日子。陈策干的都是掉脑袋的事，她也跟着提心吊胆，不久就生了重病，卧床不起。陈策心急如焚，找了当地最好的大夫来给妻子治病，仍然是无力回天。1924年8月16日，司徒美云病逝。伤心欲绝的陈策，认为妻子虽然没有直接参加革命，但义无反顾地支持自己做好革命工作，对革命有大功劳。于是，他把妻子安葬于广州前岭仔，对面就是著名的黄花岗七十二烈士墓。

失去爱妻的伤痛还未痊愈，第二年，他最尊敬的孙中山先生，又在赴北京商讨国家大事时，因肝病复发久治不愈，撒手人寰。

就在陈策最痛苦、最无助的时候，梁少芝闯进了他的生活。说起来也是个偶然的机会，陈策作为嘉宾应邀参加一所中学的毕业典礼，而梁少芝正是这个学校的应届毕业生。从见到梁少芝那一刻起，陈策就认定，自己的后半生将和这个美丽贤惠的女人连在一起。

陈策向梁少芝发起了猛烈的爱情攻势，17岁的花季少女很快坠入情网。当朋友们接到陈策发出的结婚请柬时，都觉得有点难以置信：怎么这么快呀！快也好，慢也罢，一个不争的事实是：红牡丹名花有主，陈将军再续姻缘。

结婚典礼上，梁少芝亲手把一枚钻戒戴在了丈夫的手上……

一阵猛烈的炮火，打断了陈策的回忆，最近的一发炮弹在离他不过四五十米远的地方爆炸了，热辣辣的气浪，裹挟着刺鼻的火药味扑面而来。可以肯定是日本崽察觉到了鸭脷洲有人活动，才会这么疯狂地打炮。如果真是这样，待在这块大石头后面就太危险了。打了几十年的仗，陈策非常熟悉炮兵的路数，先是几发试射，发现偏差修正射击诸元后，紧接着第二轮就是火力覆盖，成百上千发的炮弹会像下雹子一样，落到你头上。他不敢怠慢，挣扎着爬起来，拖着一条独腿和一只受伤的胳膊，一点一点朝山上挪去。

果然，间隔不过一两分钟，黑压压的炮弹就飞过来了，爆炸声惊天动地，其中有些是燃烧弹，瞬间点燃了岛上的灌木荒草，火焰冲天而起，树枝被烧得“噼噼啪啪”乱响，浓烟升到了半空。

“狗日的日本崽，你们没在虎门把老子炸死，今天也休想！”陈策自己给自己鼓劲打气，艰难地在地上爬行。身上凡是裸露的地方，都被尖利的石块划出一道道的伤口，脸上的汗水和灰尘搅在一起，像涂了层黑色的油彩。

陈策暗自庆幸的是，幸好徐亨和其他人为了去找那几艘鱼雷快艇，离开了登陆点，如果他们还留在这里，或者晚走半个小时，后果真是不堪设想。

（二）

身后响起的剧烈爆炸声，让徐亨的心一下子揪了起来，他回头朝出发的地点望了望，不知道陈策会不会有危险。事已至此，只能是听天由命了。他恨不得马上找到鱼雷快艇，尽快脱离险境。

一个小时后，两个组的人员在鸭脷洲的西南部会合了。奇怪的是，绕着小岛走了一圈，十几双眼睛都没有看到那 5 艘鱼雷快艇。

气喘吁吁的麦都高忘了臀部有伤，一屁股坐在地上，不小心碰到了伤口，“哎哟”一声，像被蛇咬了，跳起来捂着屁股又搓又叫。有人发出几声有气无力的笑声。

杨全嘀咕了一句：“他们不会扔下我们先跑了吧？”

“NO，NO，这不是我们大英帝国海军的行事风格！”麦都高瞪着杨全，替自己的同胞辩解。说完他又坐下了，不过这回倒是很小心，没再碰着自己屁股上的伤口。

“不会。”徐亨分析道，“他们人生地不熟的，往哪儿跑？”

徐亨用征询的目光看着麦都高：“麦都高局长，咱们只有再沿着原路寻找一次了。”

“看来也没什么其他更好的办法了。”麦都高愁眉苦脸地耸了耸肩，慢慢站起身，准备出发。

“徐，徐，你看！”一个名叫克里斯蒂安森的军官，忽然指着远处的一块礁石，失声叫了起来。

大家顺着他的手势看去，离岸大概一百多米的海面上，漂浮着两块礁石大小的物体。由于长年累月经受海水的冲刷，礁石一般都呈光秃秃的黑褐色，很少有植物生长，可这几块礁石都披着翠绿的植被。再仔细一看，总觉得哪些地方有点不对劲，天啊，所谓的植被是覆盖在上面的一层树枝，甚至能清楚地看见树枝被砍断后留下的白色茬口。

真是“踏破铁鞋无觅处，得来全不费功夫”，苦寻无果的5艘鱼雷快艇在这儿藏着呢。原来，鱼雷快艇抵达鸭脷洲后，担心搁浅，没敢太往岸边靠，分散停在鸭脷洲以南的水面上，其中07号和09号2艘鱼雷艇停得最近，离岸只有一百多米。艇上的官兵担心空旷的海面容易暴露目标，招致日军的炮火，于是就从岛上砍了些树枝，把船体遮盖起来。不注意看，真还不容易发现。

英国皇家海军在香港派驻了一个鱼雷快艇中队，装备了8艘鱼雷快艇。前几天在维多利亚海战中，8艘舰艇被日军击伤、击沉了3艘。剩下的5艘由港督杨慕琦下令，全部交给陈策将军指挥，用于突围行动。

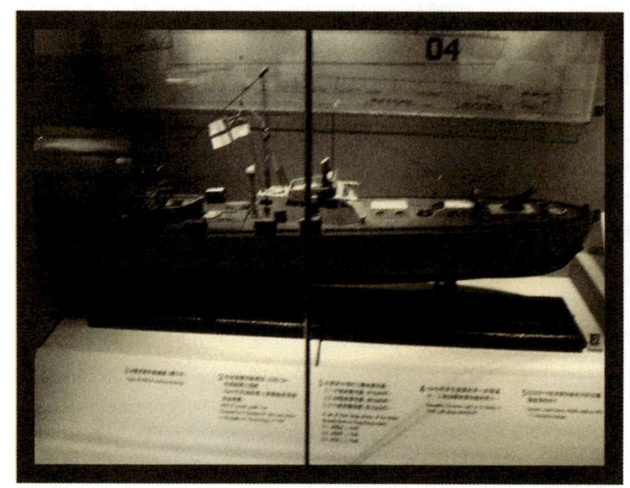

陈策将军突围时所乘英军鱼雷快艇模型

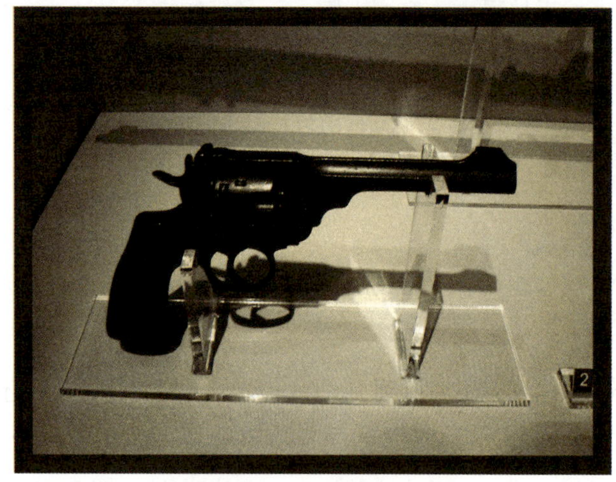
陈策将军使用过的左轮手枪

接到命令后，这几艘艇为了腾出地方接纳突围人员，将艇上的非战斗人员和不愿参加突围的人全都撤了下去。其中，科尔比少尉原是 08 号艇的副艇长，自己的艇被击沉后，临时到了 10 号艇，在甘迪艇长手下帮忙。一精简人员，他就被要求离开 10 号艇。结果，日军攻打香港时，科尔比少尉不幸被俘，在战俘营里一直待到日本投降。恢复自由后，科尔比还写了一本书，题目叫《第二鱼雷艇队香港战记》，书中专门写到他是如何被甘迪艇长赶下10号艇的，言语间颇有几分牢骚和不满。

找到了鱼雷艇，大家心里的那块石头终于落地。兴奋不已的克里斯蒂安森主动担负起联络官的角色，在众人殷切的目光中跳下大海，向鱼雷艇游去。焦急等待中的07号艇长罗纳德和09号艇长肯尼迪，几乎同时发现了游过来的克里斯蒂安森。

鱼雷艇上的水兵们，七手八脚地把克里斯蒂安森拉上船。罗纳德艇长急切地问道："还有人呢？"

因为刚从冰冷刺骨的海水里爬上来，克里斯蒂安森浑身颤抖着用手朝岸上一指："都、都在、在那里，还有十、十几个人。"

鱼雷艇上的人从下午就听到湾仔方向响起激烈的枪炮声，他们估计是日军在追杀突围的这批人。因此，对陈策等人能否赶来鸭脷洲充满了忧虑，不敢抱太大的希望。当克里斯蒂安森跟只落汤鸡似的站在他们面前时，罗纳德艇长高兴地把他抱起来原地转了一圈："嗨，上帝保佑，真没想到你们这帮家伙居然能死里逃生！"

克里斯蒂安森上下牙还在打架："除、除了上、上帝，我们还、还有、还有陈策将军！"

"赶快请他上艇，我要亲自向他敬一杯酒，正宗的威士忌。"罗纳德和肯尼迪艇长下令，放下所有的舢板，去接岸上的人。

克里斯蒂安森带着几只舢板，还有衣服、食物和水回到岸边。徐亨让其他人先上艇等候，他和杨全驾着一条小舢板去接陈策。没想到大家伙都不同意，就连屁股上有伤、走路一瘸一拐的麦都高，也非要跟着去。他的理由很充分：

“陈策将军是我们突围分队的指挥官，我绝不能丢下我的长官，自己留在船上。那样的话，我就不是一个绅士，而是一个让人瞧不起的胆小鬼！”

徐亨甚至有些感动了，这些固执的英国佬，有时候也蛮仗义、蛮可爱的。没办法，只好让大家分坐在三条舢板上，一起向陈策隐蔽的地方划去。

走水路比陆路快多了，40分钟不到，舢板已经停在了鸭脷洲的东北部他们登陆的地方。没等舢板停稳当，徐亨就急不可耐地跳下海、蹚着水，一口气冲到了陈策藏身的地方。到现场一看，他傻眼了，满目焦土，空气中弥漫着难闻的硫磺味，连陈策倚靠的那块大石头都被炸成了齑粉。

徐亨脑袋“嗡”的一声，浑身冰凉，眼泪情不自禁地就流了下来。他突然跪倒在地，用拳头使劲砸着地面，号啕大哭。边哭边喊：“义父啊，都怪我，都怪我！我不该把您一个人留在这里，我还有什么脸面去见干娘呀！”

后面的人全愣住了，谁也没想到会是这样的结果。

麦都高最后一个到达现场，他没有受到徐亨情绪的影响，而是走到陈策藏身的位置，前后左右认真观察了一番，然后把徐亨拉了起来：

“年轻人，我看陈将军没有死，他还活着。”

徐亨的脑子已经乱了，他抓住麦都高，涨红着脸，跟吵架似的：“你这个骗子，你骗我，你看看，树林被烧光了，石头都被炸得粉碎。他一个残疾人，能跑到哪里去？能跑到哪里去？”

“陈将军真要是被炸死了，现场多少都会留下一点遗物和痕迹吧？可你睁眼看看，这里除了烧焦的野草和碎石，什么都没有，没有衣服的碎片，没有断裂的肢体，也没有一点点的血迹！敢骂我是骗子，我看你才是个白痴！”麦都高的嗓音提高了八度，要不是有人拉着，他差点儿给徐亨一拳。

听麦都高这么一说，杨全也过去仔细看了看，果然，没有任何证据能证明陈策被炸身亡。他冲着徐亨吼道：“别号啦，咱们赶快分头去找司令。”

徐亨这才回过神来，停止了抽噎，跟着大家朝山上跑去。

鸭脷洲虽然不大，但要藏个把人，那简直太容易了。看着远处茂密的丛林和连片的乱石堆，大家伙真不知道该从哪里找起。想喊，又怕万一被日军听到，岂不是引火烧身？

这时，夕阳西下，天色开始变得晦暗。要是天一黑，就更难找了。每个人心里都急得发热冒火。

“快看！这是什么？”杨全蹲下来，石头上有两个红色的小点。

徐亨用手一抹，放在鼻子下闻了闻，兴奋地说：“是血，一定是义父从这里爬过时留下的。快，沿着血迹找！”

循着那行时断时续的血迹，他们爬到了半山腰。

走在最前面的是英国水兵罗宾逊，他忽然听到从附近什么地方传来一阵奇怪的声音。他朝后挥挥手，示意别出声。然后侧着耳朵，仔细辨别了一下声音的方向，蹑手蹑脚地攀上了一道石坎，上面立着一块碑。

罗宾逊蹑手蹑脚地绕到石碑后面一看，差点儿没乐疯。陈策居然躺在石碑旁边睡着了，而且还打着呼噜。他听到的那种奇怪的声音就是将军的鼾声。

所有人心里那块沉甸甸的大石头顿时化为乌有，变得无比轻松。

罗宾逊轻轻摇醒了陈策，笑着和他打了个招呼：“圣诞快乐，我的将军！”

陈策睁开眼睛，看着周围的人，半天没反应，好像还在梦里。

徐亨向他报告说已经找到鱼雷快艇了。陈策这才坐起身来，揉揉眼睛：“日本的巡逻艇走了吗？”

日本的巡逻艇？大家面面相觑，呆呆地看着陈策。

陈策拍拍脑袋：“对不起，睡迷糊了。”

原来，陈策离开原先躲藏的那块大石头后，爬了几乎一个钟头，才爬到半山腰。这时，透过树枝的间隙，他发现一艘日本海军的巡逻艇停在了鸭脷洲附近的海面上。于是，他就近躲在一座石碑后面，观察敌舰的动静。看着看着，一阵困意袭来，眼皮一耷拉，就睡过去了。

徐亨先给陈策披上罗纳德艇长的军装，然后拿出带来的面包和水，让他饱餐了一顿。吃饱了喝足了，刚才又美美睡了一觉，陈策觉得自己的身体和精神状态好多了。

二战中英国皇家海军的军服之一

二战中英国皇家海军的军服之二

二战中英国皇家海军的军服之三

徐亨扶着陈策站起来，那件宽大的英军上衣挂在陈策身上有些晃荡，他一挥右臂：“出发！”

一行人跟着陈策浩浩荡荡下了山。

（三）

登上 07 号鱼雷艇，医务兵帮助陈策重新包扎了伤口。罗纳德艇长见自己的衣服太大，陈策穿在身上像戏袍，赶紧叫 10 号艇的艇长甘迪带着衣服过来。甘迪的身材跟陈策差不多，陈策换上他的衣服，尺寸合适多了。

罗纳德为突围队员们举行了一个简单的欢迎晚宴。说晚宴夸张了些，充其量也就一顿便饭。面包、几听牛肉罐头和一瓶他珍藏多年的威士忌。罗纳德没有食言，他真诚地向陈策敬了一杯酒。突围行动刚刚开始，军务在身，海量的陈策没敢多喝，只是让大家抓紧时间填饱肚子，养精蓄锐，准备迎接新的战斗。

夕阳的余晖给海面涂上一层金黄，风平浪静，波光粼粼。

陈策头上扣着一顶英军士兵的钢盔，左臂吊在胸前，右手夹着一支美国的“骆驼牌”香烟，端坐甲板，遥望天际，正惬意地享受这难得一见的黄昏美景。

罗纳德、肯尼迪、甘迪等几个艇长都问过他什么时候出发，陈策告诉他们不要着急，等天黑以后再走，那样更安全，一旦碰上日军的巡逻艇，也好摆脱。

这时，徐亨皱着眉头走到他身边：“义父，他们吵起来了。”

陈策头都没动一下，像座雕像：“谁吵起来了？为什么吵？”

“英国人自己吵起来了，在突围的方向上分成了两派，有人主张去大陆，也有人坚持要去新加坡。”

“走，看看去。”陈策拄着一根棍子站了起来。陈策的假肢扔海里了，徐亨削了一根树干临时给他做拐杖。两人离指挥舱还有十来米的距离，就听见里面传来激烈的争吵声。

陈策推门进去，双方还在吵，争得面红耳赤。以罗纳德为首的海军军官认为新加坡是英国的要塞，去那里是最好的选择。当然，距离是稍微远了点，约两千三百米公里，但舰艇油料充足，跑完全程根本不是问题。一些陆军军官坚决反对，香港到新加坡路线这么长，随时可能遭受日军飞机和舰队的攻击，油料再充足有什么用？又不是平日里比赛看谁跑得快，日军能让你平平安安跑到新加坡吗？他们建议，先到珠江再伺机进入广东。此言一出，遭到海军方面的强烈抵制。珠江口早被日军占领，人家在那里守株待兔，你这时候去不是自投罗网吗？

公说公有理，婆说婆有理，各执一词，谁也说服不了谁。

警察督察长鲁宾逊看见了倚在门口的陈策，他大喊一声："都别争了，听听陈策将军的意见吧！"

陈策刚才听了一耳朵，基本上了解了双方的想法：

"徐参谋，把地图拿来。"

徐亨迅速把一张五万分之一比例的军用地图铺在了桌子上。

陈策看了看大家："我听了你们的意见，虽然分歧很大，但目标一致，都是要突围、要活命。我说得没错吧？"

众人信服地点了点头。

"但是，我不同意去新加坡。路途遥远不说，有太多难以预见的困难。咱们5艘鱼雷快艇，就是个小编队，很难不被日军发现，风险太大。"几名陆军军官露出得意的笑容，海军军官们还想申辩，被陈策拦住了：

"请让我把话说完。其次，我也不赞成开进珠江口。为什么？那里目前是沦陷区，咱们活动的范围有限，容易受到攻击。"

"新加坡不能去，珠江口也不能去，那您说咱们去哪儿？"10号艇的甘迪艇长人瘦个子小，却是个急性子，立刻把矛头转向了陈策。

陈策用手在地图上比画了一下，坚定地说："经大鹏湾到平洲，登陆后直奔惠州，然后转道去重庆。"

"那里不也是日军的占领区吗？跟去珠江口有什么两样？"还有人不太服气，在一旁嘀咕。

"据我掌握的情报，因兵力不足，日军对那一带的控制相对薄弱，而且有中国的游击队在活动，必要时可以接应我们。我说得没错吧，麦都高局长。"

"YES！"麦都高很赞同陈策的分析。

"可日军已经封锁了大鹏湾，咱们能过得去吗？"有人不无担心地问道。

陈策狡黠地笑了："这根本不是个问题，日本崽封锁大鹏湾也不是一天两天了，我们照样往大陆运军火、运粮食、运药品，从来没耽误过。不信，你们问问麦都高局长。”

麦都高哈哈大笑起来：“陈将军说得没错，日本人根本就不是他的对手，他们面对的可是香港最著名的走私大王！”

陈策和麦都高的一问一答，其他人听着怪怪的。这个中深意，只有他们自己心里最清楚。

太平洋战争爆发以前，香港作为一个自由港，是中国海上运输线的重要中转站。上任驻港军事代表后，陈策的职责中有一条，要想方设法，负责把世界各国支援中国抗战的军需物资转运至国内。

鉴于香港的地位和对中国抗战的重要性，日本东京大本营曾多次向伦敦政府施压，要求港英当局封锁从香港到内地的交通线，他们想借英国之手，切断中国的这条国际交通大动脉。为了不激怒日本，损害大英帝国的东方利益，丘吉尔抱着明哲保身的实用主义态度，对日本采取了姑息纵容的“绥靖”政策，以此换取日军不入侵香港和东南亚。心照不宣的英日双方，暗中做了一笔肮脏的交易，中国则成了这桩交易的牺牲品。

于是，日军在广东沿海实行封锁，港英当局在岛内设卡严查，所有运往大陆的战略物资，粮食、药品、钢材、武器装备，特别是燃油，都在查禁之列。而陈策上任后接到的第一个命令，就是为国内运送英日双方盯得最紧的汽油。签发这个命令的人，不是军政部长何应钦，也不是副参谋总长白崇禧，而是委员长蒋介石。由此可见，中国军队对汽油的需求，已经到了火烧眉毛的地步。

抗战急需的汽油，山一样压在了这位独腿将军的肩上。

为此，陈策到任后办的第一件公事，就是拜会香港警察总监和皇家海军香港勤务队的老朋友。用他的话说，先走白道。

这些人一见到陈策，不用陈策开口，就已经猜到他的来意。不过，彼此心照不宣，客客气气，该吃吃该喝喝该玩儿玩儿，谁都不捅破那层窗户纸。陈策知道，如果公开提出开港供油的要求，那就让朋友们太为难了。因为这是政府的决策，个人无法左右，谁也不会赔上自己的饭碗、前途和脑袋跟你讲友情。

他请警察总监喝茶，谈笑间轻描淡写地说了一句："你我都是奉命行事。你禁你的，我做我的。如果手下有人不懂事，做砸了，还望多多包涵呀！"这话说的，滴水不漏呀。听着含糊，细琢磨明白着呢。

第一句话，"你我都是奉命行事。"奉谁之命？政府之命，大家都听得懂。行什么事？你禁油，我运油。用"事"暗指"油"，都是明白人，心有灵犀，一点就通，挑明就没意思了。关键是里面蕴含着的潜台词：这都是政府间在较劲，和你我个人一毛钱的关系都没有，咱们还是朋友嘛。

第二句话，"你禁你的，我做我的。"再清楚不过了，咱们河水不犯井水。礼在先，我不为难你；兵在后，你也别为难我。话软气硬，是个人都能听得懂。

第三句话，"如果手下有人不懂事，做砸了，还望多多包涵呀！"这话给足了总监大人的面子，也为万一失手做个铺垫。听着谦恭，咂摸着舒服，里外都透着友情，人情味多浓呀，听着暖人心啊。

话说到这份儿上，警察总监总算把一颗心放回到肚子里。只要面前这位陈将军不是公开的贩油运油，跟政府叫板，就别跟他过不去了。再说大家都是多年的老朋友，不看僧面还看佛面呢。

总监的回答很痛快，也很直白："我们是朋友，当然不会抓你。但是，你准备怎么把东西运过去呢？"

陈策嘿嘿一笑："我自有办法。"

虽然陈策没有明说，警察总监还是猜出个八九分。他满脸狐疑地打量着坐在自己对面的这位小个子海军中将。长期以来，香港警方一直隐约地感觉到，港粤两地之间，存在着一条极其隐秘、极其高效的地下走私通道。但始终是神龙见首不见尾，像一缕缥缈的烟雾，看得见、抓不着。难道说，正襟危坐的陈策将军会是那条幕后的走私大鳄？！

警察总监猜得没错，陈策就是打的这个主意。他要通过那条自己苦心经营了几十年、密如蛛网的走私渠道，把汽油运往内地。

走完白道走黑道。告别了警察总监，陈策换上便装，一转身，进了另一家茶楼。早已等候在此的几位帮会领袖，恭敬地起身向策叔问安。跟他们在一起，陈策不像政府的军事代表，更像是一个老大。

旁边的小弟给他倒上一杯刚泡好的武夷山“大红袍”，陈策咂了一口，频频点头：“嗯，好茶！”紧接着话锋一转：

“各位都准备好了吧？”

“策叔放心，万事俱备！”

陈策威严地扫视着在场的人：“这回不是为自己捞钱，是为国家出力，一定要万无一失！”

“兄弟明白！”

跟这些人用不着拐弯抹角，也不用太费口舌。黑道有黑道的规矩，他们也许没有信仰，但有帮法堂规。江湖上的人讲究一个“信义”。应承了的事，拼了命都要办好，这叫“宁舍命，不失信”。何况这次是策叔亲自交代的事，谁也不敢马虎敷衍。

从那以后，一条条花艇、一艘艘小船，频繁而神秘地出没于香港的各个港口码头。表面上看，与普通招嫖的花艇和捕鱼的小船无异，但每条花艇、每艘小船都是这个走私链条中的一环，环环相扣的它们，连接成香港到大陆的地下输油管道。仅 1939 年下半年，从香港补给到内陆的汽油，就高达 180 万加仑！

180 万加仑，约 828 万升，合 8280 吨。

如果用 30 吨的油罐装的话，要装满 276 个油罐，相当于 14 列、每列 20 节油罐车皮的火车运量！也就是说，1939 年下半年的六个月里，平均每十天半个月左右，就有一列满载 20 节油罐的火车，把 600 吨汽油运到中国的抗日战场。

对这一切港英当局可以装聋作哑，日本人可就疯啦。他们虽然察觉到了香港存在着一条走私线路，也曾多次派人名义上是“协助”，实则是监督香港警方对这条“地下交通线”进行侦破和搜捕，然而始终是劳而无功。

陈策当年无心插下的这棵“柳树”，关键时刻派上了用场。

刚开始，陈策只是受人之托，利用海军的便利条件，为一些不法商人的走私活动帮个忙，赚点外快。

陈策任广东的江海防舰队司令时，虽然舰艇的吨位都不大，但好赖那也是军舰。有人看中他手上的权力，就经常来找他，请求其派舰艇帮助拖走私船，然后给他一些好处费。1924 年 1 月 16 日，陈策派出拖走私船的军舰，在金斗湾水域被香山县驻军查获，双方发生了冲突。陈策火了，谁那么大胆子，敢欺负我们海军，挡老子的财路？他骂了一句海南土话：“他屌不被火烫过！”意思是没挨过打就不知道疼。当即派海军陆战队赶赴增援，不但缴了驻军的械，还攻入香山县城，向当地政府示威。

这下事情闹大了。香山是孙中山先生的故乡，县长朱卓文是孙大总统的“父母官”，手眼通天呀！他修书一封，告了陈策的“御状”。孙中山闻知后甚是恼怒，陈策虽然是自己的爱将，也只能挥泪斩马谡，撤了陈策的职，平息民愤。

陈策被罢了官，细细琢磨事情的前因后果，茅塞顿开。他终于想明白了，自己是代人受过，代那些不法商人受过。但是，从中也给他以启示：走私的确是条来钱快的好门道。

1929 年，陈策被南京政府任命为第四舰队司令。第四舰队由广东舰队改编而成，既不是蒋介石的黄埔嫡系，也备受“南天王”陈济棠的牵制打压，属于姥姥不疼舅舅不爱的主儿，经费上更是捉襟见肘。军舰要养护，装备要更新，手下的官兵要吃要喝，还要养家糊口，自己还办了一所海军学校，处处都是花钱的地方。

天大的一个钱窟窿怎么补？这难不倒陈策，上面不给钱，那就只好自力更生了。第四舰队在当时中国的四支舰队中实力最弱，最不受重视。但是，第四舰队有一个最大的优势：身处香港和大陆之间，扼粤港交通之要冲，战略地位十分重要。陈策正是看准了这一点，与香港和内地的黑道大哥、不法商贩结成利益共同体，建立起了一个庞大的走私网络。

“丛林法则”从来都是江湖的潜规则，三方当中，最具实力的第四舰队成为其中的骨干力量，陈策不用说，理所当然地坐上了龙头老大的头把交椅。

尽管在第四舰队内部，走私已是公开的秘密，但陈策从来不让外人参与。为防止被港方和政敌抓住把柄，他对内部管束极严，凡泄露机密的内鬼奸贼，逮住就杀，绝不宽恕。

可以这么说，20 世纪二三十年代香港的走私业，基本上为陈策的第四舰队所控制。后来，陈策的职务几经变迁，但大部分时间还是在广东活动。所以，尽管不当舰队司令了，但人脉还在，这条线并没有彻底断掉。重庆中枢当初之所以委派他担任驻港军事代表，这也是重要的考量之一。

正是有这样的经历和基础，陈策根本没把日军的海上封锁看在眼里。他对那些英军军官们说道：

“最重要的是我对这条航线非常熟悉。哪里有暗礁，哪里有浅滩和乱流，不用看海图，我闭着眼睛都能把它们找出来。”

陈策敢说这个话，真不是心血来潮。他确实对这一片海域太熟悉了，就跟熟悉自己的掌纹一样。自打水师工业学堂毕业，从 18 岁起，珠江河，连同广东沿海宽阔的洋面就成了他的人生大舞台，二三十年来，多少惊心动魄的话剧在这里上演。

罗纳德用求助的眼神看着麦都高和克里斯蒂安森，他不知道该不该相信陈策的话。

克里斯蒂安森朝他竖起大拇指，一脸轻松的微笑。

陈策继续按照自己的思路往下说："我在这片海域摸爬滚打了 30 年，而且有过水路突围的经验。我想我，不，应该是我们，我们会赢！"

陈策所说水路突围的经验，是 20 年前，他亲自护卫孙中山先生冒险突破叛军包围，乘"永丰号"军舰胜利抵达白鹅潭，再陪伴孙中山先生，乘英国的"摩汉号"炮舰……

（四）

1922 年 6 月 16 日，陈炯明发动兵变，炮击观音山总统官邸，欲置孙中山于死地。关键时刻，陈策迎接孙先生登上永丰舰，顺利脱险。在永丰舰上，他见到了特意从上海回到广州，登舰护卫孙中山的蒋介石。

随后，孙中山以永丰舰为旗舰，竖起反击叛军的大旗。陈策率领自己所辖的江海防舰队积极响应，跟随永丰舰，猛烈炮击岸上的陈炯明部。敌我双方激战正酣，广东海军司令兼永翔舰舰长温树德心怀二志，暗中与陈炯明眉来眼去，相互勾结，企图驱逐孙中山。孙中山当着陈策等人的面，痛斥温树德的卑劣行径，并将各舰的作战指挥权授予陈策。

7 月 9 日，温树德果然露出中山狼的真面目。在收下陈炯明的 26 万元贿款后，私自率"永翔""海圻""同安"等 6 舰叛变投敌。

很快，叛军又占领了虎门要塞，"永丰"舰被困，形势变得更加险峻。这时，自以为稳操胜券的陈炯明，有恃无恐地向孙中山发出最后通牒：放弃抵抗，只身出走。否则炮轰舰队，全歼无赦。

危急关头，陈策向孙中山献策："应立即突围至白鹅潭，那里紧靠租界，叛军不敢轻易开炮，锚泊相对比较安全。"

有人提出反对意见：“舰船开往白鹅潭，要经过鱼珠、牛山炮台，那里已被叛军占领并部署了大炮，火力强大，很难冲过去，弄不好有去无回，死无葬身之地！”

权衡利弊，孙中山最终采纳了陈策的建议，决定开“永丰”舰向白鹅潭突围，并任命蒋介石为总指挥，舰队的行动由陈策具体负责。

7 月 10 日凌晨 4 点，在陈策的指挥下，“永丰”舰率先升火起锚，其他各舰紧紧相随。7 时，舰队驶至三口河面，进入白鹅潭入口峡道。

江北的车歪炮台，因地形如一辆被撞歪的大车而得名。它屹立于珠江河的中间，与河南的惩戒场炮阵地左右相峙，扼守江心航道。

“永丰号”率各舰刚一驶入峡道，两岸炮火齐发。陈策沉着应战，指挥舰队向叛军阵地还击。这场炮战打得天昏地暗，“永丰”舰先后被六发炮弹击中，五人被炸身亡，十多人负伤，连孙中山都被震得跌倒在甲板上，吓了陈策一大跳。不过孙中山此刻早已将生死置之度外，他爬起来后，毫不在意猛烈的炮火，又帮着救助伤员。别忘了，孙先生可是学医出身，这下可找到施展身手的地方了。

激战了三个多钟头，上午 11 点，陈策站在孙中山身边，指挥弹痕累累的“永丰”舰，以及整个舰队驶入白鹅潭，胜利完成了突围转移的任务。

白鹅潭靠近租界，陈策他们料定陈炯明不敢轻举妄动。因此，相对来说比较安全，孙中山可以在这里一直待下去，直到北伐军回师平叛，彻底收拾陈炯明和他手下的那帮叛将贼兵。可包括孙中山在内，陈策呀，蒋介石呀，所有的人都失算了，他们低估了陈炯明的智商和狠劲儿。

正是算准了孙中山认为白鹅潭很安全的心理，陈炯明一计不成又生一计。他派人携带水雷，乘小舟潜入白鹅潭，企图炸沉“永丰”舰，加害孙中山。

进入白鹅潭后，机警的陈策并没有放松警惕，为保护孙中山的安全，他采取了四项应急措施。一是布置各舰严密警戒，未经批准，无关人员严禁登船；二是急调自己所辖江海防舰队的“安兆”和“雷乾”2 艘舰船，前来协防；三是雇佣了 2 艘商轮，加强戒备；四是派卫士队乘坐小艇，在北至沙面，南到白鹅潭的河面日夜巡逻。已任海军陆战队营长的叶剑英，亲自率队巡视河面，他那种大敌当前的忠诚、临危不乱的气度，让陈策甚感欣慰。

7 月 19 日，是个星期三。这天上午 10 时半左右，陈策跟往常一样，正在“宝璧”舰上听取各方汇报。值班水手报告说开始退潮。于是，他下令让各舰把船头掉转过来。

陈策从舷窗望去，不远处的“永丰”舰也开始缓缓掉头。突然，“轰”的一声巨响，“永丰”舰旁掀起冲天水柱，舰体发生剧烈摇晃。

“不好，有奸人暗施水雷炸永丰舰。快，保护孙大总统！”话音刚落，陈策已如离弦之箭，冲出舱门。

登上“永丰”舰，见孙中山先生安然无恙，大家的心才放下来。

响了的是一颗水雷，会不会有第二颗、第三颗呢？想到这里，陈策的头发根都竖起来了。他立即派人带上扫雷工具，对“永丰”舰周围五百米范围内的水域进行认真清查，结果，再没有发现水雷。但是，却意外地在一条小涌里，发现一艘小艇，内有引爆水雷的起爆装置，沿着这条线追下去，在不远处的河滩淤泥里抓获了两名施放水雷的罪犯。

陈策一审，案犯立即招认是受叛军委派前来炸毁“永丰”舰。其中一名人叫徐直，是个工程师，整个爆炸行动由他具体操刀。徐直和同伙先是划着小艇混在民船中，用电线牵着水雷想办法固定在“永丰”舰旁边。然后他们再返回小涌，引爆了水雷。当他们弃艇逃跑时，没承想身陷又深又滑的泥潭动弹不得，被陈策的手下逮个正着。

问完所有的问题，陈策做了个格杀勿论的手势，卫兵立即把这两个倒霉蛋拖出去枪毙了。

出了这么一档子事，陈策深感内疚。孙中山先生倒没怎么计较，只是鼓励大家不要被敌人的猖狂所吓倒，一定要坚持下去，等待北伐军回师救援，将叛军一网打尽。

可是，局面的发展并不顺利，回师增援的北伐军因内部倒戈而失利。

战机已失，再固守白鹅潭已经没有任何意义。8 月 9 日，孙中山乘坐英国方面提供的“摩汉号”炮舰，转投香港。随行人员，除了蒋介石、陈策，还有“永丰”舰的舰长冯肇宪等人。早上 7 时，摩汉舰驶出虎门，目睹大虎、小虎二山雄踞海中，滔滔不息的珠江从虎门奔腾入海，陈策感慨万千，他转身对孙中山说：“大总统，您这是第三次出虎门了吧？”

孙中山点了点头：“第一次是 1895 年重阳节，我领导的第一次广州起义失败，为躲避清廷追捕，逃出虎门远走海外；第二次是 1918 年 5 月 21 日，由于桂系捣乱，我被迫从护法军政府大元帅的位置上愤怒而辞职，乘船离开虎门，前往上海。这第三次再出虎门，是被陈炯明逼的，记住今天的日子吧！”

1895 年 9 月 9 日，1918 年 5 月 21 日，1922 年 8 月 9 日。

30 年来三出虎门。对孙中山来说，这三个和虎门相关联的日子，是他的宿命，刻骨铭心，更是他心中永远的痛！

海风吹乱了孙中山花白的头发，在陈策眼里，他深深敬爱的孙先生就像一头愤怒的狮子，一个永远不知疲倦、激情四射的斗士！

陈策、蒋介石等人护卫孙中山在“永丰”舰上待了 52 天。

不久，蒋介石写出了那本著名的《孙大总统广州蒙难记》，孙中山亲自为其作序：

陈逆之变，介石赴难来粤，入舰日侍予侧，而筹划多中，乐与予及海军将士共死生，兹记殆为实录。

有了解内情的乡党友人看到，都认为最有资格写这本书的应该是陈策，陈策听了一笑了之。这也许是军人和政客之间最大的区别。十几年后，蒋介石成了陆、海、空三军大元帅，陈策依然还是个中将……

罗纳德上前紧紧握住陈策的手："尊敬的将军，我们大英帝国的 5 艘鱼雷艇全都愿意听从您的指挥，往哪儿去，我们听您的！"

看来争论已经平息，大家的意见趋于一致。

陈策中肯地说道："请大家相信我，我一定尽全力带领你们胜利突围，让你们活着回到英格兰，拥抱你们的妻子和孩子！"

"噢，上帝！"不知谁兴奋得叫了起来，每个人的脸上都洋溢着激动、喜悦的神情。

第八章　智斗敌舰

（一）

天色黑尽。陈策把人分为五组，分别登上5艘鱼雷快艇。他看了看表：9点30分，下令出发。

07号艇成了陈策的“旗舰”。

5艘鱼雷快艇启动时发出巨大的轰鸣声。没有办法，谁也不能把舰艇的发动机用棉被包起来，日军听到就听到吧，生死在此一搏。

离开隐藏了大半天的鸭脷洲，鱼雷快艇飞快向大鹏湾的平洲驶去。

平洲会是个什么情况？陈策也不清楚，他只能对形势有个大概的判断。那一带日军的统治相对比较薄弱，而且有两支中国武装力量在活动：中共领导的东江纵队和香翰屏将军指挥的挺进队。对这两支队伍，陈策都不陌生，只要能联系上其中的任何一方，突围就成功了一半。

国军第九集团军副总司令兼第四战区挺进纵队东江指挥所主任香翰屏将军

1938年，广东东江下游一带沦陷后，中国共产党在当地建立了多支抗日武装。如惠宝人民抗日游击总队，司令员曾生；东宝惠边人民抗日游击队，队长王作尧；以及东莞抗日模范壮丁队、广东民众自卫团增城县第三区常备队等。

经多次整编，最后统一编为广东人民抗日游击队东江纵队，简称东江纵队或者“东纵”。其主要领导人为司令员曾生、政治委员尹林平、副司令员兼参谋长王作尧、政治部主任杨康华。

东江纵队下设十八个支队和大队，总兵力6000余人。其中的港九大队，队长鲁风和黄冠芳，就是以香港岛和九龙作为活动区域。

日军前脚攻入香港，港九大队后脚就跟了进去。他们当时除了袭扰、打击日寇外，还肩负着一项重要使命：为营救滞留香港的文化精英和民主人士，建立一条安全的地下交通线。交代这项任务的，是延安的毛泽东，具体组织实施者则是中共南方局书记周恩来。

日军进攻香港的战斗一打响，远在西北窑洞里毛泽东立刻指示周恩来：许多重要民主人士、文化界人士被困香港，这批人士好些是文化界的精英，要不惜任何代价，不怕困难、不惜牺牲，想尽一切办法，把他们营救出来，转移到后方安全地区。

12月9日，周恩来急电八路军驻香港办事处负责人廖承志和潘汉年，提出了秘密营救在港民主人士和文化人士的方案：

估计菲律宾将不保，新加坡或可守一时期，而上海交通又已断绝，因此香港人员的退路，除了去广州湾、东江以外，马来亚亦可去一些。

如能留港或将来可去马来亚和上海的尽量留下，如能去琼崖与东江游击队更好。

不能留，也不能南去，又不能去游击队的人员，既转入内地，先到桂林。

电报发出不久，周恩来实在不放心在港民主人士和文化人士的安危，紧接着又去了一封电报询问相关情况：

港中文化界朋友如何处置？尤其九龙朋友已否退出？

能否有一部分人隐蔽？

与曾生部及海南岛能否联系？

电报一共四句话，42 个字，就用了四个问号，可见周恩来急迫的心情。也难怪，这批民主人士和文化人士中好多都是他的朋友，当初也是他安排他们从内地到了香港，以暂避日军的炮火。

为了完成毛泽东、周恩来交给的任务，廖承志和八路军驻港办事处全力以赴开展工作，积极同在港的民主人士和文化人士联络，频繁碰头开会，确定撤离的时间、路线和方式。

所有这些情况，通过各种渠道早已会集到亚细亚行，陈策十分清楚。虽然他和廖承志分属不同的政党，但是，陈策是个极具侠义之风的人，他一来顾惜廖承志是国民党元老廖仲恺的血脉；二来外敌当前，国共两党已联手合作抗日。再说，那些民主人士也好，文化人士也好，都是中华民族的精英。营救他们，本身就是一件功德无量的大好事。因此，他并没有干预、为难八路军办事处的活动，甚至有时还或明或暗地给予帮助和支持。

可是，这么多人，大多数还拖家带口，共产党用什么办法，能在日本人的眼皮子底下把他们弄出香港呢？那会儿陈策正忙着帮助港英当局抵抗日军的进攻，真没有顾得上去认真考虑这个问题。当然，这并非他的分内之事，也无须他来谋划布局。但是，他知道日军开始攻击九龙不久，共产党的东江纵队就已经进入了香港，他们派出的小股游击队十分活跃，不但炸毁了启德机场的日军油库，还在新界、九龙一带袭击日军的辎重车队和哨卡，动静闹得挺大。

后来陈策才搞清楚，除了打鬼子，东江纵队还在香港和内地之间，搭建起一条隐秘的地下交通线。暂居香港的 600 多名民主人士和文化人士，就是通过这条线路，神不知鬼不觉地逃离了虎口，重获自由。这件事，让陈策不得不佩服共产党人的智慧和手段。陈策认准了一个理，当今中国，凡是打日本鬼子的，就是一家人。因此，只要能和东江纵队联系上，他们一定会帮助自己和突围小分队顺利抵达国军防区。

不过，凡事都有个意外和万一，要是联系不上东江纵队怎么办？陈策还留有一手。日军进攻香港前夕，他曾命令惠州游击总指挥香翰屏将军，率部前出大鹏湾，接应香港作战。打仗如下棋，有胆不够，还得有识，识是什么？预见性，或者叫战略眼光。有些人下棋，能看到两三步就不错了，高手则能看到六七步以后棋局的变化，陈策就是这样的高手，谋兵布阵的大师。如今看来，他这步棋真是走到了点子上。

香翰屏和陈策算得上是老相识、老交情了。

香翰屏比陈策年长 3 岁，生于 1890 年，别名桂祯，广东省合浦县人。参加国民党后，由蒋介石赐了一个号：墨林。香家本姓查，祖籍钦廉，南宋时是当地的名门望族，先祖曾在宋昺帝手下担任过掌管印鉴的钤辖官。黄麖一战，文天祥兵败被俘，其祖负伤而逃，隐身宝安茶山（东莞市茶山镇）。为避元军追捕，将查姓改为香。后元兵追杀到此地，遍寻茶山，并没有发现查家之人。于是，留下一首打油诗：来到茶山不见查，祗见陶洪柳陆家。袁林卫叶初开甲，欧卜彭刘始发芽。

香氏在茶山生活繁衍了两三百年，后有一支余脉迁至合浦县石埇乡坡子坪村。香翰屏于此地出生时，已是香家的第十九世孙。

1912 年，22 岁的香翰屏离家赴广州，考入法政学校并加入国民党。毕业后于 1916 年在广东海防司令部担任文员。这年 4 月，陈策响应孙中山先生的“讨袁宣言”，带着 20 多人攻占广东都督龙济光的座舰“宝璧号”并宣布起义，成为名震南粤的风云人物。就在这期间，香翰屏结识了陈策，受陈策的影响，他也积极投入到拥戴孙中山，讨伐龙济光的战斗中。

香翰屏是个不甘寂寞的人。他认为在海军服役难以施展自己的抱负，于是，在 1919 年，毅然转入广东护国军第五军军官讲武堂学习陆军，毕业后到阳江护国军任下级军官。不久，所在部队编入邓铿、李济琛所统率的建国粤军第一师，在该师第四团先后任连长、副营长、中校营长等职。第四团的团长先是陈铭枢，继任者为陈济棠，都是中国近代史上叱咤风云的人物，由此奠定了香翰屏日后升迁腾达的人脉基础。

抗日战争爆发后，香翰屏以第九集团军代总司令之职，指挥所部投入淞沪会战，立下大功。日军入侵山东后，香翰屏又率第九集团军参加徐州会战，因指挥失当，被记大过一次。不久，香翰屏回到广东，担任第四路军副总司令。1939 年，抗日群众运动风起云涌，五花八门的抗日武装遍布各地。国民政府为了统筹抗日力量，成立了第四战区挺进纵队东江指挥所，由第九集团军副总司令香翰屏兼指挥所主任，领导东江一带的民间抗日武装，在敌后展开游击战，给予日寇沉重的打击。

随后，香翰屏调任闽粤赣边区上将总司令，直至“八一五”日本投降。抗战胜利后，香翰屏曾任广州行辕副主任、广州绥靖公署副主任。

1946 年 7 月 27 日，香翰屏正式退役。

1949 年夏，国民党气数将尽，香翰屏辞去广东省政府委员，移居香港，投身商界。1978 年 8 月 17 日，89 岁的香翰屏在香港溘然长逝。

香翰屏将军是著名的儒将，善诗文，写得一手漂亮的大字草书，曾出版《香翰屏将军草书初集》，在国民党军中享有“半个书生”之美誉。

日军进攻香港半个多月来，香翰屏指挥的游击队一直在大鹏湾活动，骚扰牵制日军，策应英军保卫香港。正因为如此，陈策才敢下这样的决心，把突围方向选在了平洲岛。

为防止日本海军舰艇从水路进攻香港，港岛周围的航标早已在战前被英军炸毁。此时此刻，海面一片漆黑，遥远的岸边偶尔可见几处光亮，那是日军守备部队燃起的篝火。其实，有没有航标对陈策来说并不重要，因为他对这一带的水域和航道、水情了如指掌，他自己本身就是最好的领航员。他最担心的，是不要碰上日军的巡逻舰艇。

平洲岛距鸭脷洲两百多公里，按照目前 22 节的速度，后半夜即可到达。迎面刮来的海风带着丝丝寒意，穿透了薄薄的军服。陈策屁股下垫了块木板，盘腿坐在 07 号艇的前甲板上纹丝不动、睁大双眼，注视着混沌的夜空。身后，左边是杨全，右侧是徐亨。

罗纳德艇长几次请陈策进舱避避风，都被陈策拒绝了。他这会儿哪有心思休息呀，5 艘鱼雷艇，70 多个人，都在他手心里攥着。月黑风高，除了他，谁还敢在这黑沉沉、阴森森的海面上行船？真的没人替得了他，毫不夸张地说，稍有疏忽，不论是撞上暗礁，还是卷进乱流，那可都是灭顶之灾！

陈策凭着两只肉眼，借着微弱的星光，不时校正着鱼雷快艇前进的方向。“左满舵！”“右车二！”他的口令通过徐亨，不时传递给驾驶员。

10 分钟过去了，20 分钟过去了，半个钟头、一个小时过去了，还不错，没有遇到什么麻烦事。陈策闭上眼睛，稍稍放松一下绷得太紧的神经。大鹏湾有座妈祖庙，他暗暗祈祷，愿妈祖在天之灵保佑突围分队顺利抵达平洲。

（二）

过了航线中最危险的地段，陈策终于同意到舱里稍事休息。他脱去半湿的外衣，准备上床眯一小会。

刚躺下没 5 分钟，就听见有人推门进来，扭头一看，是徐亨。

“有什么情况？”陈策知道，没有要紧事，这时候徐亨是不会来打扰他的。

“发现鬼子一艘军舰！”徐亨紧张得声音都有些发抖。

陈策翻身下床，拿起靠在床头的拐杖，一瘸一拐地冲出舱门，边走嘴里还诅咒着：“不得好死的日本崽，真是老子前世的冤家，今世的仇人，连个囫囵觉都不让你睡！”

徐亨小跑着跟了出去。

隔壁的指挥舱里，罗纳德正向各岗位下达一连串的应急命令。看见陈策，他连忙把陈策让到海图前："陈将军，您看，日军的舰艇离我们不到三海里了。"

"对方是一艘什么船？"陈策问。

"驱逐舰。"罗纳德回答。

陈策走到舷窗前举起望远镜朝外看去，果然是一艘日军的驱逐舰，正大开着舷灯，朝他们迎面驶来。此舰舰桥显得紧凑，烟囱有明显倾斜，尤其是两座四连发的鱼雷发射管格外醒目，甚至连舰上大炮和高射机枪都看得清清楚楚。陈策据此判断，这应该是一艘日本白露级的驱逐舰，只是天太黑，看不清舷号。他拍了一下自己的脑袋："真是老鼠遇到猫，冤家死对头！"

陈策说这话，外行人听着有点懵，当过海军的人都听得懂。

19 世纪 70 年代，西方国家的海军中，出现了一种用鱼雷攻击对方舰船的鱼雷艇。这种鱼雷艇的作用和功能与后来的鱼雷快艇差不多，但是，舰体比鱼雷快艇大，航速比鱼雷快艇慢，对传统的大型舰船构成极大的威胁。

为了对付这种海战中出现的新式武器，英国于 1893 年建造了世界上第一艘专门攻击鱼雷艇的战舰——"哈沃克号"，被称作"鱼雷艇驱逐舰"。

"哈沃克号"设计航速 26 节，装有一门 76 毫米口径和三门 47 毫米口径的火炮，还携带了一座三联装 450 毫米的鱼雷发射管，可以毫不费力地捕捉追杀敌方的鱼雷艇。

此后几十年，经过不断地改进和完善，这种鱼雷艇驱逐舰在第一次世界大战前已经形成了基本配置：标准排水量 1000 至 1300 吨，航速 30 至 37 节，多采用燃油式涡轮发动机，装备 88 至 102 毫米舰炮，两至三座 450 至 533 毫米鱼雷发射管。

从此，驱逐舰成为鱼雷艇的克星和梦魇。

难怪陈策抱怨"老鼠碰上猫"。对鱼雷快艇这只"老鼠"来说，"鱼雷艇驱逐舰”可不就是只专逮老鼠的“猫”吗！

要搁平时，老鼠见了猫只有躲的份儿。今天不一样，怎么躲？往哪儿躲？论吨位，论火力，论速度，鱼雷快艇都不是驱逐舰的对手。眼前这艘日本海军的驱逐舰，排水量至少在1000吨以上，对付5艘鱼雷艇简直就是小菜一碟，一筷子就拈了。

打，打不赢；跑，跑不了。怎么办？

“咱们还有几颗鱼雷？”陈策铁青着脸，问罗纳德。

罗纳德也正为这事着急上火。当初为了多装几个突围人员，卸掉了大部分鱼雷。他看了陈策一眼，沮丧地说：“5艘艇上只有3颗鱼雷。”

陈策眉头一皱：“都能打响吗？”

罗纳德双手一摊：“07号艇的这颗没问题，其他两颗我可不敢保证。”

罗纳德有些担心，他从陈策的问话中，已经强烈地感觉到眼前的这位矮个子将军似乎准备孤注一掷。他满是担心地提醒陈策：“将军，我们不能和日本的驱逐舰硬碰，那样只能是死路一条！”

“那你说，怎么做才有活路？”陈策狠狠地盯着他。

罗纳德垂下眼帘，他没有什么好的办法，更不敢直视陈策咄咄逼人的目光。

“妈的，管不了那么多了！听我指挥。”陈策眼睛一瞪，露出满脸杀气。他下令5艘鱼雷艇摆开战斗队形，打开大灯，全速冲向敌舰。

航速从22节猛地提升到30节，暗夜中，五台超大功率的柴油发动机，发出惊天动地的吼声。

陈策摆出了一副拼命的架势。他这是跟小日本玩儿了一回孙子兵法，把“能而示之不能”反其意而用之，“不能而示之以能”。明明自己船小力弱，根本不可能取胜，却偏偏要表现出气势汹汹、胜券在握的样子。2000多年前的诸葛孔明灵魂附体，陈策上演了一出现代版的海上“空城计”。

果然，不明就里的日军驱逐舰害怕了，退缩了。它掉转船头，离开了这片水域。

罗纳德艇长擦去头上的汗水，闭着眼睛在胸前画了个十字。其他艇上的英军官兵和突围人员，全都欢呼起来。

陈策重新回到自己的船舱，把门关上并嘱咐徐亨："20 分钟后叫醒我，我好好困一觉。"海南方言，困觉就是睡觉的意思。

突围中的这次海上遇险，让所有人重新认识了陈策的胆识和魄力。60 多年以后，当年 27 岁并参加突围的皇家海军军官约翰·黑德在他的回忆录里如此称赞陈策："假如这世界上真有活的兰博，那就是这位一条腿的中国将军了！"

忠诚侠义、机智勇猛的兰博是西方人眼里的硬汉英雄。陈策被誉为兰博，足见英国官兵和突围人员对他的崇敬和爱戴。

二战期间，日本海军曾先后拥有战列舰 12 艘，航空母舰 25 艘，巡洋舰 47 艘，辅助舰船 17 艘，驱逐舰 174 艘，海防舰 172 艘，潜水艇 126 艘，合计 573 艘，总排水量 100 多万吨。其整体实力仅排在美国之后，名列世界第二。

因此，有很多人提出疑问：面对 5 艘鱼雷快艇，占尽优势的日本驱逐舰为什么会怯阵后退?

后来有专门研究这段历史的人给出了两种答案：

一是认为日本军舰的指挥官被陈策虚张声势的攻击队形吓住了，他搞不清楚黑夜中怎么会突然冒出一支鱼雷快艇部队，并向自己发起突然袭击。加上对这一片海域的航道水情都不太熟悉，不敢贸然搏杀，所以选择了退却。罗纳德艇长在他写的回忆录中，就是持这样的观点。

二是根据相关史料，陈策他们遭遇的这艘驱逐舰，很可能是日本海军的"五月雨号"，这也印证了陈策关于对方是一艘白露级驱逐舰的判断。20 世纪 30 年代，日本一共生产了 10 艘该级别的驱逐舰，"五月雨号"是其中之一。但在该舰的航海日志中，并没有和英军鱼雷快艇遭遇的记载，倒是记下了另一件事：事发当天夜里，舰船探照灯发生故障，正在检修。也许正是因为这个原因，日舰并没有发现任何海上目标。

不过，把以上两个答案综合起来分析，就出现了第三种可能。日本驱逐舰的探照灯坏了，无法观察和确认海上发生的情况。所以，当一群鱼雷快艇突然袭来时，心中无数的舰艇指挥官不敢应战，只得仓皇后撤。

无论哪一种情况，陈策的大智大勇和正确的应变决策，毫无疑问是突围小分队转危为安的关键。设想一下，如果陈策不是选择进攻，而是选择逃跑，那会是什么样的结果呢？要知道，日本白露级驱逐舰有着十分强大的火力配备：

主炮：两门两联装 50 倍径 127mm 连装跑，

一门 50 倍径 127mm 单装炮；

副炮：两门 40mm 机炮；

鱼雷：两座四联装 610mm 鱼雷发射管。

此外，还带有十六枚深水炸弹。

其他不说，假如选择逃跑，光是那八发鱼雷就够陈策他们喝一壶了，没准儿都得沉到海里喂鱼去！

“五月雨号”错失了一次立功的大好机会。这艘 1934 年 10 月 16 日由日本浦贺船厂开工建造的驱逐舰，于 1944 年 8 月 26 日，在帕劳群岛被美军的“黄貂鱼号”潜艇击沉，至今仍静静地躺在阴冷黑暗的太平洋洋底。

（三）

凌晨，陈策率领 5 艘鱼雷快艇终于驶抵平洲岛。熄灭发动机后，鬼魅般泊在离岛四五十米的海面上。平洲岛位于香港新界东北方，和广东宝安的大鹏半岛仅一水之隔。

南澳码头远眺平洲岛

此时，浓云遮住了月光，几颗惨淡的星星在遥远的天际眨巴着眼睛。岸上不见灯火，也听不到狗吠鸡鸣，到处漆黑一片，万籁俱寂。在陈策的印象里，平洲岛上有几个小渔村，为什么这会儿一点动静都没有？难道都让日本崽赶尽杀绝了吗？还有，岛上会不会有小股日军驻扎？情况不明，他可不敢贸然下令登陆。

杨全主动请缨，要求担任尖兵上岸侦察。陈策答应了他的请求，还让徐亨跟杨全一起去，万一遇到什么情况，多个人多个主意。杨全和徐亨刚要出发，英国皇家特种部队的肯特尔上尉站了出来，一脸严肃：

“陈将军，我要给您提个意见，这么重要的任务，为什么不派我们去？是您不相信我们吗？”

陈策苦笑了一下：“上尉，你误会了。这里是中国的平洲岛，杨全和徐亨是中国人，他们上岸打探虚实更方便一些。”

肯特尔的头摇得像个拨浪鼓："将军，我也会说中国话，跟中国人打交道没有任何问题！"

肯特尔是个老兵，很有作战经验。一路上，英方的警戒和勤务都是由他负责调配部署。陈策走上前去，拥抱了一下这个执拗的加拿大人："好吧，你们三个人一起去，由徐亨指挥。"

"是，将军！"肯特尔高兴地向陈策敬了一个军礼。

三个人收拾停当，乘坐舢板划行一段，直到舢板搁浅了，才跳下齐腰深的海水。大冬天的，又是夜间，水温很低，一入水，都不由自主地打了个寒噤。按照先前的安排，杨全在前，肯特尔居中，徐亨殿后，悄然向岸上摸去。

陈策下令各艇的机枪向岸上瞄准，随时准备策应杨全他们。

上岸后，杨全三人摸黑前行。不久，发现不远处有座小村庄，便小心翼翼进了村子。村子不大，他们走近一户人家，轻轻叩门后，迅速隐蔽在房子拐角。不一会儿，听见有人开门。循声望去，屋里出来一位老伯，佝偻着身子，四处张望一下，看着没人，准备回屋。

经过观察，没有什么异常，杨全立即迎上前去招呼对方。老伯被猛然出现在眼前的这个年轻人吓了一跳，差点跌倒。杨全扶住老伯，用广东话告诉他，自己是从香港突围出来的中国军人，想了解附近的情况。这时，徐亨和肯特尔也凑了过来。

从老伯嘴里得知，这个小村庄叫李英村，原先村里驻扎了一小队日本兵，不久前撤走了。现在经常有共产党的东江纵队在这一带活动。老伯让他们稍等，自己去找知情人，带他们去见东江纵队的人。

杨全拽了一下徐亨的衣角，徐亨知道杨全担心有诈。待老伯离开后，他们三人迅速钻进附近的荔枝林里躲了起来。

10 多分钟后，村子中间的小路上闪出两个黑影。杨全让徐亨和肯特尔不要乱动，自己先出去看看究竟。

跟老伯一起来的是个 20 岁出头的小伙子，杨全和他交谈了几句，小伙子说自己是东江纵队的眼线，可以带他们去南澳找国民党的游击队。杨全一听，大喜过望，扭头朝荔枝林打了个呼哨，躲在林子里的徐亨和肯特尔立刻跑了出来。徐亨又问了几个问题，确信小伙子没骗他们，这才一起返回海边，坐着那条来时的舢板，划向 07 号鱼雷快艇。

听了杨全等人的汇报，陈策还是有点犹豫。他觉得这一切太顺利了，顺利得让人感觉像在做梦。杨全他们一上岸就在村里找到了一个老伯，老伯还认识东江纵队的人，这个人居然和香翰屏的游击队有联系。一连串的好事令人难以置信地凑在了一起，是不是太巧了？巧得让人眩晕、让人生疑。多年来残酷的斗争经验告诉他，越是顺利的时候越可能有陷阱。凡事宁可想得复杂一点，绝不能犯轻信的错误。为了把情况搞得更准确，他亲自接见了那个陌生的年轻人。他盯着对方的眼睛足足有 10 秒钟，才蹦出一句话：

“你怎么知道南澳有国军的游击队？”

小伙子坦然地答道：“我们和他们一起打过鬼子。”

“他们人多吗？”陈策转过身子给自己点着一支烟。

“不少，好几百人呢！”小伙子回答得很肯定。

“一个团还是一个营？”陈策笑着吐出一个烟圈。

小伙子摇了摇头：“他们不叫团，也不叫营，叫大队。”

“哦。”陈策脸上浮现出一丝让人难以察觉的喜悦。他刚才看似漫不经心的问话里，实际上却是暗藏杀机。国军正规军的编制都是称军师团营连，而香翰屏指挥的游击队，则是以大队、中队和小队为单位。不了解内情的人根本就不知道。看来，这个共产党的游击队员说的都是实话。

“你真是共产党东江纵队的人？”

小伙子不服气地看着陈策，脱口冒出一句：“看来您还是信不过我。这么跟您说吧，我还认识他们的大队长梁永元呢！哼，要不是国共合作抗日，我才不给你们带路呢！”

陈策眼睛一亮，有点不相信自己的耳朵：“你再说一遍，他们的大队长叫什么名字？”

“梁——永——元！”小伙子一字一顿地重复了一遍。

陈策兴奋得自言自语：“真有这么巧的事？”他急切地追问：“你说的这个梁永元是哪里人？长什么样？”

“我的老乡，东江人，瘦条条的个子、面皮白白的，像个教书先生。”

陈策突然仰天大笑了几声，他向罗纳德艇长喊道：“中校先生，下命令启航吧，目标南澳！”

杨全和徐亨有点丈二和尚摸不着头脑了，这梁永元到底是何方神圣，能让将军如此兴奋？陈策捅了杨全一下，笑眯了眼：“梁永元，你没印象啦？前年我做完手术，来家里看我的那个人，你拦着不让人家进门，差点打起来。”

杨全恍然大悟，确有这档子事……

从虎门到香港做完截肢手术，陈策在医院里住了一段时间，就回到了他在九龙太子道的居所。有一天，他正卧床小憩，突然被门外高一句低一句的争吵声闹醒了。夫人进来说，有个年轻人来看他，因为事先没有预约，杨全拦着死活不让进。两人话不投机，吵起来了。

反正也睡不着了，陈策就喊了一声：“杨全，让他进来吧。”

片刻，一个20岁出头的年轻人走了进来，一进门就给陈策敬了个礼：“陈司令好！”

瞅着来人十分眼熟，就是想不起名字。管自己叫司令，是哪一个司令呢？陈策在这之前当过太多的司令了，从1919年孙科任命的讨贼军第二路军副总司令开始，1922 年被孙中山任命为长洲要塞司令、江海防司令；1923 年又被任命为江海防舰队司令；1929 年南京中央政府任命他为第四舰队司令；1931 年担任广东海军总司令兼琼崖警备司令，直到 1937 年被任命为虎门要塞司令。数得出来的，就有六七顶“司令”的帽子。

年轻人见陈策面露疑难之色，忙自我介绍：“陈司令，我是广东海军陆战队的排长——”

陈策一挥手，失口喊了出来：“梁永元，小梁子！”说着就要坐起来。

被称作梁永元的年轻人连忙俯下身子，握住陈策伸出的手，激动地说：“那么多年了，难得司令还记得我。”

陈策哈哈大笑道：“司令头衔太多，你猛一喊司令，我还真有点蒙。但你一说广东海军，我就想起来了。小梁子，不记得谁，我都记得你！”

1932 年冬，广东海军招募了一批新兵，其中就有 18 岁的梁永元。刚开始梁永元在鱼雷快艇上服役，因为表现突出，被选调到陆战队当了排长。不久，进入专门培训海军初级军官的黄埔军校海军训练营。陈策当时是广东海军总司令，经常到训练营视察工作。这个叫梁永元的小伙子，训练成绩优秀、为人正直，而且胸怀大志，是个栋梁之材，给他留下深刻的印象。

遗憾的是，后来“南天王”陈济棠吞并了广东海军，丢了兵权的陈策被迫出洋考察。受此事牵连，海军训练营的几百名学员被当作陈策的势力遭到清洗，遣散至各地。

“你如今在哪里做事？”陈策急切地问道。

梁永元便把自己离开训练营后的情况向老长官一一道来：

训练营解散后，梁永元回到东江老家。东江土匪猖獗，无恶不作，老百姓深受其害。梁永元便纠集一些老同学、老战友，拉起一支 200 多人的武装，专门打土匪，后来土匪越打越少，队伍越打越大，最多的时候有 3000 人。在当地老百姓口中，梁永元成了飞檐走壁、为民除害的梁山好汉。东江邻近香港，连香港的报纸也报道过他的事迹，称他是“剿匪英雄”。

讲到这里，陈策想起来了，他的确在香港的报纸上看到过这篇文章。想不到的是，“剿匪英雄”竟然就是站在自己面前的这位老部下。

“有出息！干得好！”陈策对梁永元赞不绝口。他突然想到，梁永元来找自己，一定还有其他事，便问：“你怎么摸到我家里来了？”

梁永元笑笑：“司令虎门抗战的事，全国都知道，我也听说了，您这干的才是大事。今天登门，除了看望司令，还有一事想请老长官帮着指点迷津。”

梁永元告诉陈策，自己拉扯起来的队伍名气越来越大，就有人找上门来，提出给 200 万大洋和 240 条枪，请他出面当司令。梁永元一听，心里有点犯疑：谁让我当司令？当了这个司令要做什么事？他多了个心眼儿，派人暗地里打听了一下，结果让他倒吸一口冷气，对方身后的大佬居然是汪精卫。这下梁永元有点吃不准了，就想找个高人支支招。得知陈策在香港疗伤，梁永元喜出望外，特意专程登门求教。

陈策听完梁永元的这番话，明确对他讲：“这事万万做不得。汪氏之流投敌叛国，已成全民共诛之的逆贼汉奸，但凡有点血性的中国人，绝不能和这种下三烂扯上半点瓜葛。”

梁永元频频点头，坚定地说：“我听老长官的，坚决抗战到底，绝不当汉奸卖国贼！”

梁永元果然没有辜负陈策的期望，他回到东江后，很快带着队伍加入了香翰屏将军领导的挺进纵队，在大鹏湾一带开展游击战，消灭了不少日本鬼子。

一想到马上就能见着自己的老部下，突围行动有了可靠的保障，怎不让陈策欣喜若狂！

（四）

凌晨 2 点，5 艘鱼雷快艇驶抵南澳。

陈策对东江纵队的那个小战士说："去吧，告诉梁永元，就说陈策来了，让他赶快来见我。"

年轻人瞪大了惊奇的眼睛："您是陈策将军？是虎门抗战的那个陈策将军吗？"

徐亨笑了："这还能有假！"

"放心，我一定带梁大队长来见您！"小伙子高兴地给陈策敬了个礼，转身出了舱门。

一旁的罗纳德满脸迷茫，他用奇怪的眼神看着陈策："你们不是跟共产党政见不同吗，怎么能相信他的话？"

陈策拍拍罗纳德凸起的肚子："中国的事，别说你这个鬼佬，连我有时候都搞不清楚。政见同不同先搁一边，只要都打日本崽，那就是兄弟！"

其实，和共产党人打交道，陈策已经不是头一次了……

1928 年 5 月的一天，一个 30 多岁的中年汉子走进广东海军司令部，指名道姓要见时任广东海军司令的陈策。

陈策出来一看，原来是自己的同乡张远镒，小名益友。张远镒是文昌头苑乡上僚村人，1892 年生辰，比陈策年长一岁。1912 年，他们在孙中山先生领导的辛亥革命中相识，并在攻打琼崖府城的战斗中并肩作战，出生入死。陈策是炸弹队长，张远镒是敢死队长，算是生死兄弟。此后两人各奔东西，很少再联系，一别就是 16 年。

如今老友相见，陈策又是个重乡谊、重感情的人，格外高兴，便设宴为张远镒接风。席间，谈及彼此近况，张远镒长吁短叹，一副愁眉苦脸的样子。

陈策关心地问道：“益友兄遇到什么为难事了吗？说出来，看兄弟我能不能帮上忙。”

张远镒苦笑着说：“不瞒策叔，我这几年混得不太好，连吃饭的地方都没有了，今天来找你，就是想请你帮着找个饭碗。”

接着，张远镒叙述了自己这些年的经历：先在粤军第 1 师邓铿部和第四军李济深部任参谋，又在第四军 12 师张发奎部和第 25 师李汉魂部任参谋处长，后来还担任过琼崖绥靖委员。他说的这些情况都是真实的，陈策也清楚，但顾及对方脸面，陈策没太好问自己这位文昌同乡何以落魄到今天的地步？据他自己的经验，很可能是因为国民党内派系倾轧而导致的人事纷争。

陈策什么都想到了，唯独没有想到和自己推杯换盏的张远镒是个共产党。

北伐期间，张远镒在任第四军第 12 师张发奎部参谋处长时，秘密加入了中国共产党，还参加了南昌起义，起义失败后逃到上海。这次，他是奉中共中央的指示，利用陈策的关系，打入广西军队，策动兵暴。

当时，广西省政府主席是俞作柏，广西绥靖司令是李明瑞，而郑介民则在广西担任省政府委员、省党部整理委员和第 75 师政治部主任。陈策和广西的三巨头都很熟，他当即表示，以个人名义给俞作柏写封信，推荐张远镒。

张远镒拿着陈策的信，很顺利地成为俞作柏和李明瑞的座上宾。他受命组织起了专门训练军官的教导总队，还兼任广西警备第四大队的大队长。

张远镒远走广西后，陈策还怕他受气混得不好，多次托人带信关心问候。直到张远镒回信说自己在广西受到重用，过得很好，陈策才放下心来。但是，没过多久，他这颗刚刚放下的心又提了起来。

1929 年 12 月，广西传来共产党发动百色起义的消息。陈策担心张远镒的安全，四处打听消息。直到有一天，郑介民告诉他说张远镒是共产党，已改名张云逸，和邓小平、李明瑞一起，是百色暴动的策划者和领导人。起义军被编为中国工农红军第七军，张远镒任军长，邓小平任政委。其中的骨干力量，正是张远镒掌管的教导总队和第四警备大队的那几千人枪。

开国大将张云逸

张云逸将军之子张远之和陈策将军之子陈安国亲切会面

这下可把陈策吓坏了，张远镒是他向广西方面举荐的，万一高层真要追查起来，他怎能脱得了干系？幸好蒋介石被气晕了头，只顾骂“娘希匹”了，没有去琢磨其中的细节，他才算是逃过一劫。

事后，陈策反复思考一个问题：像张远镒这样的将才，怎么会跑到共产党那边去呢？在他思想深处，党派分野的观念并不是十分强，相比较之下，他更看重一个人有没有才华、重不重感情、讲不讲义气。

1927 年“四·一二”国共两党翻脸，蒋介石大肆捕杀共产党人，陈策被任命为广东清党委员会委员兼情报处长。他因职责所在，抓了不少共产党员，但他坚决反对“宁可错杀一千，绝不放过一个”的口号，认为那是滥杀无辜，反而提出“毋枉毋从”，在广东清党中采取比较温和的态度，拯救了不少热血青年和无辜群众。其中有一个典型的例子，最能说明陈策为人处世的立场和原则。

海南琼东县县长王大鹏是共产党员，在广州被捕后坚贞不屈。中共党组织通过关系找到陈策，希望他出面疏通关节。

王大鹏生于1885年，祖籍海南省会同县龙阁村。1914年，王大鹏在琼崖中学毕业后考入岭南名牌学府广东书院，1917年又考取了官费生留学日本，是琼崖著名的大才子。1921年，孙中山领导的广东政府在全省实行民主选举县长，36岁的王大鹏被选为琼东县县长。

王大鹏在琼东县当了4年县长，整顿社会秩序、修路架桥，发展地方经济和文化教育事业，为民众做了许多实实在在的好事。陈策不但和王大鹏熟识，而且十分钦佩王大鹏的才学，也知道王大鹏是个有抱负、有建树的大清官。于是，他不顾处于清党的非常时期，慨然出面四处斡旋，倾力营救这位琼崖青年才俊。虽然陈策的努力最终没能奏效，但是，他的古道热肠和正直仗义却给人们留下了深刻的印象。

1927年12月11日，共产党领导的广州起义爆发，王大鹏获救出狱。第二年春天，王大鹏回到家乡，任琼崖苏维埃政府经济委员会主任，主持发展苏区经济，筹划红军物资给养。1929年，王大鹏在战斗中牺牲，年仅44岁。陈策闻知后，既为王大鹏是共产党而惊讶，又为海南失去了一个人才而惋惜。

不过，话得分两头说。要是有人威胁到陈策的权力和地位，那他可不管你是国民党还是共产党，坚决干掉，绝不手软。这里也有一个生动的事例，足以证明此言不虚。

著名的“中山舰”事件，让舰长、共产党员李之龙成为风云人物。大革命失败后，李之龙来到广州以经商为掩护，秘密从事策反海军的工作，这事引起了陈策的警惕。要知道，广东海军历来是陈策的地盘，如今李之龙竟敢在太岁头上动土，他哪能咽得下这口气！

1928年2月6日，李之龙刚从日本返回广州，就被陈策派兵逮捕。关了2天草草审讯后，即于2月8日以“策动海军叛乱”的罪名，将李之龙枪杀于黄花岗，时年 31 岁。陈策给李之龙安的罪名很有意思，叫“策动海军叛乱”，没有设置任何前缀。意思很清楚：不管你是谁，也不管你属于哪个党派，只要敢“策动海军叛乱”，动我陈策的“奶酪”，一律格杀勿论！

李之龙被捕之初，蒋介石曾下令将其押解到南京。不知是什么原因，也许是陈策故意没理这个茬儿。当南京当局的命令抵达广州时，李之龙已经被枪毙。事后，蒋介石也没再追问。

其实，1926 年 3 月 20 日，李之龙因“中山舰”事件被捕后不久，蒋介石便下令释放了他。李之龙则于同年 5 月 18 日在《广州民国日报》上刊登了《李之龙启事》：“兹为避开纠纷，使利工作起见，特郑重声明退出中国共产党及一切有关系的社会团体，以单纯的中国国民党党员资格，受吾师蒋介石先生指导，以谋三民主义之实现。耿耿此心，尤盼共产党同志予以原谅。”在这则启事中，李之龙明确表态脱离中国共产党。

李之龙声明退出中国共产党，还有个历史背景。国共第一次合作期间，有不少跨党党员，即共产党员或国民党员以个人身份加入对方政党，同时具有共产党员和国民党员的双重身份。李之龙就是一个跨党党员。1926 年 5 月，蒋介石在国民党二届二中全会上搞了一个《党务整理案》，不再允许跨党党员存在。凡跨党党员，或者退出共产党，或者退出国民党，二者选其一。正是在这样一个特定的历史时期，李之龙选择退出共产党，保留了国民党的党籍。

与此形成鲜明对比的是，据周恩来回忆，在蒋介石任军长的第一军中，退出国民党的有 250 多人，只有 39 人退出共产党。中共高层据此认定李之龙在革命遭遇挫折时经不起考验，有脱党叛变情节，不再承认他的中共党员身份；包括他后来在广州因策动海军兵运被杀，都被认为是国民党内部矛盾斗争的结果，与革命无关，更与共产党无关。

新中国成立后，尽管李之龙的亲属曾上书相关部门，为李之龙申请革命烈士，却始终未能如愿。

但是，在当时陈策的眼里，李之龙就是共产党。陈策对共产党的态度，不但刻有深深的时代烙印，也带着鲜明的个人感情色彩，真不是一句话两句话能说得清楚。

约莫等了两个时辰，远远看见一艘当地俗称“电扒”的摩托艇向南澳港口驶来。

陈策见状立即招呼杨全和徐亨：“快，快放舢板，我要上岸！”

艇上的水兵放下舢板，待三人坐稳当，奋力向岸边划去。

不过二三十分钟，舢板靠了岸。杨全、徐亨扶着陈策上了码头，前面已有一群人在迎候。为首的是个 20 多岁的年轻人，精神抖擞，全副武装，此人正是香翰屏手下的游击大队长梁永元。

看到陈策将军出现，梁永元叫了声“陈司令”，张开双臂飞身迎上前去。陈策激动地甩开杨全和徐亨，拄着根棍子，一蹦一蹦地往前冲，边冲边喊：“小梁子，永元，是你吗？”

二人紧紧拥抱在一起。

从不落泪的陈策，眼睛里闪动着晶莹的泪光。

陈策率领突围分队登陆南澳的这个港口，叫海贝湾。由海贝湾向西南三五百米，是一个比海贝湾略小的港湾野塘仔。野塘仔虽然不大，却是东江纵队设立的一个接待点，香港沦陷后，经共产党营救逃离香港的许多爱国民主人士和文化界精英就是从野塘仔登陆，去了内地。

这也许是一种巧合，国共两党指挥的两支突围队伍，先后在相距不过一里地的两个港口登陆南澳。但巧合之中，更是体现一种历史的必然。5000 年来延绵不断的文化滋养，孕育了中华民族拖不垮、打不烂、斩不断的血脉传承！

梁永元要尽地主之谊，他把陈策一行请到自己的司令部，好酒好菜招待大家猛吃了一顿。突围以来，10 多个小时就没好好吃过一顿饭，也没胃口。这下可好，几顿饭合一块儿吃了，大家也逐渐恢复了体力。

饭后，陈策单独和梁永元聊了聊，将自己的计划和盘托出。得知老长官要带这么多人去惠州，其中还有一些伤病员，梁永元当即表示，自己亲自带人沿途护送。陈策被梁永元的义气所感动，代表突围小分队向他表示谢意，梁永元却一再声明是自己应该做的，请老长官不要见外。两人正谈得高兴，一名游击队员进来在梁永元耳边嘀咕了几句。梁永元笑着对陈策说：

“陈司令，我备了份薄礼，请你务必收下。”

陈策嗔怪道：“小梁子，你太客气了。你能带人护送我们就很好了，还备什么礼？一家人反倒显得生分了。”

梁永元笑而不语，把陈策扶到了外面的大会议室，其他人都在这里休息。见陈策和梁永元出来了，大家都挺直腰板坐了起来。

梁永元的几名手下已经把两只木箱摆在了屋子中间，打开一看，满满两箱钞票。陈策刚要开口，被梁永元拦住了：“司令，这是小弟的一点心意，你们带着路上花。”

所有的人都惊呆了，请吃请喝不算，还送这么多的一笔钱，陈将军真是太有面子了。目睹了这一幕的罗纳德颇有感慨，他后来这样写道：“上帝，我们立刻就认识到了将军的权力和影响，以及他的威严。他是南粤之王。”

不知不觉，天边已经露出了鱼肚白。

时间紧迫，陈策也不再客气，吩咐杨全和徐亨把钱收下。他担心白天日本的侦察机会发现泊在南澳的鱼雷快艇，就让梁永元多派些人，协助英军官兵把艇上所有的武器装备和军需物资全部搬到岸上。

高灵问陈策："那 5 艘鱼雷快艇怎么办？"

是呀，枪支弹药可以搬，粮食可以搬，鱼雷快艇怎么搬？想搬也搬不动呀！

陈策的回答只有两个字："凿沉！"

高灵抱着自己的脑袋，失声叫了起来："我的天哪，每艘艇可是价值两万五千英镑啊！"言外之意，凿沉了实在太可惜。其他人，尤其是水兵们，平日里视艇如家、爱艇如命，如今却要亲手毁掉心爱的舰艇，心里一时都有些别扭。

陈策理解他们的心情，耐心地解释道："我也是海军，我懂得一名水兵对自己舰艇的感情。但是，从南澳到惠州还有两三天的路程，把鱼雷艇留在这里，岂不是在给日本崽指路，暴露我们的行踪？请大家相信我陈策，今天咱们凿沉了 5 艘鱼雷艇，等打败了日本法西斯，让他们加倍偿还！"

"陈将军，我们相信你。别犹豫了，听陈将军的！"出面振臂一呼的，竟是 07 号鱼雷快艇的艇长罗纳德。突围一路，罗纳德亲眼见识了每到危急关头，陈策所表现出来的大智大勇，对这位独腿将军佩服得五体投地。他坚信：听陈策的没错！

罗纳德在这支英国皇家海军的鱼雷快艇中队里，资历老、威望高。他这么一带头，再加上其他几个艇长一附和，这事就算定下来了。

陈策让梁永元多派些人，最好动员附近的村民一起帮着搬东西，梁永元应了一声，赶紧召集手下的中队长碰了个头，大家按照分工开始忙活。

罗纳德和其他几个艇长简单交流了几句，正准备去海边，被陈策叫住了。陈策握住他的手："谢谢你，中校！"

罗纳德狡黠地眨了眨眼："将军，咱们可是在一条船上，船翻了都得完蛋！"

陈策拍拍他肉嘟嘟的脸颊："看你长这么胖，脑子可不笨。记着，凿艇的事就交给你了。"

外面有人叫罗纳德，他跟陈策做了个“拜拜”的手势：“放心，我们都商量好了，东西一搬完，立即把艇凿沉。”

当陈策再次来到海边时，风平浪静，水天一色，刚才还泊在港湾里的 5 艘鱼雷快艇已不见了踪影。从艇上搬下来的枪支、弹药、燃料、粮食、衣被等，在沙滩上堆得像座小山。

高灵走过来问陈策：“将军，这些东西怎么处理？”

陈策和徐亨低声交换了一下意见，对高灵说：“留下足够的武器和粮食，其他的送给游击队和村民。”

高灵表示赞同。

游击队很快把重武器和成箱的弹药装车运走，村民们则分光了剩余的粮食和衣被等生活用品。不过几分钟，沙滩上已是空空荡荡。

陈策长长松了一口气，问梁永元：“下一步怎么办？”

梁永元指着跃出海面的一轮旭日：“天都亮了，先睡上一觉，晚上再走！”

“好，听你的。”有梁永元在，陈策觉得踏实多了。

梁永元朝后面招了招手，两名游击队员把一副临时绑扎的竹轿抬过来，摆在陈策面前。梁永元一伸手：“陈司令，请！”

陈策连连摆手：“那怎么行，大家都挺累的，我不坐。”

梁永元笑着劝他：“老长官，您一条腿走路不方便，别推让了。”

陈策突然想起麦都高屁股上有伤，应该把轿子让给他：“永元，我们队伍里有个人负了伤，让他坐吧。”

梁永元指了指正在开进的队伍：“那不，有。”

陈策一看，可不是，麦都高已经坐在轿子上了。四名士兵抬着他，正晃晃悠悠地行走在狭窄的田埂上。

杨全和徐亨也劝陈策坐上轿子，这样走起来可以快一些。

陈策一转念，也是，别因为自己影响了整个突围分队的开进速度。他再也不好推辞，便坐进了这乘简陋的竹轿……

第九章　关山度若飞

（一）

天亮之前，梁永元把陈策连同他的突围小分队，带到了石桥头村，并安排他们住下。任务只有一个：睡觉。纪律只有一条：不许串门。换句话说，整个白天每个人都只能待在屋子里，包括吃喝拉撒睡。任何人不准迈出大门一步。

今日石桥头村村口

今日石桥头村

梁永元之所以这么要求，是因为南澳仍属于敌占区，伪军汉奸活动猖獗。突围小分队里多数都是英国人、加拿大人，高鼻子、蓝眼睛，谁见了都会起疑心，稍不留神，就会惹上麻烦。

为了保证突围人员的安全，梁永元在村外马路边，以及村里各个路口、重要地段都放了暗哨，还把一个精悍的战斗小组，部署在陈策住的那座院子周围，担任内卫。

陈策的居所，是村里的一个大户人家。主人祖上三代去了南洋，经营橡胶发了财，寄回钱和图纸，把老屋翻修成中西合璧的样式。用的材料、家具、灯饰都是国外进口的，只有院墙是用蚝壳砌成，保留了一点本地的建筑特色。房子修好后主人从来没回来住过，只有一个本家老伯负责看家护院，打扫清洁。

房屋的格局有点仿北方的四合院，一共是三进，不同之处在于无论正房还是偏房，都是两层小楼。梁永元出面租用了前面那座院子，陈策住北屋楼上，楼下住着杨全和徐亨，贴身警戒。梁永元带了两个人则住在东屋。

院子一角有棵百年大榕树，旁边是鱼池、假山。树下摆着石桌、石凳，既可会友喝茶，也便于读书小憩。看来，主人是个有文化、有品位的儒商。

从香港保卫战打响，半个多月来，陈策就没脱过衣服睡觉。这会儿到了梁永元的地盘上，没有任何压力，精神也很放松，很想好好睡一觉，却怎么也睡不着了。一合上眼，脑海里总是浮现出妻子和儿女们的身影，她们现在何处？安全吗？真怪，人只要一闲下来，脑子里就不清静了……

撤离亚细亚行之前，陈策安排妻子梁少芝带着女儿琼英，躲在跑马地一远房亲戚家。

陈策在香港属高官名流，他的妻儿不少人都认识。怕别人，尤其怕第五纵队的那些汉奸认出梁少芝，危及她的安全，也担心给自己招惹麻烦，因此，亲戚终日不让梁少芝母女出门，这可把梁少芝憋坏了。陈策带着那么多人突围，到底是成功了还是失败了？如果突围成功，现在他们在哪里？如果突围失败，是被日军抓住了还是被打死了？对丈夫的牵挂，让这个温良贤惠的女人成天处于莫名的恐惧之中。

亲戚每天上街买菜，梁少芝都要托他四处打探消息，还根据当天报纸上零星的信息，进行分析和揣测。

九龙的黄大仙庙，在香港香火很旺，求签问卦十分灵验。以前凡是遇到拿不定主意的事，梁少芝都会到庙里上香叩首、许愿祈祷。如今身不由己，她便在亲戚家面朝黄大仙的方位，摆上神龛，每天早晚上香跪拜，祈求黄大仙保佑丈夫逢凶化吉，诸事平安。

战火渐渐平息，市面上再也见不到英军和中国协助团的战士，只有全副武装的日本兵天天在街上巡逻。梁少芝据此判断，战争已经结束。但是，丈夫依然没有音信。一夜之间，刚30出头的梁少芝鬓角生出了白发。

除了梁少芝，日本的特务机关也在寻找陈策的下落。

说句实话，日本谍报工作的效率非常高。战前，他们用了几十年的时间，在香港以各种名目设立特务机关，刺探和收集香港社会的政治、经济、文化和军事情报。对香港各界的领袖人物，更是分门别类，建立个人档案，精确定位。日本东京大本营下令攻击香港的同时，也秘密下达了一份务必全力缉捕的重要人物名单，其中就包括国民政府驻港军事代表陈策。

论军衔，陈策不过是个中将；论职位，驻港军事代表也不是什么高官。日本最高当局之所以如此仇恨陈策，除了陈策是坚定的抵抗派，还因为几年前陈策指挥的虎门抗战打疼了他们，他们记着仇呢。狭窄局促的岛国环境，培育了大和民族小肚鸡肠、睚眦必报的国民劣根性，所以中国人把日本称作小日本，那可不是随意编排捏造，而是有着深刻文化内涵的。

正因为这个原因，日本宪兵队第一时间就袭击了亚细亚行，但他们的阴谋没有得逞，陈策已经提前撤离。话又说回来了，即便陈策没有离开，日本人也没有胜算，因为带队的是李裁法，那可是军统的卧底，不想方设法给陈策将军通风报信才怪呢！

没抓到陈策，就想办法抓陈策的妻子儿女，以逼迫陈策现身。于是，卑鄙的日本鬼子布下天罗地网，满香港寻找陈策家人。日本特务频施诡计，第五纵队为虎作伥，陈策的族叔陈涤不幸落入魔掌。陈涤是中国海军少将，曾经担任中山舰舰长，也是个人物。

日本人对陈涤严刑拷打，灌辣椒水、坐老虎凳，让他说出陈策的去向。陈涤咬紧牙关、坚不吐实。日本宪兵见来硬的不行，便换了一个招数，他们把陈涤放了，暗中派人监视，想让陈涤做“饵”，来钓陈策这条“大鱼”。没曾想陈涤出狱不久，就因伤势过重而去世，日本人的诡计又泡了汤。

为了抓陈策，日本人还闹了一出大乌龙。

日军占领香港后，为节约粮食，大规模地疏散居民。这些被疏散的人都要领一张“疏散证”，上面写有姓名、年龄、籍贯、去往何处等事项。九龙新界是香港到大陆的必经之地。日军在这里设了一个检查站，凡由此回内地的人，都要接受检查。

这天，跟往常一样，被迫离港的居民在检查站前排起了长队，几名汉奸协助执勤的日本兵，仔细查验每一个人的“疏散证”，看看这些人当中，有没有企图蒙混过关的可疑分子。突然，一名汉奸把一个排队过关的中年男子拽了出来，他手里拿着那名男子的疏散证，问道：

“你叫什么名字？”

“陈策。”中年男子不知道犯了什么错，战战兢兢地回答。

“你是陈策？”汉奸有点不相信。

中年男子频频点头：“没错，生下来爹妈就给我起的这个名字，叫了40多年了，街坊邻居都可以做证。”

汉奸谄笑着跟带队的日军军曹耳语了几句。军曹大喝一声，两个日本兵立刻凶神恶煞地冲过来，把那名中年男子推进了旁边的岗亭里。

听说抓获了陈策，日本宪兵队很是兴奋了一阵子，可经过审讯甄别，才发现此陈策并非彼陈策，只是同名而已。

可怜那位香港中年男子，就因为起了一个和陈策将军相同的名字，被平白无故地关押了好几个月，放出来时已是遍体鳞伤。这个带点黑色幽默的笑话，很快在港岛传开了，也传到了梁少芝的耳朵里，她听了更是又忧又喜。忧的是日本人一直没有放过陈策，喜的是自己的丈夫到目前为止仍然是安然无恙。

梁少芝一直在为陈策的安危担惊受怕，可她哪里知道，敌人布下的罗网已经收紧，危险正一步步向自己逼来……

陈策将军和夫人梁少芝

陈策将军夫妇和子女合影

楼下响起徐亨和杨全的鼾声。反正也睡不着，陈策干脆披衣下楼，准备到院子里转转。他的动作很轻，就是不想扰了两个年轻人的好梦，但机警的杨全还是醒了，这是他多年来养成的习惯，睡得再沉，只要陈策的拐杖一落地，他准能醒过来。陈策示意杨全继续睡，杨全翻身下床，揉揉酸涩的眼睛，表示自己已经休息好了。

梁永元正坐在院子的石桌前喝茶，看见陈策出了房门，连忙起身让座，并让警卫另拿来两只杯子，沏上刚泡好的茶。

“武夷山大红袍吧？这么香！”陈策是个老茶客，酷爱品茶。各地名茶，尤其是华南一带的好茶，他不用尝，鼻子一闻就能说出个子丑寅卯来。

“真让司令说着了，正宗武夷山大红袍，请坐。”梁永元用手拂了拂石凳上的灰尘。

陈策坐下来，端起茶杯放在鼻子底下嗅了嗅："嗯，今年的明前茶，放得时间长了些，味道有些涩，但还算是好茶。"说完，啜了一小口，"永元，这兵荒马乱的，你上哪儿弄这么好的茶呀？"

"我哪有这本事儿？这屋子的主人好这一口，年年都让老管家往南洋寄，点名就要武夷山的明前大红袍。这是今年剩下的一点，老管家特意拿出来让我们尝尝。"梁永元又把另一只杯子递给杨全，"兄弟，你也喝呀！"

杨全接过杯子一饮而尽，连声称赞："好茶！好茶！"

陈策说杨全："哪有像你这么喝茶的，得先闻后品，又不是灌凉白开，一口闷啊。"

梁永元和杨全听着都呵呵地笑了。

陈策突然想到一个问题，就问梁永元："永元啊，你是怎么跑到香翰屏将军这里来的？说来听听。"

"这都得感谢您啊。"开场白后，梁永元打开了话匣子，"前年我去香港看您，您告诉我无论别人给多少钱，都不能当汉奸。我听了您这句话，一回到东江，就拒绝了汪精卫派人送来的200万现大洋和240条枪。"

杨全向他竖起了大拇指："兄弟，是条汉子！"

梁永元朝他拱拱手："惭愧啊，多亏老长官教诲！"然后接着说，"东江邻近港澳，是通往内地的必经之路。国内抗战急需的各类物资，都要经过这里运往内地。因此，日寇在这一带设立了多道封锁线，严加管控。最令人气愤的是，一些不法奸商也借着战乱敛钱，大肆走私发国难财。为了维护这条运输渠道的畅通，打击走私活动，财政部长孔祥熙派了一位处长来找我，要委任我当东江的缉私总队长。"

"嗬，梁大队长真有面子？连孔部长都求到你名下了。"不知什么时候，徐亨也起来了，这会儿坐在一旁跟梁永元打趣。

"我有什么面子，都是陈司令让我干我才干的。老长官，您还记得吧，这事我也跟您说过的呀。”梁永元提醒陈策。

陈策忙不迭地点头：“有这事，我当时就表态支持你干嘛。”

梁永元说：“我回来就干上了，队伍挂在香翰屏将军的名下，但主要任务是打击走私，也跟日本鬼子干过几仗，其间，跟香翰屏将军的游击队，跟共产党的东江纵队都合作过。”

“共产党在东江的势力大吗？”陈策顺口问道。

梁永元看了看陈策，他不知道该怎么回答老长官的这个问题。说共产党势力大吧，司令肯定不爱听；要说共产党势力不大吧，又不太符合实际情况。

陈策看出了梁永元的顾虑，用手指了指他：“好个小梁子，学会跟我玩心眼儿啦？没事，咱们随便聊，你照实说，我又不是军统的特务，你怕什么？”

梁永元被说破了心事，挠挠后脑勺，不好意思地笑了：“行，那我就实话实说了。中共在这里有个东江纵队，司令员叫曾生。他们的弱点是武器差，人也不太多，而且基本上都在农村活动……”

“说说他们的优点和长处。”陈策打断了梁永元的话。

梁永元喝了口茶，抹抹嘴：“依我看，他们有三大优点：一是很会做宣传鼓动工作，说的话老百姓都爱听，很受群众拥护；二是战术灵活，打得赢就打，打不赢绝不硬碰，从不做赔本的买卖；三是打鬼子坚决，不怕死、不当逃兵，这点我很佩服。”

听完梁永元说的这些，陈策不再言语。他突然想起了张远镒，自己的文昌同乡，那么有本事的一个人，却跟了共产党，翻江倒海，闹了一出惊天动地的百色起义。对了，还有叶剑英，自己当年向孙中山先生推荐的文武双全的将才，也投了共产党，现在已经是八路军的参谋长了。按说，蒋介石是共产党的死对头，可就在他当校长的黄埔军校里，也出了不少共产党，著名的“黄埔三杰”，除了贺衷寒，蒋先云和陈赓都是共产党的忠实信徒。难怪共产党渐渐成了气候，人才济济呀，想不做大都难！

大家正聊得兴起，海边方向传来一阵猛烈的爆炸声。梁永元立着耳朵倾听了片刻，对陈策说："司令，不会有什么大事。你们继续睡觉，我去看看，耽误一会儿马上回来。"说完，带着两个手下出了院门。

陈策不敢大意，他让杨全和徐亨分头通知住在村子里的其他人员，收拾好行装，相对集中，随时做好撤退的准备。

日本23军司令部接到报告：25日21时30分，5艘事先隐蔽在鸭脷洲的英军鱼雷快艇突然启动，疾速驶向大鹏湾，怀疑船上载有中英重要人物。

酒井隆司令官当即下令飞机出动，跟踪侦察、发现目标，立即摧毁。

第二天上午，日军派出的侦察机在平洲岛海域，发现了已经被凿沉的5艘鱼雷快艇，因为海水比较浅，从空中能看见舰桥等露在水面上的部分。

不久，两架日本轰炸机飞临平洲岛上空，一通狂轰滥炸，彻底把那5艘鱼雷快艇炸成了碎片。

梁永元赶到平洲岛的时候，敌机已离去，海面上漂浮着鱼雷快艇的残片。刺鼻的硝烟味儿同样刺激着他的大脑神经：日军既然已经发现鱼雷艇上的人在南澳登陆，肯定会跟踪追击或者在半道设卡拦截。因此，从这里到惠州原本就不太平的路途，更加充满了不可预知的风险。

想到这里，梁永元不敢耽搁，赶紧返回了石桥头村。

后来得知，日军曾经做出过这样的判断和部署：鱼雷艇上的人员，将向中国军队据守的惠州方向开进。于是，命令沿途驻军严加防范，一旦发现有中国和英军的突围人员，坚决歼灭，勿使一人漏网。

（二）

陈策把麦都高、高灵、罗纳德、肯尼迪、甘迪都叫到自己住的院子，一起听梁永元介绍日军飞机轰炸平洲岛的情况。当梁永元讲到5艘鱼雷快艇全都被炸毁，残骸随着洋流四处漂泊时，艇长们都难过地低下了头。

陈策接过梁永元的话头：“最重要的是，日本崽派飞机炸毁了咱们的鱼雷快艇，这说明了什么？说明他们已经发现了突围小分队的行踪。从南澳到惠州，还有三四天的路程，路上本来就有伪军土匪，小鬼子再一掺和，更增加了咱们突围的难度和危险！”

“一路上那么多困难都闯过来了，现在又有梁大队长保驾，咱们还怕他日本人吗？”罗纳德倒是信心满满。

“我们不怕日本崽，但是，要小心应付可能出现的各种情况。我记得我跟诸位说过，我要把你们活着带到惠州，让你们能回家拥抱自己的妻子和孩子。我陈策说话算话，绝不食言！但是，为了保证突围计划的顺利完成，我们有必要约法三章，大家共同遵守。”

肯尼迪艇长站起来表了个态：“陈将军，我们都是军人，懂得在战场上服从命令的重要性。我们都听您的，您怎么说，我们就怎么执行。”

其他人也都同意肯尼迪的意见。

“那好吧，徐参谋，你把咱们拟的那几条向大家宣布一下。”陈策朝徐亨示意。这实际上也是徐亨的建议，由中国人、英国人和加拿大人组成的这支突围小分队，好几十号人，没有点约束，一路上难免不出纰漏。一旦因为个别人言行不慎暴露了目标，很可能铸成大错。于是，陈策让他写了几条，作为行动准则。

徐亨也没拿纸和本子，一共就四条，都记在他脑子里了：

“第一，不准随意离队；第二，不准和陌生人搭讪；第三，不准自行改变行进路线；第四，不准高声喧哗。”

吃完晚饭，当天下午 6 点，梁永元带着突围小分队离开石桥头村，向王母圩进发。由于有人受伤，而且大部分英军官兵不习惯走夜路，行军速度很慢，十多里路，走了三个多小时，直到夜里 9 点多钟，才到达宿营地。

梁永元事先已经打过招呼，突围小分队的到来并没有引起太大的骚动。王母圩的村民躲在各自的屋子里，透过窗户和门缝，用惊诧、恭敬并带着几分畏惧的眼光，打量着这支奇怪的队伍。

穿过村子中间那条石板铺就的小路，梁永元安排突围小分队住进了青砖修筑的祠堂。其他人都是打地铺，只给陈策和麦都高找来两张带围挡的罗汉床。床很宽敞，但是铺得太薄，睡在上面有点硌人，不过陈策真是有点疲倦了，脑袋一挨枕头，很快就进入了梦乡……

王母圩小巷

王母圩老屋

陈策的亲戚发现，最近几天，跑马地一带突然出现了许多陌生的面孔，就连他家所在的那条背静的小街，也经常有生人出没。这些人面无表情，不和任何人搭腔，眼睛滴溜溜地乱转，就像恐怖片里的僵尸，谁见了心里都“嗖嗖”地直冒冷气。

亲戚担心地对梁少芝说，日本人是不是察觉到了什么？他让梁少芝平日里白天都要插好门闩，绝对不能外出。

这天，亲戚跟往常一样，出门做工去了。梁少芝洗完衣服，拿着一本小学国文课本，教女儿陈琼英读书写字。

有人敲门。梁少芝以为亲戚临时有事回家，就让小琼英去开门。一会儿，听见琼英在门口跟人说话：“叔叔，你找谁？”

“小朋友，你家有大人吗？”是一个男人的声音。

“我妈妈在。妈——”琼英高声喊了起来。

梁少芝赶了出去，门口站着一名陌生的青年男子。

梁少芝把女儿拉到自己身后：“请问先生有什么事？”

陌生男子满脸堆笑："对不起，对不起，找错门了。"边说边往后退，但他那两只鼠眼却一直死死地盯着梁少芝。

梁少芝关上门，心里"咚咚"直跳， 那张皮笑肉不笑的脸和两道阴鸷的目光老在她眼前晃动，一种不祥的预感浮上心头。

亲戚下班后，梁少芝把这事跟他说了，亲戚也很着急。两人商量了半天，准备明天就让梁少芝带着孩子搬到乡下去。

可是一切都晚了。当天夜里，日本宪兵队的人闯进家门，抓走了梁少芝和陈琼英，带路的正是白天敲门造访的那个獐头鼠目的陌生人。

天亮了，陈策洗漱完毕，吃了早点，正翻看几张不知什么时候的旧报纸。杨全和徐亨忙着收拾东西准备出发。梁永元急匆匆走了进来，在陈策耳朵边小声说着什么。

陈策听完，推了梁永元一把："快，带他进来见我！"

梁永元反身出了门，不大会儿，带着一个男人进到屋里。此人看上去40来岁，瘦削的脸上挂着谦卑的笑，步履从容，一看就是个场面上的人。

"老黄，快，快来见过陈司令。"梁永元朝老黄招招手，又疾趋几步对陈策说，"司令，这就是我跟您说过的南澳乡乡长黄忠。"

"黄乡长，你好。"陈策拄着拐要起身，被黄乡长拦住了。黄乡长紧紧握住陈策的手："陈司令是虎门抗敌的大英雄，英名如雷贯耳。我黄某人今日得见，真是三生有幸啊！"

"黄乡长过奖，过奖了。你是南澳的土地爷，陈策到了你的地盘上，还要仰仗你多多照应。"陈策半调侃半认真地说。

"梁大队长都吩咐过了，理当效力。"听得出来，黄忠的话很真诚，没有半点客套。

陈策请黄忠落座并让杨全上茶："那就多谢了。我听永元说了，你们虽然名义上在为汪伪政权办事，可都是身在曹营心在汉，暗地里帮着做了不少抗日的工作，是党国的忠臣。呵呵，你这名字也起得好，黄忠有忠啊！”

陈策一席话，让黄忠深受感动：“陈将军能体谅我这个小乡长的苦衷，真是感激不尽。”

日军占领大鹏湾后，积极扶植汪伪傀儡政权，他们把原来的乡长都任命为服务大队长，换了个名称，干的活跟以前差不多，无非是上情下达、下情上报、催租收税、调节邻里纠纷等。这些乡长作为地方上的绅士和头面人物，大都是一些有良心的中国人，虽然表面上在为日本人和汪伪政权做事，但暗中却和国民党的游击队、共产党的东江纵队有着千丝万缕的联系，经常为抗日队伍通风报信、筹粮筹款、救治伤员、运送物资。梁永元称他们是“黑皮红心”，黄忠就属于这类角色。

突围小分队从南澳抵达惠州，要途经南澳、大鹏城、樟树铺三个乡。除了黄忠，大鹏城乡长乍以号、樟树铺乡长严星魁都跟他一样，是“黑皮红心”。梁永元长期跟他们打交道，彼此知根知底。这次护送陈策一行人，责任重大，单凭一己之力恐难胜任。于是，梁永元就先向黄忠、乍以号、严星魁通了个气，说自己要带几个朋友去惠州，请他们沿途给予关照。至于朋友是谁？多少人？什么身份？何时动身？这些机密敏感的问题一个字都没露。

梁永元给的都是模糊信息。他留了一手，即便有人使坏告密，由于不清楚具体的时间、人员和行动计划，就不会给突围小分队造成致命的危害，也给自己留下足够的补救空间。世风不古，人心叵测，不得不防啊。

虽然梁永元没说得那么明白，但这几个乡长长期周旋于日本人、汪伪和国民党、共产党之间，这样的生存环境比太上老君的八卦炉还厉害，早练就了一双察言观色的火眼金睛，事情看得透着呢，都明白是怎么回事，只是心照不宣，谁也不点破其中的玄机。想想啊，以往梁大队长也送过朋友到惠州，但都是底下的人在具体操办。这回可好，梁大队长亲自出马了，明眼人一看这架势，就知道肯定不是一般的朋友。

梁永元叮嘱道："还是按老规矩办啊。"这是只有他们之间才能听懂的一句潜台词。所谓老规矩，就是各自地界的安全各自负责。上一站送下一站，下一站接上一站，跟接力赛跑似的，直到抵达终点。等完事之后，梁永元会付给他们一笔辛苦费。

第一站是南澳，所以梁永元经请示陈策同意，特地带黄忠来拜见将军，增强他的责任感。直到这个时候，黄忠才知道梁大队长的朋友是国民政府驻香港军事代表陈策，以及一帮英国官兵。

陈策又向黄忠了解了一些沿途汪伪驻军的情况。黄忠告诉他，这一带驻扎着伪军第 131 师，几个团长他都熟，只要钱给够，不会有太大的麻烦。

时间差不多了，梁永元下令集合出发。

（三）

梁少芝和女儿陈琼英被带到了日本宪兵队的刑讯室。

一进门，夹杂着血腥味的热浪扑面而来。靠墙的木桩上，绑着一个遍体鳞伤的人犯，头耷拉着，已经昏过去了。四周摆放着各种刑具：老虎凳、烧得通红的烙铁、皮鞭、电椅、水缸……几个凶神恶煞的打手，赤裸着上身，虎视眈眈地盯着母女二人。小琼英吓得把头紧紧扎在妈妈怀里，浑身直哆嗦。

屋里光线很暗，适应了半天，梁少芝才看清楚，屋子中间摆了一张粗糙的原木桌子，桌子后边坐着一个挎了把大洋刀的鬼子军官，身后站着那天带路抓人的汉奸。

日本军官起身走到梁少芝跟前，围着她转了两圈，冷笑几声："陈夫人，我问你几个问题，你要如实地回答。"

梁少芝平静地答道："凡是我知道的都会告诉你，只是希望你们别伤害我的孩子。"

"你的丈夫叫陈策？"

"是的。"

"他可是国民党中委，国民政府驻香港军事代表，海军中将？"

"是的。"

"虎门抵抗大日本皇军的战斗是他指挥的？"

"是的。"

梁少芝回答得既简练又爽快，简练到只有两个字，爽快得没有丝毫隐瞒。因为这些情况早就不是什么秘密，说不说日本人都知道。

"你的丈夫陈策，他现在在什么地方？"绕了一大圈，日本军官盯着梁少芝的眼睛，终于抛出了这个最关键、他们最想知道的问题。

"不知道。"这次回答比前面多了一个字。

汉奸急了，冲过来帮腔："他是你丈夫，去哪儿了你能不知道？"

梁少芝装出一副可怜兮兮的样子："香港一开战，陈策就丢下我们母女不见了踪影，我还在四处找他呢。我一个妇道人家，不懂你们男人的事。就想一家人在一起，踏踏实实过日子。长官，你们要是找到他，一定替我捎句话，让他脱了那身丘八皮回家，再也不要出去打打杀杀的了。"

梁少芝云山雾罩的一番话，把日本军官给绕进去了，半天没回过神来。眼前这个纤小娇弱的女人说的是实情呢，还是在演戏？他猛地拔出军刀，架在梁少芝的脖子上，凶狠地吼道："你撒谎！不说实话我砍下你的头！"

梁少芝的脸色变得刷白，身体一软，瘫倒在地。小琼英扑在她身上，拼命地哭喊着："妈妈！"

日本军官把刀放回刀鞘，鄙夷地看了看昏厥的梁少芝，心想：究竟是个没有见过世面的家庭妇女。根据他的经验，这样的女人不会，也不敢骗他。

那个汉奸拿着一串香蕉走到小琼英跟前，勉强挤出一丝比哭还难看的笑：“小朋友，告诉我你爸爸去哪里了，叔叔给你吃香蕉。”

小琼英用仇恨的目光看着这张丑陋的脸，眼帘上还挂着泪珠：“你是个大坏蛋，你还我妈妈，还我妈妈！”

汉奸气得把香蕉扔到地上，用脚踩得稀烂，恐吓小琼英：“你不说，我就像踩香蕉一样，把你的头踩扁。”

小琼英吸了吸流出来的鼻涕：“不说不说就不说，气死你！”

汉奸冲上来想打小琼英，被日本军官拦住了：“不准欺负小孩子！”他装出一副和蔼的样子，摸摸琼英的头：“小朋友，你好好想想，爸爸去哪里啦？想好了告诉我们。”

梁少芝从昏迷中醒来，听见了日本军官跟小琼英说的这些话，心里不禁“咯噔”了一下：鬼子又在耍什么花招？

梁永元派出两个人扮作当地渔民的样子，在前面探路，他和黄忠带着突围小分队跟在后面，相距有两里地，一个警卫班负责殿后。

懒洋洋的太阳照着冬日里的大鹏湾，不知是不是因为选择了一条比较僻静的路，沿途基本上看不到人，连路过的村庄也是一片寂静。路边野草疯长，几乎把原本就不宽的小路都遮盖住了。走了两个多小时，每个人身上都是汗津津的。陈策依旧坐在那顶简陋的竹轿上，由四个身强力壮的士兵抬着，路面凹凸不平，轿子也随之起伏颠簸。

紧随身边的梁永元问他：“司令，要不要休息一下？”

“离大鹏城还有多远？”陈策手搭凉棚看看火辣辣的日头，问道。

黄忠说：“还有两三里地的样子，和老乍约好了，他在前面的三岔路口等我们。”他说的老乍，就是大鹏城的乡长乍以号。

“行，让大家歇歇，喝口水再走。”陈策看到有些英国人走起路来显得很吃力，一拐一拐的，估计是脚上打起了泡。

“原地休息。”梁永元招呼了一声。早已疲惫不堪的队员们顿时像被人抽了脚筋，东倒西歪地躺在了路边的草丛里。

陈策喝了几口水，让徐亨拿来地图铺在地上，边看边比画，他在估算按照这样的行进速度，什么时候能走到下一个宿营点。

原定今晚在一个叫下山尾的小村庄宿营，从地图上看，还有三十多里地，而且中间要翻越一座叫大林坑的高山。

“大林坑的路好走吗？”陈策问梁永元。

梁永元摇了摇头：“山不算太高，但草深林密，路很不好走。我已经安排乍乡长找了个向导带路。”

“永元啊，你长进了，想问题很周到。”陈策夸奖梁永元。

徐亨朝梁永元递了个眼色：“梁大队长，我跟了司令这么多年，很少听到他表扬谁，你算一个。不愧是司令的得意门生。”

梁永元有些不好意思：“我这也是逼出来的，大鹏湾一带日伪军、土匪多如牛毛，考虑问题如果不周全、不细致，稍有疏忽，就可能招来杀身之祸。”

“我们这一路走来，好像没遇到什么麻烦嘛。”杨全插了一句。

“这条路线是我和黄乡长反复研究后提出方案，报告司令批准确定的，专门挑的小路、远路，尽量避开大路和各种关卡，只是大家的脚要吃点苦头了。”梁永元看了看徐亨，笑着说。

徐亨正在数自己脚上的泡，两只脚一共打了七个泡。他接过话茬：“苦不苦都不说了，只要能顺利到达惠州，咱们的突围行动就算圆满成功！”

陈策看看表，已经休息了 15 分钟：“永元，走吧。刚才三个多小时咱们走了不到十里地，得加快点速度。”

日本宪兵队把梁少芝母女关了几天，不久就放了。梁少芝料定日本人是想放长线钓大鱼。果然，回到跑马地，就看见亲戚家门口不知什么时候摆了个算命的案桌，街对面则多了一个补鞋匠和卖云吞的小食摊。不用说，这些都是日本人布下的眼线。

既然都这样了，梁少芝也不用再东躲西藏。她急于脱身，想去找找以前的熟人和关系，可每次出门，都有人盯梢，害得她谁也不敢找，哪里也去不成，这可把她急坏了。

这天清晨，梁少芝带着小琼英去吃早茶，一出门就被人盯上了。那人戴着一顶礼帽，半遮着脸，不远不近地跟着她们母女俩，一直跟进了茶楼。梁少芝有点忐忑，刚落座，那人竟一屁股坐在了自己对面。梁少芝正要发作，来人把食指放在唇前，“嘘”了一声，然后摘下礼帽，轻轻喊了声：“策婶。”

梁少芝吃惊地捂住自己的嘴巴：“李秘书？”

没错，此人正是李裁法。

梁少芝被释放后，日本人想守株待兔，原来的人手不够，就派李裁法带了几个人过来帮忙，负责24小时蹲守监视梁少芝的行踪。当李裁法得知自己的监控对象是陈策将军的夫人时，大吃一惊。他以为策婶早就跟着陈策突围走了，没想到策婶和孩子们还留在香港。

郑介民曾多次带李裁法到陈策将军家做客，第一次去的时候，他的手被咖啡烫伤，还是策婶帮着上药包扎。郑介民私下里曾多次交代过，让他积极支持协助陈策。李裁法也知道郑介民和陈策是文昌同乡，私人感情很好，因此，有了郑介民这层关系，他和陈策夫妇也走得很近。后来，香港保卫战期间，李裁法又在陈策领导的联合办事处情报组任职，特别是那次歼灭企图偷袭亚细亚行第五纵队的战斗，让李裁法亲眼见识了陈策的大智大勇，更是钦敬有加。香港沦陷前，受王新衡指派，李裁法通过关系打入日本宪兵队，做了军统的“卧底”。

于公于私，李裁法下定决心要救梁少芝。这次借口跟踪，他终于找到了和策婶联系的机会。

李裁法带着梁少芝母女换了一处僻静的座位。上完茶点，梁少芝给琼英夹了两只虾饺，让孩子先吃着，然后轻声问道："李秘书，你怎么在这里？"

李裁法警惕地四下看了看："说来话长，以后再细讲。策婶，我问你，你打算怎么办？"

梁少芝顾不上说自己的事，急切询问："你知道你策叔的消息吗？"

"陈司令已经安全离开香港，估计这会儿该到曲江了吧？"李裁法把英军投降那天，自己在大街上看到亚细亚行美式吉普车的经过告诉了梁少芝，"我敢百分之百地断定，司令一定在那两辆车里！"

"菩萨保佑，菩萨保佑，这下我就放心了！"梁少芝高兴得一个劲儿地念叨。

李裁法喝了口粥："策婶，你和孩子很危险，要赶快想办法离开香港。"

"谁说不是呀，可日本人看得那么紧，我哪儿也去不了，愁死个人！"梁少芝满脸的焦虑。

李裁法安慰她："别慌，这事我来安排，你随时做好走的准备。"

"那就先谢谢你了！"梁少芝说完这句话突然一转念：李秘书到底是个什么样的人？不会是日本人下的套吧？

李裁法从梁少芝的眼神中看到了那丝稍纵即逝的疑惑，但是，又不便直接表明自己的身份，只好恳切地说："策婶，请你相信我，我一定帮助你和孩子逃离虎口。"

梁少芝点点头："相信、相信。"

这个时候了，相不相信，真的假的，都只能冒死一搏！

回到家中，梁少芝立刻朝着黄大仙庙的方向磕了三个头，新添了两炷香。

（四）

突围小分队重新出发后半个小时，果然在一个三岔路口见到了大鹏城的乡长乍以号。乍乡长个子不高，身体比较胖，圆圆的脑袋、圆圆的脸，慈眉善目，活像一尊弥勒佛。梁永元介绍陈策给乍乡长认识，乍乡长憨憨地笑着，只问候了一句“长官好”就没什么话了。看得出来，此人性格木讷、为人随和，唯有那双大大的眼睛灵动有神，透着精明和干练。

两个乡长交接工作，又耽搁了一点时间。借这个机会，陈策问徐亨：“徐参谋，我们已经踏上大鹏城的地界了，考考你，这个大鹏城有什么来历？”

“大鹏湾边上修了座城，就叫大鹏城呗。”徐亨凭着小聪明在那儿蒙。

陈策用手指点着他的头：“你小子这叫望文生义，不过还算沾了点边儿。”

徐亨借梯上房，乘机提议：“司令，那您给我们讲讲这里边的故事吧，要不光埋着头走路，怪枯燥的。”

“行，咱们待会儿边走边聊。”陈策痛快地答应了。

黄忠的任务算是完成了，他把队伍交给乍以号后，告别了陈策和全体突围人员，打道回府。

顶着午后炽热的阳光，队伍又上路了。

陈策坐在竹轿上，兴致勃勃地开始给大家说古：

“大鹏城是民间约定俗成的叫法，准确的称呼应该是大鹏所城，为明代所修建，已经有 500 多年历史了。”陈策对大鹏城的这段历史很熟。

“为什么叫大鹏所城呀，叫大鹏城不是很顺口吗？”徐亨不解地问。

“这和当时明朝的军事制度有关。朱元璋建立政权后，军队的编制大致分为卫、所两级，卫介于我们今天的师和团之间，所则相当于一个加强营。所城，就是一个所的驻地。”

徐亨恍然大悟：“绕了半天，就是军营嘛。”

“没错，就是军营。当年朝廷在大鹏湾派驻了一个守御千户所，所以修建了所城，供官兵和他们的眷属居住。”

“我听说 500 年前大鹏湾人烟稀少，一片荒凉，为什么在这儿驻军呢？”

杨全跟着陈策在大鹏湾一带活动的时间长，略知当地的风土民情，但对朝廷为什么会在这块不毛之地派驻军队，还是不甚了了。

陈策：“乍乡长，这个问题你来回答。”

乍乡长嘿嘿一笑：“为了打倭寇。”

“啊，那会儿就开始抗日啦？”梁永元一脸的惊奇。

明朝开国，岭南海域就时时遭到倭寇的侵扰，他们抢掠杀戮，无恶不作。洪武二年，即公元1369年3月，明太祖朱元璋派出使臣，给日本国王带去一封诏书，质问倭寇骚扰之事，并向日本国发出严正警告。诏书是这样写的：“宜朝则来廷，不则修兵自固。倘必为盗寇，即命将徂征耳！王其图之！”

意思是说，如果你再放任倭寇侵扰中国，我就要派兵去讨伐你了。但是，当时的日本国王叫良怀，这个良怀根本没把明朝皇帝的诏书当回事儿，既没有派人前来觐见朝贡，更没有修兵自固，导致倭患愈演愈烈。没办法，洪武十四年（1381），朱元璋下令在今天的深圳、香港地区，设置了两个千户所：一个叫大鹏守御千户所；另一个叫东莞守御千户所，隶属南海卫管辖。

卫所，跟今天的军师团营一样，是明朝军队建制的称谓。卫的编制为5600人；千户所编制1120人；千户所下辖10个百户所，每个百户所编制112人；百户所辖两个总旗，每旗50人；总旗辖10个小旗，每小旗10人。

明洪武二十七年，即公元1394年，地方政府划拨经费，在大鹏岭下修筑了大鹏所城。所城修好后，大鹏守御千户所的全体兵将和家眷都搬进城内居住。大鹏守御千户所的主要职责，就是清剿入侵的倭寇，保境安民。

大鹏所城为方形布局，总面积将近10万平方米。东西城墙长约300米，南北城墙长260米至360米。墙体高6米，宽2米。设有东西南北4座城门、2座敌楼，城墙上还设有654个雉，并辟有马道。

大鹏所城自建成之日起，就成为名副其实的岭南锁钥。明隆庆五年，即公元 1571 年，大鹏所城爆发了最为著名的一场抗倭之战。

那年深秋的一天，一直视大鹏所城为眼中钉的数千倭寇，乘着夜色，突然偷袭大鹏所城。一姓谭的老人发现敌情后立即鸣锣报警，熟睡中的军民纷纷翻身起床，争前恐后冲上城墙列阵杀敌。倭贼急了眼，扛着云梯，冒着炮火弓弩，像涨潮的海水，一波一波往前涌。前面的人倒下了，后面的人踩着成片的尸体，号叫着继续冲。高大的城墙有如一道横亘在倭寇前的坚固的防波堤，把他们进攻的浪潮拍得粉碎。

40 多天过去了，倭寇攻势不减，援兵久等不来，城里的守军军心动摇。关键时刻，乡绅康寿柏和谭公振臂高呼，号召军民誓死守卫所城。在他们的鼓舞和带领下，所城军民戮力同心终于战胜了倭贼。大鹏所城解围后，地方官员特意赠送功德匾，褒扬康寿柏的御寇守城之功。《新安县志》里还专门记了一笔："柏呼众坚守，有登城者，手刃之，即碎其梯，围乃解，当道以匾旌之。"

听完这段荡气回肠的往事，每个人都觉得浑身的血在奔涌、沸腾。

梁永元骂开了："狗日的小日本，老想打我们中国的主意，500 多年了，贼心还是不死啊！"

陈策接过话头："侵占中国是日本崽几百年的梦想，他们就像个赌棍，这回是豁出命来搏，想赢个满堂彩。不过，他们总是不长记性，500 年前被打得头破血流，今天同样会输得精光！"

不知不觉，一两个小时过去了，队伍登上一座山岭。乍乡长指着山下一片灰蒙蒙的建筑对大家说："看，那就是大鹏所城！"

和李裁法取得联系后，梁少芝心里踏实了不少。她暗暗做着出逃的准备，把常用物品、不多的钱，以及自己和孩子的换洗衣服打成一个包袱，放在床头，随时说走就走。

梁少芝心里还牵挂着一个人，徐亨的媳妇余婕。她知道，徐亨突围时也没有来得及带上新婚的妻子。一个年轻女子，孤身留在香港实在是太危险了。她写了张便条托李裁法转交余婕，让她在家不要乱跑，等候通知，一旦时机成熟，相约结伴逃离香港。

余婕那边很快有了回音。便签上寥寥数语，急迫的心情跃然纸上："婶，寝食不安，静候佳音。"余婕怕万一给梁少芝惹什么麻烦，没敢写"策婶"，只写了个"婶"，足见其谨慎和小心。

万事俱备，只欠东风。东风被李裁法掌握在手里，什么时候刮，需要等待恰当的时机。

下午 5 点多钟，突围小分队终于抵达大林坑。大林坑不是一个坑，而是一座山，属于深圳笔架山的一段。

乍以号让大家在路边树林里稍事休息，吃点干粮，准备翻山。他去了附近的下禾塘村，事先联系好的向导正在家里等他。梁永元怕出意外，派了两个人跟他一起去。

半个小时后，乍以号三个人回来了，跟他们一起来的，还有一个精壮瘦小的青年。陈策一眼看去，那人不过十六七岁，稚气未脱，还是个孩子。他悄声问乍以号："乍乡长，你怎么找来个孩子当向导，行吗？"

乍以号拍拍自己的胸脯："陈司令，我找的人，您放一百个心。"说着，压低了嗓门，"别看人小，参加东江纵队 2 年了，打过不少仗，是个老兵！"

陈策惊愕地走近那个年轻人："小仔啊，你真是东江纵队的人？"

小战士响亮地回答："那还有假。"

"你多大啦？"

"17 岁。"

"叫什么名字呀？"

“我姓廖，您叫我小廖好了。”

“小廖，小廖，”陈策嘴里念叨着，“上山的路你熟悉吗？”

小廖使劲地点了点头：“当然，闭着眼睛都不会走错！”

陈策有点喜欢这个充满朝气和自信的年轻人了，他上下打量着小廖：“你看我们翻过大林坑要多长时间啊？”

小廖看着他一条空荡荡的裤管，皱起了眉头：“我过嘛，40分钟。你们过去的话，估计至少得两个半小时到三个钟头。”

“路不好走，慢一点没关系。”乍以号向陈策鞠了个躬，“陈司令，我就送你们到这里了。翻过山就是塘布，樟树铺的严星魁乡长在那里等你们。”

陈策握住他的手：“一路上谢谢你了！”

乍以号拱拱手：“司令太客气了，分内之事，何以言谢。”他又依次跟梁永元、徐亨等人互道珍重。一路上彼此帮扶、谈古论今，大家已经成了朋友。

“那好，咱们后会有期。出发！”告别了乍乡长，陈策拄着一根棍子，率先踏上了曲折的山路。

梁永元连忙拉住他：“司令，还是让他们抬着您走吧，这样快些。”

徐亨和杨全也劝他坐轿子。

陈策说：“这样，我先自己走一段，走不动了再坐轿子，怎么样？”爬这么陡的山，他担心抬轿子的人太受累。

徐亨和杨全只好轮流扶着他，朝山上走去，几个队员扛着那顶简陋的竹轿紧跟其后。目睹这一切的英国官兵，莫不向陈策投以敬佩的目光。

乍以号站在路边，目送突围小分队消失在密密的丛林中。

……

第十章　镇隆遇险

（一）

大林坑海拔不高，一条崎岖的山间小路，淹没在杂草丛林之中。那个叫小廖的向导，随身带了把砍刀，不时斩断那些横亘在路上的枯枝藤蔓，为突围小分队清理通道上的障碍。

大林坑一瞥

大林坑覆盖着茂密的灌木

攀岩、下坡、过沟，再攀岩，再下坡，再过沟，几个回合下来，人人都是汗流浃背、气喘吁吁。陈策的伤口有些发炎红肿，每到稍微平缓的地方，他都坚持在杨全的搀扶下自己行走，爬坡、上坎实在走不了，才坐上梁永元为他准备的那顶简陋的竹轿。

英国人好些都穿着笨重的皮鞋，一爬山皮鞋的缺陷全暴露出来了。首先是鞋底平滑、抓地性差，稍不留神就会滑个跟斗。尤其上坡的时候，队伍里不时传来英国人滚下山坡的惊叫声，虽说坡不陡，死不了人，但也要摔你个鼻青脸肿、头晕眼花。再就是因为鞋帮太硬、磨脚打泡，几乎人人都变成了“泡兵”。有几个年轻的英国士兵，干脆把皮鞋脱了背在肩上，光脚包块布，再用绷带缠紧，这下走起路来倒是轻松了不少，但是绷带不经磨，走一段就要更换一条新绷带，即便是这样，也比穿皮鞋强多了。

陈策用的，是梁永元找人临时做的一根简易拐杖，撑手的那条横木，没有刨得很光滑，杨全担心磨手，特意包了层布，但走的时间一长，粗糙的木纹还是把布给磨穿了，也把陈策的右手掌磨出了血泡，血泡再一磨破，沁出的血水把木头染成了红色。但是，年近五十的陈策一声不吭，顽强地用拐杖作支撑，一步接着一步，甩动着自己那条仅存的右腿。他的行动，成了无言的榜样，每一个人都向将军投来敬佩的目光，行军的速度明显加快。

小廖说得没错，花了整整三个小时，这支疲惫不堪的队伍才终于翻越了大林坑，到达一个叫塘布的地方。塘布是个小乡镇，没几户人家，地势偏僻，属樟树铺乡管辖。樟树铺乡的乡长严星魁早已在此守候多时，一见到梁永元立即迎上前来：

“梁大队长，怎么走了这么久？”

梁永元顾不上回答他的问题，先拉着他去见陈策：“严乡长，这位就是我跟你说过的陈策将军。”

严星魁赶紧上前两步，握住陈策的手："陈将军一路鞍马劳顿，辛苦啦！"

陈策淡淡一笑："辛苦谈不上，倒是我们一下子来了这么多人，给严乡长添麻烦了。"

严星魁松开陈策的手，手上沾满了血水，再一细看，才发现陈策将军原来只有一条腿。他一下愣住了，说话的声音都有些哽咽："有陈将军这样的军人，倭寇焉能亡我中华！"他对梁永元说，"让大家先喝点茶，马上开饭。"

梁永元下令原地休息。

严星魁大喊一声："上茶。"立刻有人把两大桶冒着热气的茶水抬到一个空地上，突围小分队的人纷纷解下随身携带的茶缸饭碗围了上去。

杨全为陈策包扎磨破的手掌，徐亨给他端来满满一搪瓷缸子茶水：

"司令，喝吧，严乡长想得真周到，熬的是凉茶，清热败火。"

陈策用另一只手接过缸子，小小抿了几口："让大家慢慢喝，千万不要喝得太猛，那样容易伤胃。"

借这个机会，陈策向严星魁详细了解了樟树铺一带的情况。

严星魁告诉陈策，樟树铺驻守了伪军 131 师一个团，团长姓叶，这家伙虽说投靠了日本人，但还不属于那种死心塌地的汉奸，只要不危及他的利益，给够了钱，能帮的忙他还是会帮。

听严乡长这么一说，梁永元立刻掏出一沓钞票塞给他："5 万港元，够不够买路钱？"

严星魁忙不迭地说："够了，够了。吃完饭咱们就出发，到了他的防区，我亲自去交涉，没有问题。"

晚饭是米饭、炖菜加咸鱼干，每人还有一只鸡蛋。爬了半天山，大家早就是饥肠辘辘，又饿又渴，这下吃饱了，喝足了，等于给汽车加满了油，稍事休息便又踏上了征途。

小廖要返回下禾塘村了，陈策特意把他叫到自己面前："小廖啊，我代表突围小分队谢谢你，也谢谢东江纵队培养出了你这样优秀的战士。”

“陈将军，不用客气，我给你们带路，也是组织上安排的任务。现在任务完成了，我也该归队了。”小廖高兴地说。

陈策：“回去转告你的长官，就说我陈策说的，你的任务完成得很好，要是有条件，真该给你颁发一枚勋章。”

小廖的神情突然变得严肃起来：“陈将军，我是个共产党员，从来没有给国民党的军官敬过礼。但是，一路上我听梁大队长和杨全他们说了，您是虎门抗日的大英雄，消灭了好多日本鬼子。就冲着这一条，让我十分佩服，敬礼！”话音一落，小廖“啪”一个立正，给陈策行了个庄严的军礼。

陈策连忙握住他的手：“不管国民党还是共产党，都是中国人，打日本崽责无旁贷。你一个人回去，还要走那么长的山路，注意安全。”

“谢谢陈将军关心。”小廖又和杨全、徐亨、梁永元等人告别，然后转身踏上了来的那条路。很快，他的身影消失在密密匝匝的丛林中。

从塘布出发，突围小分队又走了约莫半个小时，严星魁把队伍带到一片小树林里，对梁永元说：

“梁大队长，你们在这里隐蔽好，我去会叶团长，一般不会有问题。如果我 20 分钟没有回来，你们就赶紧从东边那条小路上山，翻过山就是新圩，我们在那里会合。只是山上路不好走，又没有地方睡觉，让你们受累了。”

梁永元看了看陈策。陈策点点头：“严乡长说得有道理，人心难测，我们是要有两手准备，万一不行，咱们就上山，少睡一晚上觉死不了人！”

严星魁朝众人拱拱手，朝不远处的几栋房子走去。

陈策吩咐梁永元，让大家分散开来，占据有利地形，派出警戒，做好战斗准备。

伪军131师的叶团长，正和几个下属聚在一起喝酒，见严星魁走了进来，高兴地招呼他入席：

“严乡长，你来晚了，自罚三杯吧。”说着，让手下给严星魁斟酒。

严星魁惦记着陈策和突围小分队，哪有心思喝酒，可这事还真不能急，一急就容易露馅。于是，他换上一副笑脸，接过三杯酒一饮而尽：

“兄弟认罚！”

“痛快。”叶团长又亲自给严星魁满上一杯，严星魁乘机把他拉到一边，“叶团座，兄弟我有事请您帮个忙。”

叶团长狡猾地笑了笑：“别不是你的朋友又要过路吧？”

严星魁正色道：“哎呀，真是什么事也瞒不过您叶团长的火眼金睛，真被你说着了，我有几个做盐生意的朋友，想借您的道。”

“啊，盐商啊！严老弟，其他都好说，盐可是日本人严格控制的商品，不太好办呀。”叶团长皱起眉头，踱了几步，一副为难的样子。

“正因为难，所以才找您啊。”说着，严星魁把钞票递到叶团长的手上，“这5万港币，您留着喝茶。”

叶团长把钱揣进兜里，脸上笑开了花：“严乡长你也是，咱们兄弟之间，哪用得着这么客气。”

“团座，要是我自己的事，我就不跟您客气了。可他们是商人，我跟他们说了，你们借道贩盐发财，留下点买路钱，这可是江湖上的规矩，天经地义！你猜他们怎么说？”

“他们怎么说啊？”叶团长听得入了神，赶紧追问。

“他们说，这点钱小意思啦，只要叶团长肯赏脸，能罩着我们，大家一起发财呀！我可没逼他们，这都是他们自愿孝敬您的。”

叶团长一听，赚钱的机会来了。他把酒桌上的那几个人都给轰下去了，拉着严星魁坐下来：“严乡长，你的朋友能有这份心，我叶某先谢过了。没问题，我让副官给你办一张特别通行证，在我的地盘上都好使。”

严星魁连忙起身致谢。

叶团长又问：“你那帮朋友在哪儿呢？我请他们喝酒。”

严星魁故意把脸一绷：“团座，这事不能干，我可不能带他们来见您。您想啊，他们要是跟您认识了，我还有什么用啊？说实话，我也指着您这条路挣点茶水钱呢。”

“哈哈哈！”叶团长大笑起来，“严老弟真是个实在人。也好，你把着这道门槛，有钱咱哥俩一起挣！”

心急火燎的梁永元望眼欲穿，眼看着 20 分钟就要过去了，远处终于出现了严星魁的身影。

“怎么样？”严星魁刚一进树林，梁永元就冲过去问道。

严星魁擦了一把头上的汗：“搞定！”

拿着叶团长给的特别通行证，一路畅通无阻、紧赶慢赶、天刚擦黑，进到了今天晚上的宿营地，一个叫下山尾的小村庄。

安排好所有的人住下，已是晚上 9 点多了。梁永元带着两个警卫依然和陈策同住一个院子，临睡前他不放心，准备再去巡查一遍哨位。路过陈策的房间，屋里还亮着灯，他透过破损的窗户瞄了一眼，陈策还在油灯下奋笔疾书。

陈策有记日记的习惯。他在今天的日记里写道：

民国三十年十二月二十七日，星期六

晨，七时启程，途经鸭母脚、径深、大林坑、糖埔、樟树埔，横过淡平公路及西湖隔田等沦陷区……经一日之步行，安抵下山尾，即宿于此。

自己累一点、苦一点都不要紧，让陈策心里更牵挂的，是香港目前的局势怎么样了？妻子儿女们都还好吗？细数起来，撤离亚细亚行到现在才 3 天时间，可陈策感觉像过了 3 年。

（二）

攻打香港的战斗还在进行中，东京大本营就已经憋不住了，屡屡催促23军司令官酒井隆和38师团长佐野忠义，让他们抓紧时间，尽快结束香港作战。原因只有一个，南洋战场吃紧，急需38师团驰援。因此，香港的战火尚未完全熄灭。1942年1月18日，来不及休整的38师团急匆匆地奉命调离港岛，这支疲惫之师很快又投入到了进攻印度尼西亚的战斗中。

1942年下半年，38师团在瓜岛作战中遭到盟军重创，损失惨重，不久撤出瓜岛。师团作战失利，并没有影响师团长佐野忠义的升迁。1944年，佐野忠义升任第34军司令官，驻守武汉地区，后因病去职。1945年7月3日，日本投降前一个多月，佐野忠义在日本仙台病死。

38师团调走了，但是，日本在香港的驻军并没有减少。鉴于香港的特殊地位，东京大本营把港岛作为一个战略支撑点，采取了和韩国、台湾完全不同的治理模式。加强修筑炮台和防御工事，调派了2.5万名士兵分驻各个阵地，他们要把香港军事化、堡垒化、要塞化，时刻准备应对盟军的反攻。

1942年1月1日，经过一段时间的筹备，日军成立了“地方行政部”。这个部门的职责名义上是为了保障在港华人的生命财产，实际上是要进一步加强对香港的殖民统治。果然，1月21日日本军政府发布政令，将港九划分为18个“区政所”，其中，港岛12个、九龙6个。每个区政所设一名华人行政长官，负责管理本区各项民事事务，如工商、医疗、粮食配给、户口调查等。而这18个区政所，则由日本军政府的地区事务所统辖。

2月20日，东京向全世界宣布：香港为日本占领地。香港军政府的使命到此结束。日本政府正式任命陆军中将矶谷廉介为香港总督，平野茂为副督。总督府设在了汇丰银行。

日本占领香港后的首任总督矶谷廉介

趾高气扬的日本侵略军进驻香港

矶谷廉介走马上任时，日本首相东条英机通过副总督平野茂，向他下达了三点指示：

1. 香港是英国囤有大量物资的地方，但是英国人巧妙地隐藏起来了，日军必须对这些物资进行彻底搜查，并立即运回日本；

2. 对于敌军不可宽容，不可给予良好食物，只能维持他们不死的待遇；

3. 对于收容集中营的外侨，不得让他们夫妇同居，应个别禁闭。

踌躇满志的矶谷廉介坐上了香港总督的宝座，香港陷入一片血雨腥风。香港的历史，记下了以矶谷廉介为首的日本殖民政府的一系列恶行：

矶谷廉介领导的总督府先后制定了《占领地（香港）法例》《出入境法令》和《军法会议法令》，根据这些法令，日本当局只要认为香港居民“有阻碍军政法律实施的行为，有通敌嫌疑行为”，就可以随意逮捕、滥杀无辜……

1942 年 1 月，因粮食供应紧张，日军与民争粮的问题日益突出，日本军政府宣布“所有没有工作和居留证的人员，都必须离境”。为此，还专门成立了一个“递解部”，大量驱逐香港居民离境。到了 1943 年 3 月，粮荒愈加严重，日本士兵在大街上疯狂地捕捉市民，并用帆船强行押送到华南海岸。据史料记载，当时被驱逐的香港居民，平均每天达 1000 多人。短短几年时间，香港居民由 150 多万锐减至 70 余万，死于非命者不计其数……

1942 年 8 月，日军要在湾仔大佛口一带修建 500 间慰安所，作为军妓营业居住的地方。为此，日本军警用刺刀强迫居民限期迁出，许多人连基本的生活用品都来不及带就被赶出家门，流落街头……

为修建日本（香港）神社，矶谷廉介派士兵驱赶 2000 户居民，拆毁 400 间房屋，搜刮了 200 多万元；日军还在金马崙山巅修建了一座“忠灵塔”，纪念所谓“香港攻略战”中战死的官兵，二战后被英国当局下令炸毁……

矶谷廉介把从香港仓库中没收的大量鸦片，集中到汇丰银行亲自监管，然后秘密运往中国内地销售。用他的话来说，就是“用中国人愚化中国人”。既能用鸦片摧毁中国人的抗日意志，又能赚取大量金钱，为扩大侵略战争服务……

多行不义必自毙。酒井隆和矶谷廉介，是香港沦陷后，东京大本营委派的统治港九的两任最高行政长官。但是，任你是高官、权贵、富商、明星，都逃脱不了因果报应的宿命。“出来混，总是要还的”，这句话真是鞭辟入里，放之四海而皆准。

5 年后，戏剧性的一幕在中国南京上演，当年两任日本派驻香港的最高行政长官站在了被告席上。酒井隆被判处死刑，倒在了正义的枪口下；背负着无期徒刑的矶谷廉介，1967 年死于日本。

佛祖曾告诫世人：恶有恶报，善有善报；不是不报，时候未到。恶报福报，迟早要报；极恶大善，一定是现世报！

日军占领香港后，一方面大肆驱赶本地居民；另一方面，又对入境、离境和居留等事项做了严苛的规定。其目的，就是防止国民党高官和爱国抗日分子，以及共产党人逃离香港。

这天早晨，梁少芝一开门，就看见门旮旯放着一块鹅卵石。这是她和李裁法约定的暗号，说明李裁法有重要的事情告诉她。梁少芝怀着兴奋不安的心理，带着琼英走进了那间常来吃早茶的茶楼。

李裁法早就到了，还是坐在那个背静的角落里，桌子上摆着一壶茶，还有两份粉肠、两笼虾饺和两碗粥，那是给梁少芝和琼英点的。

“李先生，谢谢了。”梁少芝落座，感激地说。

李裁法放下手中的报纸：“策婶，别客气，咱们边吃边聊。”说着，把肠粉推到琼英面前，“刚上的，趁热吃。”

梁少芝喝了一口粥：“李先生，有什么要紧事吗？”

李裁法环视了一下四周，没有发现任何可疑的情况：“前两天，日本人在南澳发现了几艘英军的鱼雷快艇。”

“和你策叔有关系吗？”梁少芝急切地问道。

李裁法点了点头：“从行程上推断，和策叔撤离亚细亚行的时间比较吻合。”

“太好了！太好了！”梁少芝的喜悦之情溢于言表。

“日本人还派飞机前去轰炸，但据说只炸毁了那几艘鱼雷快艇，没有人员伤亡。”李裁法给自己的杯子里斟上茶。

听了后边这句话，梁少芝有些紧张。她捂着自己的胸口：“苍天有眼，黄大仙有灵，保佑我夫君逢凶化吉、遇难呈祥！”

李裁法安慰她：“策叔是行大船，经过大风浪的人，不会有事。”

“那我们什么时候能走啊？”丈夫有了消息，梁少芝的心情轻松了不少。

李裁法喝了口茶：“你跟徐参谋的夫人联系上了吗？”

“联系上了，走的时候叫上她就行。”梁少芝说。

李裁法：“那就好，你们等我的通知。正是因为在南澳发现了英军的鱼雷快艇，日本人断定有人突围，这两天风声有点紧，咱们先避过这阵风头再说。”

“行，我们听你的安排。”梁少芝信任地看着李裁法。

休息了一个晚上，突围小分队的大部分队员又都恢复了体力，简单吃了点东西，就出发了。

上午的行军还算顺利，没遇到什么麻烦。11 点的时候，到达了一个叫新圩的集镇。新圩紧挨着公路，房子很少，也很破旧。临街有几家商铺，灰头土脸地立在那里，卖点农具和杂货。

高灵着急忙慌地向陈策报告，有几个英国人因为生病发烧，掉队了，一直没有跟来，他请求在新圩停下来休整，等等这些人。陈策同意了，并让梁永元派人沿着来路去接应掉队的人。突围几天来，风吹日晒，加上饮食不周，使得不少人患了感冒和腹泻，带的药早就用光了，只好硬扛着。特别是那些拉肚子的人，最为狼狈。行军时怕掉队，不敢停下来上茅房，干脆边走边拉，稀糊糊的大便顺着屁股往下流。常言道：好汉架不住三泡稀。连续拉上几天，别说走路，连说话的力气都没有了。

梁永元安排好警戒后，让严星魁去张罗午饭，他把陈策带到镇上唯一的一家小饭馆，喝茶休息。这家饭馆的老板是梁永元的一个熟人，给他们在当门的大榕树下摆了张桌子、几把椅子，上了一壶铁观音。

杨全和徐亨先给陈策换药，然后几个人围坐在树下喝茶。陈策看着空荡荡的街道，颇有几分感慨："想当年，新圩也是藏龙卧虎，轰轰烈烈过一阵子啊！"

徐亨最爱听陈策讲古，忙说："义父，新圩怎么个藏龙卧虎？怎么个轰轰烈烈？讲给我们听听吧。"

陈策清了清嗓子："你们听说过孙中山先生发动的三洲田起义吧？"

"听说过，但只知道个大概，跟新圩有什么关系吗？"梁永元也很想了解这其中的掌故。

"这都是 40 多年前的往事了，还是中山先生在世时，亲自讲给我听的。"陈策眯缝着眼睛，陷入了沉思……

1894 年，孙中山在檀香山创立了兴中会，开始了他以推翻清政府为目标的革命生涯。从那时起到1911年辛亥革命成功，17年间，孙中山先生以香港为基地，在南方先后策划了六次武装起义：

1895年的广州起义、1900年的惠州起义、1907年的潮州黄冈起义、1907年的惠州七女湖起义、1910年的广州新军起义和1911年的广州“三·二九”（著名的黄花岗起义）。

其中1900年的惠州起义，也叫三洲田之役，那年是庚子年，所以又叫庚子惠州之役。那一年，在中国历史上发生了一件惊天动地的大事：八国联军打进了北京城，史称“庚子之变”。最后，以战败的清政府赔偿交战各国四亿五千万两白银了事。

要说三洲田起义，就得从一年前成立的“兴汉会”说起。

1899年11月，兴中会、哥老会、三合会代表在香港开会，决定成立“兴汉会”，推举孙中山为首领，并制定了“驱除鞑虏，恢复中华，创立合众政府”的纲领。后来，哥老会主要首领李云彪等人背叛盟约，投靠了康有为的保皇党，孙中山非常气愤，决定在广东发动武装起义，以实际行动表明自己同清廷势不两立的立场和态度，地点就选在了三洲田。

三洲田位于大鹏湾，当时属惠州管辖。这里群山环绕、山高林密，交通信息相对封闭，清朝的统治力量也比较薄弱。革命党以开设拳馆为由，发动群众、积蓄力量、开展活动。

惠阳淡水圩有个郑士良，自幼随父习武，喜爱舞枪弄棒。长大后，受到“洪门”反清复明思想的影响加入三合会，因豪侠仗义、敢作敢为，逐渐成为三合会的首领。1886年，郑士良在博济医院学习时，机缘巧合，竟与孙中山成为同学。从相识、相交到相知、相托，共同的理想把他们紧紧连在一起。两人常与一帮志同道合的青年学子议论时政，每每谈及清政府的腐败无能、国家的积贫积弱，无不于涕泪纵横中，迸发出“我以我血荐轩辕”的万丈豪情。从此，推翻腐朽的清王朝，成为他们终生的奋斗目标。孙中山曾在自传中评价郑士良：“为人豪侠尚义、广交游，所交纳皆江湖之士，同学中无有类之者。予一见而奇之，稍与相习，则与之谈革命，士良一闻而悦服，并告以彼曾投入会党，如他日有事，彼可为我罗致会党以听指挥云。”

也许正是受到郑士良的影响，孙中山在以后的革命实践中，十分重视和依靠会党的力量，每次武装起义的背后，几乎都闪现着会党的身影。

1899 年秋，郑士良奉孙中山之命，在三洲田开了间小商铺，明里卖点日用杂货，暗地里却是革命党的一处重要据点，秘密在群众中开展宣传组织工作。

1900 年 7 月，孙中山因被清廷通缉，无法亲临三洲田领导起义，只得改任郑士良为革命军司令、武装起义的总指挥。郑士良临危受命，积极招募和训练起义军骨干 600 余人，筹备枪支 300 多条，子弹 9000 余发。

革命党在三洲田的活动终于引起清朝政府的警觉，他们调兵遣将，准备兵分三路，合击三洲田的起义军。

形势万分危急，可郑士良人在香港一时赶不回来。于是，起义军推举黄福为临时大元帅，担负指挥起义的重任。这年 10 月 8 日，起义军在三洲田一个叫马栏的地方，宣誓起义。起义军的第一仗，就是攻打沙湾，歼灭清兵 400 多人，缴获了一批枪支弹药。

初战告捷，士气大振。不久，郑士良返回三洲田并带来孙中山的指示：“若能突出，可直越厦门，至此即有接济。”他亲自率领 2000 余人的起义队伍，转道惠阳、惠东、平海，直指厦门。

10 月 11 日，抵达新圩……

陈策指着冷清的街道说：“起义军应该就是沿着这条路到的新圩，他们在这里进行了短暂的休整，然后继续北进。可以想见，2000 多人驻扎在新圩，那个场面该有多新奇。哪像现在，连个人影都看不到。”

“后来呢？”徐亨问道。

新圩老屋

今日新圩

“出新圩向北大概十几公里，有一个地方叫佛子坳。起义军在那里与清军展开了激战，那是三洲田起义以来真正意义上的第一场战斗。”

所有人的思绪都跟着陈策一起穿越时空，眼前狼烟四起、杀声震天……

佛子坳，也叫佛祖坳，是从大鹏湾到惠州的必经之路，因路边建有一座佛祖庙而得名。1900 年 10 月 15 日，郑士良率两千起义军，在这里与清军遭遇，双方投入数千兵力，刀光剑影、枪炮轰鸣，直杀得昏天黑地，日月无光。经过一场惨烈的战斗，起义军大获全胜，击毙清军守备严宝泰，生擒惠阳县丞兼清军管带杜凤梧，缴获枪支 710 条，子弹 50000 余发。紧接着，起义军一鼓作气，又连克永湖、崩冈圩，三战三捷，声威大震。

后来，因为原定的增援计划突生变故，起义军陷入弹尽粮绝、外无援兵的窘地。孙中山无力回天，只得把临机决断的大权交给了郑士良。清军大兵压境，郑士良也想不出更好的办法，解散队伍后，只身避祸香港。

轰轰烈烈的三洲田起义失败了。之前，1895 年 10 月，孙中山还发动过一次广州起义，那也是他领导的第一次武装起义。不幸的是，这次起义最终因机密败露而流产。因此，从效果和对历史的影响看，5 年后的三洲田起义才真正打响了反抗清朝专制统治的第一枪。

郑士良隐居香港的第二年 8 月，外出参加朋友的宴请，被清廷收买的奸细下毒害死，终年 38 岁。孙中山痛失左膀右臂，悲痛万分，除派专人赴港吊唁，还特意拨款抚恤遗孀。

孙中山始终难忘郑士良的丰功伟绩，难忘三洲田起义时牺牲的烈士们。辛亥革命后，他派专员来到三洲田，慰问当年参加起义的同志和烈士后嗣，还拨了一笔巨款，用于修建清兵镇压起义时烧毁的村民房屋，并创办了三洲田学校。如今学校那块“庚子革命首义中山纪念学校”的匾额，是孙中山逝世后，他的儿子孙科所题写……

（三）

陈策正聊得高兴，严星魁带了两个人抬着食盒走了过来，老远就在喊：“陈司令，梁大队长，饭好了，吃饭吧。”

陈策一见忙打住话头：“吃饭，吃饭，我都有点饿了。”

大家七手八脚地把桌椅板凳收拾了一下，开始上菜。严星魁真是个有心人，一路上他看到不少突围队员都在拉肚子，特意让人熬了一锅祛毒止泻的汤药，也给陈策他们送来一罐，有病治病，无病强身。

陈策感激地对严星魁说：“严乡长，谢谢你了！”

严星魁有点不好意思：“国难当头，星魁当尽绵薄之力，将军何以言谢！”

梁永元问道：“掉队的那几个人都到了吗？”

“都到了，也喝了药，正抓紧时间休息。”严星魁说。

“司令，你们先吃，我过去看看那几个病号。如果实在走不动，就让他们先住在老乡家里养病，回头再来接他们。”梁永元担心带着伤病员行军，会影响整个突围小分队的开进速度。

陈策叮嘱他："这倒是个办法，两头都不耽搁。但一定要找可靠的人家，安全第一。都是盟军，千万不能出意外。"

"放心，我会安排好的。"说完，梁永元朝英军休息的地方走去。

杨全盛了一碗药汤递给陈策："司令，您也喝点吧，防止万一。"

陈策接过碗，一饮而尽。放下碗，陈策环视众人："你们也得喝，节骨眼上了，谁也不能生病。哎，徐亨呢？"

大家这才发现，不知什么时候，徐亨不见了。正着急，徐亨拿着一摞报纸急匆匆走了过来："义父，日寇又开始进攻长沙了。"

陈策拿过报纸，一行大标题映入眼帘：日寇三犯长沙，薛岳将军严阵以待。

此次日军进犯长沙，和香港局势紧密相关。

酒井隆指挥23军打响进攻香港的战斗后，为防止中国军队驰援，日本第11军司令官阿南惟几中将奉命统率所部，向中国第九战区发动了牵制性进攻，战略目的只有一个：策应香港作战。

一开始，日军确实达成了他们的战略构想，第11军大兵压境，中国原定增援香港的军队被迫回撤，大大减轻了酒井隆的压力，使得23军放心大胆地进攻港九。势单力薄的英军独木难支，最终缴械投降。

阿南惟几被胜利冲昏了头脑，他梦想着夺取长沙，为天皇陛下建立更大的功勋。就在陈策率领突围小分队到达新圩这一天，1941年12月28日，阿南惟几放弃了原先的作战思路，独断下达了进攻长沙的命令。他要用手中30个大队6万人的兵力，与中国第九战区司令长官薛岳将军的30个师30万人，在长沙城下决一死战。

仅从双方的兵力对比来看，中国军队占有绝对的优势。但是，若论中日军队的武器装备、训练水平，日军无疑更胜一筹。

长沙因为其重要的战略地位，注定成为中日双方浴血缠斗的枢纽之地。

1939年9月至今，日军已是三犯长沙，前两次中日长沙之战，基本上打了个平手。第三次长沙会战，不仅聚焦了交战双方的目光，而且成为世界反法西斯战场的一大亮点。

出了新圩不久，就进入了镇隆的地界。

镇隆是惠州的一个镇，北距惠州 10 公里，南至大鹏湾 50 公里，总面积 115.3 平方公里。这里虽属于沦陷区，但因为靠近国军控制的惠州，所以日军加强了防卫。常驻的兵力除伪军 131 师 8 团外，还在邻近惠州的路口设有哨卡，由日军的一个小队把守。

伪军 131 师 8 团的团长叫张旭，严星魁经常跟他打交道，对此人很了解。梁永元和他商量后，准备像对付叶团长那样，拿钱买路。但是有一个问题，就算是过了张旭的地盘，要去惠州必须经过日军的哨卡，这就难办了。除非张旭派兵护送，否则插翅难飞。眼看着就要胜利突围，却又碰上这么个难题，真把梁永元和严星魁急坏了，事不宜迟，赶紧向陈策汇报。听他们介绍完情况，陈策只问了一个问题：

“你们说的这个伪军团长爱和什么样的人交往？”

严星魁略微思考了片刻：“张旭这人行伍出身，比较义气，他的朋友大都是江湖上的人。”

“你们把他请来，就说我要见他。”陈策平静地说道。

梁永元和严星魁面面相觑：“这、这合适吗？”

“没什么不合适的，事到如今，也只能这样了。”陈策的态度很坚决。

徐亨着急地扯了扯梁永元的衣服，悄声阻止道：“伪军就是汉奸，万一那个团长翻了脸，绑了司令去向日本人邀功请赏，我们岂不成了千古罪人？”

听徐亨这么一说，梁永元也觉得有点冒险，不禁犹豫起来。

陈策指着徐亨训斥道：“什么伪军就是汉奸？别一篙杆打了满船的人，他们当中有些人是因为上峰投了日本崽，一时没办法，只好先跟着混口饭吃。”

徐亨辩解说：“义父，您这着棋太险了，不值得！”

陈策：“只要我们突围小分队能过了最后这道坎儿，再险都值得一搏。别浪费时间了，永元，你和严乡长赶紧去找一下这个叫张旭的伪军团长。”

“是！”梁永元和严星魁领命而去。

20 分钟后，梁永元和严星魁回来了，身后跟着一个 30 多岁的男子，没穿军装，穿了一身便衣。

陈策坐在路边的一块石头上，正翻看徐亨在新圩找的那几张报纸。

梁永元走到陈策跟前，还没等他介绍陈策的身份，随他们而来的那名男子纳头便拜：“陈将军在上，罪将张旭拜见虎门大英雄。”

“快请起，快请起。”陈策忙让杨全扶张旭起身。

张旭这才站直了腰板，朗声说道：“张旭为日本人做事，虽属无奈，但愧对祖宗先人，愿凭将军责罚。”

“张团长看来是个懂是非、明事理的汉子，你为日本崽做事，可能有自己的苦衷，但一定不能祸害老百姓，听过《三国演义》里徐庶的故事吧？身在曹营心在汉就好。”

“谨记将军教诲。”张旭又一抱拳，江湖味十足。

陈策话锋一转：“张团长，我们这次路过贵部地盘……”

张旭伸手拦住陈策下面的话：“梁大队长和严乡长已经跟我说了，请将军放心，张旭愿以戴罪之身，护送将军一行过境，将功折罪。日后如有机会，还请将军代为奏明重庆当局，张旭不胜感激。”

陈策大喜：“一定，一定！”

张旭转身对梁永元说：“容我回去稍作准备，40 分钟后咱们出发。”

张旭走了，梁永元仍心存忐忑：“司令，张旭不会变卦吧？”

陈策："变卦不变卦，成败都在此一举。"

严星魁："只要过了前面的日军哨卡，最迟下午 6 点钟我们就能到镇隆，好好休息一晚上，明天就可以到惠州了。"

张旭没有食言，40 分钟后，他带了两个排的人，都换上便衣，全副武装护送突围小分队踏上了行程。

日军哨卡虽然兵力不多，但如果硬闯一定会有伤亡。所以张旭带领突围小分队从野地里另辟一条路，想绕过哨卡。刚开始还算顺利，借助灌木丛的掩护，每个人放低身段，小心翼翼地通过了关口。可还没走多远，就被日军发现，并追了上来。

张旭让陈策他们先走，自己带人在后边掩护。情势危急，顾不上多说，在严星魁的带领下，突围小分队全速向附近的山上跑去。

很快，身后传来激烈的枪声，10 多分钟后，枪声平息了。

陈策对梁永元说："永元，你去看看什么情况。"

不一会儿，梁永元回来了，跟他一起回来的还有张旭。原来，追击的日军突然遭到张旭部队的阻击，被打蒙了，又不清楚对方有多少人，不敢恋战，便退了回去。

"你们有伤亡吗？"陈策关切地问。

张旭笑着说："连毛都没伤着一根。"

陈策这下放心了："那就好，我担心一旦有伤亡，日本崽追查起来，会给你带来麻烦。"

"陈将军放心，跟我来的都是可以换命的自家兄弟，绝不会让日本人抓住把柄。"张旭自信满满。

陈策心想：这个张旭真是个性情中人，够仗义！他伸手和张旭告别："张团长，请回吧，咱们后会有期。"

"陈将军，后会有期！"张旭紧紧握住他的手。

突围小分队走出好远了，还看见张旭和他的人站在山坡上向他们挥手。

（四）

和张旭分手后，基本都是下坡路，突围小分队明显加快了行军速度，想尽快赶到镇隆镇。没料到刚出山林，一条小河横亘在面前。罗纳德跟陈策建议，大家爬山都爬累了，不如休息一下再过河。一听这话，好些人一屁股坐在了河边的草坪上，乐得让疲乏的身体放松片刻。

陈策皱起了眉头："这个时候怎么能休息呢？万一日本崽追上来，咱们连个退路都没有，这条河将成为我们所有人的坟墓。"

罗纳德认为陈策有点小题大做："陈将军言重了，日本人已经退了回去，咱们现在是安全的。"

陈策正要发火，想到对方是盟军，又把火气压了下来，他耐心地跟罗纳德解释："安全不安全不是我们说了算，咱们谁都不是日本崽的参谋长，他们会不会杀个回马枪？哪怕只有百分之一的可能性，我们都得有所防备。临河驻军，是兵家之大忌。罗纳德先生，您是个军人，这点军事常识不会不懂吧？"

一旁的高灵也支持陈策的观点："中校先生，陈将军说得对，我们应该先过河，让这条河成为敌人的障碍，而不是我们的绞索。这样的话，即便日本人追上来了，也只能望河兴叹。"

"那好吧，我收回自己的意见。"罗纳德涨红了脸，低声嘟囔了几句。

小河不算深，但水流湍急。梁永元把大家带到一处河床比较窄的地方，每个人卷起裤腿，手牵着手，形成一条"人链"，相互帮衬着涉水过河。陈策则由杨全背了过去。

上岸后，罗纳德走到陈策身边，悄声说道："陈将军，对不起，我干扰了您的指挥决心，在英国，这是要被关禁闭的。我想明白了，您是正确的。”

陈策朝他笑了笑：“罗纳德先生，您是真正的英国绅士，谢谢您！”

果然如严星魁所说，下午 5 点多，疲惫不堪的突围小分队进了镇隆。一进镇子，就有不少老乡围上来看稀奇，对着深眼窝、高鼻梁的英国人指指点点、窃笑不已。严星魁带着队伍径直向镇口的一处大宅院走去，到了跟前才知道是一所学校，门口挂着一块横匾，上面刻着“养岱学堂”四个斑驳陆离的烫金大字，看得出来，是个老物件，有些年头了。

严星魁对陈策说：“陈司令，大家就在这里委屈一晚上吧。”

陈策忙说：“很好，很好。”由杨全搀扶着跨进大门，四下打量。这真是一处老宅，黑瓦白墙、雕梁画栋，照壁、天井一应俱全，地面一色的灰色方砖。正厅是老师上课的地方，耳房兼作宿舍和办公室，后面还有一个花园，遍栽花草，老树繁茂，鱼塘假山点缀其中，应该是学童们课余时间玩耍嬉戏之所。能把学堂盖成这个样子，准是个有钱人。

陈策发现，正厅和几间厢房的地上，已经铺好细软的茅草，上面覆盖着刚擦洗干净的凉席，凉席上整整齐齐地码放着一卷卷的被褥，五颜六色，一看就是从各家各户收集来的。陈策大概数了数，这些被褥有一百多套。他不禁打心眼里佩服严星魁，对杨全说：“这严乡长真是个精细人！”

突围以来，作战科长鲁宾逊和 07 号鱼雷艇艇长罗纳德，俨然成了英国人的联络员，分配食物，安排住宿都是他俩的事。这时，他们已按人头分完铺位，有的人在清理个人物品，有些人则顾不上脱掉衣服，倒头便睡。

只有西耳房没有打地铺，里面摆了三张床板，显然是留给陈策和徐亨、杨全做卧室。陈策刚坐下，徐亨兴奋地跑了进来，后面紧跟着严星魁和一位绅士模样的中年男人：

“义父，我听这里的人说，昨天镇上开进来一支国军的队伍，说是要增援香港，后来得知香港已经沦陷，才又撤了回去。”

“确有此事？”陈策眼睛瞪得溜圆。

严星魁把那位中年男子介绍给陈策：“陈司令，这位叶先生是养岱学堂的校董，国军的司令部昨天就临时设在学堂的正厅。”

叶先生连连点头，证实了这个消息的准确性。

陈策握住叶先生的手，连声道谢。他感慨地说：“我曾多次建议杨慕琦总督和马尔特比司令官，让英军再坚持一个星期，我们的援军就可以到达。可他们到底还是放弃了抵抗，要不然，香港的战局绝不会是现在这个样子。弄得我们像丧家之犬，惶惶不可终日啊！”

这个时候，遗憾、懊悔都没有用了，历史就是在一连串的偶然事件中，为自己开辟出一条必然的道路。

吃饭的时候，严星魁让叶先生留下来陪客。从他的嘴里，大家才知道这个养岱学堂来历可不一般……

清嘉庆年间，一个叫叶文昭的客家人，跋涉千里，从中原来到惠州镇隆的大光村定居。叶文昭是个盐贩子，贩盐本身利润十分丰厚，再加上他经营有方，渐渐积累起了万贯家财，成了当地有名的富户。尽管家大业大，叶文昭仍然十分节俭，连在外面解了大小便，都要用泥土包好带回来，施到自家地里。

嘉庆三年，即公元1798年，叶文昭出资，在村里修建了岭南最大的一座客家围龙屋。叶文昭号崇林，围龙屋因此被命名为“崇林世居”。

崇林世居宽128米、长108米，四周围墙高9米，占地面积达3万多平方米。整个围龙屋呈9厅18井布局，共有262间住房。除了宽大，最令人称道的是它的建筑艺术别开生面、独具一格。

体积惊人的崇林世居并不显得庞杂臃肿，而是依山就势，逐级逐层地铺排开来，层次分明：第一级为半月形的鱼塘，占地5400多平方米；第二级是禾场，占地1536平方米；第三级是围屋第一层；第四级是以祠堂为中心的保斗部分；第五级为有望楼的后园。整个建筑理念体现了“顺其自然，方便生活”的价值观。其中的望楼，更是客家居屋中最有创意的代表。

走进崇林世居，各种石刻石雕、木刻木雕、砖雕、灰雕、瓷嵌等传统工艺令人眼花缭乱，雕刻的内容则主要反映了中国的传统文化，如耕读传家、多子多福等等。

修建了崇林世居，为了让后人接受良好的教育，叶文昭又在不远处建起了一座私塾，就是“养岱学堂”。

听了叶先生的一席话，吃完晚饭，大家都迫不及待地结伴而行，前往崇林世居一探究竟。真是不看不知道，一看吓一跳。谁也没有想到，在这个不显山不露水的镇隆，竟有如此旷世奇屋。特别是那些英国人，被崇林世居宏大的气势惊呆了，他们用惊异的目光，打量着这座号称“中华第一”的围龙屋里的一亭一院、一屋一房、一砖一石、一草一木。特别是遍布门楼、影壁的木雕、砖雕和石雕、彩绘，外国人不一定懂这些雕刻绘画的内容，但是，他们懂线条、造型和色彩，有这些就够了，种族不同、信仰不同、文字不同，这些都不妨碍对艺术的理解。源自内心深处的那点灵犀，让他们感受到了中国文化摇动心旌的美和摄人魂魄的力量。

天色已晚，加上行走不便，陈策没有去参观崇林世居，而是和徐亨、杨全待在屋里喝茶，谈论时局，尤其是当下正在进行的第三次长沙会战。

徐亨问道：“义父，您预测一下，这回阿南惟几和薛岳，谁会是赢家？”

陈策微微一笑：“倭寇三次进犯长沙，预料其必再三大败！”

陈策一语成谶，第三次长沙会战的结局果不出其所料，以日军的完败、中国军队的大胜而告终。

郁郁寡欢的阿南惟几大将，即便最后担任了日本内阁陆军大臣，长沙之败仍然是他心中永远的痛。就在日本天皇宣布无条件投降的前一天夜里，1945年8月14日凌晨，阿南惟几在官邸剖腹自杀！

今夜月朗星稀，今夜云淡风轻。

陈策将军和他的突围小分队，在南粤一隅的养岱学堂酣然进入梦乡，度过了他们在突围路上的最后一个夜晚。

当年的养岱学堂今天已改为大光小学

时过境迁，当年那座养岱学堂如今早已面目全非。除了校名更改为大光小学外，校园里的老宅子都不见了，满眼全是水泥高楼，仅余下一座风格古朴的亭阁，默默地矗立在僻静的一角，遍览风雨流云、沧海桑田……

第十一章　一路向北

（一）

1941 年 12 月 29 日是个星期一，陈策早早就醒了，也许是因为今天就将抵达国军的防区——惠州，有些兴奋，一晚上翻来覆去地睡不着。他突然想到日本进攻香港那天，12 月 8 号，也是星期一。仅仅三个星期后，自己已经从香港到了惠州城下。就像做梦一样，恍惚间，什么都变了。

既然睡不着，干脆起床到外面散散步。他一动，杨全也醒了。杨全帮陈策穿好衣服，又检查了一下他的伤口，还好，尚无大碍。徐亨睡得正香，陈策示意别把徐亨闹醒了，两人蹑手蹑脚地溜出房门，来到大街上。

杨全看陈策脸色不好，轻声问道："司令，您昨晚做噩梦啦？"

昨天半夜，陈策突然"嗷"地叫了一声，猛地从床上爬起来，浑身都被汗水湿透了。他这一闹腾，连隔壁的梁永元都被惊醒了，赶紧跑过来看个究竟。杨全和徐亨这时正围在陈策身边，他们担心陈策发癔症，一边摇晃着陈策的身体，一边急切地喊道："司令，醒醒！"

梁永元倒了一杯水，喂陈策喝了两口，陈策的神志渐渐清醒过来。他看了看梁永元等人："没事，没事，去睡吧。"说着，又躺下睡了过去。

杨全估计陈策肯定是梦见什么怕人的事了，没有睡好。

陈策这才跟杨全说，他昨晚做梦，梦见妻子梁少芝和两个儿子都被日本崽抓住了，梁少芝被绑上石块投进大海，安邦、安国两人则被喂了狼犬。

听完陈策说梦，杨全连忙安慰他："老人都说梦都是反的，策婶跟孩子们不会有事的。"

"但愿如此吧！"陈策无奈地叹了口气。

天刚蒙蒙亮，湿漉漉的空气里弥漫着泥土和青草的芬芳，吸到肺里有一种新鲜的清凉感。路上已有早起的农民扛着农具，急匆匆地从他们身边走过。陈策很有感触，他对杨全说：

"这个世界上谁都可以偷懒，只有农民不敢偷懒，误了节气农时，就没有收成，就要饿肚子。所以，农民最讲求实际，最不喜欢夸夸其谈。"

"司令，您在家的时候，种过田吗？"杨全问。

"没有，我们那里靠海，是渔村，都是以打鱼为生。不过，渔民和农民有相似之处，农民要赶节气，渔民要赶潮汛，都偷不了巧。"陈策回想起自己小时候在海边抓鱼捉蟹的往事……

沙港村的东南方有个沙港埌，每逢退潮，密密匝匝、盘根错节、延绵十几里的红树林就冒了出来，像一片绿色的纱幔，笼罩着大海。所以，当地人都管红树林叫"鸡笼罩"。

红树林间清澈的海水中，虾、西鱼、乌贼、螃蟹等小动物游弋其间，三五成群地或觅食，或嬉戏，优哉游哉。

每当这个时候，陈策就和小伙伴们顺着沟汊摸到红树林里，使叉撒网，连扎带罩，一会儿工夫就能捉上半篓鱼蟹，然后拿到墟上去卖钱，或者换薯米……

"司令，您看！"杨全一声轻轻的提醒打断了陈策的回忆。

沿街两边大都是低矮的小平房，偶尔可见大户人家气派的门楼，瞪眼飞鬃的石狮子，高大厚重的黑漆门扇上，挂着两只油光锃亮的大铜环。不经意间，透过一些虚掩的房门，可以看见院子里停着脚踏车。

杨全用手指了指："好多家里都有脚踏车，看来这里的人们生活还算富裕。"

陈策也注意到了那些脚踏车："这里靠近惠州，是国军的辖区，日本崽轻易不敢来，生意好做，就有钱赚。"

不知不觉，两人已经走出去了一两里地，周围已不见人户，全是庄稼。

杨全停下脚步，四下里看了看："司令，咱们该回去了，待会儿梁大队长看不见您，又该着急了。"

"没事，天还早着呢，咱们去看看那座大围屋吧。"昨晚那些去看过崇林世居的人，回来后兴奋得睡不着，一个劲地议论大围屋的壮观。陈策不经意间听了一耳朵，就挂在了心上。今天早起，也有这么一层意思，看看崇林世居，了却一桩心愿。

杨全向路人打听清楚崇林世居的具体方位，就和陈策寻了过去。

空旷的田野里，一座大宅崇林世居，尽管事前思想上早已有所准备，陈策还是被这片极具岭南特色的围龙屋惊得目瞪口呆。

半圆形的石拱门上方，刻着"崇林世居"四个行楷大字，笔画圆润工整，遒劲有力。大门两旁是一副对联，上联"南阳绵世泽"，下联"东粤绍家声"。大概是老叶家根在中原，名扬南粤，身家显赫，后世永续的意思。

"崇林世居"围屋正门（门前站立者为作者）

陈策曾经练过书法，对各种字体颇有研究。他站在大门前，仔细品味欣赏着刻在石头上的这些字，连声赞叹写得好。杨全推开虚掩的大门，木头的，足足有三寸厚，门轴插在石臼里，转动十分轻巧，开启时没有半点声响。

“崇林世居”高大的围墙

“崇林世居”内庭之一

当年书写在内庭墙壁上的“誓死抗日”的标语

“为善最乐”石券门

进门后是一个东西长二三十米、南北宽七八米的狭长天井，厚实的土墙上用黑墨写着“誓死抗日”四个大字。天井的东头是一排小平房，有人住，外面晾着刚刚浆洗过的衣裳。

陈策怕惊扰了居民，就和杨全沿着墙根向北拐，从另一扇门出了围屋。回头一看，这扇门比刚才进去的那道门还要气派。不但门脸更开阔，而且建有三重飞檐，光门厅的进深就有两丈。

门上刻着“为善最乐”四个绿色大字，两旁的对联也换成了五幅对称的石刻壁画，分别是“狮子戏球”“垂柳鸳鸯”“小桥流水”“瓶插牡丹”和“云纹麒麟”，每幅画都有特定的寓意，象征吉祥如意、和睦平安。

陈策还想再看看飞檐下刻着的几组古代人物故事，杨全在一旁又催开了：“司令，咱们该回去吃早点了，不然梁大队长真急了。”

“那好吧，打马回朝。”陈策恋恋不舍地收回自己的目光，念了一句戏文算是回应。

陈策话音刚落，背后传来梁永元焦急的喊声：“陈司令，陈司令！”

陈策看着杨全一笑：“哟，真是说曹操曹操就到。”

梁永元气喘吁吁地赶了过来：“陈司令，您这么早出门也不打个招呼，吓我一跳。”

“反正也睡不着，出来转转，呼吸呼吸新鲜空气。”陈策笑了笑，又指着身边的“崇林世居”对梁永元说，“永元呀，这可是咱们国家的宝贝，你们一定要把它看护好，别让日本崽糟蹋了！”

梁永元使劲点了点头：“司令放心，卑职明白。”

陈策又问道：“今天到惠州没问题吧？”

“没问题。”梁永元乐呵呵地凑到陈策跟前，“老长官，我让严星魁跟镇里人商量了一下，租了几十辆脚踏车，驮着突围小分队走。这样一来，中午时分我们就能到惠州了！”

“好主意！好主意！”陈策忙不迭地夸奖梁永元会办事。

镇隆属于国军的辖区，上午的行军轻松多了。几十辆脚踏车一路排开，每辆车的后座上都坐一名英军士兵或港府官员，他们开心地说笑着，似乎要把这两天憋在肚子里的话全抖落干净。车少人多，还有二三十人要走路。不过，体弱伤病者都坐在了车上，行军速度明显加快。

陈策依旧还是乘坐那顶伴随了他一路的简易竹轿，梁永元、严星魁，还有徐亨、杨全鞍前马后，随时听候调遣。

离开镇隆不久，路边的树丛中隐约可见一片红墙。严星魁告诉陈策，那就是佛祖庵。陈策一听，下令大部队在路边稍事休息，自己则带着梁永元等人，拐进了通往佛祖庙的那条小路。

佛祖庙说是庙，既不见庭院森森，也没有大雄宝殿，就两间小屋，供着几尊菩萨。庙里先前还有几个僧人，日本鬼子一来，其他人都跑了，只留下一个老和尚看门。那几尊彩色塑像因年久失修，早已破旧不堪，有些地方甚至连外层的皮都掉了，露出里面的泥胎。老和尚告诉陈策，佛祖庙的香火原先很旺，受战乱之累，已经大不如前。

上香许愿的时候，陈策很感慨，当年由孙中山先生策划，郑士良领导的三洲田起义军，在佛子坳与清军大战，为的是推翻封建帝制。40年后，清王朝早已被扫进了历史的垃圾堆，日本崽又来了。孙中山外号“孙大炮”，他要是活到现在，以他的“大炮脾气”，肯定也会领着中国人跟日本崽拼到底。孙中山逝世时留下遗嘱：革命尚未成功，同志仍须努力。看来，这革命的路还长着呢……愿三洲田起义军各位先烈和中山先生的在天之灵，保佑中国人民打败小日本！保佑突围小分队顺利抵达惠州！

庙堂里光线很暗，香头的点点火光顶着渐渐变长的香灰，忽明忽灭，空气中烟雾缭绕，弥漫着线香燃烧后留下的气味。冥冥中，时光仿佛倒流，陈策又回到了孙中山先生的身边。这个小个子的香山人，瞪着鹰隼般犀利的双眼，正在向民众发表演讲。他一手叉腰，一手不停地挥动着，音调高亢、言辞犀利，一口广东味儿的国语，拨动着听众的

今日佛祖庙

神经……真是人生如白驹过隙，转眼间中山先生过世 16 年了，自己也已是人到中年。

横穿佛祖坳的高速公路

佛祖坳收费站

陈策沉浸在往事中。严星魁快步走来，脸上挂着掩不住的喜悦：

“陈司令，惠州县长率地方绅士和民众，已在佛子坳摆好茶水站，欢迎您和突围小分队。”

陈策一听，赶紧转身出了庙门：“那咱们快走，别让地方官员和乡亲们等久了。”

（二）

离佛子坳还有半里地，就看见路两边挤满欢迎的人群。人人手里举着一面小彩旗，声音鼎沸、锣鼓喧天。待突围小分队越走越近，突然迎面跳出两支舞狮的队伍，前面一个人举着绣球，摆出各种造型，逗弄着狮子，一黄一红两只雄狮欢快地辗转腾挪。这时，挂在树上的鞭炮被点燃了，“噼噼啪啪”的声响把喜庆的气氛推向了高潮。

为首两位中年男子面带微笑，向陈策走来。

严星魁抢先一步向二人介绍道：“陈主任，黄县长，这位就是陈将军，国府驻香港军事代表。”

“久仰将军大名，今日得见，三生有幸啊，陈某有礼了。”穿灰色中山装的男子连忙递上自己的名片，他是惠州县党部主任陈骥。

身材略矮的是惠州县长黄佩纶，他穿了一件新崭崭的黄袍马褂，向陈策拱手致意：“欢迎陈将军一行莅临惠州！”

这时，笑盈盈的童子军们也把茶水递到了每一位突围队员的手中。

看到眼前这样的场面，陈策有一种回家的感觉。

严星魁悄悄告诉陈策，当地政府还要在市区为突围小分队举行一场盛大的欢迎大会，动员了好几千人参加。陈策一听，觉得这事不能马虎，他立刻下令清点人数，整理着装。徐亨不解地问他：“义父，您这是唱的哪一出啊？”

陈策认真地说道：“地方政府和百姓如此抬爱，我们不能太邋遢。我要搞一个入城式。突围小分队的全体成员，要精神抖擞、昂首阔步走进惠州城！”

徐亨一拍脑袋：“嗨，还是您棋高一着啊！”

一查人数，还有几个掉队的没到，陈策说不等了，其他人集合整队，准备走分列式。梁永元自告奋勇去接那几个掉队的人，陈策同意了，他便带着两个手下沿着来路折返了回去。

虽然一路奔波、风尘仆仆，而且每个人的衣服都是脏兮兮的，背上全是白花花的汗渍，头发、胡须又长又乱。但是，突围已获成功，惠州城就在眼前，突围小分队的每个人心里都充满着胜利的喜悦，不用动员，大家都开始认真地拾掇自己，先用手梳理一下头发，捧起沟里的水洗把脸，再把衣服扯扯整齐，扣上风纪扣，那精气神立马就出来了。徐亨和高灵还找来两根长竹竿，把两国国旗系在了上面。临撤离亚细亚行前，陈策特意叮嘱徐亨爬上屋顶，把那面青天白日满地红的国旗，细心收藏起来。

稍事休整，陈策率领突围小分队向惠州城开进。不久，惠州城高大的门楼呈现在人们眼前。这时，道路两旁挤满了看热闹的人，摩肩接踵、引颈踮脚，都想一睹独腿将军的风采。

离城门还有 200 米左右的时候，徐亨一声令下，突围小分队的 60 多个人排成三列纵队，甩臂挺胸，踢着正步，在两国国旗的引导下，向城门走去。走在最前面的，是由杨全搀扶着的陈策。

一看这阵势，围观的人群立刻爆发出震耳欲聋的口号声和掌声。民众的热忱点燃了队员们的满腔豪情，大家胸脯挺得更高，步子迈得更有力。伴随着雄壮的歌声，突围小分队终于走进了惠州城。

翻开世界军事史，这也许是人数最少、规模最小的一次入城式了。

参加完接风宴会，突围小分队被安排住进了城中心的惠安医院。这家医院由美国基督复临安息日会于 1928 年 7 月创建，设备先进、环境优雅，属于当时惠州地标性的建筑。仍处于兴奋状态中的队员们三三两两聚在一起，谈论着这几天的所见所闻和突围路上的风风雨雨。

从入城式到集会、聚餐，陈策都是主角，说了不少话，喝了不少酒，他这会儿真有点累了，想休息一下。

“永元他们回来了吗？”陈策坐在房间的沙发上，问杨全。

杨全正在为他整理床铺：“严乡长去接他们了，估计快了。”

有人敲门。

“请进。”陈策扶着拐杖准备站起来。

门推开了，露出罗纳德那张胖胖的笑脸。他没有进来，而是站在了门口：“陈将军，我们能耽误您 20 分钟，不，最多半个小时的时间吗？”

“你们？你们是谁？有什么事吗？”陈策觉得罗纳德说话时的表情怪怪的。

“我们全体英国突围人员想邀请将军跟大家合影留念。”罗纳德终于说明了来意。

"照相啊，好事，走！"陈策拄着拐杖出了门。

医院主楼前的草坪上，已摆好三排凳子。陈策一来，原先三五成群聚在一起闲聊的人，立即各就各位，或坐或立，排好队形准备拍照。中间空出来了几个位子，是留给陈策和麦都高、高灵，以及罗纳德、甘迪等人的。除了突围小分队的人，当地一些军政官员也参加了进来。

等所有的人就位后，摄影师轻轻按下了快门。

"咔嚓"，历史在这一瞬间定格！

陈策将军和突围人员在惠州医院合影

突围小分队在惠州休息了两天。借这个机会，陈策在惠安医院检查了一下伤情，医生给他拍了一张X光片，说子弹头仍嵌在手腕肌腱里，需要开刀取出，并对这么多天劳碌奔波，伤口没有感染感到惊奇。陈策考虑到突围行动还没有完全结束，他必须把大家带到曲江，亲自把英籍官兵和行政官员交给广东省的最高军政长官，才能算是完成任务。因此，他没有同意在惠州做手术。

离开惠州前夜，陈策把梁永元叫到了自己的房间。要分别了，他有些事想跟梁永元再交代一下。刚提起分手的话头，梁永元就沉默了。许久，他才缓缓地对陈策说："司令，我真的不舍得离开您。"

陈策安慰他："天底下没有不散的筵席。你那么年轻，还有许多更重要的事情要做，跟着我这个残废的老头子有什么出息！"

梁永元想想陈策说的话也有道理，就说："那这样，让我再陪您一程，把您送到曲江就回南澳，行吧？"

陈策点点头："好吧，真是相见时难别亦难呀！"

陈策说的是实话。从香港突围到鸭脷洲，又在海上漂了一天，才在南澳见到了梁永元，这是相见时难。如今要分别了，彼此一路同甘共苦、风雨相伴，心头充满了眷恋，依依不舍，这是别亦难。

梁永元看了陈策一眼，想说什么，张了张嘴，又把话咽回去了。陈策注意到了这个小细节，嗔怪道："永元，跟我还见外吗？有什么话你就直说，能帮忙的我一定帮你！"

梁永元感激地看着陈策，不好意思地说："司令，到了曲江，还望您能在余长官面前替卑职说几句话。"

"说几句什么话？"陈策直勾勾地盯着梁永元。

梁永元毫不回避陈策的目光，一脸的坦然："请司令向余汉谋将军保荐，将我的游击大队正式收编为国军。"

"为什么？"一听这话，陈策轻舒一口气。他开始以为梁永元想通过自己向余汉谋讨个一官半职，如果是那样，他就要批评这个小梁子了。

梁永元恳切地说："我在地方上虽然拉扯起一支队伍，但无正式名分，征粮征款、拉丁派夫多有不便。我们是抗日的军队，不想被人们当作占山为王的绿林好汉。"

"怎么个没名分了？孔部长不是让你们打击走私吗？这也是替国家出力，他应该就是你们的后台老板呀！"陈策听梁永元说起过这件事，孔祥熙曾派人和他联络，委派让他查处打击走私的奸商。

梁永元苦笑了一下："那也就是一句话。不给钱不给枪也就罢了，连张委任状都没有。知道的你是在打击走私，不知道的还以为你在拦路打劫呢！"

"哦，原来是这样。"陈策恍然大悟，"没问题，这事包在我身上。到了曲江见了余长官、李主席，我一定鼎力相助。"

梁永元向陈策深深鞠了一躬："那就太谢谢老长官了！"

不知不觉，已过了12点，梁永元连忙告辞，让陈策抓紧休息，陈策坚持送他到门口。一推门，暗处有个人影，梁永元以为是歹人，大喝一声："谁！"说时迟，那时快，他左手护住陈策，右手拔枪上膛开保险，不过一两秒钟，那把二十响的盒子炮已经瞄准了那人。

"别，别，是我，我，老严啊！"那人急急地叫了起来。严星魁？梁永元定睛一看，果然是严乡长。他关上保险，把枪插回了腰间："嗨，老严啊，你怎么躲在这儿？我这一搂火，明天吃饭就少了个人。"

陈策迎上前去，拉住严星魁的手："严乡长，您一定是有事找我。"

"是，星魁有点小事，想向陈将军讨教。"

"走，进屋说。"陈策转身往屋里走，梁永元和严星魁跟了进去。

三人落座。陈策看着严星魁："严乡长，永元也不是外人，有什么事，您尽管直说。"

严星魁清了清嗓子："将军，我现在给日本人做事，虽然是被迫，但始终是心存不安，弄不好日后落个汉奸的骂名，子孙后代都抬不起头！"

"那你的意思是？"事情有点突然，陈策一时还摸不透严星魁的心思。

严星魁停顿了一下，接着说："是这样，我想能不能不回樟树铺了，就在您手下谋个差事，行吗？"

陈策："这，你都想好了吗？这合适吗？"

"没什么不合适的。"严星魁看来早就下定了决心，"我算是看明白了，这年头不把日本鬼子赶走，咱就没好日子过。”

“你留在当地，照样可以打日本崽呀。”陈策还是不太明白严星魁的想法。

“是呀，要不你到我这里来，我委任你当个中队长！”梁永元说。

“我要是年轻 20 岁，跟着梁大队长冲锋陷阵一点问题都没有，可我眼看着就过 40 了，腿脚不灵便，只能给队伍上添麻烦。”严星魁说的倒是实情。

“那你说说，你适合做什么？”陈策问。其实，通过这段时间的观察，陈策早已看出严星魁在协调关系、处理具体事务方面，绝对是把好手。

严星魁嘿嘿一笑：“陈司令，我这人没啥本事，但自信会看人，而且从不走眼。跟将军处了几天，将军是个有大志向、做大事的人，而且体恤下属、光明磊落，我愿跟着您干，也好奔个前程。”

陈策想了想，字斟句酌地说道：“老严啊，你虽然名义上是日本崽委任的乡长，可实际上是在帮政府做事，这也是在打日本呀！”

严星魁一听陈策说这话，就明白了陈策的用意：“那您是想让我继续当这个乡长，利用这个位置多做点抗日工作？”

“严乡长果然是个明白人，一点就通。我就是这个意思，你在暗处，永元他们在明处，两下一使劲，还愁日本崽不败？所以，你这个‘黑皮红心’的乡长还得当下去。”陈策说完，喝了口水。

“司令说得好，咱们一明一暗、一武一文，联起手来，弄死小日本！”梁永元听到这会儿，总算是听明白了。

“行，我听陈将军的，就当个地下抗日战士！”严星魁卸掉了担心被人误会为汉奸的顾虑，心里一阵轻松。

陈策话锋一转：“但是，我还是要给你一个承诺：如果有一天你严乡长在这儿待不下去了，就来找我陈策，我保证给你个饭碗。”

“那就太谢谢将军了！”严星魁起身，拱手致谢。

若干年后，严星魁果然愤而辞去伪职，到重庆投奔了陈策。一诺千金的陈策没有食言，从那时起，他一直把严星魁带在身边。抗战胜利后，陈策特意托人把严星魁安排在广东省政府做事。久而久之，严星魁厌倦了国民党官场上的钩心斗角、尔虞我诈，看破红尘的他出家做了和尚，法号“安慧”。从此潜心钻研佛理佛法，终老于青灯黄卷。

第二天，突围小分队来到惠州城外的东江码头，准备乘船北上龙州，然后再转道曲江。登船前，陈策跟罗纳德低声耳语了几句。罗纳德边听边笑，然后就大声喊了起来：“喂，伙计们，大家上船前，先把随身携带的枪支弹药取下来，交到我这里。”

“这是干什么？”有人不解地问。

“把武器留给梁，让他们拿着去打小日本。”罗纳德这么一说，每个人都明白了，大家很自觉地解下配枪，还有子弹，一起放在罗纳德面前。很快，长枪短枪堆了一地。

陈策对梁永元说：“永元啊，我知道你的队伍急需武器，这点东西你们留下来先用着，等到了曲江，我再找余长官帮你们多要一些。”

原来，陈策昨晚和梁永元闲聊时，得知梁永元的游击大队武器装备很差，心里一直惦着这事，临上船前就和罗纳德、甘迪等人商量，让英国官兵把所携带的轻重武器，全部送给了梁永元的部队。

梁永元让手下带着英军捐赠的这批武器弹药先返回大鹏湾，自己则随陈策登上了驶往龙州的运粮船。

这一天恰巧是1941年的岁尾——12月31日。

陈策他们搭乘的是条粮船，一共是两艘，船上原先的人挤到了一条船上，腾出另一条给了突围小分队。因为发动机的功率太小，根本走不快，两条船一前一后拉开五六十米的距离，在江中缓缓而行。

船上不比陆地，机动性差，回旋余地小，杨全、徐亨，加上梁永元，不敢有丝毫的懈怠，时而观察空中，防止日军飞机的偷袭；时而监视两岸，担心遇到江匪打劫。陈策倒是很沉得住气，端了把椅子坐在船板上，一边和大家聊天，一边欣赏着沿河的景致。看到他胸有成竹的样子，所有的人都把心放到了肚子里，开始时的那点担忧也渐渐被扔到了爪哇国。

夜幕降临了，江面一片雾霭，能见度很差。船泊在一处港湾，要等天亮后才能继续走。天上不见一颗星，望着黑魆魆的河面，梁永元不禁皱起了眉头，他跟徐亨商量，想上岸找一处安全的地方让陈策歇息。当他们把这个想法向陈策报告时，却被陈策拒绝了。陈策的理由很简单：我是突围小分队的指挥官，什么时候都要和全体队员待在一起。

没办法，只好加强警戒，在船上睡了一夜。

第二天一大早，陈策起床洗漱完毕，刚一出舱门，就被一群英国官兵给围住了，为首的是罗纳德和高灵。见到陈策，所有的人举起五花八门的杯子、碗，还有的是饭盒，里面盛的是白开水，齐声高喊：“将军，元旦快乐！干杯！”随着一阵“乒乒乓乓”的碰杯声，大家喝光了杯子里的水。

元旦？陈策这才反应过来，今天是1942年的元旦！新年第一天！他高兴地倚靠在门框上，挥动着右臂，向大家祝福：“元旦快乐！新年快乐！”

徐亨、梁永元被眼前这真诚友好的气氛所感染，带头鼓起掌来。掌声、欢笑声、杯碗的撞击声响成一片，成为突围小分队献给新年的最好礼物！

（三）

经过四天四夜的航行，陈策一行终于到达龙州。

在水上漂了几天，就没沾过地气。下了船，当地政府派人把大队人马接到了一家客栈，招呼大伙休息，准备吃饭。借这个机会，陈策则带着徐亨和杨全在城里转开了。龙州不大，沿河一条主街，商铺、钱庄、饭馆都集中在这条街上。他们走了半个时辰，肚子有点饿了，正好旁边有家粤菜馆，卖肠粉、云吞面和煲仔饭。

“义父，咱们进去吃点东西吧。”热气腾腾的食物香味，勾起了徐亨肚子里的馋虫，直咽口水。

陈策也有些饿了：“好呀，我来碗炒粉。”

他们正准备走进饭馆，“呼啦”一下，被一帮不知从哪里钻出来的乞丐围住了，老老少少十几个人。

“老总，行行好，给点钱买碗粥吧！”

“救救我们吧，我们已经两天没吃饭了！”

看看这些人，虽然是蓬头垢面、衣着邋遢，但却不像是要饭的花子，再一听口音，分明是香港那边的人。

陈策停下了脚步，问一个 40 出头的中年男子：“老乡，你们从哪里来？怎么会落到这步田地？”

男子面带赧色：“真不好意思，我们的家原本都在香港，上个月香港被日本人占了，我们就逃了出来。一路上风餐露宿，带的那点钱很快就花光了，实在没办法，才出此下策。但凡有一点办法，谁愿意当叫花子呀！”

旁边有个妇女抹开了眼泪：“大人还可以忍一忍，可孩子们怎么办？他们半夜里饿得直哭，讨一口算一口，总不能让他们饿死吧！”

陈策这才注意到，妇女怀里抱着个一岁多的孩子，小脸菜黄，无精打采。他摸了摸孩子稀疏的头发：“你们是一家？”

妇女看了看男子，点点头：“他是我老公，在香港做点小生意，日本人一来我们的生计就断了。”

“有多少香港人逃难到了龙州？”陈策又问。

男子朝身后指了指：“那边还有好多人，有老人，也有小孩。”

陈策深深叹了口气，眼光顿时黯淡下来。他让徐亨给眼前的难民按人头每人买一份饭，发十元钱。等徐亨办完这些事出来一看，哪里还有陈策和杨全的踪影？尽管肚子饿得咕咕叫，但他不敢有丝毫的耽搁，赶紧追了上去。

陈策直接去了龙州县政府，向负责赈济难民的官员了解相关情况。果然，除了龙州，广东各地都有香港难民拥入，因钱粮不足、物资匮乏，令当地政府的救济工作捉襟见肘、举步维艰。看到那么多的香港同胞挣扎在水深火热之中，陈策痛心不已，陷入深深的自责之中。

明眼人都看得很清楚，陈策虽然是国府的军事代表，但手上无一兵一卒，而且处处受制于英国当局，并没有一个属于自己的、可以施展拳脚的舞台。尽管有一千条理由可以为自己开脱，但在陈策的潜意识里，还是有一种负罪感：军人不能守土御敌，让黎民百姓饱受战乱之苦，职责何在？荣誉何在？

时任第七战区司令长官的余汉谋将军

但是，现在说这些已经没有任何意义了，他唯一能做的，就是为民请命，下情上达。回到下榻的旅社，陈策立即起草了一份电文，向中央汇报了香港难民的悲惨境遇，呼吁拨出专款，赈济难民。很快，他反映的情况引起高层重视，就在突围小分队离开龙州后不久，第一批100万元救济款拨付到了地方。

离开龙州，突围小分队改乘汽车，经过2天长途跋涉，终于在1942年1月6日，到达了广东省的临时首府韶关。

事先闻讯的第七战区司令长官余汉谋、副司令长官蒋光鼐，省政府主席李汉魂等，率领各界团体代表和民众伫立城外，迎接陈策和突围小分队。

时任第七战区副司令长官的蒋光鼐将军

时任广东省政府主席的李汉魂将军

汽车靠边停稳。陈策一声号令，所有的人纷纷下车列队。

在杨全、徐亨和梁永元的陪同下，陈策缠着绷带的左手吊在胸前，两腋夹着一副简易木拐杖，甩着空荡荡的左裤腿，一蹦一跳地向欢迎的队伍走来，后面紧跟着排成四列的突围小分队。

见状，余汉谋、李汉魂和蒋光鼐大步流星迎上前来，一把扶住陈策。身高马大的余汉谋亮开粗大的嗓门，向两边欢迎的人群大声说道：

“同胞们，你们睁大眼睛看啊，这就是著名的独腿将军、国府驻香港军事代表陈策。陈将军在香港沦陷的危急时刻，尽责履职、克险犯难，协助英军同日本侵略者缠斗了 18 天，誓死不投降。然后，他又以勇冠三军的勇气，靠着仅有的一条腿，率领一众英国官兵和港英政府官员，冒死冲破日军的重重封锁、围追堵截，胜利突围！”

蒋光鼐上下打量着陈策，一脸的敬佩：“筹硕兄，辛苦了！”

李汉魂紧紧握住陈策的右手：“我代表省府和全体韶关百姓，向陈将军和突围小分队致敬！”

顿时，掌声和欢呼声响彻云天。

陈策激动地同余汉谋、蒋光鼐、李汉魂一一握手拥抱，连声道谢：“谢谢幄奇兄！谢谢憬然兄！谢谢伯豪兄！谢谢韶关民众的厚爱！”

陈策被安排住进了韶关市内著名的“斌庐”。

“斌庐”是一栋坐东北向西南、两层中西结合的骑楼建筑，占地面积540多平方米。自广州沦陷，广东省政府迁到韶关后，战区司令长官余汉谋、省府主席李汉魂经常在这里接见军政官员和召开会议，相当于地方政府的“国宾馆”。

刚安顿好，余汉谋、蒋光鼐和李汉魂便登门拜望，令陈策感动不已。他看着眼前镇守广东的“三巨头”，突然有了一个发现：这三个人都是土生土长的广东佬。余汉谋祖籍高要，蒋光鼐祖籍东莞，李汉魂祖籍吴川。也许是巧合，称得上是粤将守粤地。若论年龄，生于1887年的蒋光鼐已经54岁，是兄长；其次是李汉魂，47岁；余汉谋最小，45岁。翻开中国近现代史，他们可都是赫赫有名的传奇人物。

余汉谋因为丢了广州，落下个“余汉无谋”的骂名，就连驻美大使胡适也致电蒋介石：“广州不战而陷，国外感想甚恶。”面对国人一片责难之声，余汉谋顶着巨大的压力，知耻而后勇，在两次粤北会战中，连挫敌锋，亮剑雪耻。

第一次是1939年底，日军7000人分三路北进，国军与之在伯公坳、迎咀血战10天，源潭、滘江口、河头先后失守。接着，日军占领翁源，韶关告急，省政府被迫迁至连县。此时的余汉谋保持着清醒的头脑，临危不乱，抓住战机果断出兵，将日军拦腰截断，使其首尾不能相顾，攻击受阻。国军趁势收复翁源、从化、花县，彻底粉碎了日军切断粤汉铁路的战略企图。此战后，第四战区受到国民政府的表彰，并撤销了因丢失广州而给余汉谋的记过处分。

第二次是 1940 年 5 月，日军华南派遣军司令部抽调 38 师团两万余人，携重炮、飞机，进犯粤北。余汉谋指挥战区部队，在从化、良口一线，同来犯日军展开激战，取得良口大捷。

两次粤北会战，余汉谋都打了胜仗，不但一吐胸中憋闷已久的那口恶气，掀掉了“余汉无谋”的屎盆子，还使得他以战功官复原职，担任了第七战区司令长官。1945 年 8 月 15 日，日本天皇发布投降诏书。余汉谋以第七战区受降官的身份，在汕头接过了日军 23 军参谋长富田直亮递交的投降书。

1981 年 12 月 28 日，国军一级上将，85 岁的余汉谋在台湾病逝。

余汉谋的副手蒋光鼐，也是一条响当当的汉子。1932 年初闻名中外的淞沪抗战，就是他亲手导演的杰作。当时，蒋光鼐是十九路军总指挥，兼任淞沪警备司令，驻军上海。1932 年 1 月 28 日，日军挑起事端，以装甲车为先导，武力进攻上海，蒋光鼐、蔡廷锴指挥十九路军三万健儿奋起抵抗，迎头痛击来犯敌寇。这一打就是 33 天，经历大小战斗一百多场，迫使日军三易主帅，损兵折将一万多人。为此，十九路军也付出了惨重的代价。

淞沪抗战后，蒋光鼐调任福建省主席兼绥靖公署主任， 1933 年与李济深和陈铭枢、蔡廷锴发动反蒋政变，成立“中华共和国人民革命政府”，担任财政部长，失败后出走香港。1935 年蒋光鼐又联合十九路军将领通电反蒋，呼吁联共抗日。1946 年参与发起组织“中国国民党民主促进会”。1949 年参加了中国人民政治协商会议第一届全体会议，新中国成立后，出任首任纺织工业部部长。

1967 年，蒋光鼐在北京病逝，享年 80 岁。

30 年后，1997 年，蒋光鼐和蔡廷锴两位将军的骨灰，由八宝山革命公墓迁至广州“十九路军淞沪抗日将士陵园”，这里长眠着 1983 名在“一·二八”

淞沪抗战中牺牲的十九路军烈士。将军魂归故里，魂归十九路军，从此不再孤独，不再寂寞。

省府主席李汉魂，则是以职业军人的身份做着一份文官的工作。他是1919年保定陆军军官学校第二期毕业生，参加过北伐战争。1938年春，李汉魂率领64军开赴陇海前线，与日军土肥原师团激战，打破了日军企图切断陇海线的阴谋，保证了徐州会战后国军主力部队得以沿陇海线西进。此役后，李汉魂荣获“华胄荣誉奖章”。

紧接着，这年7月李汉魂又率部参加了武汉保卫战。德安一役，他调集八个师的兵力，将日军一万多人压缩在不足三里的张古山峡地，聚而歼之。64军由此获“钢军”奖旗一面。

广州失陷后，李汉魂出任广东省政府主席，迁首府至韶关。1939年底，日军大举进攻粤北，李汉魂出任35集团军总司令，指挥所属部队在北江西岸追剿敌军，捷报连连。1940年1月，他辞去军职，专心致力于广东政务，推动并形成了以“团结、抗战、进步”为主要特征的“曲江新气象”。

1987年6月，93岁的李汉魂在美国纽约逝世。也许是对粤北的牵挂，其骨灰由子女带回中国，安放在韶关南华寺内。

当晚，余汉谋、李汉魂举行盛大欢迎宴会，为陈策和他率领的突围小分队全体人员接风，并邀请了多家媒体参加。席间，主宾发表了热情洋溢的讲话，陈策则代表突围小分队，介绍了香港抗战和突围的经过。他的精彩发言，不时被热情的掌声所打断。随后，陈策接受了媒体的采访。因为提问的记者太多，而且一个问题接着一个问题，陈策基本上就没有时间吃东西。一场宴会，变成了陈策的新闻发布会。

散会后，余汉谋派车把陈策接到了自己的指挥部，他还有些事情想单独和陈策聊聊。陈策呢，也正想借这个机会，把梁永元介绍给余汉谋，帮助梁永元实现被收编为国军的愿望。

韶关十里亭后山绿荫深处，有两栋坐南向北的砖瓦建筑，这里就是第七战区的指挥部。进到会客厅，余汉谋脱去黑色斗篷，解开风纪扣，请陈策入座，并让副官上茶上点心。

“筹硕兄，刚才在晚宴上，你只顾着说话了，我看你就没怎么吃东西，来几块我们家乡的点心，填填肚子。”余汉谋把一盘精致的点心推到陈策面前。

陈策真有些饿了，他拿起一块绿豆糕扔进嘴里：“好吃，好吃，知我者，幄奇兄也，哈哈哈！”

突然，陈策想起还有一件重要的事情要办，赶紧把身边的梁永元拉到余汉谋跟前：“幄奇兄，我们一路上多亏这位忠心耿耿的梁大队长保驾，否则的话，真是吉凶难料呀！永元，快见过余总司令。”

“啪”，梁永元一个立正，向余汉谋敬了个标准的军礼：“卑职梁永元晋见总司令！”

宴会上，余汉谋已经听陈策讲过梁永元保护小分队顺利突围的经过，他上下打量着这位精干的年轻人：“小伙子，干得不错！一看你这敬礼的动作，就知道是科班出身。”

“幄奇兄好眼力，梁大队长曾是我们海军学校的高才生。”陈策恰到好处地为梁永元捧了捧场。借着这个话题，他把梁永元当年如何拒绝汉奸引诱、如何剿匪安民、如何打击奸商走私的情况如实陈述了一遍。

余汉谋听出陈策话中有话，直接问道：“筹硕兄似有什么难言之隐，不妨说出来听听。”

陈策朝梁永元使了个眼色。梁永元接过话头：“永元斗胆恳求余总司令，将我们收编为正式国军，永元愿在总司令的指挥下杀敌报国！”

余汉谋看着陈策，陈策向他点点头：“幄奇兄，当下国家正是用人之际，像梁大队长这样的人才，你此时不用更待何时？”接着，就把梁永元的尴尬处境讲给余汉谋听了。

余汉谋也是个痛快人，原本就惜才如命，况且又是陈策出面保荐的人，肯定错不了。他当即表态，任命梁永元为游击总队长，归惠州区军事长官香翰屏将军指挥，由战区按月核拨经费和武器弹药。

梁永元满心欢喜地看了看陈策，要不是当着余汉谋的面，他真想跳起来大吼几声，借以释放高兴的心情！梁永元的事情办成了，陈策知道余汉谋还有话跟自己说，就让梁永元先回住处休息。

副官像个影子，进来斟完茶又悄无声息地离去。客厅里只剩下余汉谋和陈策这两个老相识、老朋友了。

余汉谋轻轻咳了两声："筹硕兄，我听说策婶和孩子们还留在香港？"

"是啊，生死未卜。"陈策愁云盖脸，面对余汉谋，他无须掩饰。不过他知道，余汉谋的夫人上官德贤也身陷香港，尚未脱离虎口。

上官德贤是时任国民党32集团军总司令上官云相的亲妹妹。当年，余汉谋在保定军官学校读书时，和上官云相是同期同队的学友，两人投缘交好，上官云相就把自己的妹妹介绍给余汉谋做了妻子。广州沦陷前，余汉谋送上官德贤到香港躲避战乱，可人算不如天算，没想到日军很快又对香港下手，避乱的天堂瞬间成了煎熬的地狱。

"弟妹有消息吗？"陈策比余汉谋年长一岁，称上官德贤为弟妹。

余汉谋摇摇头，沉默不语。

陈策安慰他："弟妹处事稳重、为人机警，不会有事的。"

余汉谋搓着双手："但愿如此！"

叱咤疆场的铁血将军，难免也会儿女情长。

陈策告诉余汉谋，日军重兵攻港，英军势单力薄，香港失守太快，包括一些党国要员、各界名流都来不及撤离，至今身陷危城。其中，最让他牵挂的，就是美国华侨领袖司徒美堂老先生。

说起这个司徒美堂，在中国，乃至整个华侨界可谓是大名鼎鼎。

司徒美堂原籍广东开平，生于 1868 年，幼年丧父，14 岁就漂洋过海，到美国闯世界，加入了洪门“致公堂”。司徒美堂侠肝义胆、武艺高强，曾三拳打死吃“霸王餐”的白人流氓，后虽经华侨拼力营救，仍被判了十个月的监禁。无心插柳柳成荫，司徒美堂从此声名鹊起，并由此奠定了他在华人社会中的声望和地位。1904 年，与赴美开展革命活动的孙中山相识，两人一见如故，从此他积极鼓吹革命，成为著名的爱国华侨领袖和社会活动家。

1905 年，司徒美堂自立门户，在纽约成立以“锄强扶弱，除暴安良”为宗旨的“安良总堂”，自任总堂总理 40 余年，把“安良总堂”发展成美国影响最大、势力最强的华人社团。为避免和摆平各种司法纠纷，“安良总堂”特意花重金聘请了一个美国人做法律顾问。这个腿有残疾的美国律师，1932 年 11 月作为民主党候选人参加竞选，击败对手，成为美国历史上的第 32 任总统，他就是创造了连任四届总统奇迹的富兰克林·罗斯福。

抗日战争爆发后，司徒美堂与其他旅美进步人士共同发起成立“纽约华侨抗日救国筹饷总会”，发动华侨支援祖国抵抗日本侵略者。抗战 8 年，“筹饷总会”募捐达 1400 万美元，其中由他本人领导的“安良总堂”捐款最多。

1941 年底，司徒美堂受聘为中国国民参政会华侨参议员，回国参加活动，途经香港时，突然遭遇战事，受困滞留，被日军软禁在所下榻的香港旅馆。

日本特高科头子矢崎熟知司徒美堂的背景、地位和价值，他亲自出马，几次威逼利诱，想让司徒美堂出任香港维持会长，借他的威望，协助日军搞好地方的“强化治安”。75 岁高龄的司徒美堂什么风浪没见过？矢崎一撅屁股，他就知道小日本要拉什么屎。他义正词严地告诉矢崎：

“我已年逾古稀，不想在入土之前背黑锅，那样犹如贞妇白头失守，半生之清苦俱非。所以我决意不当什么维持会长。”

司徒美堂软硬不吃，这可让矢崎恼羞成怒，恨得牙痒痒，几次都想杀了这个倔老头。但是，他始终忌惮司徒美堂的江湖威望和香港的帮会势力，没敢下这个黑手。

第二天，梁永元向陈策告辞，准备返回南澳。陈策、余汉谋和突围小分队的全体人员为他设宴饯行。

饭局上，陈策把营救司徒美堂的任务，郑重其事地交给了梁永元。同时，还让他想方设法，一定要把余汉谋将军的夫人上官德贤安全送回大陆。最后，陈策撂下一句狠话："小梁子，我们就在这里等你的消息，如有差错，以后就别再来见我！"

梁永元拍着胸脯保证，不救出司徒美堂和余总司令的夫人，以及策婶和孩子们，他提头来见。在陈策提及的救人名单中，并没有自己的妻子和孩子，这还是徐亨私下里跟他说的。梁永元通过这件事，更感受到了陈策危难当前，先替他人打算的光明磊落和情义如山。

"对，也要把策叔的妻儿一并救出虎口！"余汉谋补充了一句。

"是，坚决完成任务！"梁永元立正并响亮回答。他现在已经是余汉谋麾下的游击总队长。陈策的话对他来说是嘱托，余汉谋的话，那可就是命令了！

昨晚下了点雨，天阴沉沉的，灰白色的云团挤在一起，挡住了阳光，也挡住了人们的视线。迎着略有几分寒意的海风，梁少芝忐忑不安地走进了那间熟悉的茶楼。李裁法今天突然约见自己，会带来什么好消息吗？

进了门，用眼角的余光一扫，李裁法戴着一顶灰色的礼帽，正气定神闲地阅读报纸，面前摆着一壶茶和几盘点心。梁少芝径直走了过去，微笑着朝李裁法点了点头，算是打过招呼，然后坐在了他的对面。

"策婶，吃点什么？"李裁法关切地问。

"来碗白粥吧。"梁少芝客气地欠身致谢。

等着上粥这段空闲，李裁法把手中的报纸递给了梁少芝，压低的声音中透着喜悦："策叔已到曲江，安然无恙。"

梁少芝喜出望外，接过报纸，一行大标题映入她的眼帘：陈策将军抵韶，突围英军 63 名同行。韶关《大光报》1 月 7 日刊登的这则简短的消息，报道了陈策一行从香港突围胜利抵达曲江的经过，文中还配有一幅陈策头戴美军船型帽的插图。消息全文不过四五百字，梁少芝逐字逐句看了有 40 分钟，才把报纸还给李裁法，眼睛里闪动着兴奋的光芒。

李裁法收好报纸，左右看了看，没有发现任何异常："策婶，你先把粥喝了吧，都快凉了。"

"哎，谢谢！"梁少芝端起那碗白粥，囫囵吞枣地就扒拉完了。

"那边有消息说，策叔突围时受了点伤。"李裁法说。

梁少芝的心马上又提了起来："伤在哪里？重不重啊？"

"嘘——"李裁法用食指封住嘴唇，做了个噤声的动作，"伤在手臂上，好像问题不大，已经住院了。"

梁少芝为自己的冲动感到歉意，不好意思地笑了笑。

"你今天回去准备准备，明天我送你出香港。"李裁法悄声说道。

等这一天已经等得太久。梁少芝抑制住内心的激动，提醒李裁法："还有余婕哟。"

"我知道！"李裁法起身扶了扶帽檐，一闪身就不见了人影。

陈策左手上的伤口一直没有得到正规的治疗，这时已经发炎红肿，还引起发高烧和肚子疼，有了败血症的症状。经教会医生马丁再三劝说，陈策住进了曲江医院，跟他一起入院的，还有那个屁股上挨了一枪的麦都高。

马丁为两人拍了 X 光片，发现击中两人的弹头都没有洞穿身体，而是留在了体内。麦都高的伤口已经基本愈合，弹头嵌在背脊骨间，被筋膜紧裹，牢牢固定在了一个地方，即便不取出来，也不会有什么危险。相反，如果勉强动手术取弹头，很有可能会伤及中枢神经，风险太大。因此，麦都高住院观察了几天，就出院了。

陈策则不同，子弹头卡在骨头缝里，伤口感染造成软组织坏死。马丁建议必须立刻开刀，取出弹头，否则一旦引发败血症就麻烦了。看了马丁制定的治疗方案，陈策担心重蹈左脚截肢的覆辙，马上就在手术报告上签了字。

手术原本要打麻药，被陈策拒绝了。他怕麻药伤及脑神经，影响自己今后的思维功能。马丁医生还是第一次碰到这种情况，不打麻药，怎么做手术呢？陈策连说带比画，给他讲了三国时关云长刮骨疗毒的故事。马丁终于明白了，陈将军是要做当代关羽，也来个“刮骨疗毒”。

手术那天，陈策让人把自己的左手绑在床头，嘴里咬着一条毛巾。然后他冲马丁点头示意：来吧！马丁敬佩地朝陈策伸出大拇指，心想，这个瘦小的中国将军，该有着怎样强大的内心呀！

闪亮的柳叶刀划开了陈策的伤口，黄红色的脓血像溃堤的污水，立即流了出来。马丁担心地看了看陈策，陈策牙关紧咬，下颌骨绷得棱角分明，额头上沁出一片细密的汗珠。他迎着马丁的目光，尽量放松脸上的表情，一声没吭。马丁用探针小心翼翼地拨开腐烂的皮肉，发现弹头嵌在肌腱里，已经变得发黑。他换了一把镊子，夹住弹头的尾部，倒吸一口气，猛地一拔，那颗在陈策体内留存了半个月的子弹头，终于被取了出来。

马丁把弹头举到陈策眼前：“将军，您看！”

陈策拿掉嘴里的毛巾，连喘了几口气：“谢谢你，请给我留着。这是日本崽送给我的一件最有意义的纪念品！”

“叮当”一声脆响，马丁把弹头扔进了托盘。

后来，陈策为这颗弹头配上弹壳，镶上金链，随身佩戴。这条用子弹头做挂件的项链，全世界独一无二。

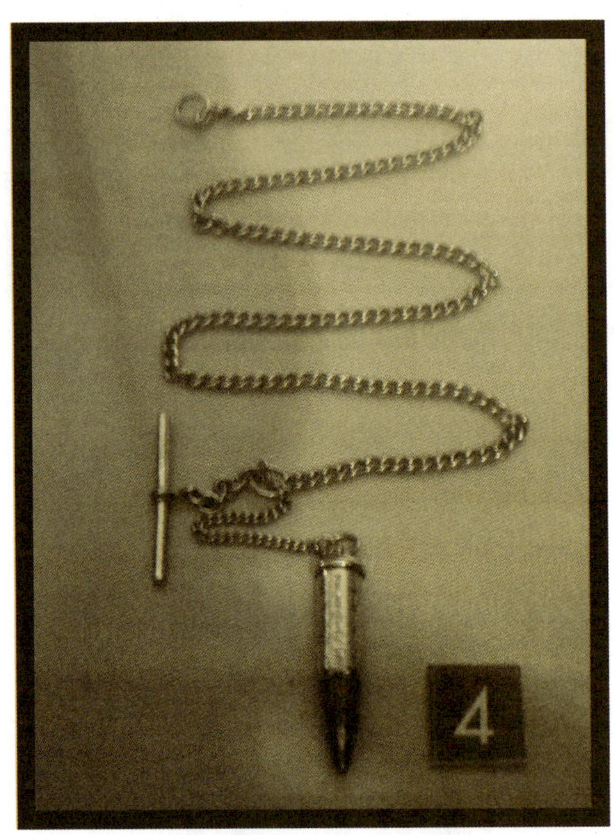

陈策将军用子弹头做的项链挂件

太阳落山、夜幕降临，巷口那两盏鬼火般的路灯若明若暗。

梁少芝挎上早已准备妥当的包袱，拉着小琼英，悄悄出了家门。不远处停着一辆小汽车。李裁法摇下窗户，朝她们招了招手。

上了车，梁少芝问："我们现在去哪儿？"

"中环。先在那里躲两天，接到余婕一起走。"

梁少芝不再说话。

点火，启动，发动机发出轻微的响声。随着车身微微一颤，这辆黑色的"福特"像个幽灵，很快消失在小巷的尽头……

第十二章　挥别曲江

（一）

柔和的灯光洒满了病房，白色的床头柜上摆放着一只花瓶，里面插着一束不知谁送来的康乃馨。陈策盖着一条薄薄的棉被，左手打着吊针，后脑勺枕着右手臂，躺在床上想心事。他两眼直愣愣地望着天花板，脑海中不时闪过妻子梁少芝和几个孩子的面容。突围以来，他还是第一次如此从容、如此牵肠挂肚地思念自己的亲人。

真应了那句老话：祸不单行。陈策手上的伤刚好，胃溃疡又犯了，疼痛、咯血，眼看着人一天天变得消瘦、虚弱。余汉谋指示，把他由曲江医院转到韶关医院，请经验丰富的内科医生莫稚仕担任他的主治大夫。莫稚仕是个传教士，医术高超而且善良正直，他听说了陈策率领英国人突围的英雄事迹，大为感动。刚转院不久，陈策因咯血出现失血性休克，莫稚仕不但亲自抢救，还捋起袖子，露出胳膊，为陈策输了 400 毫升血。

经过莫稚仕的精心治疗和细心调养，陈策的病情稳定了，脸上也渐渐有了血色，已经能在杨全的陪同下出门散步遛弯儿。

有人敲门。

“请进。”陈策有气无力地喊了一声。

进来的不是别人，是徐亨。他提着一只小瓦罐，来到病床前：“余长官找人炖的鸡汤，还加了些中药，给您补补身子。”说着，为陈策盛了一小碗。

“幄奇真是个有心人，谢谢他了。”陈策感激地说。

梁永元走后，陈策一直牵挂着司徒美堂先生的安危。每次有人来探望，他都会打听这方面的消息。对徐亨，他自然不会放过：“营救司徒美堂老先生的事情进展如何？永元那边有消息吗？”

徐亨把鸡汤递给陈策：“看把您急的，梁大队长刚走几天呀。救人那么大一件事，总得要时间的。”

陈策想想也是，在日本崽的眼皮子底下救人，而且还是个大名人，那是需要好好筹划，容不得半点闪失。他叮嘱徐亨，注意和梁永元保持联系，不论是司徒美堂，还是余长官夫人上官德贤，一旦有什么动静和消息，立即告诉他。这些话他已经对徐亨说过无数次了，可每次见面还是要重复一遍。

“杨全呢？”徐亨环顾四周，没见杨全。陈策住院后，只留下杨全一人做陪伴。

“我让他到街上去买几份报纸。住在医院里，把人都给闷死了！”陈策这段时间过着几乎与世隔绝的日子。为了让他安心养病，余汉谋下了命令，未经他的批准，任何人不准来打扰他。

两人有一搭没一搭地聊着，忽然门被推开了，露出一个圆圆的脑袋，原来是麦都高，他一进来，身后还跟着好几个人，罗纳德、甘迪、高灵、鲁宾逊、杰斯特，每个人手里都捧着一束鲜花。

“独腿将军，我们来看你了！”麦都高热情地张开双臂。

陈策赶紧起身，徐亨给他背后塞了个枕头，让他倚靠在床上。陈策紧紧握住麦都高那毛茸茸的大手：“哈哈，你好呀，麦都高爵士，我想死你们了。快给我说说，这段时间你们都在干些什么，为什么不来看我呀？”

麦都高对陈策说，第七战区和广东省政府对他们很关照，所有突围队员有伤的治伤，有病的养病，身体都恢复得很好。每天除了吃饭睡觉，就是逛街，要不就在家里读书看报，大家都快闲出病来了。

听到这里，陈策哈哈大笑道：“到了韶关，你们就是客人，余长官和李主席要尽地主之谊呀！”

高灵凑近陈策的耳边悄悄告诉他，余汉谋将军通过重庆方面，已经跟英国驻华大使馆取得了联系，可能很快就会安排他们回国或者继续在中国工作。陈策听了，既替他们高兴，又有几分伤感。大家同生共死的这些日子，友谊和感情早已跨越国家、种族和信仰的界限，在每个人的心里刻下了难以磨灭的印记。

费劲周折多方打探，梁永元终于得知司徒美堂先生依旧被日军软禁在那家香港旅馆。于是，他带着人，亲自到了现场进行侦察。

旅馆是一座三层砖木结构的小楼，大门临街，左邻是家药店，右舍是一户居民。背后有个小院，用围墙围了起来，围墙外是条不知名的小河沟，长满了灌木杂草。打仗的时候，围墙被炸了个豁口，临时用木板和苇席遮挡。

旅馆虽然不大，装修和布置却很讲究，完全是中式风格。大门斗拱飞檐，两根红色的粗大立柱古色古香，门廊里挂着制作精巧的灯笼。一进大厅，迎面一道造型古朴的照壁，精美的砖雕刻的是仙翁拜寿。无论房间过道，一色的青砖铺地、白灰抹墙。每个房间的天花板四周都是用木质圈梁作为装饰，圈梁上有木浮雕，刻着“嫦娥奔月”“后羿射日”“金榜题名”“三娘教子”等神话传说和戏文故事。

旅馆的摆设都是从民间淘来的明清古家具，紫檀、鸡翅、黄花梨，件件都是文物，货真价实。墙壁上挂着山水国画、名士书法，墨香中透着雅致。

司徒美堂先生就住在三楼最东头的套房里，那也是这家旅馆唯一的一间套房。其他住店的旅客早就被日本人赶走了，偌大的一栋楼里，只剩下司徒美堂和他的两个随从。

一楼驻有日军一个小队，大门口放了双岗，后院有个暗哨。司徒美堂和手下只能在楼内和院子里活动。

梁永元围着旅馆转了好几圈，又再三询问熟悉旅馆内部结构的人，才把旅馆的建筑布局基本上搞清楚。同时，他还了解到一个情况，为了表现日本当局的大度，感化司徒美堂，促使司徒美堂出任香港的维持会长，经特高课的矢崎课长特批，一日三餐，司徒美堂的两名随从可以上街给先生购买他爱吃的香港食品。很快，梁永元制订出了营救计划。

这天，两名随从到他们经常采购外卖的酒楼，刚一进门，就被梁永元请到了背人的角落里。梁永元说明来意，对方半信半疑。梁永元拿出陈策写的信对那两人说：“你们只管带我去见司徒美堂老先生，其他事就别管了。”

于是，梁永元扮作酒楼的伙计，挑着食盒，跟着那两个人，来到司徒美堂先生下榻的旅馆。酒楼给司徒美堂送饭早已司空见惯，日军哨兵没有多问，就放他们进去了。

见到司徒美堂，梁永元立即亮明身份，并呈上陈策的亲笔信。司徒美堂看完信，激动地搓着双手，原地转了几个圈：“陈将军，OK！ OK！”同时，大脑在飞速转动，陈策？似曾相识，终于依稀记起当年孙中山先生身边那个瘦小精悍的海军司令。随后，梁永元向司徒美堂先生讲了自己的营救计划，司徒美堂又对计划的细节做了补充，以求万无一失。

司徒美堂先生

平时，司徒美堂先生都是吃了晚饭就会到后院散步，今天直到太阳快落山了才出来，跟往常一样，他围着院子一圈一圈、不紧不慢地走着。那个日本哨兵坐在临时搭建的岗亭里，百无聊赖地翻看着脏兮兮的值班记录。走着走着，司徒美堂掏出怀表看了看，8 点 45 分，和梁永元约定的时间到了，他朝两个随从使了个眼色。随从悄悄靠近岗亭，一个人猛扑上去勒住日本兵的脖子，另一个人则把锋利的匕首插进了他的胸膛。日本兵的脚在地上用力蹬了几下，便慢慢瘫软下来，不再动弹。

几乎同时，围墙豁口上的木板被掀开了，梁永元朝司徒美堂先生挥挥手，三个人便从豁口越墙而出。一分钟都不敢耽搁，跟着梁永元率领的接应小组蹚过小河沟，钻出灌木林，直奔海边。司徒美堂先生虽说已是古稀之人，但有年轻时练功的底子，身板硬朗，跑起来身轻如燕，连口气儿都不带喘的，丝毫不输给几个年轻人。

眼看着快到海边了，背后传来狼狗一声紧似一声的狂吠。梁永元心头猛地一惊，糟糕，肯定是日本人追上来了！按照预案，他留下两名队员殿后，自己带着司徒美堂等人继续向停靠摩托艇的地方狂奔。

“啪！啪啪！”担任掩护的游击队员和追上来的日军交火了，虽然双方实力悬殊，但游击队员毫不示弱，在击毙了几名日本兵后，2 名队员不幸阵亡。他们用自己的生命，拖住了日军 10 分钟。

就是这宝贵的 10 分钟，让梁永元一行终于跳进了摩托艇，风驰电掣地向南澳驶去……

日军追到海边，大海茫茫、夜幕沉沉，哪里还有摩托艇的影子？他们不甘心地一阵胡乱射击，发泄着胸中的愤懑。

虎口脱险的司徒美堂先生，听梁永元详细介绍了陈策，以及他和陈策将军之间的君子之交，让司徒美堂感慨万分。他既感谢陈策的厚爱和出手相救，也非常敬佩梁永元的义气和胆识。临别前，司徒美堂特意和梁永元合影留念。

不久，司徒美堂到了曲江，下了车顾不上休息，第一件事就是在余汉谋和李汉魂的陪同下，去看望陈策。其实，梁永元早已把司徒美堂获救的消息写信告诉了陈策，见到司徒美堂，陈策高兴得合不拢嘴：“老先生您这次逢凶化吉、安然脱险，真是天意，天意啊！”

司徒美堂则不以为然地说：“此事乃尽人力而成，与天意何干？将军大仁大义，梁队长大智大勇，老夫才有逃脱藩篱，与尔等把盏言欢的一天呀！”

司徒美堂这次到曲江，除了要见陈策，还有就是参加广东举行的“救侨献金活动”开幕式，为抗战募捐，司徒美堂果然是影响力非凡，“救侨献金活动”开幕式当天，就募得捐款 51 万元，到活动结束，共募捐 100 余万元。

离开曲江，司徒美堂辗转到了陪都重庆。在此之前，老先生一直是对蒋介石和国民政府寄予了厚望。因为在他眼里，蒋介石不但是孙中山先生的忠实信徒和接班人，而且也是全国抗战的统帅和领袖。所以，支持政府就是支持抗战，支持蒋介石，就是支持孙中山先生未竟的大业。但是，这次重庆之行，却彻底改变了他的政治观点。大后方民众的困苦生活与国民党官员贪腐成风形成鲜明对比，这种“朱门酒肉臭，路有冻死骨”的悲惨景象，让他痛彻地感觉到与孙中山先生当初的革命理想相去甚远。

有一个例子，足以说明司徒美堂对国民党的失望。司徒美堂刚到重庆时，蒋介石夫妇对他礼遇有加，每次会见，都要亲自出门迎送。蒋介石这么做，显然是一种感情投资。终于，他亮出了自己的“底牌”，希望司徒美堂加入国民党，并许以国府委员的高官厚禄。但是，他的好意被司徒美堂冷冷地拒绝了，在司徒美堂看来，一个不管老百姓死活的党不加入也罢！这让蒋介石觉得很没面子。从此以后，他对司徒美堂的态度也就渐渐冷淡了下来。

那段时间，司徒美堂的心情就像重庆的天气，湿漉漉、灰蒙蒙的一片，压抑而晦暗。这时，一只温暖的大手伸向了他。伸出这只手的是共产党的南方局书记周恩来。司徒美堂到重庆不久，八路军办事处特意为他举行了一场欢迎会，周恩来、董必武、邓颖超及社会各界 100 多人出席。周恩来亲自致词，盛赞司徒美堂发动海外侨胞为抗战慷慨解囊的义举，以及宁死不入伪职的民族气节。同时，还向他详细介绍了当前的时局，耐心讲解了共产党关于建立抗日民族统一战线的主张，并邀请他在方便时访问延安。

这次会见，给司徒美堂留下了深刻的印象，也使他对中国共产党有了一个全新的认识，这位老资格的华侨领袖的立场开始发生微妙的变化。他曾在一篇文章中写道："通过那次会见，使我确信共产党人正在与日本侵略者浴血奋战，国民党对他们的中伤都是谣言。"

1945年3月，致公堂在美国纽约举行"美洲洪门恳亲大会"，讨论回国参加各党派组成的联合政府。考虑到"堂"字的帮会气息太浓，司徒美堂提议，将"中国洪门致公堂"改名为"中国洪门致公党"，他在会上被选为"致公党"首任全美总部主席。这次大会发表了著名的《十报宣言》，提出结束"国民党的一党专政、还政于民，召开国民代表会议，成立民主政府"的政治主张。

但是，内战一声炮响，联合政府胎死腹中，也让司徒美堂同蒋介石、国民党彻底决裂。这中间还有一个戏剧性的情节：

1947年，司徒美堂寓居南京，蒋介石想利用他在华侨界的威望和影响，让他当"国大代表"，司徒美堂偏偏不从。于是，受蒋介石之托，上海滩的洪门大佬杜月笙登门当说客。两人话不投机，杜月笙带着恐吓的语气说："蒋先生要你当，你就得当，他可不是好惹的！"

这句话一下子把司徒美堂惹毛了，年届八十的他拍案而起，怒吼道："我司徒美堂说不当就不当，告诉蒋某人，司徒美堂难道就好惹吗！"

1948年5月，中国共产党开始筹备新的政治协商会议，司徒美堂闻讯后写了《上毛主席致敬书》，欣喜地表示"新政协何时开幕，接到电召，当即回国参加"。1949年1月20日，毛泽东没有"电召"，而是亲笔给司徒美堂写了一封信："至盼先生摒当公务早日回国"，充分体现了共产党人求贤若渴的诚意和对司徒美堂的尊重。1949年9月，新政协第一次会议召开，年逾八旬的司徒美堂离开居留近70年的美国，如约而至。

当时，毛泽东住在香山的双清别墅，他要在这里同司徒美堂会面。双清别墅建在一个小山坡上，路比较陡，需要换乘吉普车才能上去。毛泽东担心已经82岁的司徒美堂经受不住吉普车的颠簸，特意让工作人员用自己的藤躺椅绑成一个简易的轿子，把司徒美堂从山下的慈幼院抬到了自己的住地。当轿子停在双清别墅门前时，毛泽东早已在此等候，他亲自搀扶着司徒美堂下轿，又扶着老先生一起走进了会客厅。

1949 年 10 月 1 日，毛泽东在天安门城楼，向全世界庄严宣告中华人民共和国成立。这时，他的身后站着两位长髯飘胸的老人，一位是张澜，另一位就是司徒美堂。1955 年 5 月 8 日，87 岁的司徒美堂因脑溢血在北京去世，遗体被安葬在八宝山革命公墓。

影视剧中开国大典场景，左一为演员扮演的司徒美堂先生

（二）

胃病靠养。不知不觉，陈策已经住院一个多月了，身体恢复得不错。这天吃过早饭，杨全陪着他准备出去散步，一辆黑色的小轿车停在了住院部的门口。他认得，那是余汉谋的专车。稍顷，副官从前面下车，打开后排车门，余汉谋那胖胖的身躯慢慢挪了出来。一见陈策，他满面堆笑："策叔，好消息，好消息！"

陈策被弄得有点丈二和尚摸不着头脑："幄奇兄，看你高兴的样子，是一大早出门捡了个金元宝吧？”

“金元宝算个屁，看看这个。”余汉谋手里拿着一页电报稿，“委座来电嘉奖梁永元。还有，你的义子徐亨晋升中校，调任海军部。”

这倒是陈策没想到的。他和余汉谋一起走进医院的花园，找了个清静的去处坐下，余汉谋把电报递给他。陈策看完电报，对余汉谋说：“怎么样，永元刚投奔你，就给你争了这么大的一个面子。”

“那是，我已经让人给报馆打过招呼了，让他们帮着好好宣传宣传，昭告天下，振奋民心！”余汉谋做事还真有章法，一环紧扣一环。

两人正聊得高兴，徐亨找过来了。余汉谋起身对陈策一拱手：“策叔，那我就先走一步。”说着，弯腰凑到陈策耳边小声嘀咕道，“徐参谋是你的义子，他的事你跟他说吧。上峰催得紧，让他马上到海军部报到。我都安排好了，搭乘明天下午的航班直接飞重庆。”

余汉谋拍拍徐亨的肩膀，笑嘻嘻地说：“年轻人，好好干！”看着余汉谋离去的背影，徐亨有些奇怪：“余长官今天怎么了？搞得神神秘秘的。”

陈策招招手，让徐亨坐下，这才把他调任海军部的事说了。一听说明天就要走，徐亨有些慌了：“义父，我走了，您这儿怎么办啊？”

“什么怎么办呀？我这里再大的事，也不如你的前程重要。小子，不是每个人都能调到总部高层去工作，这个机会你必须把握住。再说我的病已经治得差不多了，你走了还有杨全在嘛！”陈策斩钉截铁地说。

“那，我听义父的安排。”徐亨低着头，话语中透着不舍。

陈策在他脑袋上拍了一巴掌：“行了，别婆婆妈妈的了，回去准备准备，明天出发。你不能跟我一辈子，每个人都有属于自己的那片天空，该飞的时候就得飞！”

徐亨磨蹭了好一会儿，终于还是把憋在心里的话说了出来：“义父，阿母和弟弟妹妹们有消息了吗？”

陈策摇摇头："多想无益，是死是活总有水落石出的那一天。"

半个月前，梁永元送来一封信，信中说他派人去香港营救策婶，可按照地址找上门时，策婶和孩子已不见踪影。这事成了悬在大家心里的一块石头，虽然嘴上不说什么，心里的那份惦念和牵挂早已化作难耐的煎熬。

"战乱纷扰，家破人亡的何止我陈策一人。远的不说，就连余长官的夫人不是也还身处险境吗？"陈策大度地安慰徐亨。

第二天，韶关《大光报》登载了这样一条消息：

蒋委员长电奖梁总队长永元

（本报专访）中央委员陈策将军，此次由港率同中英参战将士，忠勇突围，抵粤东濒海某地后，得我驻该地之惠东宝地方抗敌XX队队长梁永元氏，率队沿途保护，经四日之行程，通过数沦陷区，始安全到达惠阳，梁总队长两年来在粤东抗敌，已建殊勋，此次复护陈将军历险，英风伟绩，国人同钦，蒋委座以该部努力为国干城，又营救陈将军脱险，昨（十）日 特由渝来电嘉勉。

带着这份报纸和满腹心事，徐亨登上了飞往重庆的班机……

徐亨这匹千里马，因为遇到陈策这个伯乐而注定一生充满传奇。当年，他协助陈策指挥中英官兵香港突围有功，英国政府以英皇名义向他颁授了"大英帝国荣誉军官勋衔"O·B·E最高勋章。抗战胜利后，徐亨曾出任"永宁号"舰长，登上了自已军旅事业的顶峰。后来虽因内部派系倾轧获罪，但经陈策竭力游说并亲自写下担保书，最终化险为夷。国民党蜗居台湾，20世纪七八十年代，曾经的体育健将徐亨一直担任国际奥委会委员，专注于发展中华民族的体育事业，受到海峡两岸的敬重。2008年，徐亨应邀出席北京奥运会，受到热烈欢迎。2009年2月3日，当年突围小分队中的最后一名生还者，97岁的徐亨在台北去世。

陈策将军（中）和徐亨（右）合影

担任国际奥委会委员的徐亨先生

李裁法带着梁少芝和孩子，先是到了港岛的一个朋友家中躲了几天。他的这个朋友也是道上的人，曾在陈策组织的“香港中国抗日协助团”里干过，是陈策的铁杆拥趸。一听说来人是策婶，二话没讲，立即腾屋搬床，先把梁少芝母女俩安顿好。然后，李裁法又想办法联系上余婕，把她也接了过来。一见到策婶，余婕又惊又喜，像个受了委屈的孩子，抱着她就哭了。

梁少芝心里也很难受，但她知道眼下还不是哭泣抹泪的时候。安慰了余婕几句，梁少芝就把陈策率领突围小分队胜利抵达曲江的消息告诉了她，余婕自然是十分欢喜。接下来，几个人开始商量怎么逃出香港。这时，李裁法才说出一个意外的情况，让大家都陷入惶惶不安之中。

策婶突然失踪，日本特高课头子矢崎大发雷霆，他要求负责执行监视任务的特务，每人写一份当天的去向说明，并且要有旁证。李裁法编了一套说辞，并找了几个帮会的朋友给自己做证，暂时算是蒙混过去了。但是，凭着直觉，他感到日本人并没有完全相信自己，如果他们深入调查下去，很可能露陷。所以这段时间他得装作什么事都没有发生过的样子，稳住日本人，直到打消他们的怀疑。因此，他让策婶和余婕安心住下来，等他的信儿。

从那以后，李裁法每天上班，都是佯装轻松，实际上如坐针毡，每根神经都绷得紧紧的。日本人每说一句话，每做一件事，他都要揣摩半天：会不会是个圈套？是不是在考察自己？这样的日子过了有十来天，弄得他都快崩溃了，几次都想一走了之，但一想到策婶和余婕还在等着自己救她们出虎口，就忍住了。

渐渐地，李裁法觉着日本人好像对梁少芝逃走的事情不那么在意了，或许他们认为跑了一个利用价值不大的家庭妇女，根本就无关大局。最紧张的时刻终于过去了，直到这时，李裁法才稍稍松了口气儿，但他还是没敢动，又仔细观察了几天，确信再没有任何反常的地方，才借着查案子的机会，拐弯抹角来到梁少芝和余婕的住处。

他的朋友上班去了。就梁少芝带着琼英和余婕在家。一进门，李裁法就着急忙慌地说："策婶，你们收拾一下，马上走。"

梁少芝把自己的小包袱往肩膀上一挎："早准备好了，走吧！"

余婕牵着小琼英的手："李秘书，你怎么才来，把我们急死了！"

李裁法摆了摆手："一言难尽，以后慢慢讲给你们听。你们稍等，我先出去叫车。"说着，他轻轻推开一条门缝，瞄了一眼门外，确信没人跟踪，便把帽子往下一压，溜出了门。

不过几分钟，李裁法又折返回来，他帮着梁少芝和余婕拎着行李出了门，然后四人分乘两辆人力车直奔海边。李裁法已经联系好了一条小渔船，给了船主 50 块大洋，送梁少芝一行去一海之隔的澳门。

车停在了中环大同酒家附近。李裁法之所以选择在这里下车，可是经过了慎重的考虑。一来这个地方是香港的繁华地带，熙来攘往、人流如织，不容易引起旁人注意；二来上船比较方便，酒家旁边有条石板小路，沿着那条路走个十来分钟，就到了海边，渔船就在那里等他们。

真是人算不如天算，任李裁法考虑得再周密，也会出现意外和疏漏。他们刚一下车，正拎着行李准备走，迎面撞上了一支巡逻队、两个鬼子、四名伪军。

“干什么的？”其中一个伪军头目打量着李裁法，把他拦下了。

李裁法灵机一动，指着旁边的大同酒家：“内人过生日，一起吃个饭。”边说边递上自己的证件。伪军头目一看是宪兵队的人，立马换了副笑脸：“哦，李队长啊，请便！”

李裁法点头谢过，正要迈步，那个日本曹长把枪一横：“八嘎，你的，什么的干活？”话是冲着李裁法说的，两只色眯眯的贼眼却梁少芝和余婕的身上扫来扫去。见状，那个伪军头目赶紧凑过去，把李裁法的证件递给日本兵：“皇军，他是宪兵队的李队长。”

没想到鬼子根本不吃这套，他淫笑着放下枪，朝李裁法一挥手：“你的，可以走了。花姑娘的，留下，检查检查。”

一见这个阵势，余婕吓得花容失色，直往后退。梁少芝紧紧拉着她的手，小声鼓励她：“别怕，沉住气！”

李裁法顺手掏出四根金条悄悄塞到伪军头目手里：“兄弟，多关照。”然后往日本曹长和余婕中间一站，笑嘻嘻地说：“皇军辛苦了，我请各位喝酒！”伪军头目也帮腔说：“太君，到饭点了，咱们先吃饭吧。”

这时，旁边已经围拢了不少看热闹的人。日本曹长一看，也没心思再闹腾下去了，正好就坡下驴，把枪一背：“嗦嘎，米西米西的。”

李裁法做了个“请”的手势，朝梁少芝使了个眼色，所有的人都跟着他走进了大同酒家。

中午时分，吃饭的客人挺多。李裁法把鬼子和伪军安排到一桌，把梁少芝和余婕安排到另一桌。那个日本曹长还不死心，缠着李裁法，非要让梁少芝和余婕过来一起吃。李裁法借口她们信佛吃斋，加上那个伪军头目从中斡旋，总算搪塞过去了。

为了尽快摆脱这帮人的纠缠，李裁法特意让酒楼老板找来一瓶日本人爱喝的清酒，并亲自给鬼子曹长斟满："太君，尝尝，正宗的京都清酒。"

曹长笑眯了眼，一口干了杯中酒，然后砸吧砸吧着嘴，冲着李裁法竖起了大拇指："你的，大大的好人！"

"愿为太君效劳！"李裁法鞠了一躬，满脸堆笑。他这时才感觉到后背凉嗖嗖的，汗水把衬衣全湿透了。

酒过三巡，鬼子和伪军喝得面红耳热，那个曹长更是酒后失态，站起来东倒西歪、大声武气地唱起了北海道拉网小调，吓得其他客人像躲避瘟疫一样，纷纷离席。

趁着这个乱劲儿，李裁法拉着梁少芝和余婕，从厨房的后门溜了出去，沿小路一口气跑到海边。还好，事先约好的渔船已经守候在那里。

告别了李裁法，梁少芝三人乘着一叶扁舟，向澳门驶去……

李裁法之所以选择澳门作为策婶等人落脚的第一站，一是因为澳门离香港很近，比较容易脱身；二是尽管澳门和香港近在咫尺，但日本军队始终没有踏上澳门的土地，相对而言，还算是一个安全的避风港。

至于日本军阀为什么没有对唾手可得的澳门下手，有一种流行的观点，说日本在葡萄牙的殖民地巴西有几百万侨民，面对战火蔓延的威胁，葡萄牙政府曾强硬地表态，如果日本军队敢入侵澳门，就要把这几百万日侨全部驱逐出境。几百万难民哪，一但拥入日本本土，不但使原本就短缺的资源更加紧张，而且还会招致国内舆论的口诛笔伐，这可是日本政府所不愿面对的。因为有此忌惮，那支曾经横扫东亚东南亚无敌手，攻城掠地、凶焰万丈的大日本皇军，硬是没敢染指弹丸之地的澳门！

（三）

几经周折，梁少芝和余婕带着陈琼英转道广西，终于到达陪都重庆。安顿好住处后，在陈策朋友的帮助下，找到了已在海军部任职的徐亨。

乱世重逢，大家欷歔不已。顾不上感伤和喜悦，梁少芝见了徐亨的第一句话就是："亨仔，你阿爸呢？"

徐亨答道："阿爸还在曲江疗伤治病呢，估计也快来重庆了。"

"他伤在哪里？得了什么病？重不重？"见陈策没和徐亨在一起，梁少芝心里就有点打鼓，再听徐亨这么一说，更以为徐亨是在有意隐瞒真相，急得她涨红着脸，朝徐亨连珠炮似的抛出一连串的问题，想寻找真实的答案。

徐亨这才把陈策在突围中怎么负伤，到曲江后如何治疗，伤刚好又怎么得了胃溃疡的经过，向梁少芝一一道来。听了徐亨的这番讲述，梁少芝才把心放到了肚子里："你阿爸九死一生，真得感谢上帝啊！"

梁少芝一句无心的话，却勾起了徐亨埋藏在心底的一个小心愿："阿妈，阿爸负伤后在大海里曾跟我说，如果这次大难不死，一定接受洗礼皈依基督。不知阿妈意见如何？"

"好啊，我陪他去洗礼，也入基督教祈求神明保佑！"梁少芝认真地说。

徐亨高兴地击掌相庆："那可太好了，这下我们全家都成了上帝的子民。阿妈，连蒋委员长和夫人都是基督徒呢。"

梁少芝笑着连连点头："知道，听你说过一百遍了。"

余婕挽着丈夫的胳膊，小鸟依人般靠在徐亨肩上，满脸的幸福："策婶，您是不知道，徐亨早就盼着您和策叔加入基督教了。"

"策叔策婶是你叫的吗？得叫阿爸阿妈，怎么老学不会呀！"徐亨佯装生气地训斥余婕。

余婕做了个夸张的动作，拍拍自己的脸颊："小女子知错了，掌嘴！"

这时，梁少芝突然提出一个要求，想去曲江看望陈策。徐亨完全理解她此时此刻的心情，当即表态："阿妈，这事我来安排。"

梁少芝的住处离嘉陵江不远，每天晚饭后，她都要独自到江边散步，以排遣对丈夫的思念和牵挂。

澄澈碧绿的嘉陵江，从秦岭山脉逶迤奔腾而下，如利刃巨斧，以雷霆万钧之势劈开千山万岭，在重庆的朝天门码头与一泻千里、波涛滚滚的长江交汇，形成了“清流浊浪，泾渭分明”的奇特景观。

也许是出于一个知识女性细腻而独特的感受，梁少芝喜欢长江汪洋恣肆泼墨写意的磅礴，更喜欢嘉陵江风情万种重彩工笔的精致。

虽然贵为陪都，但战争带给市面的萧条如雾霾一样，笼罩着山城。街上行人寥寥，店铺惨淡经营，梁少芝沿着那条已经走了无数次的石板小路，眼睛望着山下的嘉陵江，耳畔回响着浪淘拍岸的轰鸣。

“策婶，策婶！”没错，是有人在叫策婶。梁少芝很奇怪，自己在重庆无亲少友，会是谁呢？而且还是称呼“策婶”，显然不是一般的熟人朋友。她举目四顾，街对面有个瘦瘦的年轻人在朝她招手，定睛一看，天啊，不是别人，正是刚分手不过半个多月的李裁法，李秘书。

李裁法快步跑了过来。

“李秘书，怎么会是你？”惊喜之余，梁少芝的问话里充满了诧异。

李裁法垂下头，一脸的苦相：“嗨，我这是被逼上山城了。”

“走，咱们坐着慢慢说。”旁边正好有间茶馆，梁少芝招呼李裁法一起走了进去，要了两杯盖碗花茶。

李裁法环顾四周，茶客们有的嘴里刁着旱烟在摆龙门镇，有的躺在竹椅上打瞌睡，有的围在一起打长牌。前面还有一个老先生操着一口四川方言在说书，好像讲的是“林冲雪夜上梁山”。

“这里的茶馆跟广东、香港都不太一样，纯粹就是喝茶，没有吃食。”李裁法感慨地说。

“李秘书想吃点什么？可以点外卖，重庆的担担面不错，还有醪糟鸡蛋，我们那里叫米酒。”梁少芝担心李裁法饿着肚子还没吃晚饭。

李裁法谢过梁少芝，讲起了自己来重庆的经过……

送走梁少芝和余婕后，李裁法不动声色地回到了宪兵队。

不知道哪个环节出了问题，从第二天开始，凭着特工的敏感，李裁法觉得自己受到了监视。他苦思冥想，想找出自己言行中可能出现的破绽，但始终没有一个明确的答案。直到有一天，他在宪兵队的门口看见一个熟悉的身影，那天在中环带队巡逻的日军曹长，他才恍然大悟：这个矮胖、漆黑的曹长肯定到宪兵队核实过自己的身份。

一想到这里，李裁法的汗毛都竖起来了。他在宪兵队待了这么久，深知日本宪兵对待嫌犯的手段。一但落到他们手里，那可真叫生不如死！

怎么办？李裁法像热锅上的蚂蚁。走，没有上峰的命令；留，说不定哪天就让日本人捕了去。走不敢走，留不敢留，正当两难之间的李裁法六神无主时，有了解内情的死党冒死给他透了个信：第二天宪兵队就抓他，先关后审。

与其坐以待毙，不如破釜沉舟。当天夜里，横下一条心的李裁法来了个三十六计走为上，利用帮会的渠道，私渡到了大陆。然后一路北上，马不停蹄地到了重庆。

“你下一步有什么打算？”梁少芝问道。

李裁法抿了一口茶，说：“我今天去军统局了，看局里能不能给我重新安排一个工作。”

“找到人了吗？”梁少芝知道，即便是军统局，想安排工作也是要有关系有门路才行。

“王站长不在，去外地执行任务了。”李裁法口里王站长，是军统局原香港站的站长王新衡，他的老上司。

“那你再等等吧，过几天策叔也快回来了，有什么事，他可以帮你。”梁少芝原本打算去曲江看丈夫，徐亨联系后告诉她，陈策胃疾已经痊愈，很快就会到重庆述职。所以，她便取消了原先的计划。

“谢谢策婶，策叔回来，我也有主心骨了。”李裁法长舒了一口气，愁云密布的脸上这才露出一点笑容。

陈策今天出院。

杨全正帮着他收拾行李物品，麦都高领着一帮英国官员和士兵一拥而入，把病房塞得满满当当。

“陈将军，我们马上就要回国了，特意前来向您告别。我代表全体突围的英国官兵，再次向您表示由衷的谢意！”麦都高的开场白虽然不多，却充满了真挚的感情。

早已料定有分手的一天，可当这一天来临时，不论陈策还是这些经历了生死之劫的异国朋友，都切切实实感到了“一别将成永诀”的那份难舍难分。陈策坚持拄着拐，伸出右臂，依次和每一个人握手拥抱。当他来到弗雷特迪·杰斯特上尉跟前时，这个高大壮实的小伙子扑到他怀里，跟个孩子似的哭了。

此时的陈策更像是一个慈祥的父亲，他抚摩着杰斯特的后背，不停地安慰这个情绪激动的年轻人：“孩子，一切都过去了，回家吧，去看看你的父母，还有你的妻子和儿女。”

杰斯特抹去脸上的泪水，抽噎着说：“将军，在我心里，您永远是一个伟大的男人，您用无与伦比的勇敢、智慧和坚强意志，实现了自己的承诺：让我们活着回家拥抱自己的妻儿。想到这一点，我真的很感动，不知道该说些什么才能表达自己内心的那份感激和崇敬！”

听到杰斯特发自肺腑的这些话，陈策的眼睛湿润了。香港燃烧的战火、倒在日军枪口下的快艇驾驶员道格拉斯、被自己扔进大海的假肢、鸭脷洲上几尽绝望的攀爬、大鹏湾突然遭遇的日军驱逐舰、大林坑险峻的山路、“崇林世居”

围墙上“誓死抗日”的标语……像一个个电影画面，在他的脑海里浮现。

这时，08号鱼雷艇艇长、壮硕的罗纳德中校挤到陈策面前，给他来了个生猛的熊抱，然后伸出大拇指夸奖道：“尊敬的将军，您是我遇到过的最优秀的海军指挥官！”

“谢谢，谢谢大家的厚爱！能认识你们，能在香港和各位并肩作战，共同突围，是我这辈子的骄傲和荣耀！”从来喜怒不形于色的陈策，此刻也难掩内心的激动。

“陈将军，突围已经成为历史，下一步您有什么打算？”麦都高恰到好处地换了一个比较轻松的话题。

“对你们来说，突围已经结束了。但对我来说，突围还只完成了一半，我下一步要回重庆述职，到那个时候，突围才算圆满成功！”

英国官兵们情不自禁地为陈策的自律精神和职业操守热烈鼓掌。

几天后，突围小分队中的英籍人士接到命令，除部分人继续留在中国从事抗日工作外，其他30多人离开韶关，踏上了归国之路。1942年1月30日，这部分人抵达昆明，然后沿着著名的史迪威公路，穿越一千多公里的热带丛林，于2月14日到达缅甸首都仰光。在仰光，他们帮助撤退的英军搬运物资，一待就是20天。直到3月8号，才搭乘“海瑞奇·杰森号”商船，前往印度的港口城市加尔各答，辗转到了孟买。4月28日，他们终于登上了一艘直达英国的运输船，经过20多天的海上颠簸，于1942年5月22日抵达苏格兰格拉斯哥港，回到了自己的家乡。

如果从1941年12月25日撤离香港算起，这些英军官兵穿越了中国、缅甸和印度三国，历时149天，行程4630公里，终于给这次突围之旅画上了一个悲壮而圆满的句号。回国后，他们当中的许多人著书立说，叙述这次终身难忘的人生经历。

弗雷迪特·杰斯特撰写了《逃离血红的太阳》一书。他在书中给予陈策这样的评价："陈策，一个传奇人物，中国著名的'独腿将军'！"

高灵写了一篇《香港突围记》登在报纸上，更是对陈策赞许有加。"在香港时，我早已十分喜欢他，而在我们逃亡时，更令我爱戴他，因为他不仅是一个具有无限勇气与机智的人，而且是极端关心别人的……"

（四）

正当突围小分队中的返乡英籍官兵滞留仰光，帮驻缅英军搬运物资，苦等回国航船的时候，1942 年 3 月 6 日，陈策登上了直达重庆的飞机。

离开韶关前，他专门拜会了余汉谋、李汉魂、蒋光鼐等军政大员，向他们辞行并再三表示谢意。余汉谋悄悄告诉他，自己的夫人上官德贤在共产党领导的东江纵队的帮助下，已经逃离香港。

上官德贤的获救经过颇有些传奇……

1938 年下半年，日军即将进攻广州的风声越来越紧，身为第七战区司令官的余汉谋考虑家眷的安全，特意把夫人上官德贤疏散到香港，住在九龙。可是谁也没有想到，原本以为是个避风港的香港，随着日军进攻的炮火，瞬间被卷入战争的旋涡，包括上官德贤在内的许多国民党高官及家属，都被困在了香港这个弹丸之地。

民族存亡的紧急关头，国民党和共产党面对共同的敌人捐弃前嫌，"兄弟阋于墙，外御其侮"。两党开始了第二次合作，联手抗日。

从民族大义出发，为了体现合作的诚意，促成余汉谋积极抗战。中共最高当局给东江纵队下达了一项任务：想尽一切办法，找到余汉谋将军的夫人上官德贤并将其转移到安全地带。

这个任务，最后落在了港九大队战士黄清的身上。

上级只告诉黄清，上官德贤女士住在九龙，这也是唯一的一条线索。可是九龙那么大，人海茫茫，大海捞针一般，到哪里去找这位余夫人呢？黄清有些为难了。不过，熟悉香港社会民情的黄清很快理出了一个思路，要找到上官德贤，首先得确定一个大致的范围，不能瞎猫碰死耗子撞大运。他想，凭余汉谋的地位和权势，他的夫人不会住在嘈杂的背街陋巷，更不会住在偏僻的乡下，一定是住在生活便利、高屋华宅的富人区。于是，他在地图上画出了几个重点区域，每天都在这几条街转悠。

按照计划，黄清这天来到新界，刚转了两条街，一个30多岁的男子挑着箩筐急匆匆地和他擦身而过。两人相会的短暂瞬间，侦察员出身的黄清已经把来人的衣着相貌看得一清二楚，并在心头打了几个问号。此人面皮白嫩，衣服整洁，不像是下力的工友，怎么会挑着担子在大街上招摇过市？还有，两只箩筐虽然刻意用杂物遮挡掩饰，但底下装的分明是青菜大米。眼下兵荒马乱、物质匮乏，不是巨富权贵人家，谁还能享有如此的待遇？

闪念之间，黄清的脚步已经下意识地跟了上去。他想找个适当的机会，向男子打探打探消息。没曾想还没走出几步，斜刺里跳出几个街头混混，拦住了青年男子的去路，想打劫。

虽然事发突然，令男子有些措手不及，但他并没有慌乱，而是极其敏捷地放下担子，抽出扁担准备自卫，一看就是个训练有素的人。打劫者欺负对方只有一个人，一声呼哨，群狼般恶狠狠地扑了上来。俗话说，好汉难敌四拳。眼看青年男子要吃亏，黄清大喝一声："看拳！"冲上前一拳一腿，立马放翻了两个。

黄清从小习武，练就了一身好武艺，这几个小混混儿哪是他的对手，三下五除二，打得那些家伙呼爹喊娘，只恨爹妈少生了两条腿，连滚带爬，抱头鼠窜。

青年男子感激不尽，掏出一把现大洋塞给黄清："谢谢好汉出手相助，这点钱不成敬意，聊表寸心。"

黄清谢绝了对方的好意："我帮你不是为了图财，而是有一事相求。"

男子听了好生奇怪："你我素昧平生，好汉有何事求我？"

黄清看了看周围，压低声音，亮明了自己的身份："我是港九大队的战士黄清，奉命营救余长官的夫人上官德贤。先生如果知道内情，请转告余夫人。3天后，我在此时此地等你的回音。"

正常情况下，一般人都不会，也不敢像黄清这样做。这宝押的风险太大，万一失了手，岂不是满盘皆输？但这是非常时期，非常任务，黄清也只能用非常手段放手一搏，他赌的是，万一成功了呢？

幸运的是，黄清赌赢了。那个挑箩筐的男子不但知道内情，而且就是上官德贤身边的人。他姓陈，是余汉谋派来专门保护上官德贤的副官。

回到家中，陈副官放下挑子，就把路上的遭遇讲给上官德贤听了。上官德贤既惊奇又感动。惊奇的是，自己正为如何离开香港犯愁，就有人主动找上门来愿意帮忙，有如神明暗中护佑。感动的是，日本统治下的香港鬼魅横行，与自己无亲无故的共产党竟深入虎穴，冒死相救，这份情意令人钦佩。她当即表示，让陈副官3天后去见黄清，并带他来见自己，商讨如何尽快离开香港。陈副官还有些担心，怕是日本人设的圈套。上官德贤分析说，自己又不是什么重要人物，日本人犯不着为了一个妇道人家煞费苦心地布那么大的一个局。陈副官一转念，觉得这话有道理，也就不再争辩。

3天后，陈副官如约而至，黄清已在老地方等候多时。两人见面后，陈副官使了个眼色，黄清便跟着他来到新界沙田何东楼，见到了上官德贤。

后面的事情就顺利多了。在东江纵队的安排保护下，上官德贤及其随从，还有一百多担行李，经过一段艰苦的旅程，终于有惊无险地被转移到了国民党第七战区的防区。

1942年3月6日黄昏，一架中航的大型运输机降落在重庆珊瑚坝机场。

当身着黑色棉袍、头戴黑色大檐帽的陈策，左臂拄着木拐出现在舱门时，欢迎的人群中爆发出热烈的掌声和欢呼声。陈策身边，是专程赴韶关接他回重庆的海军部中校参谋徐亨。

陈策微笑着走下舷梯，和前来迎接他的国民党中央秘书长吴铁城、副参谋总长白崇禧、中央党部海外部部长刘维炽、海外部副部长陈庆云、政治部副部长梁寒操等官员一一握手、拥抱。

梁少芝在余婕的陪同下，注视着丈夫一步步朝自己走来。也许是因为幸福来得太突然，她感觉就像是做梦一样，早已是热泪盈眶。陈策把妻子揽入怀中的那一刻，梁少芝忍了又忍的泪水终于如溃堤的河水，夺眶而出。

陈策将军回到重庆，成为轰动一时的新闻。第二天，《中央日报》就以“英勇突围，陈策飞抵渝”为题，发了一条消息。开头一段这样写道：

协助香港盟军作战突围出险之陈策将军，已于六日下午六时，由桂林飞抵重庆，受朝野人士盛大欢迎。

一时间，陪都重庆掀起了一股不大不小的“香港突围热”。党政军各界及中共驻重庆办事处，纷纷举行盛大的欢迎会，邀请陈策出席。陈策来者不拒，逢会必做演讲，大力宣扬香港军民齐心御敌的英雄事迹，给了大后方民众以极大的鼓舞。

为了表彰陈策的突出贡献，国民政府授予陈策一级干城勋章。蒋介石也随即发表《总统褒扬令》，赞扬陈策“协同盟军作战，致受创伤，尤为中外称服。”

鉴于陈策在香港协助盟军作战和领导突围的杰出表现，英皇委托英国驻华大使，向他颁授了大英帝国爵士勋章，并邀请陈策飞赴印度，专门聘请名师，为他量身定制了一双精巧的金属义足。英国媒体更是把他誉为“世界英雄”“东方纳尔逊”。

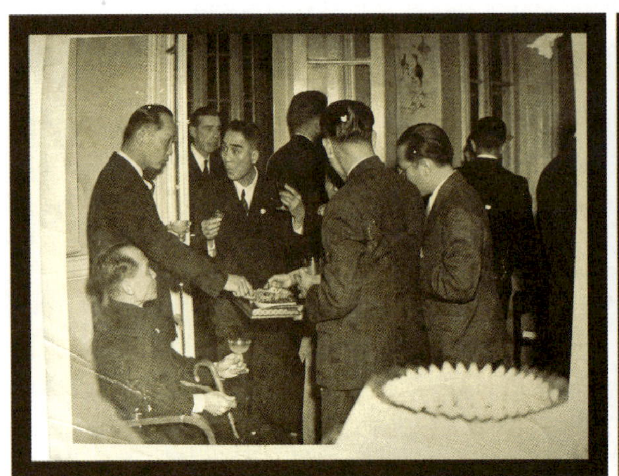

陈策将军（坐在椅子上者）出席社交活动

陈策将军所获大英帝国爵士勋章

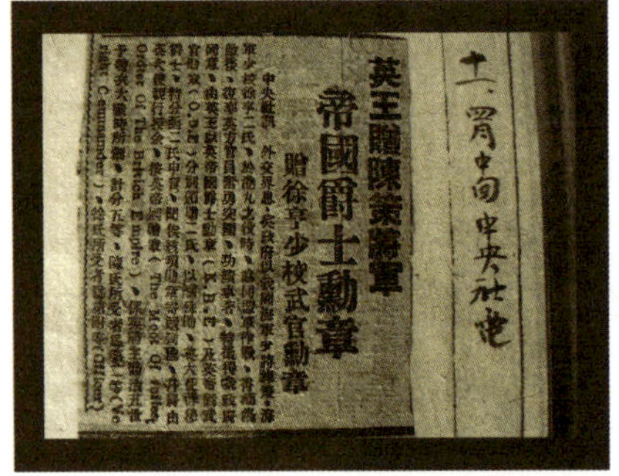

十一月中旬 中央社電

英王贈陳策將軍
帝國爵士勳章
贈徐亨少校武官勳章

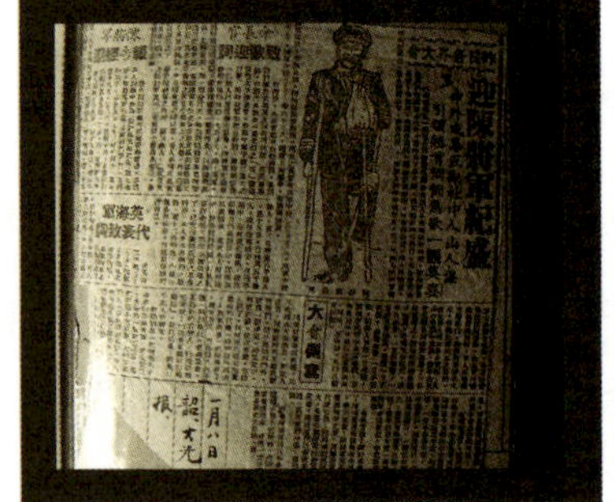

当时关于陈策将军的部分报道

频繁的社交应酬并没有冲昏陈策的头脑，他抓紧时间修改完善早已写好的关于香港作战和突围的报告，呈送给了最高当局。直到这时，他才长长地舒了一口气，回到家中对梁少芝说：“香港突围总算是圆满结束了！”

这天的晚餐，梁少芝特意弄了几个陈策爱吃的菜，还摆了一瓶徐亨送来的四川名酒“五粮液”，夫妻二人关起门来，举行了一个小小的家宴，庆祝陈策率队成功突围。饭后，心情大好的陈策和妻子一起来到江边散步。

两人一边走着，一边聊起分别后的这段日子。梁少芝顺便就把自己在李裁法的帮助下，如何逃离香港的经过告诉了丈夫。陈策很是感慨，迎着寒冷的江风对妻子说：“疾风知劲草，乱世识真情。看不出来，这个李秘书倒是个有情有义的人。”

梁少芝接着刚才的话题，又把李裁法因为遭日伪怀疑，被迫逃回重庆的事说了一遍，劝陈策帮李裁法想办法再谋个差事。

陈策淡淡一笑：“还是先打探一下消息再说吧，万一军统已经给他安排新的工作了呢？”嘴上这么说，陈策心里一直有个疑问：自己回到重庆已经有一段时间了，报纸天天都在登香港突围的新闻，这个李秘书难道不知道我回来了吗？如果知道，他怎么没来找我呢？

陈策是个极重情义、知恩图报的人，李裁法救了自己的妻儿，不管他现在是个什么情况，都应该主动问问清楚才好。第二天，他就托人四处打听李裁法的消息。真是不问不知道，一问吓一跳，李裁法已经被军统关起来了。

原来，从香港偷跑出来以后，李裁法满心以为自己没有功劳也有苦劳，军统怎么的也会给自己重新安排一份工作。可是，他没想到，自己是王新衡在香港单线发展的外勤人员，这时找不到王新衡，又没有其他认识的同事，没人能证明他的身份。于是，军统怀疑他是日本人派来的特务，就把他抓了起来，还威胁他说再不说实话就要枪毙他。任凭李裁法怎么解释，一个从敌占区跑过来的人，身单力薄、空口无凭，根本就没人相信。

得知李裁法现在还关在军统的监狱里，陈策急了，立即驱车登门拜访了郑介民，讲述了李裁法的遭遇。郑介民听了，把军统机关的办事人员一通臭骂，末了还埋怨了几句：“这个小李也是，怎么不来找我呢？”

陈策听了心里暗暗好笑：杰夫兄，你就别在我面前表演了。李裁法想找王新衡都找不着，来找你，他够得着吗？最后，陈策亲自给李裁法做了担保，证明他不是日本特务，李裁法才被释放。

李裁法出狱后，得知了事情的原委。他第一时间赶到了广东银行，拜望感谢借住在这里的陈策夫妇。一见面，他就给陈策跪下了，红着眼圈说："策叔，您要是再晚回来几天，裁法坟头的青草恐怕都有一尺高了！"说到伤心处，李裁法声泪俱下，失声痛哭。

从此，李裁法认陈策夫妇做了义父母。

考虑到李裁法已经不可能留在军统，陈策便通过自己的关系，推荐他做了香港"花园夜总会"的老板。于是，李裁法又悄悄潜回香港，改行做起了生意。有陈策的关照，再加上自己的帮会背景，李裁法的生意做得风生水起，成了香港娱乐圈数一数二的大红人。再后来，生意做大了，财大气粗，得意忘形的李裁法开始把握不住自己，得罪了不少人，做了不少龌龊事，最终没能成大器。

总结香港突围的经验，陈策在日记中写下这样一段话：

此次突围，历经大难而不死，堪称奇迹。同人冒险犯难，背水一战固然令人感动，也要感谢上帝的眷顾。

突围途中，突围小分队所乘坐的炮艇遭日寇炮击，陈策不幸负伤，被迫跳入大海，奋力游向鸭脷洲。生死未卜之际，他曾对身边的徐亨发誓，如果此次能够生还，定是上帝暗中护佑，自己一定皈依基督，绝不食言。危难之时，上帝悄然把感恩的种子播入他的心田。

1942年12月25日，香港突围一周年纪念日这一天，陈策偕夫人梁少芝双双走进教堂，接受重庆基督教会的洗礼，取圣名"安德烈"，成为一名虔诚的基督徒，了却了自己许下的心愿。

受礼后，陈策夫妇走出教堂。夕阳的余晖如上帝的爱洒满大地，洁白的鸽子在头顶飞翔，耳畔回响着深沉悠扬的钟声。突然间，陈策内心一颤，顿时感受到了一种前所未有的宁静、恩惠和满足……

余 波

1943年，世界反法西斯战争来到一个重要的拐点。11月23日，蒋介石夫妇出席了在埃及开罗举行的世界三大强国会议。12月1日，美、英、中三国发表了著名的《开罗宣言》，决定共同携手彻底打败日本，为建立战后世界新秩序制定规则和蓝图。

蒋介石夫妇的随员中，就有郑介民。会议结束一回到重庆，郑介民首先就到了陈策家中，看望自己的这位同乡和故交。见郑介民来访，陈策大喜，顾不上寒暄，开门见山直奔主题：

"杰夫兄，你这次随委员长到开罗，有什么新闻趣事，快讲给我听听。"

郑介民接过梁少芝递过来的茶杯，吹开水面的茶沫，轻轻啜了一口："筹硕兄啊，你让我喘口气好不好。"

陈策笑眯眯地看着郑介民，他知道自己的这位文昌同乡喜欢摆摆谱，索性坐下来给自己点着一支烟，不慌不忙地吸了起来。果然，陈策不催了，郑介民自己开口了：

"这次开罗会议，是世界三强国的聚会，咱们委员长和美国总统罗斯福、英国首相丘吉尔比肩而坐，共论天下大事，真是给中国人长脸啊！"说到这里，郑介民眉飞色舞、口沫四溅。

其实，罗斯福最早的设想是召开美、英、苏、中四国会议，斯大林瞧不起蒋介石，不愿前往，丘吉尔一开始也是磨磨叽叽的，不愿意来，后来还是罗斯福反复做工作，才勉强参加。因为苏联缺席，好多事情定不下来，所以，才有了后来开罗会议刚闭幕，罗斯福和丘吉尔又飞到雅尔塔专门和斯大林会晤，以弥补斯大林未出席开罗会议的缺憾。

郑介民又喝了两口茶水，润了润嗓子："经过委员长的努力，美、英两国同意给我们大量援助并直接参战，共同打败日本侵略者。日本占领的中国领土，战后全部如数归还！"

听到这里，陈策喜不自胜："日本崽这下是兔子尾巴长不了了！"但是，瞬间的喜悦很快被一脸的惆怅所代替。知夫莫如妻，敏感的梁少芝知道，丈夫的心病又犯了。突围到重庆已经两三年了，当局一直以陈策身体欠佳，没有给他安排像样的工作，这使得陈策如猛虎囚于樊笼，陷入报国无门的苦闷之中。

郑介民也查觉到了陈策情绪的变化，连忙安慰他："筹硕兄不必伤感，你乃国家栋梁，先安心养病，总有出头那一天。"

陈策苦笑了一下："也好，无官一身轻嘛！"

送走了郑介民，陈策对妻子说："杰夫兄真是个人精，我脸色刚有那么点儿变化，他就知道我心里在想什么。"

梁少芝一撇嘴："他是做什么的你又不是不知道，人精？完全就是你肚子里的蛔虫。"

郑介民原本无心的话，还真说中了。1944 年 5 月，国民党召开了第六次全国代表大会，陈策再次当选为国民党中央执行委员，并被任命为广州军事特派员兼港澳区党务督导员和盟军联络员。眼见抗战胜利的曙光已经出现，陈策内心充满了喜悦，他以极大的热情，全身心地投入到新的工作中。

一接到任命，陈策立即乘飞机从重庆到了福建，然后转乘火车，奔赴设在兴宁的广州军事特派员公署。从福建到兴宁，千里迢迢，匪患滋扰，为保证陈策一行的安全，当局特派活动在潮州、汕头一带的第一独立游击大队护送。让陈策没想到的是，这个第一独立游击大队的大队长不是别人，正是梁永元。此时的梁永元已是国军的上校军官了。

两人见了面，那份惊喜和高兴，简直无法用语言来形容。陈策紧紧搂住梁永元，兴奋地说道："永元啊，上次你是护送我撤退，这次则是护送我进攻。看来咱们之间的缘分不浅呀，干脆，以后你就跟着我吧！"

"能跟着老长官，卑职求之不得，求之不得呀！"梁永元满口答应。

陈策这个军事特派员的主要工作：一是策反敌伪人员，二是配合盟军准备反攻广州。

开罗会议后，美、英两国履行诺言，除对日本本土进行猛烈轰炸外，计划在中国的雷州半岛登陆，以开辟一条新的海上运输线，支援中国战场。但是，日军在雷州半岛驻有重兵，盟军如果强攻，势必付出极大的代价。

陈策与郑介民密商，由郑介民精心策划，请时任军政部次长的王俊中将暗中配合，在报纸上不断登出假消息：王次长带领军事代表团前往印度。这让日本方面非常紧张，怀疑中国军队可能对海南岛有所动作，于是，匆忙从雷州半岛抽调了一个步兵旅，以加强海南岛的防卫，从而大大减轻了盟军进攻雷州半岛时的压力。

后来，因为战局发生变化，盟军没有在雷州半岛登陆。但是，陈策和郑介民玩儿的这一手，就连英军的魏德迈将军都夸奖他们"谋略运用得不错"。

1945 年 8 月 15 日，日本天皇发布《投降诏书》，向全世界宣布接受《波茨坦公告》所规定的各项条件，无条件投降。中国政府和人民历经八年艰苦卓绝的抗日战争，取得了最终的胜利。

8 月底，经行政院长孙科力荐，陈策被任命为广州市市长。民国时期，广州是特别市，相当于今天的直辖市，直接隶属于中央政府。

9 月初，陈策拄着拐杖，亲自率领军事特派员公署的人员，还有两三百人的正规军，从兴宁步行进入广州城。他就是要用这种特别的方式，纪念抗日战争的胜利，纪念在抗战中牺牲的人们。陈策进入广州，还有一项光荣的使命，参加受降仪式，见证曾经不可一世的日本法西斯低下他们那颗罪恶的头。

9 月 16 日上午 10 时，受降仪式在广州中山纪念堂举行。陈策以军委会特派员和广州市长的身份，和第二方面军司令官、广州行营主任张发奎、参谋长甘励初、新一军军长孙立人，以及美军联络官博文少将等人一起，作为中国政府方面的受降人员，接受了战败国日本方面的代表南支派遣军第 25 军司令官田中久一中将、参谋长富田及海南日军指挥官代表肥后大佐的投降。

当垂头丧气的田中久一中将解下佩刀交给主受降官张发奎上将，并在投降书上签名时，现场采访的各国记者纷纷举起相机拍照，“咔嚓咔嚓”，响成一片的镁光灯，记录下了这历史性的一刻。身着海军中将制服的陈策更是百感交集，他拿起毛笔，饱蘸浓墨，郑重其事地在受降书上签下了自己的名字。一笔一画如刀劈斧刻，力透纸背。

八年抗战，近 3000 个日日夜夜，中国 600 多万平方公里的土地遭到日本铁蹄践踏，财产损失高达 5600 亿美元，中华民族用 3500 万人的生命和鲜血，一雪近代以来饱受列强欺凌、屡战屡败的耻辱，在亡国灭种的危急关头，齐心协力、浴血奋战，终于夺取了这场民族解放战争的伟大胜利!

广州投降的日军，名列战犯名单的多达五六百人，其中就有陈策尤其关注的日军特务机关长矢崎勘十。可是查遍所有的战俘关押所，矢崎勘十却如人间蒸发一般，不见了踪影。陈策不甘心，派人明察暗访才搞清楚，狡猾的矢崎见日本败局已定，就用他在中国掠夺的古董文物行贿身居高位的汉奸，然后在这些汉奸的掩护帮助下，早已逃之夭夭。

听到这个消息，盛怒之下的陈策火冒三丈，把一只自己最喜欢的景德镇细瓷茶杯摔得粉碎。

日本投降后，许多国民党接受大员借没收敌伪财产的机会，大发横财。就连平日里“清白家风”不离口的郑介民，也利用手中的权力，私吞了大汉奸陈公博在农商银行的全部股份，狠狠捞了一票。

有了解内情的下属劝陈策也抓紧机会，为自己和家人弄点房产和钱财，却被陈策严词拒绝："贪赃枉法的事我们不能干，那是要被后人戳脊梁骨的！"

受伤病的影响，陈策实在难以胜任繁重的市长工作。上任仅十个月，他就在1946年6月辞去了广州特别市市长的职务。辞职不久，陈策访问香港，拜见了他的老朋友、港督杨慕琦。战火中香港一别，陈策突围，杨慕琦被俘，关山阻隔，音信全无，两人已5年没有见面。

港督府的楼顶，那面飘扬了三年零八个月的日本太阳旗，早已被扔进了垃圾堆，取而代之的是一面簇新的米字旗。陈策坐在车上远远望见英国国旗，不禁心生感慨：这里什么时候才能插上中国的国旗呀？

早已在楼外恭候的杨慕琦，还没等陈策下车站稳，就冲上来给了陈策一个热情的拥抱："老朋友，想死我了，我还以为再也见不到你了呢！"

杨慕琦说的是实话，在日本法西斯的集中营里，随时都可能因为疾病、毒打和苦役而死亡。几年不见，曾经高大挺拔的杨总督腰身已有些佝偻，两鬓平添了几许白发。

落座后，两人相互讲述了分别后的经历。陈策这才得知，日本投降后，走出集中营的杨慕琦因为身体极度虚弱，只好回到英国休养了大半年，直到今年5月1日，才回到香港复职总督。

在回国调养身体的那段时间里，杨慕琦通过各国媒体，还有那些回到英国的突围队员的亲口讲述，已经对陈策的故事耳熟能详。他真诚地对陈策说：

"陈将军，我由衷地谢谢你，你没有辜负我的重托，带着那些英国官兵突破日军封锁，让他们活着回到了家乡。不但我要感谢你，那些突围官兵，还有他们的亲人都会感谢你！"

陈策谦虚地摆摆手："小事一桩，不足挂齿。中国有句老话，'受人之托，忠人之事'，我只是做了自己应该做的事。"

杨慕琦看着陈策，脸上浮现出一丝诡异的笑容："陈将军，5年前我们在香港分别，5年后的今天我们又在香港聚首。除了年龄增长了5岁，其他一切好像没有任何变化。飞了一圈，我们又回到了原点。你觉不觉得，这真是一种奇妙的人生体验！"

陈策点头，表示赞许。随后，两人又把话题转移到了香港战后恢复及建设等问题上来，原本40分钟的会见，谈了近三个小时才告结束。

当晚，杨慕琦举行私人宴会，款待陈策。直到月升东山，脸红微醺的陈策才告别杨慕琦，尽兴而归。

不当广州市长了，陈策也没闲着，他被任命为国府顾问，处于边工作边养病的半休闲状态，大部分时间还是住在广州。就这样，跟随历史的车轮，陈策走进了1949年。

1949年，对国民党来说是个多事之秋，对陈策来说，则是人生旅途中难挨的一个寒冬。

1948年下半年至1949年初，国共双方倾尽全力，在辽沈、淮海、平津三次大决战中拼得你死我活，实力对比发生了翻天覆地的变化。国民党军队兵败如山倒，400万精锐尽失。越战越勇的解放军在长江以北陈兵百万，兵锋直指古城南京，蒋家王朝风雨飘摇。

为守住华南这块最后的阵地，蒋介石任命余汉谋为广东绥靖公署主任。在余汉谋的再三游说下，为助老友一臂之力，也为了报答当年突围至曲江后幄奇兄热情救助之恩，陈策勉强出山，就任绥靖公署副主任。

一天，郑介民来访，陈策特意跟这位国民党内的谋略家就眼下的形势，进行了一番长谈。谈话中郑介民长吁短叹，全然没有了先前的机智和雄辩。送走郑介民后，陈策对梁少芝说："大厦将倾，我们也该考虑自己的后路了。"

梁少芝不解地问道："你们手里不是还有好几十万兵马吗？怎么说不行就

不行了呢？”

陈策苦笑道：“500 多万精锐之师都被共军消灭了，这点人能守住剩下的半壁河山？鬼都不相信。杰夫说，宋子文、孔祥熙他们都溜了，咱们也不能给老蒋当陪葬品！”

陈策当即安排梁少芝带着孩子去了香港。

4 月 21 日，解放军百万雄师横渡长江，两天后攻占南京。随即，解放军兵分数路，向西北、东南、中南、西南挺进。这时，中共地下党运用并通过各种关系，策动余汉谋起义，保全广东免受兵燹之灾。明眼人都看得清清楚楚，国民党垮台只是个时间问题了。

历史转折的紧要关头，陈策多次抱病和余汉谋彻夜长谈，商量下一步应该采取的对策。余汉谋和陈策，都属于国民党阵营中比较有头脑、有眼光、有良知的职业军人。两人深知，尽管自己对党国忠心耿耿，但仅凭一己之力，已无法挽狂澜于既倒。当务之急，是要从国共两党的夹缝中，找出一条适合他们走的路。

抵抗，明显是鸡蛋碰石头，战端一开、兵祸连结，将殃及广东百姓，这是两人不愿意看到的结果。

起义，说着容易实施难，除了军中国民党特务的监视外，官兵的思想也很难在短时间里统一起来。而且易主求生，对这些受传统文化影响很深的老国民党员来说，会觉得是毁了自己一辈子的名节。

商量来商量去，两人最终决定“不战不降”。

陈策为国事忙得焦头烂额，突然接到妻子病重入院的消息，他急忙赶赴香港九龙医院。这时，梁少芝已有九个月的身孕。

自从嫁给陈策后，梁少芝就一直过着居无定所、四处漂泊的生活，多年操劳加上精神高度紧张，患有多种疾病，又得不到及时治疗。原本就十分柔弱的梁少芝，身体更加虚弱。

除了照顾陈策和抚育十个孩子，梁少芝心地善良，热爱慈善事业，抗战前后一直在香港开办平民义学儿童习艺所，助学资困、乐善好施，被人们尊称为“英侠”。

1949 年 6 月 7 日，40 岁的梁少芝因病不治溘然长逝。

妻子的离世，给了陈策精神上极大的打击，他怀着巨大的悲痛，和副官杨全一起料理妻子的后事，将梁少芝葬于香港荃湾坟场。

6 月 14 日，国民党宣传部长、中央理论研究会主任梁寒操亲笔为陈策夫人梁少芝撰写了墓志铭。

妻子去世、国事纷扰、疾病缠身、苦闷加操劳，陈策的身体每况愈下。

1949 年 8 月 30 日晚饭后，陈策邀请了梁永元、张泰琳、陈家庆几个人，在自己养病的海军联谊社寓所聊天。梁永元此时任广东军委会高参，张泰琳是广州市社会局秘书，陈家庆的公开职务是广州市警察总队的纠察队长，实则为军统人员。其中，张泰琳和陈家庆也是海南人，老家与陈策的祖居沙港村相距不过百十里。

大家海阔天空，从孩提趣事到海南琼剧，从天气到身体，说古论今，无所不谈，但是聊得最多的，还是当下的时局。直到月影西斜、凉风扑面，众人才意犹未尽地散去。

临别前，梁永元见陈策手上还夹着的一支刚点燃的香烟，就夺过来捻灭了扔进烟灰缸，关切地说：“老长官，少抽点烟吧。嫂子不在了，你更要保重身体。”

陈策笑了笑：“不抽了，不抽了，睡觉。”

谁也没有想到，这竟是陈策将军留在这个世界上的最后一句话。

当晚，因胃疾复发，陈策在睡梦中驾鹤西去，享年 56 岁。令人欷歔不已的是，陈将军去世时，距离其夫人梁少芝女士的忌日只有 83 天。

陈策身后，哀荣备至。

代总统李宗仁发表了褒扬令，并亲笔题写了“英风宛在”的匾章。白须齐胸的大书法家、考试院院长于右任先生挥毫写下“忠诚国父知，义气盟军重”的挽联，高度概括了陈策一生最有影响、最有成就的两件大事。香港新任总督万景洪爵士，则电请英国驻粤总领事代表赴丧。全广州城降半旗致哀。

陈策将军的追悼会由广东绥靖公署主任余汉谋主持，陈策的继任者、广州市长欧阳驹致悼词，代总统李宗仁亲自出席。参加追悼会的，除了与陈策将军有过交往的至亲好友、同人部属、军政要人、富商大贾、社会名流外，还有广州各界代表和民众，不下万人。

出殡时还发生了一起颇为灵异的事件。那天下雨，灵车开出去不远，无缘无故地就熄火抛锚了。油箱是满的，轮胎是好的，油路电路也查不出任何问题，司机急得抓耳挠腮、满头大汗。突然有人提醒，于右任老先生还没来，是不是陈策将军在去天国之前，执意要见一见自己的这位老友恩师呢？

陈策生前曾和于右任一起追随孙中山，共同参加辛亥革命、护法斗争，建立了深厚的友谊。后来，陈策在闲暇之时，又跟于右任学过书法，非常敬佩老先生的人品书艺和道德文章。

于是，立即有人前去通报。其实，于右任先生当天是要来参加追悼会的，只是因为下雨耽搁了一下。得知此事，白发苍苍的于老先生马上赶到灵车前，用手摸了摸车的引擎盖，又在车前默哀片刻。奇怪的事情发生了，司机一点火，刚才还纹丝不动的灵车，立刻在一片轰鸣声中，重新启动出发。

陈策将军离世两个月后，临时划归四野指挥的二野四兵团，在陈赓将军的指挥下，十二万骁勇之师兵临粤北。余汉谋按照先前和陈策定下的策略，既不投降也不抵抗，下令守军撤出韶关。解放军不费一枪一弹，占领了广东的北大门。

陈策将军去世后，葬于广州黄花岗海军造船厂附近，墓园苍松翠柏环绕，四季鲜花不败。1970 年，广州市政建设需要征用这块土地，陈策将军的儿子陈安邦和陈安国，以及从美国、英国赶回来的女儿们，将父亲的遗骸迁至香港，和母亲梁少芝合葬于荃湾公墓。

墓碑上刻着："陈公策字筹硕梁少芝夫人生于 1894 年 4 月 2 日终于 1949 年 8 月 31 日男安邦安国女琼惠琼芳琼芬琼兰琼英琼莲琼萍琼莓。"

策叔策婶，双双比翼，翱翔天国……

2014 年 7 月 24 日

杀青于"水岸西岭"

后　记

5 年前，2010 年 3 月的一天，突然接到好友邹军新先生的一个电话，邀我到他那里，有事商量。

驱车赶到京西某宾馆，军新已先到，在座的还有一位钟先生，也是军新的朋友。落座未开口，军新立马递给我一张前些天的《参考消息》，上面刊登了一条消息：《突破重围——从香港到惠州》展览，于 2009 年 12 月 25 日在香港筲箕湾海防博物馆开展。这是抗战中的一段传奇：香港沦陷后，中国政府派驻香港的军事代表、独腿将军陈策，带领 60 多名英国军政人员，从日军的包围圈中杀出一条血路，经过四天三夜的长途跋涉，终于胜利抵达惠州。

军新曾长期从事电视新闻工作，后来又参与电视栏目和电视剧的制作，抓题材是他的长项。这次，他看好陈策将军率队突围是一个做纪录片的好题材，让我和钟先生负责前期踩点，收集资料，创作文本。

3 月 13 日，我们抵达香港，入住铜锣湾富豪酒店。放下行李安顿好，立即同陈策将军之子陈安国先生联系上了。前些年，突围人员的后代成立了一个“保卫香港突围群英协会”，76 岁的陈安国老先生是现任会长。电话约定，明天上午去陈老先生亚毕诺道的家中一晤。

第一次见面，陈安国老先生非常热情，不仅回答了许多问题，而且允许我翻拍了若干有关陈策将军的老照片，还为我们复印了陈策将军突围前后的日记，并授权我们可以使用这些宝贵的资料。随后，陈安国老先生不顾自己已经是年逾古稀，又赶到海防博物馆，陪同我们参观了《突破重围》展览，边看边讲解，前前后后转了两个多小时。

经陈安国老先生牵线搭桥，找来了在香港佛教协会青少年教育中心工作的沈健先生，为我们在香港踩点带路。沈君因为工作关系，多年来走遍了香港的抗战遗址，收集了大量的文字和图片资料，并利用业余时间专心研究这段历史，颇有心得，堪称这方面的专家。有了这样一个好帮手，我们的踩点工作顺利多了。

此后几天，我的足迹遍及港岛的黄泥涌、渣甸山和荃湾的城门水塘、225高地，实地考察了包括部分醉酒湾防线在内的英军当年修筑的地堡、坑道、高射炮阵地、弹药仓库、掩蔽部等防御工事。边看心里边想，都说香港繁华，可又有几个人知道，香港的繁华背后竟有着如此沉重、悲壮的昨天！

醉酒湾防线被誉为“东方马奇诺”，可就是这样一条保卫香港的生命线，被日军的小队长诺林东一偷袭得手，瞬间土崩瓦解，沦为笑柄。我在225高地编号为401的坑道中，看到若林东一在攻占英军阵地后，得意扬扬地刻在坑道壁上的“若林队占领”这五个字时，仿佛看见了他那张丑陋而狂妄的脸。虽然已经过去了半个多世纪，这五个字仍然十分清晰，一笔一画都像是刻在我们民族身上的刀口，依然淌着殷红的血……

我们有责任把看到的一切告诉所有爱好和平的人，这就是历史，不能忘却的历史！不容篡改的历史！

3月17日离开香港，我又踏着当年陈策将军突围时留下的足迹，登南澳、葵冲，过石桥头、王母墟，翻大林坑，穿佛祖坳、镇隆，一路直抵惠州。据陈策将军日记记载，他们曾在镇隆的养岱学校住了一宿。可实地一看，根本没有叫养岱的学校，问了许多人，也都是摇头不知。最后，一个80多岁的老人告诉我，养岱学校早已改名了，现在叫大光小学。

两天后，我又飞抵海口，赶到文昌县沙港村，瞻仰了陈策将军的祖居。正午时分，绿荫掩映的小院子十分清静。仔细看，发现地面有些地方凹凸不平，像是墙体的残垣，一问才知道，这里原先是一座两层的小楼，只因为陈策将军在虎门打得小日本满地找牙，无处撒气的小鬼子就派飞机轰炸陈策将军的老屋，炸毁了小楼，也留下他们的恶行劣迹。

……

前期踩点结束后，我猫在宾馆里，埋头写了一个礼拜，完成了三集纪录片《港岛突围》的文本。可是因为种种原因，拍摄计划搁浅了。一放，就是 4 年。

日子一天天地过去，陈策将军英勇突围的壮举时刻萦绕在我的心头。纪录片虽然没有拍成，但素材都在，写本书总是可以的。我在第一时间把自己的想法告诉了邹军新先生，得到他的极力赞同和鼎力支持。于是，我翻出以前的采访笔记和踩点记录，又购买、阅读了一些资料，重新制订了写作大纲。半年后，二十余万字的《"东方纳尔逊"——陈策将军港岛突围记》终于杀青。至此，我才稍稍感到了那么一丝的安宁。

书即将付印出版，内心充满感激之情。

感谢邹军新先生的大力支持！

感谢安徽文艺出版社责任编辑岑杰先生为拙作付出的辛劳！

感谢军事科学院原副院长葛东升中将为本书作序！

感谢所有支持并给予我帮助的人！

最后，谨以此书——

献给尊敬的陈策将军！

献给伟大的抗日战争胜利七十周年！

献给二战中为战胜法西斯而英勇奋战、流血牺牲的前辈和先烈！

作　者

2014.9.6